CW01637311

Di Chuck Palahniuk negli Oscar

Beautiful You
Cavie
Dannazione
Diary
Fight Club
Gang Bang
Invisible Monsters
Ninna nanna
Pigmeo
Portland Souvenir
Rabbia
Romance
La scimmia pensa, la scimmia fa
Senza veli
Soffocare
Survivor
Sventura

CHUCK PALAHNIUK

ROMANCE

Traduzione di Gianni Pannofino

Copyright © Chuck Palahniuk 2015
Published by arrangement with The Italian Literary Agency S.r.l.
Titolo originale dell'opera: *Make Something Up*
© 2016 Mondadori Libri S.p.A., Milano

I edizione Scrittori italiani e stranieri ottobre 2016
I edizione Oscar 451 ottobre 2017

ISBN 978-88-04-68230-1

Questo volume è stato stampato
presso ELCOGRAF S.p.A.
Stabilimento - Cles (TN)
Stampato in Italia. Printed in Italy

Anno 2018 - Ristampa 1 2 3 4 5 6 7

librimondadori.it
anobii.com

ROMANCE

Driiin! Driiin!

Il mio vecchio, per lui ogni cosa diventa una Gran Barzelletta. Che cosa posso dire? Gli piace farsi una risata. Da bambino la metà delle volte non avevo la minima idea di quel che significavano, le sue battute, ma ridevo lo stesso. Dal barbiere, fa niente se gli altri clienti gli passavano davanti, l'importante per lui era star lì tutto il sabato a far scompisciare la gente. A farla sbellicare. Il taglio dei capelli non era certo una priorità.

Dice: "Se la conosci già, fermami...". Il mio vecchio è così che la racconta: entra nello studio dell'oncologo e fa: "Dopo la chemioterapia, potrò suonare il violino?".

L'oncologo gli risponde: "È in metastasi. Le restano sei mesi di vita...".

Al che, sollevando le sopracciglia alla Groucho Marx e facendo cadere la cenere da un sigaro invisibile, il mio vecchio dice: "Sei mesi? Voglio un altro parere".

E allora l'oncologo: "D'accordo, lei ha il cancro e le sue battute fanno pena".

Insomma, gli fanno la chemioterapia e pure le radiazioni, come si usa anche se quella merda lo brucia dentro al punto che, dice lui, andare a pisciare è come buttar fuori lamette da barba. Lo stesso tutti i sabati va dal barbiere a raccontare barzellette, anche se ormai è pelato come una palla da biliardo. Di più, è smilzo come uno scheletro pelato e deve portarsi in giro una bombola d'ossigeno. Come una palla al piede in versione ridotta. Entra dal barbiere trascinandosi dietro la bombola d'ossigeno pressurizzato con il tubicino che gli passa sotto il naso, dietro le orecchie e intorno alla testa pelata, e dice: "Vorrei solo una spuntatina in cima, grazie". E la gente ride. Intendiamoci, il mio vecchio non è un comico, non è Milton Berle e neanche Edgar Bergen. Il mio vecchio è smilzo come uno scheletro di Halloween, è pelato, e tra sei mesi sarà morto, perciò può dire qualunque cosa, tutti si mettono a ragliare come asini, solo per il sincero affetto che provano per lui.

Però, davvero, non gli sto rendendo giustizia. È colpa mia se non si capisce, ma il mio vecchio è più divertente di quel che sembra. Forse il suo senso dell'umorismo è un talento che non ho ereditato. Ai tempi in cui ero il suo piccolo Charlie McCarthy, cioè finché non sono diventato adulto, mi diceva: "Toc-toc!".

Io rispondevo: "Chi è?".

E lui: "La Vecchia Signora...".

Al che io facevo: "Eh?".

E lui concludeva con un: "Prrrr! Uno a zero per me, béccati la pernacchia".

Io mica lo capivo. Ero proprio stupido. Avevo sette anni ed ero stato bocciato in prima elementare. Non distinguevo Amburgo da un hamburger, ma volevo che il mio vecchio mi volesse bene e così imparai a ridere. Qualunque cosa dica, io rido. La "Vecchia Signora", per quel che ne so, poteva essere mia madre, che era scappata di casa e ci aveva mollati. Di lei mio padre diceva solo che era una "Vera Sventola" ma NON sapeva stare agli scherzi. Insomma, era una che se la prendeva.

Mi domandava sempre: "Quando Vinnie van Gogh si è tagliato l'orecchio e l'ha mandato a quella puttana di cui era innamorato pazzo, com'è che gliel'ha mandato?".

La risposta giusta era: "Gliel'ha mandato con la posta priorecchiaria", ma siccome io avevo sette anni, ancora non sapevo chi era van Gogh e neanche che cos'era una puttana, e il modo più sicuro di rovinare una battuta era chiedere al mio vecchio di spiegarla. Perciò quando il mio vecchio dice: "Che cosa si ottiene incrociando un maiale con il Ccnte Dracula?"... Io sapevo che non era il caso di domandare: "Che cos'è un 'Conte Dracula'?". Mi preparavo soltanto a ridere dopo che lui diceva: "Uno zampiro: lo zampone di vampiro!".

Quando lui fa: "Driiin... driiin!", io dico: "Pronto". E lui è GIÀ lì che si sbellica, perché sta per dire: "Pronto o no, in bocca ti sborrerò...". E io – ovvio – continuo a ridere. Da quand'ero bambino mi sa che sono sempre stato troppo ignorante per apprezzare una buona battuta. Io, i miei insegnanti non sono ancora arrivati alle divisioni a due cifre e a finire le tabelline delle multiple-cazioni perciò non è colpa mia se non so cosa vuol dire "ti sborrerò".

La mia vecchia, che ci ha abbandonato, lui dice che la odiava questa battuta, perciò forse l'ho ereditata da mia madre la mancanza di senso dell'umorismo. Voler bene, però... Insomma, al tuo vecchio devi volergli bene. Cioè, una volta che sei nato non è che hai molta scelta. Nessuno ha voglia di vedere il suo vecchio che respira con la bombola, che finisce in ospedale a morire strafatto di morfina e che non mangia neanche un boccone del budino che gli portano per cena.

Se questa la conoscete già, fermatemi, ma il mio vecchio si è beccato quel cancro alla prostata che non è neanche un vero cancro, perché ci vogliono venti o anche trent'anni per capire che uno è malato, così all'improvviso mi sono trovato a dover cercare di ricordare tutte le cose che mi ha insegnato. Ad esempio, se spruzzi del WD-40 sulla vanga prima di scavare una buca, quella scava molto più facilmente. Mi ha anche insegnato a premere il grilletto con un movimento fluido, perché a tirarlo con foga si sbaglia mira. Mi ha insegnato a togliere le macchie di sangue. E mi ha insegnato le sue barzellette... Tantissime barzellette.

E di certo non è neanche un Robin Williams, ma ho visto un film, una volta, con Robin Williams che si mette sul naso una pallina di gomma rossa, in testa una parrucca afro con i colori dell'arcobaleno, ai piedi delle grosse scarpe da pagliaccio e all'occhiello della camicia un finto garofano che spruzza acqua, e il tipo è un dottore importante che va dai bambini malati di cancro e li fa ridere così tanto che quelli non muoiono più. Mi spiego? Quei bambini scheletrici e calvi – che sembrano messi persino peggio del mio vecchio – GUARISCONO, e il film è basato su una Storia Vera.

Insomma, si sa che una risata è la Miglior Medicina. Con tutto il tempo che devo passare nella sala d'aspetto dell'ospedale, anch'io leggo il "Reader's Digest". E la conosciamo tutti la storia vera del tizio con un tumore al cervello grosso come un pompelmo dentro il cranio che sta per tirare gli ultimi – i medici e anche i preti dicono che è spacciato –, solo che lui si fa forza e guarda ininterrottamente i film dei Tre Marmittoni. Con un cancro all'ultimo stadio si fa forza e ride senza tregua, guardando Gianni e Pinotto, Stanlio e Ollio, i fratelli Marx, e guarisce grazie alle end-orfane e al sangue ossi-generato.

Perciò mi dico: che cos'ho da perdere? Basta che mi ricordi qualcuna delle sue gag preferite, per aiutarlo a imboccare ridendo la via della guarigione. Mi dico: che cosa può esserci di male?

Insomma, questo figlio ormai adulto entra nella stanza d'ospedale del padre, avvicina una sedia al letto e si siede. Il figlio guarda in faccia il vecchio, pallido, in punto di morte, e dice: «Una bionda entra in un bar di un quartiere in cui non è mai stata. Ha due tette COSÌ e un culetto niente male. Va dal barista e ordina una birra Michelob. Lui gliela serve, ma mette nella bottiglia un Mickey Finn, e la bionda sviene. A quel punto gli uomini presenti nel bar la mettono piegata in avanti sul tavolo da biliardo, le alzano la gonna e se la scopano. All'ora di chiusura le danno qualche schiaffo per svegliarla e le dicono che deve andarsene. Ogni tot giorni la bionda tutta tette e culo entra nel bar, ordina una Michelob, in cui il barista butta un Mickey Finn, e viene scopata da tutti, finché un bel giorno arriva al bar e gli dice se stavolta le può dare una Budweiser».

Giuro, NON raccontavo questa squallida barzelletta da quando ero in prima elementare, ma al mio vecchio piaceva la fine...

Il barista sorride, simpatico, e fa: "Cos'è? Non ti piace più la Michelob?".

E lei, che è una Vera Sventola, si sporge sul bancone e, con l'aria di chi sta per svelare un segreto, dice sottovoce: "Che resti tra noi...", fa: "Ogni volta che bevo la Michelob, poi mi fa male la figa".

La prima volta che ho sentito questa barzelletta, quando il mio vecchio me l'ha insegnata, non sapevo cosa fosse "la figa". E neanche il "Mickey Finn". Non sapevo cosa intendesse la gente con "scopare", ma sapevo che tutte quelle cose facevano ridere il mio vecchio. E quando, dal barbiere, mi diceva di alzarmi in piedi e di raccontare questa barzelletta, il barbiere e tutti i clienti che leggevano le riviste di cronaca nera ridevano fino a farsi venire le convulsioni e a sparar fuori dal naso il tabacco che stavano masticando.

Insomma il figlio ormai adulto racconta al vecchio padre agonizzante questa barzelletta, sono solo loro due in quella stanza d'ospedale, a notte fonda, fondissima, e – pensa te – il vecchio non ride. Allora il figlio prova con un altro vecchio cavallo di battaglia: racconta la barzelletta del Commesso Viaggiatore che riceve la telefonata della Figlia di un Contadino conosciuta in giro qualche mese prima. Lei dice: "Ti ricordi di me? Ci siamo fatti delle belle risate, e tu dicevi che ero una ragazza adorabile...". Il tizio, allora, dice: "Come te la passi?". E lei risponde: "Sono incinta, e sto per uccidermi". Al che il commesso conclude: "Accidenti... sei DAVVERO adorabile!".

Quando avevo sette anni ero BRAVISSIMO a raccontarla... ma stasera il vecchio continua a non ridere. Ho imparato che "voler bene" significava ridere alle barzellette del mio vecchio – anche se dovevo far finta – e mi aspetto che lui faccia lo stesso. Voglio soltanto che rida – una risata soltanto –, e lui invece non mi fa neanche un risolino. Neanche un sorriso. Neanche un verso. Anzi, peggio: non solo non ride, ma chiude gli occhi, li strizza, e quando li riapre sono pieni di lacrime; gliene escono due, belle grosse, una per occhio, e gli bagnano le guance. Il vecchio ansima con la sua gran bocca sdentata, come se non riuscisse a respirare, versando grosse lacrime che gli scendono sulle guance rugose e bagnano il cuscino. E questo ragazzo – figlio di nessuno, ormai – che pare incapace di dimenticare tutti quegli scherzi, infila una mano in una tasca dei pantaloni e tira fuori il finto garofano con cui, tanto per ridere, spruzza acqua sulla faccia del vecchio piagnone.

Il giovane gli racconta dello stupido polacco che se ne va con un fucile per i boschi e a un certo punto incontra una ragazza nuda sdraiata su un morbido letto di muschio verde, con le gambe spalancate, e la ragazza, che è una Vera Sventola, guarda lo stupido polacco con il fucile e gli domanda: "Che cosa stai facendo?". Lo stupido polacco risponde: "Vado a caccia di pollame". Al che quella Gran Sventola gli strizza l'occhio e fa: "Be', io sono una bella pollastrella".

E allora lo stupido polacco – BANG! – le spara. Questa barzelletta, un tempo, era la più classica e perfetta garanzia di una bella sghignazzata, ma il vecchio continua a morire. Sta ancora piangendo e neanche si sforza di provare a ridere, ma il punto è che il vecchio deve venirmi incontro a metà strada: io non posso salvarlo se lui non ha voglia di vivere. Gli domando: «Che cosa si ottiene incrociando un ebreo con un frocio?». E poi: «Che differenza c'è tra una merda di cane e un negro?».

Eppure lui non migliora. Mi viene in mente che forse il cancro gli è arrivato alle orecchie. Con la morfina e tutto il resto, può essere che non ci senta più. E allora, tanto per far la prova, mi chino sulla sua faccia piagnucolosa e gli domando: «Come fa una suora a rimanere incinta?». E poi, forse a voce un po' troppo alta, visto che questo è un ospedale di leccapreti, grido: «Te la devi SCOPARE!».

Ormai in preda alla disperazione, provo tutte le battute sui froci, sui messicani e sugli ebrei – tutte le cure più efficaci consigliate dalla scienza medica, davvero –, e il vecchio invece se ne sta andando. Lì disteso, in quel letto, c'è l'uomo che trasformava TUTTO in una Gran Barzelletta. Il solo fatto che non stia al gioco mi fa cagare sotto dalla paura. Grido: «Toc-toc!».

Continuo a gridare: «Perché l'esistenzialista attraversa la strada?».

E lui sta ANCORA morendo, il vecchio mi lascia lì senza risposte alle mie domande. Mi abbandona quando io sono ancora troppo stupido. Disperato, allungo una mano per prendergli le dita bluastre e molli di una mano fredda-fredda e quasi morta, e lui non fa una piega, neanche quando gliela stringo per fargli lo scherzo della scossa elettrica. Grido: «Toc-toc...».

Continuo a gridare: «Perché la Vecchia Signora ha mollato il marito e il figlio di quattro anni?».

Non c'è niente di peggio, per rovinare una barzelletta, che chiedere al mio vecchio di spiegarmela, e lui, lì disteso in quel letto, smette di respirare. Niente più battito cardiaco. Elettrocardiogramma completamente piatto.

Insomma, il ragazzo che se ne sta seduto accanto al letto nella stanza d'ospedale a notte fonda, fondissima, prende l'equivalente barzellettistico di quegli elettrodi usati dai medici per contrastare gli attacchi di cuore, l'equivalente comico di quello che un Robin Williams paramedico userebbe su di voi in un Pronto Soccorso di pagliacci – una specie di defibrillatore Tre Marmittoni –, il ragazzo prende una grossa, pastosa e altissima torta di crema pasticciera coperta da un enorme strato di panna montata, tipo quella con cui Charlie Chaplin avrebbe potuto salvarvi la vita, e la solleva il più possibile, fino in cielo, per poi sbatterla giù pesantemente, veloce come un lampo, a mo' di schiacciata, come l'esplosione del fucile dello stupido polacco – BANG! –, in piena faccia al suo vecchio.

E nonostante il miracoloso e ben documentato potere curativo delle Arti Comiche, il mio vecchio muore, facendosi anche una bella cagata sanguinolenta lì nel letto.

No, davvero, fa più ridere di quel che sembra. E vi prego di non dare la colpa lui. Se a questo punto non state ridendo è colpa mia. È solo che non l'ho raccontata bene: si sa, basta incasinarsi con la battuta finale e anche la migliore delle barzellette è rovinata. Ad esempio, sono tornato dal barbiere per raccontare a tutti com'era morto e come avevo provato a salvarlo, torta di crema inclusa, e che l'ospedale aveva mandato i tipi della sicurezza che mi avevano portato nel reparto dei matti dove mi hanno tenuto per tre giorni in osservazione. E anche raccontandogli questa parte, devo aver sbagliato tutto... perché dal barbiere tutti mi hanno guardato e basta. Gli ho detto di aver visto – e annusato – il mio vecchio, morto e inzaccherato di sangue e di merda e di panna montata, con tutta quella puzza e quello zucchero, e quelli non smettevano di guardarmi, i barbieri e i vecchi che masticavano tabacco, ma nessuno rideva. Lì in piedi, dopo tanti anni, in quel solito negozio di barbiere, ho detto: «Toc-toc...».

Il barbiere ha smesso di tagliare i capelli. I vecchi rimbambiti hanno smesso di masticare il tabacco.

Ripeto: «Toc-toc...». Nessuno che tira neanche il fiato, ed è come stare in una stanza piena di morti. E allora dico: «È la morte! La MORTE! Nessuno di voi ha mai letto Emily... Dickerson? Non avete mai letto Jean-Paul... Stuart?». Alzo e abbasso le sopracciglia, faccio cadere la cenere da un sigaro invisibile e dico: «Chi è?». E poi: «Non lo so chi è: non posso neanche suonare il violino!».

Quel che so è che ho il cervello pieno di barzellette che non riesco a dimenticare: come un tumore grande quanto un pompelmo nel cranio. E so che alla fine anche la merda di cane diventa bianca e smette di puzzare, ma ho questa testa perennemente piena di stronzate. Sono stato addestrato per tutta la vita a pensare che fosse divertente. E per la prima volta da quando in quel negozio facevo la parte del Piccolo Marmittone e dicevo "frocio", "figa", "negro" ed "ebreo", capisco che non stavo raccontando una barzelletta, ero io la barzelletta. Insomma, alla fine l'ho capita! Mi spiego? Una barzelletta sicura e perfetta è come una Michelob servita ghiacciata... con dentro un Mickey Finn... da uno che ti sorride in un modo talmente simpatico che non capisci neanche come e quanto sei stato inculato. E la battuta finale NON PER NIENTE si chiama "battuta finale", perché è un pugno da KO rivestito di zucchero e di panna montata per nascondere il tirapugni di ottone che ti colpisce sui denti – SBAM! – in piena faccia e significa: sono più furbo di te, sono più grande di te, qui comando io, ragazzino.

E lì in piedi in quel solito vecchio negozio di barbiere del sabato, urlo: «Driiin! Driiin!».

Insisto: «Driiin! Driiin!». E finalmente uno dei vecchi coglioni dal barbiere si decide a parlare, con una specie di sussurro da tabagista, e così a bassa voce che quasi non lo sentivo dice: «Pronto?».

Allora io aspetto un attimo, solo per la suspense – il mio vecchio mi ha insegnato che il tempo è cruciale, che il tempismo della battuta è TUTTO –, e alla fine sorrido, *simpaticissimo*, e dico: «Pronto o no...».

Eleanor

Randy li odia gli alberi. C'ha un odio così appassionato per gli alberi che quando internet giornalizza sulla defenestrazione di tutta la giungla pluviale amazzonica, a lui ci pare una fine buona e giusta di quella cosa.

I pini soprattutto. C'ha l'odio per come si muovono i pini: si muovono lenti, poi veloci. Prima con una lentezza così stracciante che ti dimentichi che si stanno muovendo. Che è il metodo degli alberi per sollevare le loro tonnellate di legno sempre più in alto finché poi ti prendono di mira e ti vengono giù dritti sulla testa. Allora sì che un pino si muove svelto, tipo una mina. Troppo veloce da percezionare.

O almeno, il padre di Randy non lo ha mica percezionato che arrivava. Postdatando una vita da taglialegna e in segheria, il padre di Randy era già molto se non era ancora morto. Un movimento veloce, e tutto quel legno grezzo spappola il coperchio capelluto del suo misero cranio in un miliardo di pezzettini insanguinati.

Randy non è che non lo sa che non ci conviene restare nei paraggi visto che magari ci arrivano in testa cento tonnellate di fibra di celluloide. Randy c'ha un odio per l'Oregon.

Randy traspira di vivere in un posto a stucchi rosa dove di alberi non ce n'è neanche a pagarli. Randy, lui s'intasca i soldi dell'assicurazione; c'ha una macchina e ci carica su il suo pit bull. Piglia verso sud, esacerbando sempre più veloce per tutto il tempo, come se un branco di vapidissimi cani lupi stessero perseguendo il suo culo randico.

In California, l'agente immobilista strabuzza gli occhi al mezzo di Randy: una Celica accessoriata con cerchi cromati che costano il doppio di tutta la macchina al mercato dell'usato. E l'immobilista fa caso anche al pit bull di Randy. Certi indicatori confessionano ribellioni. L'immobilista riesumina prontamente la testa rasata di Randy e il suo tabuaggio facciale così fresco che ancora esce il sangue. L'immobilista apre il suo computer portatile e recede a serciare un download pirata. Ci dice, a Randy: «Zio». Ci dice: «Zio, te la passerai bene di brutto in 'sto posto».

L'agente immobilista di nome fa Gazelle.

E il computer portatile di Gazelle sta mandando un film davanti agli occhi prolassati di Randy. È roba vietata ai minori copiata da una copia di una copia di una copia pirata mille passaggi lontana dall'originale regolarmente pagato. L'immobilista fa: «Zio, 'sta roba è titolata *La bambina bianca gioca a nascondino IV*».

In 'sto film ci lavora Jennifer-Jason Morrell. Imperpetra una ladra bionda e furba che vuole sveleggiare un posto dove una decina di tipi si capitolano lì a risedarsi. I tipi sono lì metastatici a letto dopo una notte di esagerata fecondità annaffiata dal Rémy Martin. La trama inizia quando Jennifer-Jason tenta di offuscare le concatenazioni d'oro da 'sti colli sonnecchianti. Solo quando 'sti tipi grandi e grossi e incazzosi si svegliano – comprensibilmente eviscerati – il film diventa interessante.

Fuori è di stucco rosa, la casa del film. Una piscina riempie tutto il retro, con un bordo dove l'acqua carbonata sembra sbordare a poco a poco nell'infamità. Nello spiazzo davanti, di ghiaia, crescono i cactus Segundo, in quel quartiere dove non c'è neanche un albero.

Entrando, l'agente immobilista, Gazelle, mostra le caratteristiche, compresa un'anticacamera a due piani con la pavimentata di marmo bianco. È la location dove Jennifer-Jason tirava un treno di gini allupati che facevano a turno a femminizzarsela brutalmente.

Randy e l'immobilista se ne stanno lì ammirati. Tutti e due, intimiditi dalla sconvolgente isterectomia cinematica che si svolge su quel metro inquadrato.

Si sta immolesimando nel profondo, lui, Randy, e fa: «Zia, se si sente l'ipocrisia!».

E Gazelle: «Zio, quando prendi possesso. Puoi metterti a vendere i biglietti e a fare le visite codate».

Gazelle ci spiega che 'sta pavimentata di marmo bianco, qui, è la posizione ideale per locazionare un albero di Natale. Randy, però, c'ha l'odio per gli alberi, vivi o morti.

Quando Randy è già stato venduto l'agente immobilista continua a passeggiarlo per la slavanderia, la tualèt, un armadio murato, la nicchia reiterata, la sala del tedio e il bell'incinto della casa. Randy vuole solo sapere se c'è spazio per far correre il cane. Randy appunta il dito per vendicare il cane, un pit bull terrier americano. Si chiama Eleanor.

Randy e Gazelle passeggiano per la cortilata di ghiaia. E, certamentemente, di spazio per Eleanor ce n'è tra loro e i Juan Cordoba lì vicino. Allora Randy richiesta di perquistare la casa con una transizione in contanti.

La cagna, Randy la porta a un parchetto per senza-guinzaglio e le insegna il riporto capitolandogli una mano mozza evitabilmente finta. Roba tipo un sbrindellato oggetto di scena di un filmone halloweeniano. Da vicino il sangue finto sul polso troncato appare completamente fasullo. Le punte delle dita sono annerite e garrule. Ciononostantedimeno, non si finisce mai di ridere quando Eleanor esce di corsa dai cespugli con quell'appendice scioccante smorzata tra le zanne.

Randy gioca a riporto in quel modo solo per agonizzare i vicini, quei ficcanaso dei Juan Cordoba capaci solo di perambulare il stereotipo che i pit bull non fanno nient'altro tutto il giorno che utilizzare le loro mandibole affilate come rasoi per masturbare i bambini piccoli.

Solo per accentare la torsione commedica, Randy squaglia di utilizzare un bambolotto di plastica per farlo andare a prendere da Eleanor. Capitola questo bambolotto nei cespugli di silvia circostanti e tra i cactus Segundo ed Eleanor si lancia a rovistarli. Vedere la pit bull correre come una matta, sbatacchiando quello che sembra un bambino inerme, Randy pensa che tutta quella stipulazione sia da urlo.

A casa, fantastizza la migliore delle ipostasi dove Jennifer-Jason vuole fare un viaggio sentimentale. Qualche giorno, lei si motorizza con la sua Porsche nel vialetto d'accesso della sua casa di lui e suona il campanello, chiedendo di rivisitare i posti delle sue vecchie sdolcinature. E quando succede, lui sogna che si prende Jennifer-Jason nel suo apprendimento forte ma tenero, e Randy s'intromette – come tutti quegli altri maschi – a femminilizzarla meticolosamente dappertutto.

Intanto, per abbandonare la sua solitudine, Randy scorteccia Gazelle. Ci mostra qualche resto dei soldi dell'assicurazione e dice: «Zia, ti offro i termini di soldi perché tu ti unisca a me nel sacramento dell'acrimonio». Randy se la romanticizza, cuocendole le bistecche e rovinandole quel bel figurino che aveva offrendole del Nebraska al forno come dessert. E alla fine Gazelle recide di sposarlo.

A parte questo, Randy si dice a se stesso che vivere in California è un miglioramento. Abitare in quella casa architetturalmente impotente, Randy lo sa, impinge la sua stanca esistenza di profonda ripugnanza colorettale. Risedandosi lì si sente un vero qualcuno. Come il curante di un museo o la guardia che guardia una fiamma dell'inferno.

Randy c'ha un odio per essere un signor nessuno. È come se un albero caduto lo avesse già rimproverato in mille pezzi.

La verità segreta è che la morte del padre di Randy gli fa un effetto come di essere profondamente e giustificatamente defecato.

Ciononostantedimeno, qualunque miglioramento del suo stile di vita si dimostra merdamente fugace, Gazelle è sempre lì che scompare, per frequentare corsi di specificazione o il rifugio per le donne basite. E quando Randy ha attenzione di portarla a casa, lei imita alla proiettiva assistente sociale dell'associazione che è Randy il responsabile della permeazione della sua lambada, mentre proprio Gazelle gli ha confiso che la perforazione traumatica vera e propria era avvenuta tanto tempo prima a tarda notte per un incidente durante un'autofellatio.

Ciononostantedimeno, Randy spaventa. Certifica che se Gazelle riesce a far attecchire le sue approvazioni allora è lui che sarà compreso dai tribunali e confezionato a scontare duramente del tempo dietro le sbarre. Invece di Jennifer-Jason, ci resta intrappolato da circoncisioni che sfuggono al suo controllo. In prigione, Randy è quello che finisce con la sua tenera propensione brutalmente femminizzata, giorno e notte, da un viavai di balordi affamati. Tutti inclini a commettere infruttuosi atti di riproduzione cellulare carceraria.

Aggiungendo il danno alla befana, internet ha giornalizzato che Jennifer-Jason ha contratto un grave caso di ammazzarsi. Come saluto ai risultati da lei ottenuti in vita, Randy erige un piccolo tempio per mostrare la sua foto nel cortile sul davanti. C'ha la speranza che i pellegrini pellegrineggino, ma quei Juan Cordoba dei vicini dicono che il suo tempio è cattivo per la foto che mostra Jennifer-Jason che si gode la sua vaccanza di tre giorni.

Tutti i fotogrammi espliciti scelti da Randy da montare nel suo tempio scappavano via.

In fatto di stagioni, in California, primavera, estate e il periodo di Natale sono praticamente identici a parte il fatto che i vicini montavano il presempio. Non aiuta la stipulazione quando si lamentano che Eleanor fa troppo rumore e Randy grida da dietro la recinzione sul retro che almeno il suo cane sa abbaiare in inglese.

Natale è anche quando dappertutto ci sono 'sti sempreverdi appena tagliati che stanno in agguato per fare nuove vittime. Una di queste conifere assassine, dedutta Randy, c'ha il suo nome di lui scritto sopra in bella vista.

I vicini di casa costruiscono 'sto presempio per il fatto che sono dei Juan Cordoba leccapreti. Ci sono persino Giuseppe e la Vergine Maria di plastica. Il bambinello di plastica è arricciato a faccia in su dentro una cassetta di arance bellificata da mucchi di paglia gialla. Questo Bambin Gesù propano è marcito per la troppa esposizione alla riparazione solare. Con la sua faccia di plastica crepata e la vernice sbiadita, a Randy pare anche peggio.

Il problema, per Eleanor, è che quel Gesù sembra troppo come la bambola che lei si è acclimatata ad andare a prendere per così tanto. Eleanor strabuzza sempre gli occhi quando lo vede. Ora la pit bull è sull'orlo di una crisi isterica, come una Jennifer-Jason Morrell spregiudicata, e smania per quel kitsch ecclesiastico.

Forse solo per dispettarlo, Gazelle investe che devono andare a fare shopping. Lei attenua in pieno di perquistare un albero con un diagramma grande abbastanza da riempire l'anticacamera a due piani. Lei sloggia completamente le lamentele sue di lui, obliterando i suoi avvertimenti su come suo padre era stato antedatato dall'impatto di un altro mostro dell'Oregon tipo quello. No, Gazelle, lei dice: «Zio». Dice: «Zio, decimeremo quell'albero con dissacrazioni natalizie di vetro colorato».

Comprare un albero, calcola Randy, costa meno che pagare gli elementi alla ex moglie. Insomma, procurano quell'albero e lo decimano con un migliaio di armamenti di vetro soffiato. Per far questo, lasciano aperta la porta di casa.

Niente sorprese per nessuno che Eleanor si estrapola da fuori la casa.

Esacerbando più svelta che mai, va a sottrarre il bambolotto di plastica di Gesù e mitiga verso nord-nordovest, a una velocità di fuga sempre più veloce.

Qualcuno passa da quelle parti, forse un ebreo o un testicolo di Geova ma qualcuno che non riconosce che Gesù è il figlio di Dio, pensano che Eleanor sta sbranando un bambino regolare. Gli viene a tutti questo sguardo deputizzato. Gli occhi puntati dei ficcanaso sembrano prolassati. E si mettono a perseguire Eleanor e a telefonare video finché ci sono cotillioni di altri scurrili Juan Cordoba con le sospensioni truccate che perseguono Eleanor a velocità pericolosamente alte. E tutti che smanacciano armi da fuoco illegali.

Offuscando il trambusto, Gazelle, lei leziona Randy. La zia la mena e la rimena su un certo orinatoio appeso al muro di un qualche mausoleo francese. Strilla: «Marcel Duchamp, zio!».

Un attimo è lì che gli lavora il tronco; un attimo dopo è lì che rigurgita semestri di leggii mal digeriti ai corsi di specificazione. La zia è un vero enigmo. E come lo deride. Gli fa: «Zio, non hai proprio mai letto nessuna roba di Lewis Hyde? Ma va' a nasconderti!».

E alla fine, Randy decifra una parola di quello che Gazelle sta strillando.

Traboccando dalla porta aperta, Randy grida: «Nascondino, Eleanor!».

E dietro di sé sente Gazelle, pesantemente indottrinata di Rémy

Martin. Sta ringhiando. «Zio!» ciurla Gazelle. «Zio, questo è per aver permeato la mia lambada!» E usando tutta la sua sconsiderata forza, attesta di rivoltare l'albero di Natale!

E lo sfortunato evento che ne consegue è uno zilione di tonnellate di aghi di pino assassini e di desecrazioni di vetro frattale che si abbattono sulla spina dorsale di Randy. Ciononostantedimeno, lui non muore prima di aver assistito alla accorante disfatta della Naivetà.

La sua pit bull, Eleanor, sta ricompensando il ritorno di Gesù Cristo dall'oltretomba. Serrato nel contesto delle zanne affilate di una pit bull, questo cimbalo morto e sbiadito sta ritornando a essere un vero Bambino Pieno di Buchi.

E rilasciandosi fuori dal suo corpo sforacchiato di lui, Randy vede che la vita è come un albero.

Prima, si muove lenta. Di una lentezza così stracciante che ti dimentichi di essere sempre in movimento. Che la tua vita è sempre in movimento. Che la tua vita è sempre in movimento. Dopo di che la tua vita si mette a muoversi più veloce che mai. Alla fine si muove troppo veloce da percezionare. Ciononostantedimeno continuando a sensibilizzare il sangue che estrapolava dal suo corpo, esacerbato dalle striature dannate inflesse dall'albero, Randy canta natalizio: «Nascondino, Eleanor! Nascondino!».

E linguaggiando su quella soglia che divina il partente dal morto – già mezzo spiritato – Randy canta: «Lavandino, E-l'amor!».

Accogliendo le forze, Randy canta con un filo di voce: «Netturbino! Mandolino! Aladino! Zibellino! Ci hai freddino! Tortellino! Idrosalino! Belluino! Paperino! Saltamartino!». Tutte queste parole cadono a pezzi mentre Randy va ad arricciarsi mai più felice e contento in seno al suo genitore antedatato.

E intanto, la pit bull...

Con tutta la velocità consentita dalle sue zampe pellicciose, Eleanor sta riverberando indietro verso nord. E anche se quei Juan Cordoba con le sospensioni truccate sono veloci, non si può negare che Eleanor la pit bull, come una scheggia, lei, con facilità, sempre ed eternamente, va più verace di tutti.

Di come Scimmia si sposò, comprò casa e trovò la felicità a Orlando

Tanti anni fa, prima del tempo della disillusione, Scimmia si aggirava per la foresta con la bocca grondante orgoglio. Dopo molti sforzi e sacrifici, aveva portato a termine la sua lunga formazione scolastica. Con Corvo si vantava: «Hai visto? Ho preso una laurea breve in scienze della comunicazione». Con Coyote si dava delle arie: «Ho fatto tanti utilissimi stage!». Prima del tempo in cui si sarebbe nutrita di vergogna e sconfitte, Scimmia andò a sfoggiare il suo curriculum all'ufficio Risorse Umane della Llewellyn Foods Product Marketers, Inc.

Scimmia chiese un colloquio a quattr'occhi con Criceta, la responsabile delle Risorse Umane, e porgendole il curriculum disse: «Mettimi alla prova. Affidami una missione eroica».

E fu così che Scimmia si ritrovò dietro a un tavolo pieghevole. Nel reparto alimentari dei supermercati offriva cubetti di salame trafitti da stuzzicadenti, porgeva bocconi di torta di mele serviti su piattini di carta o assaggi di tofu posati su fazzoletti di carta. Scimmia si cospargeva di profumo, allungava il collo perché il torpido Alce potesse annusarlo, e Alce comprava a più non posso. Scimmia aveva un fascino naturale e, quando sorrideva a Cervo o a Pantera, questi ricambiavano il sorriso e andavano a cercare qualunque prodotto lei stesse promuovendo, per comprarlo. Vendeva sigarette a Tasso, che non fumava. E vendeva striscioline di carne secca ad

Ariete, che era vegetariano. Scimmia era così abile che riusciva a vendere lozione per le mani a Serpente, che di mani non ne aveva!

Alla Llewellyn Foods, Criceta le disse: «Ho un posto per te a Las Vegas», e Las Vegas non fu che il primo di una lunga serie di trionfi. Scimmia, infatti, entrò a far parte di una squadra, dimostrando di avere talento per il lavoro di squadra. Quando Criceta proponeva a Scimmia di trasferirsi – a Philadelphia, nelle Città Gemelle, a San Francisco – lei era sempre entusiasta di andare a sbolognare una nuova salsa per tramezzini o a rifilare una nuova bevanda energetica. Vedendo il successo che aveva, Scimmia tornò da Criceta all'ufficio Risorse Umane e disse: «Tu mi hai fatto da mentore, Criceta, e io ho servito la Llewellyn Foods. Sottoponimi a una prova più difficile».

Criceta rispose: «Ti piacciono le sfide? Abbiamo un formaggio che non si riesce a vendere».

E Scimmia fu così presuntuosa da proporre: «Affidami questo formaggio problematico». Senza neanche dare un'occhiata al prodotto in questione, Scimmia promise di conquistare come minimo una quota del 14 per cento sul mercato altamente competitivo dei formaggi d'importazione di fascia media e garantì inoltre che avrebbe ottenuto quel risultato per almeno sette settimane, assicurando a quel nuovo formaggio una nicchia di mercato prima del successivo periodo di vacanze. In cambio, Criceta avrebbe fatto in modo che la Llewellyn Foods assegnasse a Scimmia la carica di supervisore regionale del Nordovest, consentendole di stabilirsi a Seattle e di comprare un appartamento e di trovarsi un compagno e di metter finalmente su una famiglia che facesse da complemento alla sua carriera. Soprattutto, però, Scimmia non sarebbe più stata costretta ad allungare il collo per farsi annusare da un altro stupido Alce. Né a sorridere accattivante in un Safeway a Sciacallo, che continuava a girarle intorno per ingozzarsi dei biscotti che offriva.

In quest'epoca remota, quando non aveva ancora provato il gusto amaro dell'insuccesso, Scimmia sedeva dietro l'ennesimo tavolino pieghevole, questa volta in un supermercato di Orlando, e sorrideva da dietro una foresta di stuzzicadenti, che formavano una specie di letto matrimoniale di chiodi, tutti infilzati in una sostanza luccicante e bianca tagliata a cubetti. Scimmia sorrideva senza sosta e incrociò lo sguardo di Orso Grizzly. In quel momento Scimmia disse tra sé: "Seattle, sto arrivando!". Ma Orso Grizzly, mentre attraversava il supermercato per avvicinarsi, si fermò all'improvviso. Annusando l'aria, Orso Grizzly sollevò una zampa e poi l'altra per vedere se sotto ci fosse traccia di qualcosa. Chinò con discrezione la testa e si annusò le ascelle. E solo a quel punto Orso Grizzly tornò a guardare Scimmia, ma senza sorridere e senza avvicinarsi oltre. Sulle labbra sembrò disegnarglisi una smorfia di disgusto, e Orso Grizzly si diede alla fuga. Con la trappola del suo sorriso, Scimmia cercò poi di catturare Lupo, ma questi non fece in tempo ad avvicinarsi che le narici presero a fremergli. Lupo spalancò inorridito gli occhi grigi e se la filò. Allo stesso modo, anche Aquila sembrò attratta dal fascino di Scimmia, ma non appena si fu abbassata un po' verso la sua postazione a emise uno stridio strozzato e batté in ritirata alla svelta, dispiegando le ali dorate.

All'inizio Scimmia non ci aveva fatto caso, forse perché aveva l'olfatto attenuato a furia di promuovere profumi e sigarette, ma quel formaggio aveva un odore disgustoso. Puzzava di feci e di capelli strinati ed essudava goccioline trasparenti di olio fetido. Dato il puzzo che esalava – si domandò Scimmia – come si poteva essere certi che quel formaggio non fosse andato a male? Da quello schifo di odore si poteva pensare che fosse pieno di salmonella. Per verificare tale teoria, Scimmia sorrise per accalappiare Porco, ma neanche costui volle avere a che fare con quella merce maleodorante. Con il sorriso ancora cristallizzato sulle labbra, Scimmia incrociò lo sguardo di Gorilla. Questi, che era il direttore del supermercato, se ne stava a distanza di sicurezza nel suo camice rosso. Con le braccia conserte sul torace poderoso, Gorilla scosse il gran testone e disse a Scimmia: «Solo un pazzo oserebbe assaggiare quel formaggio!».

Quella sera, dalla sua stanza di motel a Orlando, Scimmia telefonò a Criceta e disse: «Credo che il mio formaggio sia avariato».

All'altro capo del filo, Criceta rispose: «Tranquilla, il tuo formaggio va benissimo».

«Non ha un buon odore» insistette Scimmia.

«Contiamo su di te» disse Criceta. «Se c'è qualcuno che può conquistare una nicchia per quel formaggio, sei tu.» Criceta spiegò che la Llewellyn Foods aveva preso accordi per commercializzare quel formaggio su tutto il territorio nazionale a un prezzo così basso da comportare una perdita di dodici centesimi al pezzo. Criceta buttò lì che l'arcinemico di Scimmia, Coyote, stava promuovendo lo stesso formaggio a Raleigh-Durham e non aveva fatto parola di resistenze tra la clientela. Al telefono, Criceta fece un sonoro sospiro di esasperazione e disse che forse Coyote sarebbe stato più indicato come supervisore regionale del Nordovest. Che forse Coyote aveva più voglia di trasferirsi a Seattle.

Dopo aver riagganciato, Scimmia disse tra sé: "Non mi farò soffiare quel posto da Coyote. Criceta ha mentito. Coyote non saprebbe vendere neanche delle nocciole a Scoiattolo". Ciononostante Scimmia restò sveglia nel letto per tutta la notte – mentre Coniglio se la faceva con Visone nella stanza adiacente –, in ansia perché, malgrado la sua laurea in scienze della comunicazione, sarebbe rimasta bloccata da una barriera invisibile, da un soffitto di cristallo, a farsi annusare il collo da Alce per il resto della sua carriera. Bisognosa di consolazione, avrebbe voluto telefonare a sua madre o a suo padre, ma poi disse a se stessa: "Ormai sei grande, Scimmia. Non puoi scaricare sugli altri i tuoi problemi". E allora restò a letto, ad ascoltare i grugniti e le smanie che arrivavano dall'altra parte della parete fingendo di leggere *Lo scandalo Wapshot*. Appena il sole cominciò a sorgere su Orlando, Scimmia si vestì e si truccò, temendo che nessuno l'avrebbe mai amata. Che non avrebbe mai avuto una vera casa.

Il giorno seguente, seduta dietro la sua irta foresta di stuzzicadenti, Scimmia aspettava un animale in particolare. Rivolse un sorriso solare a Gufo; cercò di allettare Opossum, Tricheco e Puma, dicendo: «Venite ad assaggiare il mio formaggio! È prodotto in Svizzera, con latte bio da allevamento libero, senza ormoni bovini della crescita né ingredienti artificiali». Va detto che le parole di Scimmia erano bugie, invenzioni. Lei non sapeva nulla di quel formaggio. Non sapeva neppure che sapore avesse. Solo un malato di mente avrebbe addentato quel formaggio nauseabondo.

Quella sera, nella sua stanza di motel, Scimmia ruppe la catena di comando. Telefonò a Bisonte, il direttore nazionale delle vendite, quattro livelli più in alto di Criceta. Peggio ancora, Scimmia telefonò a Bisonte sul suo cellulare privato. Si presentò e Bisonte si limitò a rispondere: «Riferisci direttamente a me?».

Scimmia spiegò che faceva parte della squadra di promotori itineranti e che aveva l'incarico di diffondere un formaggio sul mercato della Florida. Era impegnata nella zona di Orlando, ma riteneva che il formaggio fosse avariato. Scimmia si rivolgeva a Bisonte chiamandolo "signore", anche se si era ripromessa di non farlo mai. Neanche con suo padre era mai stata tanto deferente.

«Avariato?» domandò Bisonte. Era sera, ma non tardi, a Chicago, eppure la voce di Bisonte suonava impastata. Scimmia sentì gorgoglii e altri rumori liquidi, come se qualcuno stesse tracannando gin da una bottiglia. Le parve di sentire un acciottolio di pastiglie. La voce di Bisonte rimbombava ed echeggiava come se abitasse in un posto cavernoso, e Scimmia immaginò che stesse parlando da un telefono ricoperto d'oro, seduto in un vasto salone con il pavimento di marmo e il soffitto affrescato.

«Signore» disse Scimmia, con una smorfia di orrore, «neanche Topo osa avvicinarsi.»

Bisonte domandò: «Ne hai parlato con Criceta?».

Scimmia disse: «Signore, prima o poi un bambino finirà per assaggiarlo e rimarrà intossicato, e io sarò accusata di omicidio colposo». E proseguì: «Sinceramente, persino Puzzola mi ha detto che ha un pessimo odore!».

Per tutta risposta, Bisonte disse che la vita non era una piscina.

Al telefono cominciò a blaterare di perseveranza. Suonava ora arrabbiato ora piagnucoloso, ma sempre molto ubriaco. Di punto in bianco le domandò: «Cos'è? Hai paura di avere la merda nel culo?».

E così per il terzo giorno, Scimmia tornò alla sua postazione, dietro la palizzata di stuzzicadenti simili a picche, a un recinto di spuntoni affilati. Da dietro questa barriera gli altri animali, Pantera e Porcospino, la guardavano con espressioni di aperto disprezzo o di profonda commiserazione. Un'invisibile nuvola di puzza di formaggio teneva tutti alla larga, e Scimmia, al centro degli sguardi, supplicava o blandiva affinché qualcuno si dimostrasse abbastanza coraggioso da assaggiare quel nuovo e meraviglioso prodotto. Scimmia inveiva tacciandoli di codardia. Li sfidava. Li corrompeva, assicurando che avrebbe restituito loro il doppio di quel che costava se dopo aver provato quel formaggio non l'avessero trovato di loro gradimento. Li lusingava dicendo: «Chi sarà il primo a sperimentare questa pura delizia?».

Da una distanza di sicurezza Corvo gridò: «Bisogna aspirare al suicidio per addentare quella roba!». Altri animali annuirono ridacchiando. Gorilla osservava la scena, battendo nervosamente a terra la punta di una zampa, intrecciando le enormi dita e facendole scrocchiare, pronto a scaraventare Scimmia in mezzo alla strada.

«Cara signora, se quella roba è così buona» disse Furetto, «perché non la mangia lei?»

Scimmia guardò il tavolino coperto di cubetti di veleno bianco. Disse tra sé: "Pensano tutti che questo orribile odore venga da me". La sua presunzione era sparita. Scimmia non dormiva da due giorni, e anche il suo orgoglio era scomparso. Disse tra sé: "Preferirei morire piuttosto che restare un altro istante qui, esposta al disprezzo o alla commiserazione di tutti". Immaginò di essere in punto di morte, tra dolori atroci, stesa sul pavimento di quel supermercato a Orlando. Si figurò le accuse di omicidio colposo, e i suoi genitori che ottenevano un epocale risarcimento in sede civile dopo aver fatto causa alla Llewellyn Foods. Scimmia prese uno stuzzicadenti tra due dita e lo sollevò tra sé e la folla. Tenne alto il cubetto di formaggio come fosse una torcia. Immaginò il proprio funerale e si vide morta in una bara con quelle dita ripiegate sul petto ormai freddo. Scimmia vide il proprio nome e la data di quel giorno scolpiti su una lapide. Il formaggio aveva l'odore della morte. Emanava lo stesso odore che anche lei ben presto avrebbe emanato.

"Affidami una missione eroica" disse Scimmia a se stessa, tenendo alto il formaggio. "Sottoponimi a una prova più difficile."

La folla osservava sbalordita, a bocca aperta. Tacchino piangeva sommessamente.

Scimmia chiuse gli occhi e si portò il formaggio alla bocca. Con le labbra lo staccò dallo stuzzicadenti e cominciò a masticare. Con gli occhi ancora chiusi, sentì Gorilla che gridava, con voce acutissima, in preda al panico: «Qualcuno chiami un'ambulanza!».

Scimmia mangiò il formaggio ma non morì. Continuò a mangiare. Non avrebbe mai voluto inghiottire, bensì solo masticare, sminuzzare il formaggio con i denti per sempre, così da non poter mangiare nient'altro. Il formaggio non la uccise; anzi, aveva un sapore... incredibile. Il peggior odore del mondo diventava il miglior gusto, tanto che dopo aver mandato giù il cubetto Scimmia succhiò lo stuzzicadenti di legno per ricavarne un ultimo accenno di quel sapore. Quel formaggio era dentro di lei, era parte di lei, e lei lo adorava.

Sorridendo, Scimmia aprì gli occhi e vide che tutti la scrutavano con espressioni di orrore: faccia contorta, occhi strabuzzati, come se l'avessero sorpresa a mangiare i suoi stessi escrementi. Se prima era apparsa loro ripugnante, ora la repulsione era persino peggiorata, ma a Scimmia non importava. Sotto gli occhi di tutti gli animali, mangiò un altro cubetto di formaggio, e poi un altro ancora. Voleva riempirsi la bocca di quel sapore e di quell'aroma straordinari fino a farsi venire il mal di pancia.

Quella sera, nella sua stanza del motel, squillò il telefono. Era Criceta, che disse: «Attendi in linea, ti metto in comunicazione con Bisonte». Scimmia attes, e dopo alcuni ticchettii una voce disse: «Pronto, sono Bisonte».

Bisonte disse: «Su consiglio dell'ufficio legale, abbiamo deciso di ritirare il formaggio dai negozi. Non possiamo correre rischi».

Scimmia capì che il suo lavoro era a rischio. Si ripromise di tacere e di lasciare che gli eventi seguissero il loro corso e invece disse: «Aspettate».

Criceta disse: «Nessuno ha intenzione di incolparti».

Scimmia disse: «Mi sbagliavo. Potete licenziarmi, ma quel formaggio è delizioso. Vi prego». E aggiunse: «Signore».

Con una voce da scrollata di spalle Bisonte disse: «La questione non dipende da noi». Al telefono disse: «Domani dovrai sbarazzarti dei campioni».

«Lo domandi a Coyote» supplicò Scimmia. «Anche lui sta promuovendo questo formaggio.»

«Coyote è a Seattle» disse Bisonte. «Lo abbiamo promosso a supervisore regionale del Nordovest.»

Vedendo che la sua bugia era stata scoperta, Criceta intervenne dicendo: «Accetta questa decisione per il bene della squadra, principessa. Altrimenti sei licenziata».

Dopo tutto il tempo passato a promuovere profumi, striscioline di carne secca e lozione per le mani, Scimmia aveva finalmente un prodotto nelle cui qualità credeva davvero. Fino a quel momento aveva solo desiderato che tutti amassero lei, ma adesso era pronta a lasciare il suo posto a un formaggio. Non le importava se gli altri animali la guardavano con evidente disgusto; era pronta a umiliarsi completamente davanti agli occhi di milioni di animali per la sola remota possibilità che uno di essi assaggiasse quel che lei aveva assaggiato e condividesse la sua fede. Se ciò si fosse verificato, quell'animale coraggioso avrebbe a sua volta amato il formaggio, e Scimmia non sarebbe più stata sola al mondo. Scimmia avrebbe sottoposto al martirio la propria dignità per la gloria di quel formaggio.

Stando a un SMS di Iguana, l'intero stock di formaggio era stato già venduto all'asta a un liquidatore. L'indomani Scimmia fece in modo di perdere il volo per Cleveland. Per le promozioni nei punti vendita Scimmia indossava sempre una polo rosa Brooks Brothers a due asole, con il bottone superiore aperto. Il rosa faceva molto ragazzina, sportiva, fighetta, e Scimmia non si sbottonava mai completamente. Quel giorno però, poiché si giocava il tutto per tutto, decise di usare l'artiglieria pesante: camicetta senza maniche, con le spalline larghe quanto un filo interdentale e così corta che l'orlo le fluttuava di un bel pezzo sopra l'ombelico, e reggiseno imbottito. Per promuovere quel formaggio Scimmia avrebbe recitato la parte della prostituta sacra, arruffianandosi i clienti come la Llewellyn Foods non aveva mai osato fare. Sfacciatamente, prese il tavolino pieghevole, gli stuzzicadenti e i cubetti bianchi capaci di dare l'acquolina in bocca, riempire il cuore e portare al nirvana e tornò al supermercato di Orlando. Dietro l'altare dei suoi assaggi, Scimmia sembrava una zelota. Una fanatica. Era un'evangelizzatrice, che predicava e arringava rivolgendosi a tutti nel supermercato gremito. Agli occhi dei clienti era una pazza – se mangiava quel formaggio sarebbe stata capace di qualunque cosa – e questo al momento sembrava proteggerla. Se solo fosse riuscita a comunicare la sua passione e a farsi comprendere anche da un solo altro animale, le sarebbe bastato.

«L'appagamento è a portata di mano» diceva Scimmia. «La beatitudine assoluta può essere vostra gratuitamente!» Solo l'odore di quel formaggio tratteneva Papera e Bue dall'agguantare Scimmia per scaraventarla bruscamente fuori dall'edificio, ma Orso Grizzly inveiva contro di lei gridando oscenità con le zampe a megafono intorno alla bocca, mentre Pappagallo la prendeva di mira con una gragnuola di monetine.

Nessuno stava dalla parte di Scimmia. Era sola, armata soltanto della sua fede.

Scimmia giocava sempre per la squadra, ma nella sua squadra ormai non c'era che lei.

Scoppiò il caos. La mandria si avventò contro il suo tavolo, rovesciandolo, e i suoi cubetti-campione rotolarono a terra. Sul cemento polveroso, dove solo il giorno prima Scimmia si era immaginata morta, il suo sacro formaggio veniva calpestato. Quel formaggio che lei amava più della sua stessa vita veniva ora spiaccicato sotto gli zoccoli di Renna e spalmato a terra sotto le zampe di Tigre. Una mano enorme serrò un braccio di Scimmia, che venne condotta a forza verso la porta. Era Gorilla, che la trascinava verso il resto della sua carriera alla Llewellyn Foods, che le avrebbe permesso di dormire tranquilla di notte. E di fare la sonnambula tutto il giorno. Un futuro in cui non avrebbe mai più avuto bisogno di essere del tutto sveglia.

L'unico cubetto salvatosi era quello infilzato nello stuzzicadenti che Scimmia aveva in mano. Era la sua spada e il suo graal, e Scimmia lo spinse davanti agli occhi di Gorilla. Gli infilò lo stuzzicadenti in fondo alla bocca, e lui tossì, mezzo soffocato, cercando di sputare il formaggio, ma Scimmia prese al volo l'umido cubetto bianco che stava per cadere a terra. Sollevò il palmo della mano che reggeva il viscido cubetto e lo premette sulle labbra di Gorilla. Mentre la calca degli altri animali li sollevava, trasportandoli verso l'uscita, Scimmia tenne la mano premuta davanti alla bocca di Gorilla, guardandolo negli occhi finché questi non ebbe masticato e deglutito. Finché lei non sentì i suoi potenti muscoli delle braccia mulinanti rilassarsi e rammollirsi, a significare che anche lui aveva capito.

Zombi

Fu Griffin Wilson a proporre la Teoria della De-Evoluzione. Sedeva due file dietro di me nell'aula di chimica organica, ed era la classica incarnazione del genio del male. Fu lui il primo a compiere il Grande Balzo all'Indietro.

Lo sanno tutti, perché anche Tricia Gedding era in infermeria quando lui spiccò il balzo. Lei era stesa sull'altro lettino, dietro una tenda di carta, a far finta di avere le sue cose per bigiare un compito a sorpresa di prospettive delle civiltà orientali. Tricia Gedding ha spiegato di aver udito un fortissimo *biiip*, ma di non averci fatto troppo caso. Quando lei e l'infermiera lo hanno trovato sul suo lettino, credevano che Griffin Wilson fosse il manichino su cui ci si esercita nelle tecniche di rianimazione cardiopolmonare. Respirava a malapena, senza quasi muovere un muscolo. Pensarono a uno scherzo, perché lui aveva ancora il portafogli stretto tra i denti e gli elettrodi applicati alle tempie.

Tra le mani reggeva una scatola grande quanto un dizionario e sembrava paralizzato nell'atto di premere un grosso pulsante rosso. Quella scatola l'avevano vista tutti così spesso appesa alla parete dell'infermeria che quasi non la riconobbero: era il defibrillatore, l'apparecchio per praticare l'elettroshock cardiaco. Griffin doveva aver sganciato il macchinario dalla parete e letto le istruzioni per l'uso. Aveva semplicemente tolto la carta cerata dalle parti adesive e si era applicato gli elettrodi ai lobi temporali. Praticamente una lobotomia facile come attaccare una figurina. Così facile che persino un sedicenne può farsela.

Durante la lezione d'inglese della signorina Chen avevamo studiato "Essere o non essere...", ma tra questi due estremi c'è una vasta zona grigia. Forse ai tempi di Shakespeare la gente non aveva altre opzioni. Griffin Wilson, invece, sapeva che i test attitudinali scolastici erano soltanto la via d'accesso a tutta una vita di stronzate. Al matrimonio e al college. Al pagamento delle tasse e all'impresa di crescere un figlio che non finisca per massacrare i compagni di scuola. E Griffin Wilson sapeva che le droghe erano solo un palliativo. Dopo che ti sei drogato, hai sempre bisogno di *altra* droga.

Il problema di essere Dotati e Talentuosi sta nel fatto che a volte si diventa *troppo intelligenti.* Mio zio Henry dice che fare una prima colazione sostanziosa è importante quando il cervello è ancora in crescita, ma nessuno dice che a volte il cervello può diventare *troppo grande.*

Siamo, fondamentalmente, grossi animali che si sono evoluti per rompere conchiglie e mangiare ostriche crude, ma adesso dobbiamo tenere il conto di tutt'e trecento le sorelle Kardashian e di tutti gli ottocento fratelli Baldwin. Davvero, alla velocità con cui si riproducono, i Kardashian e i Baldwin finiranno per cancellare qualunque altra stirpe umana. Dal punto di vista evolutivo, tutti gli altri, voi e io, non siamo che vicoli ciechi pronti a sparire in un batter d'occhio.

A Griffin Wilson si poteva fare qualunque domanda – ad esempio, chi ha firmato il Trattato di Gand – e lui, come il mago dei cartoni animati in TV, diceva: "Guarda, adesso tiro fuori un coniglio dal culo". Abracadabra, e ti dava la risposta. A chimica organica poteva andare avanti a parlare della Teoria delle Stringhe fino all'anossia, ma lui desiderava soprattutto essere felice. E non gli bastava non essere triste: voleva proprio essere felice come sono felici i cani. Non continuamente tirato da una parte all'altra da un bombardamento di Messaggi Istantanei e dai cambiamenti delle leggi fiscali federali. E non voleva morire, neanche. Voleva essere e anche non essere, ma nello stesso momento. Ecco che razza di genio pionieristico era.

Il responsabile della segreteria studenti chiese a Tricia Gedding di giurare che non ne avrebbe parlato con anima viva, ma si sa come vanno certe cose. Il distretto scolastico temeva che altri potessero emularlo. Quei defibrillatori sono dappertutto, ormai.

Dopo l'episodio dell'infermeria, Wilson mi è sembrato più felice che mai. È sempre lì a sghignazzare troppo rumorosamente e ad asciugarsi con la manica la bava che gli cola sul mento. Gli insegnanti di sostegno battono le mani e gli fanno i complimenti perché usa la toilette. Tutti noi dovremo lottare con le unghie e con i denti per la schifosa carriera che riusciremo a intraprendere, mentre Griffin Wilson sarà felicissimo delle sue caramelle sfuse e delle repliche di *Fraggle Rock* per il resto della vita. Prima, stava malissimo se non vinceva tutti i tornei di scacchi. Adesso, proprio ieri ha tirato fuori il cazzo e si è messo a masturbarsi durante l'appello. Prima che la professoressa Ramirez potesse arrivare alla S o alla T – con la gente che rispondeva "sono qui" o "presente" troppo lentamente, sghignazzando e guardando – prima che la professoressa Ramirez potesse accorrere tra due file di banchi per farlo smettere, Griffin Wilson ha gridato: «Guardate, adesso tiro fuori un coniglio dalle mutande» e ha spruzzatoil sugo caldo per fare i bambini su uno scaffale su cui c'erano soltanto un centinaio di copie del *Buio oltre la siepe*. E intanto continuava a ridere.

Lobotomizzato o no, non ha smesso di riconoscere il valore di un tormentone. Invece di essere un arraffadiploma qualunque, ora è l'anima della festa.

La scarica elettrica gli ha fatto persino andar via i brufoli.

È difficile trovare un risvolto negativo in risultati come questo.

Non era passata una settimana da quando lui si era trasformato in zombi, e Tricia Gedding, nella palestra in cui faceva zumba, tolse il defibrillatore dalla parete nello spogliatoio delle ragazze. Dopo essersi sottoposta da sola alla procedura stacca-e-attacca in un cubicolo dei bagni, ha smesso di preoccuparsi se e dove le vengono le mestruazioni. La sua migliore amica, Brie Phillips, si è impossessata del defibrillatore che c'era accanto ai bagni da Home Depot e ora, con la pioggia o con il sereno, se ne va in giro per la strada senza pantaloni. E non stiamo parlando della feccia della scuola. Stiamo parlando della capoclasse e della prima cheerleader. Dei più belli e dei più brillanti. Tutta gente che giocava da titolare nelle varie squadre della scuola. Ci sono voluti tutti i defibrillatori da qui al Canada, ma adesso, quando giocano a football, nessuno rispetta più le regole. E anche quando perdono, non smettono di sorridere e di scambiarsi manate per congratularsi.

Non hanno smesso di essere giovani e belli, ma non si preoccupano più di quando non lo saranno più.

È suicidio e allo stesso tempo non lo è. I giornali non diranno quanti sono veramente. I giornali si vantano. Attualmente, però, la pagina Facebook di Tricia Gedding ha più lettori del nostro quotidiano. Mass media, un cacchio. Riempiono la prima pagina di notizie su disoccupazione e guerra, ma non capiscono che questo ha un effetto negativo? Zio Henry mi legge un articolo sulla proposta di cambiamento di una legge dello Stato. I legislatori propongono un periodo di attesa di dieci giorni per la vendita di tutti i defibrillatori. Si parla di controlli obbligatori sulla situazione degli acquirenti e di screening di massa sulla salute mentale, ma per il momento non sono stati ancora approvati.

Zio Henry, seduto a tavola per la colazione, alza gli occhi dall'articolo e mi fissa. Mi rivolge uno sguardo severo e mi domanda: «Se tutti i tuoi amici si buttassero giù da una rupe, ti butteresti anche tu?».

Mio zio è quel che ho al posto dei genitori. Non lo ammetterà mai, ma c'è da divertirsi oltre l'orlo di quella rupe. C'è una fornitura illimitata di permessi di parcheggio per handicappati. Lo zio Henry non capisce che tutti i miei amici hanno già fatto il salto.

Ora saranno anche "diversamente abili", ma i miei amici continuano a rimorchiare. Più che mai. Hanno dei corpi meravigliosi e dei cervelli da bambini. LeQuisha Jefferson ha infilato la lingua dentro Hannah Finerman durante la lezione di avviamento alla carpenteria, l'ha fatta mugolare e contorcere lì appoggiata al trapano a colonna. E Laura Lynn Marshall? Ha fatto un pompino a Frank Randall in fondo al laboratorio di cucina internazionale, davanti a tutti. Tutti i loro falafel si sono bruciati, e nessuno ne ha fatto un caso di rilevanza nazionale.

Certo, dopo aver premuto il bottone rosso del defibrillatore una persona patisce delle conseguenze, ma non lo sa. Dopo essersi sottoposto alla Lobotomia a Pulsante, un ragazzo non va in galera neanche se ammazza qualcuno.

Durante una pausa delle lezioni ho domandato a Boris Declan se fa male. Era lì seduto in mensa con i segni rossi delle bruciature ancora freschi sulle tempie. Aveva i pantaloni abbassati fino alle ginocchia. Gli ho domandato se la scossa era dolorosa, e lui non mi ha risposto. Non subito, almeno. Si è soltanto tolto le dita dal culo e le ha annusate pensieroso. L'anno scorso, al liceo, l'avevano eletto Re del Ballo del primo biennio.

Per molti versi, adesso è più rilassato che mai. Con il culo di fuori, lì in mensa, mi offre un dito da annusare, e io gli dico: «No, grazie».

Dice che non si ricorda niente. Boris Declan sorride con un'aria svaccata e strafatta. Con la punta di un dito sporco si dà dei colpetti sul segno della bruciatura su un lato della testa. Poi indica con lo stesso dito appena tolto dal culo verso il lato opposto della sala. Alla parete che sta indicando c'è un manifesto sulle consulenze per l'orientamento: raffigura degli uccelli bianchi che volano in un cielo azzurro. In basso, in caratteri romanticheggianti, una scritta: "La vera felicità è un fatto accidentale". La scuola ha appeso quel manifesto per nascondere la sagoma del defibrillatore che era appeso lì.

La cosa evidente è che, dovunque andrà a finire, Boris Declan sarà al posto giusto. È già nel Nirvana del Trauma Cerebrale. Il distretto scolastico aveva ragione di temere lo spirito di emulazione.

Senza offesa per Gesù, i miti non erediteranno la terra. A giudicare dai reality show, saranno gli sbruffoni a impadronirsi di tutto. I Kardashian e i Baldwin sono specie infestanti. Come il kudzu o le cozze zebra. Che combattano quanto vogliono per il controllo del merdosissimo mondo reale.

Per tanto tempo ho dato ascolto a mio zio e ho rinunciato a buttarmi dalla rupe. Adesso, non sono più tanto sicuro. I quotidiani ci mettono in guardia dalle bombe all'antrace dei terroristi e da nuove virulente forme di meningite, e l'unica consolazione che sanno offrire è un buono sconto da venti centesimi sul deodorante per le ascelle.

Non avere preoccupazioni né rimpianti è una condizione molto allettante. Ormai, tra i miei compagni di scuola più in gamba sono tantissimi quelli che hanno scelto di friggersi da soli il cervello; solo gli sfigati se ne sono astenuti. Gli sfigati e chi è già deficiente per natura. La situazione è così disastrosa che rischio di essere io lo studente con i voti migliori. Ecco perché zio Henry ha deciso di portarmi via. Trasferendomi a Twin Falls, pensa di poter quantomeno ritardare l'inevitabile.

Così, mentre siamo seduti al gate dell'aeroporto, in attesa di salire a bordo del nostro volo, io annuncio che devo andare in bagno. Nel gabinetto degli uomini faccio finta di lavarmi le mani per potermi guardare allo specchio. Una volta lo zio mi ha domandato come mai lo faccio così spesso, e io gli ho risposto che non è per vanità, bensì per nostalgia. Gli specchi mi mostrano quel poco che rimane dei miei genitori.

Mi esercito a sorridere come mia madre. Le persone non si esercitano abbastanza a sorridere, tant'è vero che quando hanno bisogno di mostrarsi felici non riescono a ingannare nessuno. Sono lì che mi esercito a sorridere quando... eccolo lì: il mio biglietto per un futuro meravigliosamente felice di lavoro in un fast food. L'opposto, cioè, di una vita infelice spesa a lavorare come architetto o come cardiochirurgo famoso in tutto il mondo.

Sospeso poco più in alto della mia spalla, dietro di me, riflesso nello specchio. Come in una nuvoletta dei fumetti che racchiude i miei pensieri, c'è un defibrillatore. È appeso alla parete alle mie spalle, chiuso dentro una cassetta di metallo con sportello di vetro che si può aprire facendo scattare un allarme acustico e luminoso. Un cartello, appena sopra la cassetta, dice: "Defibrillatore semiautomatico", con il disegno di un lampo all'interno di un cuore da San Valentino. La cassetta di metallo è come la bacheca protettiva che contiene i gioielli della corona in un film su una grande rapina.

Aprendo la cassetta, ho fatto automaticamente scattare l'allarme e la luce intermittente. Alla svelta, prima che sopraggiunga di corsa qualche eroe, mi infilo con il defibrillatore nel bagno per handicappati. Seduto sulla tazza, lo apro a forza. Sul coperchio ci sono le istruzioni in inglese, spagnolo e francese e c'è persino la spiegazione a fumetti. Per renderlo utilizzabile anche dagli idioti, più o meno. Se aspetto troppo, perderò l'occasione. Presto i defibrillatori verranno messi sotto chiave, e una volta che saranno messi fuorilegge, solo gli infermieri potranno disporne.

Ho tra le mani la mia infanzia perenne. La mia personale Macchina per la Beatitudine.

Le mani sono la parte più intelligente del mio corpo. Le mie dita sanno come togliere la carta protettiva degli elettrodi e come applicarli alle tempie. Le mie orecchie, intanto, sentono il *biiip* insistente da cui deduco che l'apparecchio è carico come più non potrebbe.

I miei pollici sanno qual è la cosa migliore da fare. Esitano a poca distanza dal grande pulsante rosso. Così sono i videogiochi. Così è il bottone che il presidente deve premere per scatenare una guerra nucleare. Una piccola pressione, ed è la fine del mondo finora conosciuto. È l'inizio di una nuova realtà.

Essere o non essere. Il dono più grande che Dio ha fatto agli animali sta nel non aver offerto loro la scelta.

Ogni volta che apro un giornale, mi viene da vomitare. Tra dieci secondi non saprò neanche più leggere. Meglio ancora, non mi verrà neanche in mente. Non saprò più niente del cambiamento climatico globale. Non saprò più niente del cancro né dei genocidi né della SARS né del degrado ambientale né dei conflitti religiosi...

Gli altoparlanti mi stanno chiamando. Non saprò più nemmeno il mio nome.

Prima di fulminarmi, però, mi viene in mente lo zio Henry al gate, con i suoi biglietti in mano. Non si merita questo colpo. Deve almeno sapere che non è colpa sua.

Con gli elettrodi appiccicati alle tempie e il defibrillatore in mano, esco dal bagno e mi avvio per l'atrio dell'aeroporto verso il gate. I fili elettrici a spirale mi ricadono ai lati della faccia come bianche e sottili code di maiale. Con le mani reggo l'apparecchio davanti a me come farebbe un attentatore suicida, solo che io farò saltare in aria soltanto il mio quoziente intellettivo.

Quando mi vedono, uomini e donne d'affari abbandonano i loro trolley. Gente in vacanza con la famiglia allarga le braccia per portar via i bambini. Un tale si crede un eroe e grida: «Va tutto bene». Mi dice: «Hai mille ragioni per continuare a vivere sano».

Sappiamo entrambi che è un bugiardo.

Ho la faccia talmente sudata che gli elettrodi potrebbero staccarsi. Ho la mia ultima possibilità di dire quello che mi passa per la testa, perciò con tutta la gente che mi guarda confesserò: non so che cosa sia un lieto fine. E non ho idea di come risolvere problemi. Le porte dell'atrio si spalancano, arrivano di corsa i soldati della Homeland Security, e io mi sento come uno di quei monaci buddisti, del Tibet o di chissà dove, che si sia versato addosso la benzina senza accertarsi di avere l'accendino funzionante. Quanto sarebbe imbarazzante essere inzuppati di benzina e dover chiedere un fiammifero a uno sconosciuto... Tanto più che di fumatori ne sono ormai rimasti pochissimi. Io, nel bel mezzo dell'atrio dell'aeroporto, sto grondando sudore, non benzina, ma questa è la deriva dei miei pensieri che sfuggono al mio controllo.

Di punto in bianco sento che mio zio mi afferra per un braccio e dice: «Se ti farai del male, Trevor, farai del male anche a me».

Mi tiene per il braccio, e io ho il dito posato sul pulsante rosso. Gli dico che non è una gran tragedia. Gli dico: «Continuerò a volerti bene, zio Henry... solo che non saprò più chi sei».

Dentro la mia testa, i miei ultimi pensieri sono preghiere. Prego che la batteria dell'apparecchio sia davvero carica. Il voltaggio deve bastare a cancellare il ricordo del fatto che ho appena detto "volerti bene" davanti a svariate centinaia di sconosciuti e, peggio ancora, a mio zio. Non potrei sopportare di vivere con questo ricordo.

Le persone lì presenti, quasi tutte, invece di tentare di salvarmi estraggono i telefonini e si mettono a filmare la scena. Mi ricordano qualcosa: mi ricordano le feste di compleanno e di Natale. Un migliaio di ricordi mi piovono addosso per l'ultima volta, ed è una cosa che non avevo previsto. Non m'importa di perdere quel che ho imparato. Fa niente se dimentico come mi chiamo. Mi dispiace, però, perdere quel poco che ricordo dei miei genitori.

Gli occhi di mia madre e il naso e la fronte di mio padre sono morti, se si escludono le tracce che ne porto in faccia. E il pensiero di non poterli più riconoscere mi addolora. Dopo aver premuto il pulsante, il mio riflesso mi ricorderà soltanto me stesso.

Mio zio Henry ripete: «Se ti farai del male, farai del male anche a me».

Io dico: «Continuerò a essere tuo nipote, anche se non ne sarò più cosciente».

Non so perché, una donna si avvicina e afferra il braccio libero dello zio Henry. Dice: «Se ti farai del male, farai del male anche a me». Qualcun altro si aggrappa al braccio libero di questa donna e un'altra persona ancora si aggrappa al braccio libero di quest'ultimo. Dicono: «Se ti farai del male, farai del male anche a me». Altri sconosciuti si uniscono a sconosciuti formando una catena con ramificazioni varie, in modo da essere tutti uniti. Come molecole che si cristallizzano in una soluzione nel laboratorio di chimica organica. Tutti tengono il braccio di qualcuno, tutti sono collegati a tutti, e le voci ripetono la stessa frase: «Se ti farai del male, farai del male anche a me... Se ti farai del male, farai del male anche a me».

Queste parole formano un'onda lenta. Come un'eco al rallentatore si allontanano da me, percorrendo su e giù l'atrio dell'aeroporto in entrambe le direzioni. Ognuno si avvicina per afferrare qualcuno che afferra qualcun altro che afferra la persona che è aggrappata a mio zio il quale è aggrappato a me. È quel che accade, davvero. Sembra banale, ma solo perché le parole fanno sembrare banale tutto ciò che è vero. Perché le parole riescono sempre a rovinare qualunque cosa uno stia cercando di dire.

Voci di altre persone, in altri luoghi, perfetti sconosciuti lo dicono per telefono, davanti a videocamere. Le loro voci ripetono: «Se ti farai del male, farai del male anche a me...». E un bambino sbuca da dietro la cassa del Wiener Schnitzel, giù in fondo alla zona dei negozi, si aggrappa a qualcuno e grida: «Se ti farai del male, farai del male anche a me». E i bambini in coda da Taco Bell e quelli che sbrodolano latte da Starbucks si fermano, prendono per mano qualcuno che è incatenato a me per interposta persona e ripetono la frase. E proprio quando penso che dovrà pur finire e che tutti dovranno mollare la presa e andarsene, perché ogni cosa è bloccata e la gente si tiene per mano anche passando per il metal detector, in quel momento, dal televisore fissato al soffitto, l'annunciatore della CNN si porta un dito all'orecchio, come per sentirci meglio, e persino lui dice: «Notizia dell'ultima ora». Sembra confuso, mentre sta chiaramente leggendo da un "gobbo" fuori campo, e dice: «Se ti farai del male, farai del male anche a me». E alla sua voce si sovrappongono le voci dei commentatori politici di Fox News e i commentatori sportivi di ESPN, e tutti ripetono la stessa cosa.

Le televisioni mostrano persone, nei parcheggi e nelle zone di divieto di sosta con rimozione forzata, che si tengono per mano. Si stringono legami. Tutti intenti a caricare video di tutti, persone che si trovano a chilometri e chilometri di distanza da me, ma tutti a me collegati.

E dai walkie-talkie delle guardie della Homeland Security, tra i crepitii delle scariche elettrostatiche, altre voci dicono: «Se ti farai del male, farai del male anche a me».

A quel punto non c'è al mondo un defibrillatore tanto potente da scombinare i cervelli di tutte quelle persone. E comunque, sì, alla fine dovremo tutti mollare la presa, ma per un momento ancora sono tutti aggrappati a tutti, come a voler far durare per sempre questa concatenazione. E se una cosa impossibile come questa può verificarsi, chissà cos'altro potrebbe succedere... E una ragazza da Burger King grida: «Anch'io sono spaventata». E un ragazzo da Jack in the Box grida a sua volta: «Io sono sempre spaventato!». E tutti gli altri annuiscono, come a dire: "Anch'io!".

E a coronare il momento, una voce potente annuncia: «Attenzione!». Dall'alto, dice: «Si prega di prestare attenzione». È una voce di donna. È la donna che chiama i nomi delle persone all'altoparlante. Tutti i presenti sono in ascolto, l'intero aeroporto è ridotto al silenzio.

«Chiunque voi siate, dovete sapere...» dice la voce femminile dell'altoparlante. Tutti ascoltano, perché pensano che quella donna stia parlando con loro. Da un migliaio di altoparlanti lei comincia a cantare. Con quella voce, canta come fanno gli uccellini. Non come un pappagallo o come un uccello di Edgar Allan Poe che parli in inglese. Il suono è tutto trilli e scale come il canto di un canarino, note impossibili che una bocca non sa tradurre in sostantivi e verbi. Riusciamo ad apprezzarla anche senza comprenderla. E possiamo amarla anche senza coglierne il significato. Connessa via telefono e via TV, sta sincronizzando tutti, in tutto il mondo. Questa voce perfetta canta dall'alto rivolta a noi.

Meglio ancora... questa voce riempie ogni spazio, senza lasciare più neppure un angolino alla paura. Questo canto rende tutti gli orecchi un unico orecchio.

Non è esattamente la fine. Su ogni schermo ci sono io, così sudato che alla fine un elettrodo mi scivola lentamente sulla faccia.

Questo non è di certo il lieto fine che avevo in mente, ma in confronto a come questo racconto è iniziato – con Griffin Wilson in infermeria che si mette il portafogli tra i denti come un'arma – be', può darsi che non sia poi tanto male come punto di partenza.

Perdente

Il programma è sempre uguale, come ai tempi in cui eri ammalato, con la febbre altissima, e te ne stavi a casa a guardare la TV tutto il giorno. Non è *Affari vostri*. Non è *La ruota della fortuna*. Non è il programma di Monty Hall e neanche quello con Pat Sajak. È quell'altro, dove una voce tonante fuori campo ti chiama in mezzo al pubblico e dice: "Fatti avanti, sei il prossimo concorrente", e se indovini il prezzo di una scatola di Rice-A-Roni vinci una settimana di vacanza a Parigi con viaggio di andata e ritorno.

È quello il programma. Il premio non è mai qualcosa di utile, tipo dei bei vestiti o dei CD o della birra. Il premio è sempre un aspirapolvere o una lavatrice, qualcosa per cui potresti emozionarti se fossi tipo una casalinga.

È la Settimana del Reclutamento, e la tradizione vuole che tutti gli affiliati alla Zeta Delta Omega noleggino un grosso pullman per andare in uno studio televisivo ad assistere alla registrazione di questo programma. Le regole prevedono che tutti gli Zeta Deltoidi indossino la stessa maglietta rossa con stampate le lettere greche Zeta Delta Omega, serigrafate in nero. Prima però devi prenderti un piccolo francobollo di Hello Kitty, o mezzo francobollo, e aspettare che ti faccia effetto. Assomiglia a un francobollo di Hello Kitty e te lo devi succhiare e inghiottire, solo che in realtà è carta assorbente imbevuta di LSD.

In sostanza, gli Zeta Deltoidi si siedono tutti vicini a formare questa macchia rossa in mezzo al pubblico del programma e strillano e si agitano per essere inquadrati. Non sono come i Gamma Granfia-Tette. Non sono come i Lambda Stupra-Tipe. Gli Zeta Deltoidi sono quelli che tutti vorrebbero essere.

L'effetto che ti farà l'acido – se darai fuori di matto e ti ammazzerai o mangerai vivo qualcuno – non te lo dicono neanche.

È la tradizione.

Sin da quando eri un bambinetto con la febbre, tra i concorrenti che vengono chiamati a giocare in questo programma, quella voce potente chiama sempre un tizio che è un marine degli Stati Uniti in divisa della banda musicale con i bottoni di ottone. C'è sempre anche una vecchia nonna con la felpa. C'è un immigrato da qualche strano Paese, che non si capisce neanche la metà di quel che dice. C'è sempre l'ingegnere spaziale con una pancia enorme e il taschino della camicia pieno di biro.

Proprio come te lo ricordavi, da piccolo, solo che adesso... ci sono tutti gli Zeta Deltoidi che ti gridano qualcosa. Gridano così forte che devono strizzare gli occhi. Sono tutti soltanto una maglietta rossa e una bocca spalancata. Le loro mani ti sollevano dalla tua poltroncina e ti spingono nel corridoio tra due settori. La voce potente pronuncia il tuo nome, dicendoti di scendere. Sei il prossimo concorrente.

In bocca, l'Hello Kitty ha un sapore di gomma da masticare rosa. È l'Hello Kitty più diffuso, non quello al sapore di fragola o di cioccolato che il fratello di qualcuno prepara di notte nel laboratorio di scienze generali dove lavora come custode. Il bollino di carta sembra essertisi in parte incastrato in gola, solo che tu non hai voglia di vomitare davanti alle telecamere, non in un video registrato davanti a sconosciuti che ti guardano, per sempre.

Tutto il pubblico presente in studio si volta e ti vede incespicare nel corridoio tra i due settori con la tua maglietta rossa. Tutte le telecamere della TV zoomano su di te. Tutti che applaudono, proprio come te lo ricordavi. Quelle luci tipo Las Vegas, abbaglianti, che fanno risaltare tutto quello che c'è sul palco. È un'esperienza nuova, ma tu l'hai già visto fare uno zilione di milioni di volte, e in automatico ti accomodi nel posto vuoto accanto a dove si trova il marine degli Stati Uniti.

Il presentatore del programma, che non è Alex Trebek, agita un braccio, e una parte del palco comincia a muoversi. Non è un terremoto, ma una parete che scorre su rotelle invisibili, mentre le luci lampeggiano a intermittenza, velocissime: spente-accese, spente-accese, spente-accese, più veloci delle parole di un essere umano. Tutta quell'enorme parete di fondo del palco scorre di lato, e da dietro arriva una indossatrice altissima che risplende per via di un miliardo di milioni di frammenti luccicanti sul vestito aderentissimo, muovendo un lungo e magrissimo braccio a indicarti un tavolo con otto sedie, di quelli che potresti trovare in una sala da pranzo a casa di qualcuno nel giorno del Ringraziamento con sopra un grosso tacchino arrosto con patate e tutto il resto. Il suo punto vita da indossatrice ha una circonferenza così stretta che certi hanno il collo più largo. Ogni tetta grossa come la tua testa. Le luci tipo Las Vegas che lampeggiano tutt'intorno. La voce potente dice chi ha prodotto quel tavolo, con che tipo di legno. E dice qual è il prezzo al dettaglio consigliato.

Per vincere, il presentatore solleva una piccola scatola. Come un prestigiatore, mostra a tutti quel che c'è sotto: semplicemente una *cosa* intera di pane al naturale, come si presenta prima che venga tagliato a forma di qualcosa di mangiabile, tipo pane a cassetta o panino. Insomma, pane e basta, come tua madre potrebbe trovarlo alla fattoria o dove cacchio cresce il pane.

Il tavolo e le sedie sono totalmente e facilmente tuoi, solo che prima devi indovinare il prezzo di quella grossa pagnotta.

Dietro di te, la folla degli Zeta Deltoidi, tutti davvero ammassati uno sull'altro con le loro magliette, forma una specie di gigantesca increspatura rossa in mezzo al pubblico presente in studio. Non ti stanno neanche guardando, le loro teste così vicine che i capelli formano un grosso centro irsuto. Solo dopo un'eternità, tipo, ti squilla il telefono e uno degli Zeta Deltoidi ti dice che prezzo sparare.

Quel pane è sempre lì. Coperto da una crosta marrone. La voce potente dice che contiene dieci vitamine e minerali essenziali.

Il vecchio presentatore del programma, ti sta guardando più o meno come se non avesse mai e poi mai visto un telefono. Chiede: «Qual è il prezzo, secondo te?».

E tu: «Otto dollari?».

Dallo sguardo della vecchia nonna, sembra quasi che debbano chiamare degli infermieri per un attacco cardiaco. Da un polsino della felpa le penzola un brandello accartocciato di Kleenex che sembra l'imbottitura bianao di un orsacchiotto di peluche maltrattato a cui qualcuno ha voluto bene con troppa foga.

Per eliminarti con una mossa brillante, il marine degli Stati Uniti, quello stronzo, fa: «Nove dollari».

E per eliminare lui, l'ingegnere spaziale dice: «Dieci. Dieci dollari».

Dev'essere una specie di domanda trabocchetto, perché la vecchia nonna dice: «Un dollaro e novantanove centesimi», e allora parte la musica, fortissima, e le luci cominciano a lampeggiare a intermittenza. Il presentatore porta sul palco la nonnetta, che piange e gioca a un gioco in cui deve lanciare una palla da tennis per vincere un divano e un tavolo da biliardo. La sua faccia da nonna sembra stropicciata e raggrinzita come quel Kleenex, che lei tira fuori dalla manica della felpa. La voce potente chiama un'altra nonna a rimpiazzarla, e tutto ricomincia.

Al giro successivo, devi indovinare il prezzo di certe patate, ma tipo una gran massa di patate vere e vive, quando ancora non sono diventate cibo, così come te le danno i minatori o, insomma, quelli che scavano le patate in Irlanda, nell'Idaho o in qualche altro posto che comincia per I. Non sono neanche tagliate come patatine fritte o da sacchetto.

Se indovini, ti becchi un grosso orologio dentro una cassa di legno tipo la bara di Dracula all'impiedi, solo che dentro ci sono delle campane da chiesa che suonano a qualunque ora. Al telefono tua madre dice che si chiama "pendola del nonno". Tu gliela fai vedere lì in video e lei ti dice che secondo lei vale poco.

Tu, sul palco con le telecamere e le luci e tutti gli Zeta Deltoidi che ti mandano avvisi di chiamata, appoggi il telefono al petto e dici: «Mia madre vuole sapere se non avete qualcosa di meglio da farmi vincere».

Mostri a tua madre quelle patate in video, e lei ti domanda se il vecchio presentatore le ha comprate da A&P o da Safeway.

Chiami tuo padre con la selezione rapida, e lui ti domanda dell'aliquota fiscale.

Probabilmente è colpa dell'Hello Kitty, ma la faccia di quel grosso orologio draculesco ti guarda accigliata. È come se avesse degli occhi segreti e nascosti, e le palpebre si aprono, e si cominciano a vedere i denti, e tu senti un miliardo di milioni di giganteschi scarafaggi vivi che si muovono dentro quel cassone di legno. La pelle di tutte le supermodelle diventa di cera, e ti sorridono con quelle loro facce che non guardano da nessuna parte.

Tu dici il prezzo che ti suggerisce tua madre. Il marine degli Stati Uniti dice un dollaro in più. L'ingegnere spaziale dice un dollaro più di lui. Solo che questa volta... sei tu il vincitore.

Tutte le patate aprono i loro occhietti.

Però adesso devi indovinare il prezzo di un cartone, di quelli che si mettono nel frigo di casa, pieno di tutto il latte prodotto da una mucca. Devi indovinare il prezzo di un'intera scatola di cereali da prima colazione del tipo che potresti trovare nella dispensa in cucina. Dopo di che una massa gigantesca di sale puro, come lo troveresti nell'oceano, solo che è in una scatola rotonda, ma in una quantità che è più di quanto uno ne potrebbe mangiare in tutta una vita. Abbastanza sale da poter bordare un miliardo di milioni di bicchieri di Margarita.

Tutti gli Zeta Deltoidi si mettono a scriverti SMS come matti. La tua casella dei messaggi in arrivo si riempie.

Poi ci sono le uova tipo quelle che si vedono a Pasqua, solo che sono tutte bianche e allineate dentro una speciale scatola di cartone. Un'intera dozzina di uova. Uova davvero minimaliste, completamente bianche... così bianche che potresti stare a guardarle per sempre, solo che devi subito pensare a una grossa boccia, qualcosa che sembra shampoo giallo e invece è una roba grezza che si chiama olio da cucina, che tu non sai a che serve, e poi ancora devi indovinare il prezzo giusto di una cosa surgelata.

Ti metti una mano a mo' di visiera sulla fronte per guardare al di là delle luci della ribalta, ma gli Zeta Deltoidi sono tutti sperduti nel bagliore. Senti soltanto che stanno gridando tutti un prezzo diverso. Cinquantamila dollari. Un milione. Diecimila. Solo gente fuori di testa che urla dei numeri.

Come se lo studio televisivo fosse una specie di giungla oscura e le persone un branco di scimmie che fa versi da scimmie.

I molari, nella tua bocca, stanno digrignando di brutto, al punto che senti il sapore di metallo caldo delle otturazioni, quell'argento che si scioglie nei denti in fondo. Nel frattempo, le chiazze di sudore scendono a poco a poco dalle ascelle fino ai gomiti, chiazze rosso-nere su entrambi i lati della tua maglietta da Zeta Deltoide. Il gusto di argento fuso e di gomma da masticare rosa. È come un'apnea notturna, solo che è giorno, e tu devi ricordare a te stesso di respirare... ancora... mentre le supermodelle camminando su tacchi alti scintillanti provano a spacciare al pubblico forni a microonde o un tapis roulant, mentre tu sei lì che cerchi di decidere se sono davvero belle. Ti fanno girare un aggeggio che si mette a ruotare. Tu devi abbinare un mucchio d'immagini diverse in modo che si compongano alla perfezione. Come se fossi un topolino bianco al corso avanzato di principi di psicologia comportamentale, ti fanno indovinare qual è tra tanti barattoli di fagioli precotti quello che costa di più. Tutto 'sto daffare per vincere una roba su cui ti siedi per falciare l'erba del prato.

Grazie a tua madre che ti dice i prezzi, vinci un oggetto che potresti mettere in una stanza, rivestito in similpelle antimacchia facile da tenere in ordine e da pulire. Vinci uno di quegli affari su cui la gente potrebbe montare quand'è in vacanza per tutta una vita di divertimento e di entusiasmo familiare. Vinci una cosa dipinta a mano con il fascino da Vecchio Mondo ispirata alla recente uscita di un kolossal di successo.

È come quando stavi male con la febbre alta e il tuo cuore da bambino si metteva a battere forte e ti mancava il fiato alla sola idea che qualcuno potesse portare a casa un organo elettrico. Non importa quanto stavi male, continuavi a guardare quel programma finché la febbre non passava. Ti sembrava che tutte quelle luci intermittenti e quei mobili da giardino ti facessero stare meglio. Che ti guarissero o ti curassero in qualche modo.

È come se fosse passata un'eternità, ma continui a vincere fino al Gioco della Vetrina.

Lì ci siete solo tu e la vecchia nonna di prima, quella con la felpa, che ha l'aspetto di una normalissima nonna, solo che è sopravvissuta alle guerre mondiali e alle bombe nucleari, e probabilmente ha visto ammazzare tutti i Kennedy e Abraham Lincoln, e adesso è lì che saltella con le sue scarpe da tennis, che batte le sue mani da nonna circondata da supermodelle e da luci intermittenti, mentre la voce potente le promette un SUV, una televisione a schermo piatto e una pelliccia lunga fino al pavimento.

E forse sarà l'acido, ma è come se tutto fosse incoerente.

Insomma, vuoi vedere che, se fai una vita abbastanza noiosa da sapere il prezzo del Rice-A-Roni e dei würstel per hot dog, la grande ricompensa che ti danno è che puoi passare una settimana in un qualche albergo di Londra? Puoi prendere l'aereo per Roma. Cioè... Roma, in Italia. Ti riempi la testa di una quantità sufficiente di volgarissima spazzatura, e il premio è che delle supermodelle giganti ti consegnano un gatto delle nevi?

Se questo programma a premi vuole davvero scoprire quanto sei in gamba, dovrebbero chiederti quante calorie ci sono in un normale panino con cipolle e formaggio. E poi proseguire domandandoti il costo dei minuti di conversazione telefonica in una qualsiasi ora del giorno in base al tuo piano tariffario. Provate a chiedere a quanto ammonta una multa per aver superato di una cinquantina di chilometri all'ora il limite di velocità. Chiedete quanto costa il biglietto di andata e ritorno per passare le vacanze di primavera a Cabo San Lucas. Potresti dire quanto costa al centesimo un posto decente a un concerto della tournée di ricongiungimento dei Panic! at the Disco.

Dovrebbero domandarti il prezzo di un Long Island Iced Tea. Quant'è costato l'aborto di Marcia Sanders. Il prezzo della costosa medicina contro l'herpes che devi prendere senza che i tuoi genitori vengano a saperlo. Il prezzo del libro di testo dell'esame di storia dell'arte europea, che costa trecento dollari... e 'sti cazzi!

Chiederti quanto ti è costato quel bollino con Hello Kitty.

La nonnetta con la felpa spara una cifra regolare per la sua vetrina. Come sempre, la cifra annunciata appare composta di lucine sul davanti della sua postazione.

A questo punto tutti gli Zeta Deltoidi stanno strillando. Il tuo telefono continua a suonare.

Nella tua vetrina, una supermodella espone duecento chili e passa di carne cruda. Le bistecche sono infilate in un barbecue. Il barbecue si trova su un motoscafo che sta sopra un carrello-rimorchio che sta dentro una gigantesca roulotte attaccata a un pick-up che sta alla perfezione nel garage di una casa nuova di zecca a Austin. Cioè... Austin in Texas.

Intanto tutti gli Zeta Deltoidi si alzano in piedi. Salgono con i piedi sulle loro poltroncine ed esultano e si agitano e inneggiano. Non invocano il tuo nome, ma inneggiano a «Zeta Delta!». Cantano: «Zeta Delta!». Di nuovo: «Zeta Delta!», abbastanza forte da farsi sentire nella registrazione della puntata.

È probabilmente l'acido, ma... tu stai sfidando una vecchia anonima, una perfetta sconosciuta, per vincere delle cose che neanche vuoi.

Sarà l'acido, ma – in questo preciso istante – te ne fotti della specializzazione in economia aziendale. E affanculo l'ultimo esame di principi generali di contabilità.

Qualcosa che ti è rimasto un po' incastrato in gola ti dà un conato di vomito.

E di proposito, a caso, spari una cifra di un milione, un trilione, un fantastilione di dollari... e novantanove centesimi.

E tutto sprofonda nel silenzio. Tranne forse il lieve ticchettio di quella marea di luci tipo Las Vegas che si accendono e si spengono, si accendono e si spengono. Si accendono e si spengono.

Passa praticamente un'eternità e a quel punto il presentatore del programma ti viene un po' troppo vicino, in piedi accanto al gomito, e ti sibila: «Non puoi fare così». Sibila il presentatore: «Devi giocare per vincere...».

È talmente vicino che la sua faccia sembra spezzettata in un miliardo di milioni di frammenti incollati insieme per mezzo di un trucco rosaceo. Tipo Humpty Dumpty o un puzzle. Le sue rughe, come le ferite di guerra subite a furia di presentare questo programma in TV sin dall'inizio e per sempre. I capelli grigi, sempre pettinati nella stessa direzione.

La voce potente domanda – quella voce tonante e profonda che esplode da chissà dove, la voce di un gigante gigantesco che non si riesce a vedere –, ti chiede se puoi per favore ripetere la tua risposta.

E magari tu non sai che cosa vuoi dalla vita, ma sai di certo che non vuoi una pendola del nonno.

Un milione, un trilione... dici. Una cifra troppo grande persino per essere scritta sul davanti della tua postazione. Più zeri di tutte le lucine lampeggianti del mondo dei giochi a premi. E forse sarà l'Hello Kitty, ma ti vengono le lacrime agli occhi, e tu stai piangendo perché per la prima volta da quand'eri un bambinetto non sai che cosa succederà adesso, e le lacrime precipitano sul davanti della tua maglietta facendo diventare nere le parti rosse, tanto che quegli affari greci tipo omega non hanno più senso.

La voce di uno Zeta Deltoide, solitaria in mezzo a tutto quel grande pubblico silenzioso, grida: «Sei una schiappa!».

Sul piccolo schermo del tuo telefono, un SMS dice: "Coglione!".

L'SMS? Te l'ha mandato tua madre.

La nonna con la felpa sta piangendo anche lei, perché ha vinto. Tu stai singhiozzando... non sai perché.

Insomma, la nonnetta vince i gatti delle nevi e la pelliccia. Vince il motoscafo e tutta quella carne. Il tavolo, le sedie e il divano. Tutti i premi di entrambe le vetrine, perché la tua risposta era altissima, esageratamente alta. Sta saltellando in giro, con la sua dentiera smagliante che lancia sorrisi in tutte le direzioni. Il presentatore invita tutti a battere le mani, solo che gli Zeta Deltoidi non lo fanno. I familiari della vecchia nonnetta salgono sul palco – tutti i figli e i nipoti e i bisnipoti – e vanno a toccare con mano il SUV splendente, a toccare le supermodelle. La nonnetta pianta baci col rossetto vermiglio su tutta la faccia crepata del presentatore del programma. Sta dicendo: «Grazie». Dice: «Grazie». E ripete «Grazie» finché gli occhi della nonnetta non si rovesciano all'indietro, scomparendo sotto le palpebre aperte, e le sue mani afferrano la felpa là dove copre il suo cuore.

Red Sultan's Big Boy

Quel cavallo era enorme, almeno diciotto palmi al garrese. Lisa, però, era un problema ben più grande. Si era fissata su quel purosangue arabo di tre anni dal manto di un marrone rossiccio che pareva mogano lucidato. Considerato il pedigree, quel cavallo doveva costare migliaia di dollari oltre le loro possibilità. Randall domandò se non fosse un po' troppo grosso per una ragazzina.

«Ho tredici anni, papi» precisò indignata sua figlia.

Randall disse: «Ma devi proprio prendere uno stallone?!». Non gli era sfuggito che l'avesse chiamato "papi".

«È un cavallo bravissimo» assicurò lei. Lo aveva scoperto su internet. Tutto quel che sapeva lo sapeva grazie a internet. Erano appena fuori dallo steccato di un paddock. Sotto i loro occhi, un addestratore guidava l'arabo con una fune, facendogli percorrere dei cerchi e degli otto. Accanto a loro, un mediatore di bestiame guardò l'orologio, in attesa di una loro decisione.

Il cavallo si chiamava Red Sultan's Big Boy. Generato da Red Sultan e dalla madre Misty Blue Spring Meadow. Il cavallo di Lisa, un castrone pezzato, era morto una settimana prima, e lei aveva smesso di piangere solo da pochi minuti. Cercava di convincere il padre: «È un investimento».

«Seimila» disse il mediatore di bestiame intromettendosi. Squadrava Randall e Lisa come fossero una coppia di bifolchi che non avevano neanche due decini da sfregare uno contro l'altro. Il mediatore disse che da quando la bolla immobiliare era esplosa, la gente affondava i cabinati o li mandava alla deriva perché non riusciva più a pagare le spese di ormeggio. Anche il prezzo del fieno era salito alle stelle, e le spese di vitto e alloggio per i cavalli erano tali che la gente comune non poteva più permetterseli.

Randall non aveva mai visto l'oceano, ma l'affermazione del mediatore gli evocò l'immagine di una flottiglia di yacht e cabinati e motoscafi. I sogni e le aspirazioni della gente, tutti alla deriva. Un mare d'imbarcazioni da diporto abbandonate, radunate su una vasta distesa d'acqua, al largo.

«Di affari ne ho visti tanti» aggiunse il mediatore, «ma seimila dollari sono una cifra ridicola.»

Randall non era un esperto di cavalli, ma sapeva riconoscere un affare. Lo stallone era così docile che si avvicinò lentamente e lasciò che Lisa gli accarezzasse il muso. Lei con un pollice gli scostò le labbra per esaminare gengive e denti, così come si dà un calcetto alle gomme prima di acquistare un'auto usata. Il buonsenso suggeriva a Randall di continuare le ricerche. Di andare a visitare tutti i maneggi e gli allevatori fino alla contea di Chickasaw e di controllare i denti ad altri cavalli. Sulla base della sua esperienza, il prezzo di quel cavallo si sarebbe dovuto aggirare sui trentamila dollari, anche se il mercato era in crisi.

Lisa provò la morbidezza del manto strofinandoci contro una guancia. «È quello del video.»

Randall non sapeva se la figlia alludesse a Black Beauty, a Black Stallion o a Gran Premio. Erano un'infinità le storie melense di ragazzine innamorate del loro cavallo. Da qualche tempo, però, Lisa aveva un comportamento davvero maturo. Era bello vederla così entusiasta, soprattutto in considerazione del fatto che il suo cavallo, Sour Kraut, si era ammalato ed era morto così all'improvviso. Lo aveva cavalcato nel fine settimana precedente. Le foglie di ciliegio, però, a mangiarne troppe, possono avvelenare un cavallo, con l'arsenico che contengono. E anche le ortiche. Persino il trifoglio rosso, quando è umido. Durante la settimana, Lisa abitava con la madre in città. Nei weekend andava a trovare il padre. Il castrone pezzato stava ancora bene la domenica sera. Il lunedì mattina, Randall era andato a dargli da mangiare, e il povero Sour Kraut era steso a terra, con la schiuma alla bocca, stecchito.

Lisa non aveva detto niente, ma suo padre aveva il sospetto che lei lo ritenesse responsabile. Lo aveva chiamato il martedì, e per Randall era stata una piacevole sorpresa. Non telefonava quasi mai nel corso della settimana. Randall non aveva potuto evitare di dirle che il suo castrone era morto. Lisa non aveva pianto, almeno all'inizio. Forse per lo shock. Al telefono era sembrata tranquilla e molto distaccata. Magari era arrabbiata o lo stava già odiando. Un'adolescente disperatamente in cerca di qualcuno da incolpare. Il suo silenzio lo aveva angosciato più dei possibili singhiozzi.

Il venerdì era andato in città a prenderla, e aveva trovato Lisa in piena crisi di pianto: una bambina piagnucolosa. A metà del tragitto verso la casa del padre, però, si era già asciugata le lacrime, aveva tirato fuori il telefonino dallo zainetto e gli aveva domandato: «Domani possiamo andare da Conway, i mediatori di bestiame? Ti prego, papi!».

Lisa era una che non perdeva tempo. Il sabato mattina gli aveva fatto attaccare il trailer del cavallo all'auto. Prima ancora di aver visto un solo cavallo, lo aveva sollecitato ad accelerare, continuando a domandare senza tregua: «Hai portato il libretto degli assegni? Sei sicuro? Fammelo vedere, papi».

L'arabo non scuoteva la testa né raspava a terra con la zampa. All'interno del paddock, rimase perfettamente immobile quando Randall e il mediatore gli girarono intorno, sollevandogli gli zoccoli a uno a uno per esaminarli. Era così passivo che Randall si domandò se non l'avessero drogato. Pareva depresso. Quasi abbattuto. Secondo lui avrebbero dovuto farlo visitare da un veterinario. Un arabo così pacato doveva essere malato. Lisa però non aveva intenzione di aspettare.

In base agli accordi presi al momento del divorzio, a Randall era rimasta la casa, ma era giusto così, visto che il terreno su cui sorgeva apparteneva da sempre alla sua famiglia. Aveva ottenuto il terreno, il fienile e i recinti degli animali. Poteva tenere Lisa nei weekend. E fino alla settimana precedente si era dovuto occupare di Sour Kraut. Randall sarebbe stato disposto a pagare trentamila dollari pur di vedere la sua bambina tanto euforica. Lisa continuava a guardare prima il cavallo e poi lui, e poi di nuovo, avanti e indietro, senza parole. Era con tutta evidenza follemente innamorata di quell'animale.

Mentre Randall compilava e firmava l'assegno per il mediatore, Lisa stava già conducendo il cavallo all'interno del trailer. Red Sultan's Big Boy era loro. Di Lisa. Lo stallone la seguì con la sottomessa obbedienza di un cane fedele.

Era la prima volta dopo tanto tempo che Randall si sentiva un bravo padre.

Se lo stallone fosse stato drogato o malato, lo avrebbero scoperto presto.

Durante quel primo weekend Lisa fu felice come non era mai stata dal divorzio. Si iscrisse alle lezioni di dressage al maneggio dei Merriwether, in fondo alla strada. Le case della zona erano praticamente invisibili l'una dall'altra, sparse com'erano sui vasti campi verde scuro coperti di alfalfa. La scuola era chiusa, e gruppetti di adolescenti percorrevano a cavallo i sentieri di ghiaia ricavati sul ciglio delle tranquille strade della contea. Le allodole cantavano appollaiate sui paletti dei recinti. I cani trotterellavano accanto ai cavalli, e gli irrigatori ruotavano ticchettando e spruzzando al sole lunghi arcobaleni d'acqua. Quando uno di questi gruppetti arrivò davanti alla porta di casa sua, Randall dalla veranda guardò la figlia che si accodava. Red Sultan's Big Boy era bellissimo, e Lisa si pavoneggiava, chiaramente orgogliosa. Aveva fatto le trecce alla criniera dello stallone, il quale aveva atteso immobile e paziente che lei finisse di legarle con un nastro di raso azzurro.

Le amiche si raccolsero in cerchio intorno al cavallo, ammutolite dall'ammirazione, e lo toccavano con delicatezza come a volersi accertare che fosse vero. La scena evocò in Randall un ricordo della sua infanzia. A quei tempi, a intervalli di un paio d'anni, una compagnia d'avanspettacolo itinerante arrivava in paese con un rimorchio chiuso sulle cui fiancate, a caratteri da cowboy, formati da corde attorcigliate, c'era scritto: "Da non perdere! L'auto su cui sono morti Bonnie e Clyde!". Si fermavano nel parcheggio della Western Auto o scaricavano l'auto dal rimorchio vicino al viale centrale della fiera della contea. Era una coupé a due porte, crivellata di piccoli buchi, con strie di ruggine e i finestrini sfondati. Le gomme sgonfie e tutte sforacchiate. I fanali esplosi. Al prezzo di un quarto di dollaro lui andava a rabbrividire alla vista delle macchie di sangue sui sedili e a infilare le dita nei buchi delle pallottole. Quella truce reliquia dalle tenebre della storia... Da qualche parte aveva ancora una fotografia che lo ritraeva davanti a quell'auto insieme a Stu Gilcrest, all'età che aveva adesso Lisa. Lui e Stu si domandavano sempre a quale calibro corrispondessero i vari fori delle pallottole.

Quell'auto era spaventosa, ma era comunque importante, perché faceva parte della storia americana. Quel pezzo del vasto mondo, della realtà, era entrato nella sua vita a dimostrare che le lezioni che gli avevano insegnato erano vere. Chi pecca viene ripagato con la morte. E il crimine non paga.

Quel giorno le ragazze circondarono il cavallo come Randall e i suoi amici, da piccoli, avevano circondato l'Auto della Morte. Un anno era arrivata anche quella su cui era morto James Dean; un altr'anno era stata la volta dell'auto di Jayne Mansfield. Poi era toccato all'auto della morte di JFK. La gente si presentava in massa per toccarle. Per scattare fotografie. Per dimostrare agli amici di aver toccato qualcosa di terribile.

Mentre le ragazze del paese si affollavano intorno a lei, Lisa estrasse il telefonino dalla tasca posteriore e disse: «Certo che è lui! Ve lo dimostro». Digitò qualcosa. Dalla veranda, Randall sentì uscire alcuni suoni acuti dal telefonino. Le ragazzine che guardavano insieme a Lisa si abbandonarono a versacci e risate.

Qualunque cosa avessero appena visto, si misero ad accarezzare quel muso e quei fianchi bruno-rossicci. Sospiravano e uggiolavano. Reggevano con il braccio teso il telefonino e si scattavano dei selfie mentre con le labbra protese baciavano le guance del cavallo.

Il gruppo si era allontanato da meno di due ore quando il telefono di Randall si mise a squillare. Lui era in cucina per controllare le mail, ma sul suo monitor l'operazione non avanzava. Il provider del servizio operava via satellite, ma una cattiva connessione a internet non era poi una tragedia, soprattutto se si considera che un semplice *clic* può proiettare nella tranquilla e luminosa cucina di una persona tutto lo schifo e la depravazione del mondo. Di questi tempi ci vuole un grande impegno per preservare la purezza della vita dei bambini. Il vantaggio di una connessione veloce non valeva certo quanto l'innocenza di Lisa. Quello era un fatto che la madre della bambina non voleva accettare. Uno dei tanti.

Al telefono c'era Stu Gilcrest, che abitava in fondo alla strada. Gli disse: «Tua figlia è appena stata qui».

Così si comportano i bravi vicini. La loro era una comunità in cui tutti tenevano d'occhio i propri cari e quelli altrui. Randall gli disse che da luglio Lisa sarebbe stata lì molto più spesso.

«Tutta l'estate?» domandò meravigliato Stu. «È diventata proprio una bella signorina. Devi esserne molto orgoglioso.» C'era un che di vago nel suo tono. Come se se si stesse trattenendo dal dire qualcosa.

Randall lo ringraziò, ma poiché aveva la sensazione che ci fosse dell'altro, rimase in attesa.

Stu disse: «Ho visto che ha un nuovo cavallo».

Randall gli raccontò che Sour Kraut era morto e si vantò di aver girato in lungo e in largo alla ricerca di un sostituto. Aspettò che Stu si complimentasse per l'arabo purosangue, per la sua bellezza, per i suoi modi docili.

Quando gli rispose, Stu aveva ormai abbandonato il tono da amichevole vicino di casa. «Spero proprio di sbagliarmi.» Le sue parole si trasformarono in un rauco farfuglio. «Però mi pare che quel cavallo sia Red Sultan's Big Boy. Dico bene?»

Randall fu colto di sorpresa. Un brivido di terrore lo percorse. «Be', è davvero un ottimo cavallo» azzardò.

Stu non replicò. Non subito, almeno. Si schiarì la gola. Deglutì. «Randall» esordì, «noi siamo vicini di casa dai tempi dei tempi.»

«Da tre generazioni» confermò Randall. Gli domandò quale fosse il problema.

«Ti dico solo» spiegò imbarazzato Stu, «che tu e Lisa sarete sempre i benvenuti a casa mia.»

Randall non sapeva che cosa dire. «Stu...»

«Non sono affari miei» balbettò il vicino di casa, «ma Glenda e io preferiremmo che quell'animale non mettesse più piede sulla nostra proprietà.» Sembrava proprio che quelle parole gli fossero costate una certa sofferenza.

Randall gli domandò se si riferisse al cavallo. Lisa o il quadrupede avevano forse fatto qualcosa che aveva offeso l'amico? I Gilcrest avevano due figlie più o meno coetanee di Lisa. Le ragazze erano capaci di offendersi e di litigare, ma anche di fare la pace più rapide di un lampo di calore estivo. Amavano drammatizzare.

Si sentì un *clic* sulla linea. Una voce femminile si unì alla conversazione. Era Glenda, la moglie di Stu. Randall se la immaginò seduta sul letto, con la cornetta del secondo apparecchio in mano. Disse: «Randall, ti prego, cerca di capire. Non possiamo più dare alle nostre figlie il permesso di avvicinarsi a casa tua». Almeno finché quel cavallo non farà una brutta fine». Alle proteste di Randall, i suoi due interlocutori salutarono e riagganciarono.

Nelle quattro ore successive gli telefonarono quasi tutti i vicini: gli Hawkin e i Ramirez, i Coy e gli Shandy e i Turner... Evidentemente il gruppo delle piccole amazzoni stava facendo lentamente il giro del distretto, seguendo la County Road 17 fino a Boundary Lane, per poi muovere verso ovest lungo lo Sky Ridge Trail. Stavano facendo il tour di tutte le case delle ragazzine e di tutti i loro parenti. Furono appunto le madri e i padri, le zie e gli zii, i nonni e i cugini a telefonargli in rapida successione. Dopo qualche imbarazzata parola di saluto, ogni interlocutore domandava se Lisa stesse effettivamente cavalcando Red Sultan's Big Boy. E quando Randall diceva di sì, che era proprio quello il cavallo, tutti gli ripetevano che in futuro quell'animale non sarebbe stato il benvenuto. E nessuno sarebbe più andato a trovarli finché avessero tenuto a casa quel cavallo.

Lisa fu costretta a percorrere l'ultimo tratto della cavalcata in solitudine. Entro la metà del pomeriggio, a tutte le sue amiche era stato proibito di accompagnarla oltre. Nonostante questo, mentre se ne tornava verso casa, Lisa non pareva affatto scoraggiata. Avanzava a testa alta, con la schiena eretta: pareva compiaciuta, semmai. Trionfante, persino.

Quelle telefonate gli avevano fatto presagire il peggio. Si aspettava di trovare il cavallo recalcitrante e imbizzarrito, ma il purosangue arabo era compostissimo. Placido e sereno come sempre. Passandogli una striglia sui fianchi, Lisa disse che rispondeva perfettamente ai comandi. Che il suo passo era uniforme. Nulla lo spaventava, neanche le auto di passaggio o gli aerei da irrigazione a bassa quota. Nessuno si era mostrato scortese. Sembrava imperturbata dalle reazioni della gente. Avevano guardato il cavallo, ma nessuno dei parenti delle amiche si era avvicinato per toccarlo. Avevano semplicemente ordinato alle ragazze di smontare e di rientrare a casa.

Quella sera, dopo cena, mentre Randall e sua figlia stavano lavando i piatti, un'auto si fermò davanti a casa loro, sulla strada, all'estremità più lontana del vialetto d'accesso. Gli eventi della giornata lo avevano innervosito, sicché Randall tese l'orecchio in attesa che l'automezzo si allontanasse. Invece, sentì andare in frantumi la finestra della sala. Dei passi affrettati si allontanarono sulla ghiaia verso l'auto, e subito dopo si udì uno stridio di pneumatici in lontananza. Tra le schegge di vetro sul tappeto c'era un oggetto scuro e ricurvo. Un ferro di cavallo.

Lisa osservò il proietto, con le labbra piegate in un sorriso appena accennato.

Il sabato successivo caricarono Red Sultan's Big Boy sul trailer e si recarono al maneggio dei Merriwether. Enid Merriwether insegnava dressage sin da quando Randall era bambino. Il parcheggio del paddock era affollato di donne e bambine, perlopiù madri e figlie, con i rispettivi cavalli. Quando Lisa aprì il portello del loro trailer, il chiacchiericcio si zittì all'istante.

Una ragazza fece una risatina. Le signore la fecero tacere con un'occhiataccia.

Una voce disse: «Be', se quello non è Red Satan's Bad Boy...». Tutte le teste si voltarono a guardare Enid Merriwether, la grande cavallerizza, che si stava avvicinando. Il cuoio dei suoi stivali scricchiolava. Il sole si rifletteva sui bottoni della sua giacca a coda di rondine. In una mano teneva un frustino da dressage. Puntò lo sguardo sulla folla di donne scalpitanti e accigliate. Quindi, rivolgendosi a Lisa, disse, non senza una certa simpatia: «Mi dispiace, ma temo che per questa stagione abbiamo già un po' troppi iscritti».

Randall si fece avanti e disse: «Mi è capitato di vederne molti di più, d'iscritti». Senza contare le madri, limitandosi alle ragazze e ai relativi cavalli, non sembrava esserci più gente della media.

Come se non avesse sentito, Lisa fece scendere l'arabo dalla rampa del trailer. Enid fece un passo indietro. Enid Merriwether, che non aveva mai indietreggiato neanche davanti alla più bizzosa delle bestie, scrutò il purosangue arabo e fece segno alla folla di allontanarsi per lasciargli un po' di spazio. Sollevò il frustino, pronta a usarlo. «Ti sarei grata se fossi così gentile da rimettere questo animale sul tuo rimorchio e portarlo via dal mio maneggio.» Le persone presenti trattennero il respiro.

Lisa, sua figlia, con un tono di sfida che il padre non aveva mai colto nella sua voce, replicò ad alta voce. «Perché?» La sua faccia non era semplicemente accalorata. Era paonazza come quando si guarda il sole strizzando gli occhi.

La signorina Merriwether rise sguaiatamente. «Perché?» Guardò la folla in cerca di approvazione. «Quel cavallo è un assassino!»

Lisa, esaminandosi con noncuranza la manicure, disse: «Non è vero». Appoggiò la guancia a quella del cavallo e disse: «Davvero. È un amore».

La grande cavallerizza fece un cenno per accattivarsi la folla. «Anzi, è peggio di un assassino. E qui lo sanno tutti.»

Lisa guardò suo padre. Randall era sconcertato. Lo stallone sollevò la testa, tendendo il collo per annusare quell'aria nuova, e poi sbadigliò.

Con compassione e persino pietà, Enid Merriwether guardò la ragazzina sogghignante. «Lisa Randall, tu sai benissimo che quel dannato animale è malvagio.»

«Non è vero!» cantilenò Lisa. Diede un bacio al cavallo. Il gruppo delle madri trasalì.

Quella sera Randall inchiodò alcune assi per chiudere la finestra sfondata. Al calare del sole, il suo sguardo si posò sull'angolo del giardino dove aveva piantato una croce, fatta con due assi inchiodate dipinte di bianco, su cui aveva scritto il nome di Sour Kraut. Aveva detto a Lisa che il vecchio cavallo era sepolto lì, ma la verità era che la povera bestia defunta era stata portata con un camion a Harlow, oltre il confine dello Stato, in un impianto di trattamento dei rifiuti organici. Mentre lui guardava, Lisa raccolse un mazzetto di margherite da un'aiuola che era stata fatta dalla bisnonna del padre. Portò i fiori alla finta tomba e s'inginocchiò. La brezza della sera trasportava brandelli delle sue preghiere. Stava dicendo quanto voleva bene al suo vecchio cavallo e quanto voleva bene al nuovo purosangue arabo. Mentre ascoltava, Randall pensò che l'amore degli esseri umani per gli animali è la forma d'amore più pura. L'affetto provato per un animale – un cavallo, un gatto, un cane – è sempre una tragedia romantica. È un sentimento rivolto a qualcosa che è destinato a morire prima di noi. Come quel film con Ali MacGraw. Non c'è futuro: solo l'affetto del momento presente. Un amore che non si aspetta grandi ricompense future.

Con il buio sempre più fitto era difficile vedere in cortile, ma le parole di Lisa gli giungevano chiare. Stava dicendo che si divertiva. Che Red Sultan's Big Boy era bellissimo e che tutti lo adoravano. Quando aggiunse «Ti voglio bene, mami», Randall capì che la figlia stava parlando al telefonino.

Prima che lei rientrasse, Randall sentì squillare il telefono in cucina. Sul display c'era scritto: "Numero sconosciuto". Sollevò la cornetta.

La voce era di qualcuno con cui non aveva mai parlato. Ne era sicuro: se la sarebbe senz'altro ricordata, quella voce. Quel particolare rantolo. Quell'ansimare sfiatato. Con quella voce che Randall non avrebbe più dimenticato, lo sconosciuto disse: «Sbaglio o è lei l'attuale proprietario di uno stallone arabo che si chiama Red Sultan's Big Boy?».

Randall si preparò ad ascoltare una sfilza d'insulti. Sentì Lisa che saliva i gradini della veranda.

A sorpresa, la voce all'altro capo proseguì: «Ci terrei a farle sapere che sono pronto a pagare cinquecentomila dollari per l'animale in questione».

Una voce domandò: «Con chi sei al telefono, papà?». Era Lisa, lì accanto a lui.

«Nessuno» disse Randall, e riagganciò.

La settimana seguente, ebbe un presentimento e raggiunse l'impianto di smaltimento di Harlow oltre il confine. Non è esattamente il posto dove si va per capriccio: la classica "fabbrica di colla". C'era una puzza da svenire. Seguì il perimetro dell'impianto cinto da un reticolato finché non giunse a un cancello chiuso da un lucchetto. Appena all'interno c'era una roulotte. Randall suonò il clacson e aspettò. Dalla roulotte uscì un uomo che gli domandò cosa volesse, e lui spiegò di aver spedito lì il cadavere di Sour Kraut un paio di settimane prima. Senza aprire il cancello, il tizio tirò fuori un registro e si mise a sfogliare le pagine. «Un castrone pezzato, diceva?»

Randall domandò: «Ha qualche informazione?».

Dopo aver girato un mucchio di pagine, il tizio disse: «Ecco qui. Il manto era in ottime condizioni. Le ossa. Gli zoccoli». Chiaramente, non avevano buttato via nulla.

Randall domandò: «Si sa qualcosa sulla causa della morte?».

Il tizio disse: «La contea ci fa fare il test sull'encefalopatia spongiforme».

Randall aspettò. Nella sua mente campeggiava l'immagine di Sour Kraut a terra nella stalla, con il collo proteso e la testa reclinata in una pozza di schiuma sanguinolenta.

L'addetto dell'impianto girò il registro per mostrarglielo. Con la punta di un dito picchiettò su una riga dove c'era scritto: "Atropina". «Attacco cardiaco» disse poi. «È probabile che il suo cavallo abbia trovato piante velenose tipo il gelsomino di notte o magari il *solanum crispum*.»

Randall domandò: «Quanto ci mettono queste piante ad ammazzare un cavallo?». Si sentiva tutti i muscoli fiacchi, come se fosse appena uscito da una doccia troppo calda.

«Non molto.» Il tizio scosse la testa. «Quel cavallo dev'essere morto dove ha mangiato la pianta.»

Nel corso di quella settimana arrivarono altre strane telefonate, tutte di persone che si offrivano di acquistare il cavallo. Tra queste anche quella del mediatore che gliel'aveva venduto. Era giovedì sera. Disse che era disposto a ricomprare il cavallo. «Non per me, sia chiaro.» Il mediatore sembrava volersi giustificare. «Io parlo esclusivamente a nome di terzi.» Esordì con un'offerta di dodicimila dollari. Il doppio di quanto l'aveva pagato. Senza giri di parole, Randall gli domandò che cosa c'era sotto. Il mediatore domandò a sua volta: «Mi sta dicendo che davvero non lo sa?».

Cauto, Randall scosse la testa. Si ricordò di essere al telefono e domandò: «Che cosa ci sarebbe da sapere?».

«Non ha visto il video?» continuò il mediatore. «Dato che il video ha avuto una diffusione virale, mi stanno arrivando richieste da ogni angolo del mondo.»

Prima che Randall potesse riagganciare, il mediatore lo informò: «Sua figlia mi ha già telefonato e mi ha detto di respingere tutte le offerte, ma è lei, signore, il proprietario e l'intestatario dei documenti».

Fino a quel momento, la cosa peggiore che Randall avesse mai visto era un film, *Signal 30*, cui il professor O'Connor aveva preteso che tutta la classe, una prima media, assistesse, affinché i suoi studenti imparassero a fare attenzione nelle vicinanze dei passaggi a livello e a mettere sempre le cinture di sicurezza quando andavano in auto. Il ricordo era come le scarpine da neonati bronzate o i batuffoli di cotone che si trovavano un tempo nelle boccette di aspirina: quasi svanito. Il film scolastico mostrava fotografie in bianco e nero di carcasse di automobili e di persone mortalmente trafitte da piantoni dello sterzo. I parabrezza parevano sfondati da palle di cannone, mentre in realtà a sfondarli erano stati dei bambini sbalzati all'esterno. Il sangue e il lubrificante avevano lo stesso colore nero inchiostro. Perciò era difficile capire se una pozza sul selciato accanto a una berlina accartocciata veniva da una coppa dell'olio o da qualcuno che era morto dissanguato. Un ragazzino, Logan Carlisle, era svenuto in classe. Forse anche Eva Newsome era svenuta. Un'inquietante voce fuori campo aveva cucito insieme gli incubi dicendo: "La prossima volta che vi verrà in mente di poter battere sul tempo un treno-merci, pensateci due volte!". Dopo di che si era sentito il fischio di un treno e gli effetti sonori di cristalli infranti e metallo sventrato, seguiti da immagini-flash di adolescenti morti sparpagliati intorno a un'auto ridotta a un ammasso di rottami da una locomotiva della Southern Pacific.

La voce tonante domandava: "Credete che sia saggio sorpassare uno scuola-bus in sosta? Be', non siatene tanto sicuri!". Lo schermo del cinema veniva occupato da un'imprecisata stradina di campagna a due corsie cosparsa di corpicini maciullati.

La seconda cosa peggiore della sua vita Randall l'aveva vista in un negozio di barbiere, dove sotto un mucchio di "Playboy" tenevano delle riviste di cronaca nera. Pagine e pagine di foto di reati a sfondo sessuale. Atrocità. Tipo una donna nuda e anche bella, a parte il fatto che aveva le braccia e le gambe amputate con una mannaia ed era stata infilata in una valigia aperta, con una striscia nera che le copriva gli occhi per proteggere la sua dignità. Un'altra foto raffigurava una donna stesa su un tappeto a fiori in una stanza d'albergo vecchio stile e strangolata con il cavo di un telefono a disco. Su quelle pagine ruvide e ingiallite c'erano pagine e pagine di donne, nude e morte ammazzate nei modi più disparati, ma sempre con quelle strisce nere a nascondere gli occhi.

In confronto a *Signal 30* e alle riviste del barbiere, quel che Randall trovò su internet era peggio. Vedere un filmato come quello era praticamente come ingurgitare veleno. Gli bastarono un paio di minuti per riconoscere il suo cavallo. Quello che Red Sultan's Big Boy faceva a un uomo nudo e chino in avanti era l'abominio supremo. Immagini che Randall si sarebbe portato fino alla tomba.

Se non altro, era consolante sapere di essere l'ultimo, tra tutti i suoi amici e vicini di casa, a essere intaccato dalla vista di quella strana e triste scelleratezza. Allo stesso tempo, era quanto mai spiacevole immaginare quel che gli altri dovevano aver immaginato, dopo aver saputo che lui teneva in casa quel purosangue. Dove loro scorgevano un peccato, però, lui vedeva soltanto solitudine. Un tipo di solitudine di cui fino a quel momento Randall non aveva mai sospettato l'esistenza.

Premette Invio e guardò il video una seconda volta.

Poteva darsi che quanto accadeva in quel video non avesse a che fare con il piacere quanto piuttosto con la possibilità di sopravvivere alla realtà di ciò che la vita ci infligge ogni giorno. Randall pensò che il punto fosse la sottomissione a un potere superiore. Che quell'esperienza fosse stata un piacere o piuttosto un modo per mettersi fisicamente alla prova, non presentava gli impicci derivanti dalle concezioni romantiche dell'amore. Era un tipo di amore religioso, piuttosto. Quel che si vedeva era una penitenza, un atto di contrizione.

Randall riconobbe in sé il desiderio di non essere padrone della situazione, di perdere il controllo. Il desiderio di compiacere un tipo di divinità enorme e strapotente. Di fare esperienza della Sua devastante approvazione.

Premette di nuovo Invio per riprovare quella sensazione.

Lo spaventava il pensiero opposto. L'idea, cioè, che potesse essere un piacere, un piacere che andava al di là di quel che la gente aveva mai immaginato, un piacere per cui si può scegliere di morire. Un'estasi fisica.

Dai grugniti e dai gemiti registrati si sarebbe detto che l'uomo sottomesso da quel cavallo stesse godendo come non mai. Di certo sapeva di essere ripreso. La cosa, però, sembrava non avere importanza, a giudicare da come quel tizio inarcava la schiena e da come sorrideva, seppure a occhi chiusi. Era strano vedere una persona così felice senza infingimenti. Sullo schermo del computer, l'uomo piegava ulteriormente le ginocchia, spingendo il bacino contro i fianchi sgroppanti dello stallone. Qualcosa di scuro, un'ombra o forse del sangue, cominciò a colargli lungo una gamba.

Randall premette Invio, e l'avventura ricominciò. Questa volta concentrò l'attenzione sul cavallo.

A posteriori, Randall capì che l'ombra che si allungava sulla gamba dell'uomo doveva essere sperma. Troppo per essere umano.

Premette Invio un'altra volta. Aveva ancora la finestra da riparare. Andò avanti tutta la notte a premere Invio. Tolse l'audio, ma continuò a guardare anche quando gli squillò il telefono. «Come forse lei sa» disse la persona che lo aveva chiamato, «il cavallo è dotato di un certo talento che lo rende straordinariamente prezioso per un selezionato gruppo di acquirenti.» Era la stessa voce di qualche sera prima. «Sento il dovere di avvertirla: questa è gente che non esiterebbe a usare la violenza per i propri scopi.»

Randall continuò a guardare il video finché non arrivò il venerdì, ossia il momento di andare a prendere la figlia per il weekend.

Si erano trasferiti in quella casa dopo la morte del padre di Randall. Loro tre, quando Lisa era nata da poco. Il padre di Randall aveva trascorso gli ultimi due anni di vita in una casa di cura, in città, dove loro andavano a trovarlo quasi tutti i giorni. E in quel periodo la casa era rimasta chiusa, come una specie di capsula del tempo. Il pianoforte era lì dov'era sempre stato. Ogni piatto, ogni utensile aveva una storia. Non ci si poteva sbarazzare di nulla. Ogni cuscino ornamentale evocava un lungo sermone che dava conto di ogni sua macchia e ogni rammendo. Se la moglie di Randall spostava un forchettone da un cassetto a un altro, lui lo rimetteva al suo posto originario. Lei aveva comprato della vernice verde per ridipingere la camera da letto al piano superiore, e lui gliel'aveva fatta riportare indietro. La carta da parati in quella stanza era stata messa dalla zia di Randall. Ogni più piccola cucitura in ogni singola coperta era sacra. Ogni tacca incisa sullo stipite della porta della cucina indicava la progressiva crescita di persone defunte da tempo. Erano diventati i conservatori di un museo. Alla fine, sua moglie se n'era tornata in città. Tutto ciò che lui vedeva come il proprio romanzo familiare, per Estelle era una maledizione.

Lisa andava a trovarlo piena di risentimento, sempre annoiata, finché lui non le aveva comprato Sour Kraut. E la bambina si era presa cura del cavallo con la stessa intensità che lui dedicava alla casa paterna e alla fattòria. Né il padre né la figlia sapevano resistere al richiamo di ciò che era inerme.

Davanti a casa di Estelle, Lisa buttò lo zaino sul sedile posteriore dell'auto di Randall. Parlava al telefono quando si accomodò sul sedile davanti accanto al padre. Stava dicendo: «Non è un problema mio. Se pensa di poter trovare un altro cavallo che fa al caso suo, faccia pure, prego!». Rivolse uno sguardo furtivo al padre e gli strizzò l'occhio. «Ci sono delle offerte in ballo.»

Senza guardarla, lui le domandò: «È vero?».

Lisa sfiorò il display del suo telefonino. «È vero che cosa?» Poi, ridacchiando, aggiunse: «Intendi il video?».

Era una cosa oscena. Atroce.

Alzando gli occhi al cielo, Lisa argomentò: «Paris Hilton, Kim Kardashian, Pam Anderson, Rob Lowe... Chi è che non ha fatto un video sexy?». Scoppiò a ridere. «Papi, spacca!»

Randall serrò le mani sul volante. «Mi stai dicendo che l'hai visto?»

Era un classico di internet, come il mito di cui avevano letto a scuola, disse lei. Leda e il cigno. Le sue amiche non avevano mai visto nulla di più divertente.

Randall disse che non era affatto divertente. Era tragico, anzi.

Con i pollici che picchiettavano sui minuscoli tasti del telefonino, in cerca di fatti, Lisa insistette. «Ma certo che è divertente, papi!»

Randall le chiese di spiegargli il perché.

Lei rispose come se fosse la prima volta che ci rifletteva su. «Non lo so. Perché il tizio era bianco, credo.» Leggeva le informazioni a mano a mano che affioravano. L'uomo del video era eterosessuale, divorziato con un figlio, ed era morto per la rottura del colon sigmoideo. Gli sorrise. «Era ricchissimo. Un pezzo grosso della Hewlett-Packard o un membro del complesso militar-industriale: il suo nome era nell'elenco dei 500 più ricchi del mondo pubblicato da "Forbes".»

Randall obiettò: «E se si fosse trattato di una ragazzina della tua età?».

Lisa agitò un dito. «In tal caso, tutti quelli che hanno anche solo visto quel video sarebbero in galera.»

Randall sondò il terreno. «E se quell'uomo non fosse stato bianco?»

Lisa faceva scorrere le schermate e ogni tanto picchiettava sul display del telefonino. «Se fosse stato un nero, sarebbe stato un video razzista. Nessuno lo avrebbe postato da nessuna parte.»

Se avesse mostrato il cavallo alle prese con una donna, spiegò Lisa, si sarebbe trattato di un video misogino, che promuoveva la violenza sulle donne. Se anche la donna fosse stata consenziente, la si sarebbe considerata costretta ad agire in quel modo dalla cultura dominante e dal disprezzo di sé interiorizzato. Stesso discorso se si fosse trattato di un omosessuale. No, la ragione per cui quel video era divertente stava nel fatto che la vittima era un uomo bianco, adulto ed eterosessuale. Lisa disse: «Ho scritto una tesina per il corso scolastico di prospettive di genere». Alzò gli occhi dal telefono, con un sorriso smagliante. «Ho preso 10.»

Randall balbettò. «Ma quell'uomo è morto.»

La figlia si strinse nelle spalle. «Non durante le riprese. È morto diverse ore più tardi al pronto soccorso.»

Il telefono di Randall si mise a squillare. Era il mediatore di bestiame. Randall non rispose.

Lisa continuò il ragionamento, serena. «È come assistere alla vendetta di Madre Natura per il riscaldamento globale causato dal patriarcato bianco.» Sospirò. «Non prenderlo come un fatto personale, papi. Sei solo nato nel momento storico peggiore per essere un maschio bianco, eterosessuale e cristiano.»

Era la spocchia del suo tono, quella inattaccabile sicurezza, che induceva Randall a star male per lei. Percorsero chilometri prima che trovasse il coraggio di domandarle: «Sei stata tu a uccidere Sour Kraut?».

Scorrendo i messaggi che stava ricevendo, la figlia rispose: «Le offerte sono arrivate a due milioni e mezzo di dollari».

Queste furono le ultime parole che scambiarono.

Era quasi buio quando arrivarono alla casa in campagna, ma un gruppo di adolescenti, ragazzi e ragazze, si era radunato nella speranza di vedere Red Sultan's Big Boy. Entrando in casa, Randall sentì Lisa informare gli amici che solo per vedere il cavallo avrebbero dovuto darle cinque dollari. Per un selfie ce ne sarebbero voluti dieci.

Appena prima di cena il mediatore gli scrisse un SMS per dirgli che l'offerta era ormai prossima ai tre milioni.

Randall rispose: «In contanti?».

Era impossibile trattenersi dal fare progetti. Con quei soldi avrebbe potuto garantire a Lisa un'istruzione di prim'ordine. Una nuova vita, chissà dove, tale da far felice Estelle. La libertà dal passato. Digitò: «Che cosa ne sarà del cavallo?».

Il mediatore rispose: «LOL. Le garantisco che non finirà a trainare un carro. Quel cavallo farà una vita che lei e io possiamo solo sognare».

Sulla base del video, in effetti, nessuno avrebbe potuto dire che il cavallo stava soffrendo. Tra la qualità di una vita come quella e una passata, poniamo, a tirare l'aratro non c'era paragone. Gli esseri umani potevano dunque infliggere agli animali qualunque cosa – affollamento, sostanze chimiche, mutilazioni, sofferenze di vario tipo fino alla morte – ma non il piacere?

Per tutto il weekend Lisa se ne andò in giro per il distretto a far sfoggio del cavallo.

Randall... Randall, invece, andò a frugare dentro vecchi scatoloni. La famiglia non aveva mai buttato via niente. Trovò le fotografie che lo ritraevano con Stu Gilcrest davanti all'auto della morte di Bonnie e Clyde. I due ragazzi sorridevano felici. Avevano entrambi infilato un dito in un foro di proiettile nella portiera dal lato del guidatore. A seconda di chi raccontava la loro storia, Bonnie Parker e Clyde Barrow erano dei criminali o dei martiri, ma la loro auto, dovunque venisse mostrata, serviva a fare più soldi di quanti loro ne avessero fatti rapinando le banche.

La domenica sera, Lisa andò a mettere dei fiori sulla falsa tomba di Sour Kraut, e Randall la riaccompagnò a casa della madre. Non si salutarono.

L'indomani, Randall si ricordò di quel che il mediatore gli aveva detto a proposito della gente che tagliava gli ormeggi ai cabinati, abbandonando quelli che erano stati i loro sogni più preziosi, ma che non erano più in grado di mantenere. Pensò all'uomo del video che credeva di aver vissuto il momento più bello della sua vita, mentre in realtà nelle sue viscere era già in corso un'emorragia mortale. Randall aveva trascritto il luogo dove il mediatore gli aveva dato appuntamento. Si trattava di una località sperduta in mezzo a centinaia di chilometri quadrati di terre disabitate. Caricò Red Sultan's Big Boy sul trailer.

Randall si portò dietro una pistola calibro 55 che sarebbe bastata a sforacchiare Bonnie e Clyde.

Non si recò sul luogo dell'appuntamento, bensì un centinaio di chilometri più a nord.

Per come la vedeva lui, stava cercando di salvare il cavallo nel miglior modo possibile. Aprì il portello del trailer. Tolse le briglie allo stallone. Sciolse il nastro azzurro che ne teneva legata la criniera. Tenendolo per una semplice corda legata al collo lo condusse in un punto dove non si vedeva nient'altro. Il cavallo era sempre una creatura docile e pacata, come la prima volta che l'aveva visto. Non drogato, non malato, ma pur sempre segnato. Randall estrasse la pistola e si preparò a fare quel che la sua bambina aveva fatto a Sour Kraut. Se ci era riuscita lei, con ferocia e premeditazione, anche lui poteva fare, allo stesso tempo, da giudice, da giuria e da boia.

Quel che si udì poco dopo, fu il cavallo a udirlo per primo. Le orecchie dell'animale si tesero verso un rumore trasportato dal vento. Zoccoli, ma non di cavalli selvaggi. Non di mustang, ma di cavalli inselvatichiti.

Randall non era il primo ad arrivare in quella regione deserta spazzata dal vento. Altra gente comune era stata costretta a raggiungere quel luogo di disperazione per commettere l'atto che anche lui stava per compiere. Non era l'unico, ma coloro che l'avevano preceduto avevano avuto un'idea migliore, e all'orizzonte pascolava un branco di sogni che quella gente era stata spinta ad abbandonare. Tutte quelle aspirazioni apparentemente impossibili correvano insieme in lontananza e prosperavano.

Randall slegò la corda dal collo del purosangue arabo. Batté le mani e pestò i piedi a terra per cercare di spaventarlo, ma quello non fece neanche una piega. Alla fine, puntò la pistola in aria e sparò alcuni colpi. E il piano ebbe successo: Red Sultan's Big Boy partì al galoppo. In ritardo, Randall pensò che avrebbe potuto togliere i ferri al cavallo. Erano tante le cose che avrebbe potuto fare meglio.

Per accertarsi di aver fatto la cosa giusta, Randall puntò la canna della pistola alla tempia e premette il grilletto un'ultima volta. Il cane si abbassò, ma non accadde nient'altro. Il caricatore era vuoto. Randall era stato perdonato.

Tornando a casa si ricordò di essere un membro stimato della cooperativa, ragion per cui avrebbero dovuto acquistare il suo raccolto. La fattoria di Randall non era tanto grande, ma sarebbe riuscito comunque a tirare avanti.

Romance

Dovreste congratularvi con me. Mia moglie e io abbiamo appena avuto due gemelle, due femminucce, che stanno bene, a quanto pare. Dieci dita le mani, dieci i piedi. Avete presente, però, la sensazione... Mi aspetto che qualcosa da un momento all'altro vada storto, perché è così che succede quando si è troppo felici. Continuo ad avere il timore di potermi svegliare da questo bel sogno.

Cioè, molto prima di sposarmi avevo una fidanzata che era grassa. E siccome ero grasso anch'io andavamo d'accordo. Quella ragazza, però, se ne usciva di continuo con nuove diete che dovevamo provare per cercare di perdere peso – tipo che mangiavamo solo ananas e aceto o magari soltanto alghe verdi dentro certe buste – e voleva che andassimo sempre a fare lunghe passeggiate, finché lei ha cominciato davvero a perdere chili, e i suoi fianchi si sono praticamente squagliati. Non c'era persona più felice di lei al mondo. E anche allora sapevo che sarebbe finita male. Avete presente la sensazione. Quando si ama una persona si è felici se la si vede felice, ma io sapevo che la mia fidanzata mi avrebbe scaricato, perché c'erano dei tizi in carriera, gente con l'assicurazione sanitaria, che cominciavano a puntarla. Io me la ricordavo bella e spiritosa, ma era evidente, visto che era diventata così magra, che possedeva risorse enormi e mai sfruttate di autocontrollo e autodisciplina, ben più di me, e i miei amici non mi erano per niente d'aiuto perché giravano intorno a noi come avvoltoi in attesa che ci mollassimo, per potersi fidanzare con lei, solo che poi si scoprì che non era l'ananas e neanche l'autodisciplina, perché in realtà aveva il cancro. Prima di morire, però, era talmente dimagrita da poter indossare un'arrapantissima taglia 38.

Ecco perché so che la felicità è come una bomba a orologeria. E mia moglie l'ho conosciuta perché non ero in cerca di storie, avevo smesso, non volevo più saperne, e avevo preso un treno per Seattle. Era l'anno in cui a Seattle c'era il Lollapalooza. Avevo preso la mia tenda, avevo avvolto il sacco a pelo intorno al mio bong ed ero partito con l'intenzione di accamparmi per tutto il weekend come un Grizzly Adams. Insomma, vado nel vagone ristorante del treno. Ogni tanto, si sa, c'è bisogno di mollare gli amici e di lasciar perdere la sobrietà per qualche giorno. Entro nel vagone e vedo questi due occhi verdi da strafiga totale che mi fissano. E io non sono un mostro. Non sono esattamente un chiattone da reality show, bloccato in un letto d'ospedale, che mangia vassoi di pollo fritto tutto il giorno, però posso capire quelli che per lavoro vogliono fare le guardie nelle carceri femminili o nei campi di concentramento dove possono avere delle storie con delle belle prigioniere senza che queste continuino a ripetere: "Mettiti una camicia!" o a domandare: "Ma sudi sempre così tanto?". Sta di fatto che su quel treno c'è questa fata con la maglietta dei Radiohead tagliata in modo da mettere in mostra l'ombelico, i jeans abbassati sotto il punto in cui dovrebbero vedersi dei peli, le dita piene di anelli di Topolino e di Holly Hobbie, che avvicina una birra alle sue bellissime labbra e mi guarda da sopra la bottiglia marrone, una semplice MGD, non una birra artigianale in bottiglia verde da fighetta.

E quelli come me... sappiamo com'è la solfa. A meno che non sei John Belushi o John Candy, non ci sono belle fighe così che ti fissano negli occhi in quel modo, perciò capisco immediatamente che mi conviene guardare altrove, vergognandomi. Una ragazza come quella poteva rivolgermi la parola solo per mettermi al corrente del fatto che ero un grassone schifoso e che le oscuravo completamente la visuale sull'oceano. Sii consapevole dei tuoi limiti, mi dico sempre. Riduci le tue aspettative e non rimarrai deluso. Passandole accanto, la guardo senza guardarla. Do una vaga controllata, e ha un buon profumo, come un dessert, tipo una torta appena sfornata, una torta di zucca cosparsa di spezie rosso-brune. E, anche meglio, la bottiglia di birra appoggiata alle sue labbra si gira per seguirmi mentre io percorro il corridoio fino al bancone dove ordino da bere, e non è che siamo l'ultimo uomo e l'ultima donna rimasti sul pianeta. C'è un mucchio di altra gente seduta ai tavolini di plastica, e a giudicare dai dreadlock e dalle magliette psichedeliche vanno tutti al Lollapalooza. Mi dirigo verso il tavolo più lontano da lei, ma questa figona non mi stacca gli occhi di dosso. Avete presente la sensazione, quando qualcuno vi guarda, che non riuscite a fare un passo senza inciampare, soprattutto su un treno in movimento. Io prendo da bere proprio mentre il treno sta facendo una curva e mi rovescio della birra sulla mia camicia a righe da cowboy. Faccio finta di guardare gli alberi che sfilano fuori dal finestrino, ma con un'angolazione da agente segreto tengo d'occhio il suo riflesso nel vetro e noto che mi sta ancora guardando. L'unico momento in cui distoglie lo sguardo è quando si avvicina al bancone e dà al barista dei soldi per avere un'altra birra, dopo di che la sua immagine riflessa si fa sempre più grande, finché non diventa a grandezza naturale, perché lei è lì in piedi accanto al mio tavolo e dice: «Ciao» e qualcos'altro.

E io: «Come?».

Al che lei indica la mia camicia da cowboy, nel punto dove ho rovesciato la birra, e fa: «Mi piacciono i tuoi bottoni... Luccicano».

Tiro indietro il mento e abbasso lo sguardo sugli automatici color madreperla. Non sono bottoni, sono automatici, ma non mi va di rovinare il momento. E sin dall'inizio noto che ogni tanto si mette le dita in bocca – okay, se le mette spesso, le dita in bocca, e fa una voce ansimante e infantile e dice parole sbagliate da bambinetta tipo "pasghetti" invece di "spaghetti" o "forcibi" invece di "forbici" –, ma per una superfigona come quella è un classico modo di essere sexy.

Mi strizza l'occhio e si lecca le labbra con la punta della lingua e quando sono ancora luccicanti per l'umido mi dice: «Io sono Britney Spears». Cavoli, com'è provocante. Certo, è un po' sbronza. Sballata. A quel punto siamo lì che beviamo tequila da certe bottigliette, tanto non è che dobbiamo guidarlo noi questo treno. No, lei non è Britney Spears, però è a quel livello di figaggine. Mi sta chiaramente menando per il cazzo, ma in senso buono. E basta guardarla per sapere tutto quello che c'è da sapere.

Non posso far altro che tener duro e stare al gioco continuando a pagare da bere. Mi domanda dove sto andando, e io dico al Lollapalooza. Lei risale con le dita sul davanti della mia camicia, da un automatico all'altro, dalla cintura alla gola e ritorno, e io spero non si accorga di quanto mi sta facendo battere forte il cuore.

Ci sta davvero provando con quegli occhi verdi che guardano da una parte all'altra o mi sbirciano da sotto le lunghe ciglia sbattute ad arte. E dev'essere di un bel po' di birre più avanti di me perché continua a dimenticarsi di finire le frasi e a volte indica qualcosa che passa veloce fuori dal finestrino e grida: «Un cane!», oppure, un'altra volta, vede un'auto ferma a un passaggio a livello e strilla: «Un Maggiolino!» e mi tira un pugno sulla spalla con una mano piena di anelli di Hello Kitty e Topolino, e io, dentro di me, spero che mi lasci un livido indelebile. Insomma, arriviamo al Lollapalooza, e io monto la tenda, e Brit ha bevuto così tanto che il mattino dopo, quando si sveglia, è ancora ubriaca. E per quanta roba io possa fumarmi faccio fatica ad arrivare al suo livello. Forse perché è magrissima, Brit risente degli effetti di una sbronza anche dopo ore e ore che ha smesso di bere, ma forse è solo che si sconvolge per il fumo passivo della mia erba. Il nostro weekend al Lollapalooza è la classica, stupenda storia d'amore per cui uno pagherebbe anche solo per masturbarsi guardandola su internet, e invece sta succedendo a me. E sei mesi dopo, sotto Natale, la storia sta andando avanti, tanto che Brit ha portato la sua roba a casa mia, e io continuo ad aspettarmi che un giorno o l'altro si risvegli sobria, anche se non è ancora successo.

Il giorno del Ringraziamento andiamo a mangiare da mia madre, e io devo dare delle spiegazioni. Non è che Brit sia una schizzinosa; se è così magra è solo perché mangia soltanto zucchine tagliate a metà per il lungo e scavate all'interno a formare delle specie di canoe irochesi, mentre all'esterno bisogna incidere dei simboli tipo quelli usati dagli indiani; dopo di che ci vuole tutta una tribù di omini fatti di carota cruda con dei piselli al posto della testa e messi in fila dentro la canoa, che deve poi navigare sul piatto coperto da uno spesso strato di sciroppo di cioccolato. Be', non ci crederete, ma non sono tanti i ristoranti che di regola hanno questo piatto nel menù, perciò il più delle volte Brit deve prepararselo da sé, e questo porta via una mezza giornata, senza dimenticare che prima di mangiarlo ci deve giocare per una buona mezz'ora sul tappeto, ed ecco perché sembra che non riesca a ingrassare neanche di un etto. Ma mia mamma è semplicemente entusiasta perché sono riuscito a trovare un'altra ragazza.

E non c'è niente che tu possa fumarti o spararti in vena che possa darti lo sballo che si prova a camminare per strada mano nella mano con una supermodella strafiga come la mia Brit. E per la prima volta nella mia vita i tizi che passano con la loro Ferrari Testarossa o quelli con gli addominali a tartaruga e i pettorali da steroidi non hanno niente più di me. Io me ne vado per strada con Britney, e lei è il trofeo per cui ogni uomo farebbe qualunque cosa.

L'unica cosa che smorza l'entusiasmo è il modo in cui tutti i dongiovanni si avvicinano per darle una sniffata, cercando di incrociare il suo sguardo e rivolgendo alle sue tette i loro più smaglianti sorrisi Pepsodent. Una volta, mentre eravamo su un autobus, c'era 'sto branco di dongiovanni tutti in piedi intorno al posto in cui Brit e io eravamo seduti, verso il fondo. A Brit piace sedersi proprio lungo il corridoio, sopra le ruote posteriori, così può darmi un pugno per prima quando vede una Volkswagen, e 'sto dongiovanni si presenta con la patta proprio all'altezza dei suoi occhi, e quando l'autobus prende una buca magari il suo bacino le sfiora la spalla, finché Britney, parlando con le dita in bocca, non gli dice: «Ciao, bello!». Britney è fatta così: è una ragazza cordiale. E gli strizza l'occhio e con le dita umide fa segno al dongiovanni di abbassarsi. Quello si guarda in giro, per accertarsi che la concorrenza possa vedere quanto è stato fortunato, e poi si china, avvicinando la faccia a quella di Brit, con un sorriso tutto sottintesi e ammiccamenti. Forse lei vuole farmi ingelosire, perché con i suoi occhi verdi arrapanti guarda il dongiovanni e gli fa: «Vuoi vedere una magia?». Al che anche tutti gli altri dongiovanni buttano l'occhio, a dimostrazione del fatto che stanno ascoltando. Brit si toglie le dita dalla bocca e le fa scivolare dentro i pantaloni, sul davanti, muovendole poi in prossimità del cavallo dei suoi jeans aderentissimi, allora la metà posteriore dell'autobus ammutolisce, tutti gli occhi fissi sulle sue dita che si danno da fare dietro la cerniera dei denim sbiaditi. E si vede bene che i dongiovanni deglutiscono, perché il pomo d'Adamo gli fa su e giù a causa della saliva in eccesso, e hanno gli occhi che sporgono come cazzi in tiro.

E alla velocità con cui mi darebbe un pugno sulla spalla per passarmi un Maggiolino, Britney tira fuori qualcosa dai pantaloni e grida: «Magia!». Si mette ad agitare quella roba, gridando: «Sorpresa!». E a penzolare dalla sua mano c'è una cosa appesa a una cordicella, come una bustina del tè, ma più grande. È come un panino per hot dog impregnato di ketchup che penzola attaccato a una cordicella, e Britney strilla: «Sorpresa! Magia!», e sbatte quella roba sulla guancia del dongiovanni che è ancora lì chinato accanto al suo sedile. E Brit poi lo insegue, strillando e sporcandogli la giacca di pelle di strisciate rossastre. E gli altri dongiovanni, che ora fanno apposta a non guardarla, tengono gli occhi fissi sulle rispettive scarpe o fuori dal finestrino, mentre lei agita la sua cordicella per colpirli sulla nuca, lasciandoci dei segni rossi, senza mai smettere di strillare: «Sorpresa! Magia!», e ridendo – ah-ah-ah – e ripetendo: «Sorpresa! Magia!». Il campanello dell'autobus sta tintinnando per la fermata imminente, e un centinaio di passeggeri scendono davanti al negozietto di alimentari, spingendo e accalcandosi, come se dovessero tutti comprare dei ghiaccioli e incassare una vincita con i loro biglietti della superlotteria. E io che grido verso di loro: «Va tutto bene, gente!». Grido affacciato al finestrino dell'autobus, sbracciandomi per attirare la loro attenzione: «È un'artista! Una performer!». E aggiungo, sempre urlando: «Non ha cattive intenzioni: è solo una specie di dichiarazione politica sulle questioni di genere!».

E anche mentre l'autobus sta ripartendo, con soltanto noi due a bordo, io grido: «È uno spirito libero!». Mentre Brit risale il corridoio per andare a sbattere quella specie di bustina del tè sulla collottola del conducente, io strillo: «È solo il suo bizzarro senso dell'umorismo!».

Una sera torno a casa dal lavoro e trovo Brit nuda, in piedi di profilo davanti allo specchio del bagno, che si regge la pancia con entrambe le mani, e dal giorno in cui ci siamo conosciuti su quel treno lei ha preso un po' di peso, ma è una cosa a cui un paio di settimane ad ananas e aceto possono sicuramente rimediare. Britney mi prende la mano e se l'appoggia con le dita divaricate sulla pancia, dicendo: «Senti? Credo di aver mangiato un bambino». E me lo dice con un'aria da cucciolo, con quegli occhi verdi da gran figa, e io le domando se vuole che l'accompagni in una clinica per risolvere il problema, e lei mi fa cenno di sì con la testa. E così nel mio giorno libero ci andiamo e troviamo i soliti insegnanti di religione che bloccano il marciapiede. Hanno un sacco dell'immondizia pieno di bambole di plastica fatte a pezzi e sporche di ketchup. Brit non ha la minima esitazione: infila una mano dentro quel sacco e tira fuori un braccio di bambola che poi si mette a leccare come se fosse una patatina fritta; ecco quant'è in gamba la mia bellissima fidanzata. Io apro una copia del "National Geographic" mentre un'infermiera le domanda se ha mangiato qualcosa quel giorno, e Brit risponde che il giorno prima ha mangiato un'intera canoa piena di guerrieri irochesi, ma che quel giorno, no, non ha ancora mangiato niente. E io non faccio in tempo a finire di leggere questo articolo sulle mummie dell'antico Egitto che sento un urlo e, subito dopo, vedo Britney che esce di corsa dall'ambulatorio, a piedi nudi e con il camice di carta ancora addosso, come se fosse chissà che cosa, come se non avesse mai abortito prima, dato che se ne torna di corsa a piedi nudi fino al mio appartamento, e per farla smettere di tremare e di vomitare devo chiederle di sposarmi.

È evidente, inoltre, che i miei amici sono follemente gelosi, perché mi organizzano questa festa di addio al celibato e, quando Britney se ne va in bagno, tutta contrariata perché lo chef non le prepara una canoa da guerra, i miei cosiddetti "amici" mi guardano tutti e dicono: «Zio, la tipa è la strafiga più totale mai vista, ma secondo noi non è soltanto sballata...». I miei amici dicono: «Non te la sei ancora sposata, vero?». E dalla loro espressione non si direbbe che considerino una buona notizia il fatto che Brit sia incinta. Insomma, avete presente la sensazione. Anche voi vorreste che i vostri amici e la vostra fidanzata andassero d'accordo, e invece i miei amici digrignano i denti e mi guardano preoccupati con le sopracciglia congiunte e dicono: «Zio, ma ti ha mai sfiorato il pensiero che forse – ma forse, eh? – Britney è mentalmente ritardata?».

Io gli dico di rilassarsi. È solo alcolizzata. Sono praticamente sicuro che si fa anche di eroina. E oltre a questo è sessualmente insaziabile, ma niente di grave, nulla che non possa curarsi con un po' di terapia verbale. Guardate me: sono grasso. Nessuno è perfetto. E magari invece di una festa di matrimonio potremmo riunire le famiglie di noi due nella sala convegni di un hotel per sorprenderla con un intervento, e invece di fare la luna di miele potremmo convincere Britney a farsi ricoverare e a sottoporsi a un programma di recupero di novanta giorni. Ci lavoreremo su, ma è escluso che sia ritardata. Ha soltanto bisogno di disintossicarsi un po'.

È evidente che stanno infamando Britney solo perché in realtà sono totalmente e follemente gelosi e con il cazzo in tiro da dongiovanni. Appena mi giro dall'altra parte, quelli si darebbero subito da fare con lei. Dicono: «Zio, non guardare adesso, ma ti sei scopato una ritardata», e questo la dice lunga: sono così sfigato che devo accontentarmi di amici così di merda. Brit, insistono, ha l'intelligenza di una bambina di sei anni. Credono di farmi un favore quando mi dicono: «Zio, lei non può amarti perché semplicemente non ne è capace».

Sembra che l'unica ragione per cui una potrebbe sposarmi è che ha dei danni cerebrali irreparabili. E allora ribatto: «Che cazzo! Non può essere ritardata, tant'è che porta un *perizoma rosa*». E dev'essere per forza amore, perché ogni volta che siamo insieme mi viene così duro che mi fa male lo stomaco. Ed è come ho detto al compagno di mia madre nel giorno del Ringraziamento, no, Britney non ha una *forma altamente funzionale di nessuna malattia*. Secondo me è più che altro una zoccola alcolizzata sniffacolla eroinomane, ma stiamo pensando di mandarla a curarsi dopo che avrà partorito. E magari è anche una ninfomane, ma la cosa importante, qui, è che lei è *la mia ninfomane*, e questa cosa fa impazzire d'invidia la mia famiglia. A loro ho detto: «Sono innamorato di una bella troietta sempre affamata di sesso. Perché non potete semplicemente essere felici per me?».

E dopo tutta questa discussione, è finita che al nostro matrimonio c'era molta meno gente del previsto.

Può anche darsi che l'amore faccia venire i pregiudizi, ma io penso da sempre che Brit sia proprio sveglia. Avete presente la sensazione, quando si guarda insieme la TV per un anno intero e non c'è mai una divergenza sul programma da vedere? Dico davvero, se sapeste quanto guardiamo la televisione insieme ogni settimana, pensereste anche voi che il nostro è un matrimonio felice.

E adesso ho due bambine appena nate che profumano come torte del Ringraziamento. E quando saranno grandi abbastanza alle mie bambine dirò che tutti sembrano un po' pazzi, se li guardi da abbastanza vicino, e se non riesci a guardarli da così vicino allora non li ami davvero. Intanto la vita va avanti e continua. E se continui ad aspettare qualcuno che sia perfetto, allora l'amore non lo troverai mai, perché è l'intensità del sentimento che provi per loro ciò che rende le altre persone perfette. E forse sono io quello ritardato perché continuo a svegliarmi credendo che la mia felicità si sia esaurita, mentre dovrei semplicemente godermela. Il problema è che essere follemente felici e innamorati non può essere facile. E non riesco a convincermi che questa felicità totale possa durare per il resto della mia vita: ci dev'essere qualcosa di sbagliato in me se amo così tanto mia moglie. E ora sono qui che guido e porto la mia nuova famiglia a casa dall'ospedale, con la mia bellissima moglie seduta accanto a me e le nostre gemelle al sicuro sul sedile posteriore, e sto ancora pensando con preoccupazione al fatto che una felicità così grande non può durare per sempre, quando Britney grida: «Un Maggiolino!», e mi tira un pugno talmente forte sulla spalla che vado quasi a sfondare un Dairy Queen.

Cannibale

Ecco com'è, lui. È così che dice, il capitano della Squadra Rossa. È tutto un: "State a sentire". È disperato perché stanno ancora formando le squadre. Tutti i giocatori buoni sono già stati scelti, perciò il capitano dice: «Vi propongo un affare».

Incrocia le braccia sul petto, il capitano della Squadra Rossa, e alza la voce: «Ci prendiamo il frocio... il quattr'occhi... e anche il mangiatacos... se voi prendete Cannibale».

L'ora di educazione fisica è quasi finita, perciò la Squadra Blu confabula, facendo stridere le punte delle scarpe da ginnastica sul pavimento della palestra. Dopo di che il capitano risponde, a voce non più bassa: «Ce li prendiamo noi il frocio, il quattr'occhi e il mangiatacos, insieme all'ebreo, allo storpio, al paralitico e al ritardato... se voi prendete Cannibale».

Perché quando la scuola ti valuta sulla Partecipazione, il punto è: ti fai carico della tua parte di discriminati? E quando ti valuta per Sportività vuole sapere: emargini forse i diversamente abili? Perciò il capitano dei Rossi urla: «Vi concediamo cento punti di vantaggio».

Al che il capitano dei Blu urla di rimando: «Noi ve ne concediamo un milione».

Cannibale, lui si crede un gran figo perciò se ne sta lì semplicemente a rimirarsi le unghie e sorride, annusandosi le dita, senza neanche rendersi conto di come sta tenendo tutti in ostaggio. Di come quella situazione, in sostanza, sia l'opposto del mercato degli schiavi. E tutti sanno che cosa sta pensando. Per quello che Marcia Sanders ha raccontato a tutti. Perciò Cannibale sta pensando a un film che gli è rimasto impresso, un film in bianco e nero che ha visto in TV in cui delle sboccate cameriere di tanto tempo fa servivano spezzatino in una tavola calda sulla statale. Perciò Cannibale sta pensando a come quelle cameriere facevano scoppiare i palloncini fatti con la gomma da masticare. Masticavano platealmente la loro gomma e gridavano: "Fa' un macello in padella, e che il sangue coli dalla lama". Gridavano: "Preparami un piatto di primadonna con contorno di budino nervoso".

Si capiva che era una roba antica perché in quella tavola calda due uova in camicia le chiamavano "Adamo ed Eva in zattera". E "primadonna" era un piatto di costine, per via di un qualcosa che c'è scritto nella Bibbia. Quando invece ordinavano soltanto "Eva" intendevano una torta di mele, per la storia del serpente. Al giorno d'oggi, infatti, se si esclude Pat Robertson, nessuno ne sa più niente del Giardino dell'Eden. Da queste parti, quando il capitano di una squadra di baseball dice di aver mangiato un hamburger di pelliccia, intende dire che si è abbuffato di tortina pelosa e in realtà si sta vantando di aver leccato una frittella bluastra.

Anche le ragazze hanno le loro cibarie, perciò quando dicono che Marcia Sanders ha il panino nel forno intendono dire che ha saltato il giorno della lettera rossa.

Per il resto, tutto quello che sapeva sul sesso Cannibale l'aveva imparato su Playboy Channel, dove le ragazze non cavalcano mai il pony di fluff, e quando i ragazzi sussurravano di aver fatto indigestione di cozza pelosa o di aver fatto uno spuntino con un muffin di carne cruda lui sapeva che si riferivano a quello che le coniglie facevano alle loro *playmate*, così come su Animal Planet un serpente a sonagli fa guizzare la lingua per annusare qualcosa che ha intenzione di addentare.

Perché Cannibale li aveva visti quei paginoni centrali. Avete presente quali, di una ex Miss America che beve dalla tazza di pelliccia.

Quelle foto zozze in cui lei si conferma una cacciatrice di passere, perché ci sono solo quelle due donne senza neanche un involtino di carne o uno sputa-yogurt pelato lì in piedi a fare della scena un vero matrimonio. Perché è così che fanno le ragazze, a volte, quando il dessert che hanno tra le cosce ha bisogno di essere ciucciato.

Nessuno gli aveva mai insegnato altro, perciò era pronto a infilarsi fino al collo nel buco gelatinoso di Marcia Sanders. Il vecchio signor Cannibale non guardava mai altro che Playboy Channel, mentre alla signora Cannibale piaceva soltanto *700 Club*, perciò al figlio non era sfuggito il fatto che le robe di sesso e quelle cristiane si assomigliavano tutte. Quando accendi la TV, infatti, non c'è modo di essere smentiti. Quando ti sintonizzi e vedi una ragazza quasi bella che recita su un set che sembra quasi realistico, Cannibale lo sa già: la storia finirà con lei che verrà toccata da un angelo. Oppure si beccherà in faccia una consistente porzione di sugo caldo per fare i bambini che comincerà a colarle lungo una guancia.

Perciò, un giorno, quando Marcia Sanders gli rivolse uno sguardo durante la lezione di civiltà americana, Cannibale sfoggiava già un giavellotto di carne pressata. Per quanto lui si sforzasse di non darlo a vedere, la sua pelle è tutta a puntini per la pelle d'oca, perché gli sta venendo in mente il gergo sboccato con cui parlavano attraverso la finestrella della cucina di quella tavola calda. Proprio come facevano i cattolici quando si mettevano in fila in chiesa per dire oscenità attraverso quella loro finestrella.

Perciò, qualunque nome si usasse, il parlare sporco faceva venire a Cannibale la bava alla bocca. Le parole che descrivevano la patata coi baffi, tipo le tendine di carne di cui parlano alcuni bambini quando in realtà si riferiscono a un soufflé di zampa di cammello.

Alle scuole medie, quando ti danno il voto in spirito comunitario, intendono: canti in coro quando ti riunisci con i compagni o alle partite di football? E i ragazzi, quando si divertono alle spalle di Cannibale, raccontano di quella volta che Marcia Sanders era all'ultimo anno, sul punto di diplomarsi. Lei ha quelle labbra grosse con le guance scavate che la fanno sempre sembrare una che stia facendo l'ingoio a un salsicciotto, perciò Marcia Sanders era la più ammirata di tutte. E siccome quella era una scuola molto piccola, la gente la considerava una vera bellezza. Alla quarta ora, lei non aveva niente perciò aiutava la professoressa di civiltà americana, e fu proprio lì che avvicinò Cannibale, perché lui era ancora in seconda media e perché lei sapeva che lui non le avrebbe mai detto di no, stordito com'era dalla pubertà.

E allora gli fa: «Ti piacciono i miei capelli, vero?». Scuote la testa agitandoli come un mantello di spaghetti e aggiunge: «Non li ho mai avuti così lunghi».

Per come lo dice, sembra una cosa oscena, perché tutto suona osceno quando esce dalla bocca di una ragazza sexy. Cannibale non vede perché no, perciò accetta di andare in ricognizione con Marcia Sanders a casa sua, visto che i signori Sanders sono andati al lago quel weekend. Marcia lo chiede a lui perché dice che il suo ragazzo, il capitano di tutte le squadre della scuola, non vuole che lei gli faccia da maschera antigas. Ecco com'è lei, è così, dice queste cose, Marcia Sanders. Gli domanda: «Hai davvero voglia di farmiti, ragazzino?». E Cannibale non ha idea di che cosa intenda, perciò risponde: «Certo».

Perciò lei gli dice di tornare lì a casa sua il sabato sera quando sarà buio e di suonare alla porta sul retro, perché lei ha una reputazione da salvare. Marcia Sanders gli dice che lui può essere il suo fidanzato segreto, perciò Cannibale non ci pensa due volte.

Perché alla scuola media Jefferson quando ti valutano in educazione civica vogliono sapere, in realtà, se ti lavi le mani dopo aver lanciato un siluro marrone. La metà delle volte Cannibale non sa neanche quel che fa, perciò quel sabato sera va da Marcia Sanders e lei ripiega indietro il copriletto sul materasso ad acqua nella camera dei suoi genitori. Stende due strati di asciugamani sul letto e gli dice di posare la testa proprio al centro di quella copertura. Non gli dice di spogliarsi, ma Cannibale immagina che quello succederà più tardi, perché lei si toglie i jeans e li appoggia sullo schienale di una sedia, e lui non riesce a distogliere lo sguardo dalle mutande di lei, perciò Marcia gli dice di chiudere gli occhi. Cannibale fa solo finta di non sbirciare perciò la vede inginocchiarsi sul bordo imbottito del letto con materasso ad acqua e a quel punto capisce perché quella roba viene chiamata il portafogli di prosciutto. Dopo di che non riesce a vedere più niente, perché lei gli scavalca la faccia con una gamba e si acquatta finché la stanza non si riduce a un taco al pesce che spegne tutto il resto, a parte il suono subacqueo della voce di Marcia Sanders che gli dice quel che deve fare.

Cannibale si ritrova sprofondato con tutta la testa nel letto ad acqua, con il materasso sciaguattante premuto contro le orecchie, che faceva il rumore della risacca delle onde. Con il corpo scosso dalla testa ai piedi, sentiva anche il battito del proprio cuore, il battito del cuore di qualcuno. Marcia Sanders, la sua voce, come dal nulla, gli dice: «Succhia, dài, deficiente», perciò Cannibale succhia.

Lei dice: «Dài, facciamo presto e finiamola», perciò lui ciuccia come se dovesse farle un enorme succhiotto nelle viscere. Non aiuta il fatto che Cannibale di donne non se ne intende, come quella volta che la signora Cannibale gli aveva detto di appuntare un fiore alla ragazza con cui lui doveva uscire nel giorno della rimpatriata annuale, senza specificare che avrebbe dovuto appuntarglielo al vestito. E non aiutava il fatto che ogni sera, passando davanti a casa loro, si poteva sentire il signor Cannibale che urlava: "Non bevo abbastanza alla svelta per poter continuare a essere tuo marito!".

Cannibale non può certo competere con Marcia Sanders, perché quando i compagni dicono che lui ha le gambe grosse come tronchi d'albero pensano ai salici. E quando a *700 Club* si parla di storie di vita deliziose e stimolanti, non è di questo che parlano, perché quanto più Cannibale succhia tanto più la situazione si complica, perché alla sua suzione corrisponde una suzione uguale e contraria. Perché lui sta facendo una specie di insensato tiro alla fune con le viscere bagnate di lei.

Cannibale sta indossando Marcia Sanders come una maschera antigas, succhiandola come se lei fosse un morso di serpente, con le sue cosce premute così forte sulle orecchie da non riuscire a capire perché sta strillando. Perché su Playboy Network le grida sono esattamente quello che uno non vede l'ora di sentire. Cannibale è fuori di sé perché la gnocca alla TV ha sempre e soltanto l'odore di quel che tua madre sta cucinando di sopra. Alla televisione il portafogli di prosciutto non oppone mai resistenza, perciò Cannibale succhia come fanno su Weather Channel i tornado che ti sfondano una finestra e ti scaravoltano tutta la casa.

Cannibale non ha mai assaggiato la tortina pelosa, perciò pensa che nel letto ad acqua sia saltata una molla, perché sente come uno schiocco dentro la testa. Come quando ti si tappano le orecchie quando sali su un ascensore troppo veloce fino in cima alla Sears Tower. Come quando fai scoppiare il palloncino della tua gomma da masticare o addenti un pomodorino maturo.

Lui immagina che il materasso sia esploso perché succede che sta soffocando per via di un'acqua che ha il sapore delle lacrime. Sono decine di litri, come se Tammy Faye Bakker gli avesse pianto in bocca per un secolo, e Cannibale non ha mai assaggiato la frittella bluastra, perciò la cosa che pensa è di averla uccisa perché capisce che è da dentro di lei che quella roba gli sgorga in gola. Anche perché lei sta strillando come tutta una tavola calda piena di camionisti. Tutto questo accade in meno di due battiti del cuore, ma Cannibale guardava sempre Playboy Network perciò capisce di averle fatto versare secchiate di brodo di signora, che gli è finito tutto nel gargarozzo. Perché ne ha visti di filmati in cui le donne zampillano quando vengono, grandi getti di liquido come le balene sfiatanti di Animal Planet o certe barche antincendio che innaffiano la Statua della Libertà in un qualche anniversario. Ha visto quei grandi fiotti di sugo di signora che inzuppano la moquette color arancione formaggio che c'è sempre nei film di Playboy, perciò Cannibale è abbastanza esperto da sapere che questo succo di signora non lo deve sputare, perché l'insulto peggiore che si possa fare a qualcuno è di non mangiare o bere quello che ti servono.

La sua sola esperienza con la salsa di signora viene dalla televisione, perciò Cannibale non si rende conto che c'è qualcosa di solido mischiato a quella roba. Non subito, almeno. Perché tra la lingua e il palato, a un certo punto, gli sta rimbalzando una specie di gelatina di frutta, ma salata. È una specie di fagiolo rosso che ha il sapore del liquido che c'è nei vasetti di sottaceti. Gli sbatte di qua e di là come l'ultima oliva verde in un vasetto di salamoia bollente.

La metà delle volte non sa quel che fa, perciò Cannibale dice: «L'hai fatto».

Marcia Sanders sta pescando un pony di fluff pulito dalla sua borsa e dice: «Ti giuro che non lo sapevo». Non si è neanche mai tolta la maglietta, e si sta già richiudendo la cerniera dei jeans.

E Cannibale dice: «Ti ho fatto venire».

Lei apre la bocca ma non dice niente perché qualcuno sta suonando alla porta, ed è il suo vero fidanzato.

Ha fatto zampillare Marcia Sanders così tanto che lei si è dovuta prendere una tachipirina e mettere un tampone nella passera, perciò Cannibale capisce di essere un gran figo. Marcia Sanders poi dev'essersi vantata con Linda Reynolds, perciò Linda Reynolds gli si avvicina fuori dalle aule di chimica e gli chiede se gli va di essere anche il suo fidanzato segreto. Cannibale è bravissimo a papparsi il muffin di carne, perciò anche Patty Watson vuole metterlo alla prova, visto che fa sgorgare da ogni hamburger di pelliccia delle porzioni esagerate di sugo speciale. Perché la via più rapida per arrivare al cuore di una donna passa per lo stomaco di un uomo.

Che cosa non farebbe, infatti, una liceale per riavere il resto della propria vita? Lui sta concedendo a tutte un'altra possibilità di rimanere vergini, perciò Cannibale diventa il piccolo segreto osceno di tutte, solo che non è tanto segreto. Lui va in giro a vantarsi come se ogni sua parola avesse gli occhiali da sole. E comunque non è tanto piccolo, non più. Perciò Cannibale va in giro a farsi bello degli errori commessi dalle liceali, ed è Marcia Sanders che dice che bisogna metterlo a tacere. Linda Reynolds sostiene che bisogna dare appuntamento a Cannibale dietro le aule di formazione professionale e andarci con un cric per darglielo in testa un venerdì sera, perché Cannibale si pavoneggia un po' troppo da furbo, ma è troppo scemo, in realtà, per capire che è un mostro. Perché adesso quando Cannibale rutta, il sapore che sente in bocca è quello della tua stupida decisione. E quando scoreggia quello che si sente è l'odore del nipotino morto dei tuoi genitori.

Perciò, se si crede a Pat Robertson, *700 Club* dice che Gesù, una volta, ordinò a una legione di spiriti impuri di abbandonare un uomo afflitto, e quei demoni si sono infilati in un branco di porci. Perciò quei porci dovettero andare a buttarsi giù da una rupe nel Mare di Galilea, e questo significa che anche Cannibale deve morire. È l'unica soluzione accettabile.

Perciò anche i preti che mangiano i peccati attraverso la finestrella della cucina nelle chiese cattoliche quando sono pieni zeppi devono essere messi al rogo. È per questo che il capro espiatorio viene sacrificato. Se perciò si crede all'evoluzione, il mondo è quel posto dove tutti se ne vanno belli belli per una strada di mattoni gialli in Technicolor cantando: "Perché perciò, perché perciò, perché perciò, perché perciò...". Quando la verità vera è nell'Antico Testamento dove le sette tribù vagano sperdute continuando a ripetere: "Generò, generò, generò, generò, generò...".

Perciò l'aspetto positivo è che forse Cannibale finirà in paradiso visto che, a parte la bocca, è ancora vergine.

Perciò in questa scuola, i capitani delle squadre chiunque scelgano non sarà mai Cannibale, che incarna quella cosa che prima o poi arriva per tutti, perciò diciamo: «Ci prendiamo le cinture di sicurezza e i pap test, ci prendiamo la povertà e la vecchiaia, l'importante è che non dobbiamo stare vicino a Cannibale. L'importante è che l'ombra di Cannibale non si proietti sulla nostra casa».

Facendo le squadre, il capitano della Squadra Rossa dice: «Vi diamo il nostro lanciatore migliore...».

E noi ci prendiamo il ragazzino che si toglie le caccole dal naso e poi se le mangia. E ci prendiamo il ragazzino che puzza di piscia. Ci prendiamo il lebbroso e il satanista mancino e l'emofiliaco con l'AIDS e l'ermafrodita e il pedofilo. Ci prendiamo la tossicodipendenza e ci prendiamo le immagini digitali del mondo invece del mondo, gli MP3 al posto della musica, e rinunciamo alla vita per starcene seduti alla tastiera. Vi cediamo la felicità e l'umanità e sacrifichiamo la misericordia, purché voi teniate a bada Cannibale.

Marcia Sanders non genera niente perciò il suo vero fidanzato si diploma e finisce per andare alla Michigan State per laurearsi in economia, perciò, per tutto ciò, Patty Watson dà un appuntamento a Cannibale il venerdì sera dietro le aule di formazione professionale e Linda Reynolds dice che porterà un piede di porco. E si mettono tutte d'accordo per indossare dei guanti di lattice.

Perciò, magari, potranno tutti tornare a giocare le loro partite, una volta che Cannibale sarà scomparso.

Perché Coyote non aveva mai le monete per il parchimetro

È successo, a un certo punto, che Coyote e sua moglie hanno avuto una figlia. E questo era proprio quello che Coyote non avrebbe mai voluto essere: un papà. Il suo piano a lungo termine, in origine, era di trovare un impiego fisso come rockstar – cantare negli stadi su basi di chitarre lagnose, fumare erba insieme a Somaro e addormentarsi tutte le sere con la faccia incastrata tra i fianchi scarniti di Iena –, ma ora aveva degli obblighi. Invece delle groupie pronte a tutto, aveva una moglie contraria all'aborto.

Coyote aveva comprato un bilocale nella Rainier Valley, dove la neonata sembrava non voler mai smettere di piangere. Non aveva bisogno di fare il test del DNA: si capiva che la piccola aveva ereditato i suoi polmoni. La piccola... non aveva ancora compiuto un anno, e Coyote aveva già la sensazione che si fosse assuefatta all'uso dell'auto. Una cosa che non lasciava ben sperare per il prezioso ambiente. L'unico modo in cui lui riusciva a placare le sue urla e a farla dormire era sistemarla nel seggiolino sul sedile posteriore della sua scassata Dodge Dart e andarsene in giro per Seattle più o meno alla velocità con cui un carrello della spesa percorre i corridoi del supermercato. Non più di sette-otto chilometri all'ora, al massimo. Puntuale come un orologio, la bambina si svegliava a mezzanotte. La moglie di Coyote la allattava, la cambiava, e lui la metteva in macchina. Nel loro quartiere nessuno dormiva. Nessuno aveva un lavoro e nessuno dormiva. Bue e Lama passavano la notte a trangugiare liquore al malto, seduti sulla veranda della casa accanto alla sua. Mangusta e Scoiattolo giocavano interminabili partite di basket, sotto il lampione all'angolo della strada. Certe sere si sentivano spari nel buio. La colonna sonora del quartiere era fatta di stereo delle auto a un volume così alto da far tremare i vetri delle case. Antifurto delle macchine. Sirene della polizia. Tutte cose che Coyote non trovava tanto rassicuranti se considerava che di lì a qualche anno avrebbe dovuto iscrivere la figlia alla scuola di zona.

Qualcuno gli aveva fregato l'autoradio e adesso, se voleva un po' di musica, Coyote era costretto a cantare. Le notti pulsavano con qualche cagata superamplificata, e la voce di Coyote era così stanca che a volte lui non riusciva neanche più a sentirsi. Peggio di quel frastuono era il fatto che sul ciglio della strada si vendesse ogni sorta di assuefazione. Non dovevi neanche scendere dall'auto. Non dovevi neanche parcheggiare. Viaggiando a setto-otto chilometri all'ora, con le urla della figlia che si aggiungevano al fracasso del quartiere, Coyote vedeva tutto: Volpe che vendeva eroina... Fenicottera che vendeva se stessa... Elefante che barriva le sue ordinazioni dentro la finestrella del drive-thru. Bande di gangster rivali che si sparavano dalle auto senza neanche rallentare. "Per essere un quartiere dove nessuno lavora" si domandò Coyote, "perché vanno tutti così di fretta?" Persino la feccia dei peggiori disperati sembrava costretta al multitasking.

Certe volte, a tarda notte, il traffico s'ingorgava, con la gente alla guida che allungava il collo. Erano pendolari senza lavoro che non arrivavano mai da nessuna parte.

Prendete Fenicottera, ad esempio. Con il suo microvestito, la borsetta di pelle rosa che dondolava da una catena di metallo dorato appesa a una spalla ossuta, guadagnava probabilmente dieci volte più di Coyote, ma non pagava neanche un centesimo di tasse. Coyote sapeva un paio di cose sugli animali non addomesticati. La prima era che ogni animale ha un suo amuleto. Può trattarsi di un braccialetto intrecciato da un figlio, o di un tatuaggio sul collo, ma allude a qualcosa di segreto che per loro è prezioso. Se si riesce a identificare l'amuleto di qualcuno e lo si apprezza– apriti sesamo – è come sbloccare il lucchetto del suo cuore. Bastava solo fare caso agli indizi. Non c'era bisogno di andare all'università per imparare, diceva Coyote tra sé. Promuovere campioni di guarnizioni per dolci nei supermercati era un lavoro che t'insegnava ciò che era importante. Il suo impiego alla Llewellyn Foods non era di quelli che ti eccitavano con strepitose prospettive di carriera.

La seconda cosa che Coyote sapeva era che l'essenza dell'attrazione sessuale è la disponibilità. È questo il richiamo della pornografia: Cicogna, sul paginone centrale, la bocca spalancata in una grande O da pompino, il culo sporgente verso l'obiettivo e il perizoma abbassato sui tacchi alti, di certo non avrebbe respinto nessuno. Se Fenicottera s'infilava un dito in bocca fino in fondo, mentre i pervertiti le passavano davanti in macchina, avrebbe quasi certamente amato anche dei supersfigati come voi. La minigonna di lycra di Fenicottera, così corta da non coprirle neanche il buco del culo, faceva l'effetto di una consolante rassicurazione – una stretta di mano sessuale – per il solitario e il timido. Tutte le sere le auto facevano avanti e indietro lungo quell'isolato, e lì c'era Fenicottera: una presenza fissa. Una sicurezza.

Non che Coyote non ne fosse tentato, ma era stato appunto il suo cazzo a intrappolarlo in quel posto, in un quartiere-giungla, alla guida di un catorcio in un ingorgo di pervertiti e tossici con una figlia piccola strepitante nel seggiolino sul sedile posteriore.

L'unico imbroglio che Coyote avesse mai concepito era quello di rabboccare il suo bicchiere di vino, bevendo un sorso per poi tornare a riempirlo, cosicché quando la moglie gli domandava quanti bicchieri avesse bevuto lui rispondeva: "Solo questo". La moglie, invece, beveva mezzo bicchiere di vino, dopo di che copriva quel che restava con la pellicola trasparente e lo metteva in frigorifero per il giorno dopo. Può sembrare assurdo, eppure la moglie di Coyote lo faceva davvero.

Al volante della sua auto in una via semibuia, avanzando a passo d'uomo in un ingorgo di fumi di scarico con la figlia addormentata nell'ombreggiato sedile posteriore, Coyote sentì qualcuno che gridava: «Cinque dollari». Il grido proveniva da un punto tra i bidoni della spazzatura sul marciapiede. Era Fenicottera. «Mi prenderò cura di te. Qualunque cosa tu voglia, è gratis. Basta che mi dai cinque dollari!»

Come può essere gratis, si domandò Coyote, se costa cinque dollari? Sperava che il traffico si sbloccasse. Alla periferia del suo campo visivo, notò che Fenicottera si avvicinava al bordo del marciapiede. Il quartiere funzionava sulla base di un semplice principio: è tutto gratis, purché uno paghi abbastanza. Fenicottera batté con le nocche ossute sul finestrino anteriore, dal lato del passeggero, chinandosi e puntando un dito verso la sicura abbassata della portiera. Bussava al finestrino con una mano, mentre con l'altra trafficava con la maniglia esterna. Gridava «È gratis!» così vicino che il suo rossetto viola lasciava tracce sul finestrino, le labbra come un qualcosa di spaventoso, come una specie di ciambella carnosa e violacea pronta a risucchiare alghe dall'interno di un acquario. Gridando forte come faceva sempre la bambina, la bocca dai denti storti di Fenicottera diceva: «Dài, papi, mi do via per niente!».

Le sue nocche unte, bussando, lasciavano delle impronte. Le sue grida irroravano il finestrino di microsputacchi: ciò che era contenuto dentro la sua bocca si spargeva a pochi centimetri dalla figlia sonnecchiante di Coyote. La luce dei lampioni proiettava un'ombra inquietante sull'auto e sulla faccia della piccola addormentata. Il respiro impuro di Fenicottera appannava il vetro, e le sue unghie smaltate di viola ripulivano la zona appannata trasformandola in un pasticcio d'impronte digitali e rossetto. Coyote non si fermò neanche per un attimo, e il rossetto viola di Fenicottera lasciò una scia, un unto ectoplasma dipinto a ditate per tutta la lunghezza del finestrino dal lato del marciapiede. Una lunga strisciata viola, come quando si sbanda.

Coyote ebbe i brividi all'idea dei germi pestilenziali che rivestivano la sua auto, e tornò a casa pensando che solo quel vetro trasparente aveva salvato la sua famiglia da un mostro. Sua moglie non si svegliò quando lui le sistemò la bambina accanto nel letto. Coyote prese un Kleenex e tornò dove aveva parcheggiato l'auto, mentre Bue e Lama lo osservavano stupefatti sotto la luce della loro veranda. Il disastro era difficile da vedere al buio, ma ogni volta che Coyote passava il fazzolettino e lo ritraeva lo trovava sempre più sporco di viola. Rientrò in casa in punta di piedi per prendere un altro fazzoletto di carta. Ci sputò sopra e strofinò, per mescolare il DNA di Fenicottera al proprio, amalgamando saliva a saliva. All'alba la moglie di Coyote comparve sulla veranda, in accappatoio di spugna e con una tazza di caffè in mano. Gli domandò che cosa stesse facendo. Dalla veranda accanto, Bue e Lama la adocchiarono con aria da predatori.

«Secondo te che cosa sto facendo?» rispose secco Coyote, stizzito perché aveva lavorato tutta la notte. Senza distogliere l'attenzione dal suo compito, disse: «Sto lavando 'sta cazzo di auto».

«Con i Kleenex?» gli domandò la moglie. Il marciapiede era coperto di fazzolettini appallottolati, e lei si chinò nel suo accappatoio per cominciare a raccoglierli. «E con i pannolini» aggiunse. Tra i Kleenex gettati c'erano anche dei pannolini, tutti un po' sporchi di viola. Le chiazze violacee sembravano succhiotti o le lesioni di una qualche incurabile malattia ematica a trasmissione sessuale.

Coyote aveva sputato e risputato così tanto da non aver praticamente più saliva. Il gomito gli faceva male a furia di strofinare avanti e indietro, e gli bruciava la gola.

Mentre Tartaruga e Tricheco si sistemavano all'aperto con le loro sedie per giocare a domino sotto il sole mattutino, Coyote si fece una doccia veloce, perché poi doveva andare al lavoro. "Non è giusto" pensò, "i miei vicini rovinano tutto quello che toccano." E cominciò a pianificare la sua vendetta.

Quella sera, a mezzanotte, Coyote guidò finché la bambina non fu addormentata, dopo di che andò in cerca di Fenicottera. Proseguendo lungo il canale di scolo, si allungò per abbassare il finestrino dal lato del marciapiede. Fenicottera abboccò e prese a camminare accanto all'auto domandandogli: «Sei uno sbirro?».

Coyote sorrise e domandò: «Ti sembro uno sbirro?». L'auto proseguiva lentamente, costringendo Fenicottera ad aggirare parchimetri e idranti per tenere il passo. Alla sua età Coyote avrebbe dovuto attraversare la vita alla massima velocità, e invece si stava a malapena muovendo. Al lavoro faceva lo schiavo salariato promuovendo nuovi prodotti nei supermercati – smacchiatori, saponi deodoranti, yogurt – rivolgendo sorrisi e implorazioni a sconosciuti per invitarli ad assaggiare o ad annusare. Quella sera, però, il consumatore era lui. Aveva lui il coltello dalla parte del manico.

Fenicottera disse: «Se vuoi, posso insegnarti delle tec... niche...». Disse quest'ultima parola come se fossero due. Gli lanciò un'occhiata che spinse Coyote ad abbassare lo sguardo sulla fede nuziale aggrappata al volante. Fenicottera disse: «Dieci dollari, e tua moglie griderà così forte che i vicini penseranno che la stai picchiando».

«Cinque» rilanciò Coyote.

«Papi, la lezione viene dieci dollari» ribatté Fenicottera, scuotendo la testa imparruccata e rastrellandosi le ciocche con le unghie viola. «Quello che ti imparo salverà il tuo matrimonio.» Per come la pubblicizzava lei, scoparsi Fenicottera non era un adulterio quanto piuttosto un investimento formativo per continuare a far godere la propria moglie. Se si fosse sbattuto Fenicottera non sarebbe stato infedele, bensì avrebbe fatto un regalo inestimabile alla madre di sua figlia, dandole più piacere di quanto lei ne avrebbe ricavato da un armadio pieno di pellicce e da una valigia colma di anelli di diamanti.

Senza fermarsi, Coyote disse: «Fammi dare un'occhiata alla banca». Tenendo il volante con le ginocchia, si sporse sul sedile accanto e aprì il cassetto del cruscotto dove teneva gli spiccioli da mettere nei parchimetri. Con l'auto sempre in movimento, tenendo all'amo Fenicottera, Coyote pescò centesimi e decini, impilandoli secondo il valore sul sedile accanto alla sua coscia. Contava ad alta voce, perdendo di tanto in tanto il conto e ricominciando daccapo, esagerando un po' con la suspense e facendo perdere tempo a Fenicottera. La fece camminare per otto isolati con i tacchi a spillo, mentre lui contava le monetine, prima di arrivare a dieci dollari.

Coyote si domandò perché mai non si dovesse avere la possibilità di comprare sesso così come si comprava un hamburger. Fenicottera cercò di fargli pagare altri tre dollari per il preservativo, ma ci rinunciò quando lui ricominciò a contare gli spiccioli.

La faccia di Fenicottera gli si sistemò in grembo, con la parrucca di nylon che gli sobbalzava tra la pancia e il volante. Coyote non aveva ben chiaro in che modo un pompino avrebbe fatto di lui un amante migliore, ma gli sembrava comunque un buon inizio. Si rallegrava per il fatto di aver contato male apposta e di averle dato trentasette centesimi in meno.

I coglioni di Coyote si ritrassero, tesi come un pugno peloso, contro la base del cazzo. Con i fianchi prese a sgroppare e sobbalzare come fosse un cane al parco giochi. Quando ormai non poteva più fare altro che liberarsi del carico, la bambina si svegliò e si cagò nella tutina. Coyote venne con il piagnucolio in sottofondo e l'odore di merda nelle narici.

Fenicottera però aveva detto la verità. Il fatto di averle riempito la bocca servì praticamente a salvare il suo matrimonio, ma non perché lui avesse imparato qualcosa. Era un paradosso. Era orribile, ma Coyote non aveva mai amato la sua famiglia come nel momento in cui si era appena scaricato tra le labbra viola di Fenicottera. Mentre il cazzo gli si rammolliva, il sangue che gli aveva gonfiato i coglioni defluì a riempirgli il cuore. Il fatto di aver tradito la moglie provocò al suo cuore un'erezione istantanea e potentissima. Prima ancora di aver ripreso fiato, mentre si toglieva il preservativo lattiginoso dal cazzo e abbassava il finestrino dal proprio lato, già smaniava dalla voglia di dire a sua moglie quanto la adorava. Nel momento in cui gettava in strada il gonfio e sgocciolante accessorio gommoso, sua moglie gli apparve come la donna più bella e più nobile del mondo. Coyote ammise tra sé di non meritare una moglie tanto perfetta.

Coyote cercò di non pensare al fatto che la sborra appena finita in un tombino era la stessa sostanza da cui era nata la sua adorata piccina. Cercò di non pensare al fatto che anche Fenicottera, tempo addietro, era stata per qualcuno un Fagottino di Gioia. Fenicottera era una certezza, e Coyote non voleva rovinare una cosa buona pensandoci troppo su. Soprattutto, fece in modo di non guardare nello specchietto retrovisore, nell'eventualità che la bambina fosse sveglia e ricambiasse il suo sguardo. Aveva vagato per il quartiere solo per un paio d'ore, ma tornando a casa si sentì come Ulisse che tornava da Penelope dopo un'assenza di vent'anni.

Non avrebbe mai più fatto una cosa del genere, disse Coyote a se stesso. Raramente gli capitava di assaggiare due volte la stessa cosa: un nuovo tipo di burro d'arachidi... una patatina dalla nuova consistenza per una migliore esperienza gustativa... il sedile anteriore della sua auto era ingombro delle confezioni monodose di questi campioni. Era la caratteristica del suo lavoro.

L'infedeltà, disse Coyote a se stesso, rende le persone più affettuose.

A casa si fece una doccia bollente e i gargarismi. Quando s'infilò a letto accanto alla moglie la cinse con le braccia e le sussurrò: «Ti amo da impazzire».

Lei era sveglia e si voltò per dargli un bacio. Gli infilò una mano sotto l'elastico dei boxer e gli diede una sgrullatina. Quando vide che non rispondeva, lo baciò sul petto. Poi gli baciò la pancia. La loro vita sessuale non si era certo limitata alla procreazione. Se l'erano spassata con il sesso anale e orale, con i travestimenti e i vibratori. Avevano avuto una vita molto rock and roll, ma quando sua moglie fece per prenderglielo in bocca, Coyote le disse di non farlo.

«Volevo soltanto dimostrarti quanto ti amo» disse lei.

Coyote rispose: «Non stasera, ti spiace?». Dopo di che le voltò le spalle. Non poteva sopportare l'idea che la moglie gli facesse gratuitamente una cosa per cui persino Fenicottera si era fatta dare dieci dollari.

Non era giusto, pensava. La sua vita seguiva più o meno una normale routine: trascinava il culo alla Llewellyn Foods e beveva caffè per restare sveglio sotto le luci al neon durante certe riunioni di strategia con Rinoceronte e Oritteropo. Di conseguenza aveva il sublime privilegio di versare metà del suo salario in tasse sul reddito e sugli immobili. Sborsava denaro per l'assicurazione sanitaria, mentre tutti gli altri andavano al pronto soccorso e davano nomi falsi. Il loro quartiere di Seattle era tutto un gran distributore gratuito di aghi ipodermici, cure dentistiche e case popolari. Sussidi di disoccupazione. Formaggio di Stato. Non c'era niente che Coyote potesse permettersi se non le cose che tutti gli altri ricevevano gratis. Telefoni cellulari gratuiti per i senzatetto. Abbonamenti gratuiti per i mezzi pubblici. Quando non giocavano a basket, Mangusta e Scoiattolo simulavano danni alla spina dorsale per poter parcheggiare gratis negli spazi riservati agli handicappati. Fenicottera faceva pagare ai clienti tre dollari extra per il preservativo che lei riceveva gratuitamente dai servizi sociali della contea. Soprattutto, però, tutti quelli che Coyote vedeva in giro avevano tanto tempo libero.

Lui, invece, era così impegnato a pagare il conto per tutti da non avere neanche il tempo per pulirsi il culo. Quelli avevano il tempo di organizzare raduni di protesta e rivendicare ulteriori privilegi. Mentre lui mangiava un panino con la mortadella seduto alla scrivania, la gente del suo quartiere finiva al telegiornale o veniva descritta da cronisti strappalacrime su qualche quotidiano. I poveri di Seattle erano così affamati che il loro principale problema di salute era l'obesità.

Insomma, Coyote portava il proprio fardello e anche quello di tutti gli altri.

Alla Llewellyn Foods, nel suo cubicolo, un bel giorno squillò il telefono. Era Criceta, delle Risorse Umane. Senza dare spiegazioni, gli domandò: «Quanto pensi di poterci mettere per venire qui a Orlando?». «Abbiamo un problema» aggiunse. C'era un biglietto aereo che lo attendeva già all'aeroporto di Seattle. Se si fosse dato una mossa, avrebbe forse persino potuto prendere il primo volo in partenza.

Coyote tornò a casa di corsa a fare i bagagli, e trovò sua moglie seduta sulla veranda dei vicini. E stava bevendo, senza ombra di dubbio, una lattina di liquore al malto insieme a Lama e a Bue, ridendo come se non fosse una moglie né una madre. Dopo averla afferrata per un polso e trascinata a casa, Coyote le domandò: «Che cosa ti hanno detto quegli sfigati? Hanno per caso malignato sul mio conto?». A dire la verità, Coyote da qualche tempo andava a cercare Fenicottera almeno una volta alla settimana. Di solito, due o tre volte. Maledizione, la benzina gli costava più dei pompini. Anche quando la bambina non stava piangendo, la legava al seggiolino e andava a farsi uno di quei giri a passo d'uomo. Fenicottera non aveva alcun valore per lui a parte quel viola che gli metteva intorno al cazzo. La sua faccia si esauriva nel rossetto, ma quegli stronzi schifosi del quartiere non avevano di meglio da fare che infamarlo e spargere pettegolezzi, e Coyote temeva che le chiacchiere potessero arrivare all'orecchio della moglie e che lei potesse fraintendere.

«Bue mi ha detto che sono carina» disse lei «e Lama che mio marito è molto fortunato.»

«Be'» ribatté Coyote, «forse non dovresti credere a tutto quello che ti dicono.» Non se ne rendeva conto, ma stava urlando.

La moglie sembrò ferita dalle sue parole. «Tesoro, quei due non sono così male. Dovresti ascoltare le storie che raccontano.»

«Io non ho bisogno di ascoltare nessuno» disse Coyote. «Ho i miei di occhi!»

Quegli animali, disse, erano bugiardi per natura. Imbrogliavano i servizi sociali e rubavano la posta alla gente per organizzare delle truffe. Lama era stato in prigione, e Bue era persino peggio. Coyote disse che ogni sera vedeva Bue rimorchiare Fenicottera per farsi fare dei pompini da cinque dollari. Fenicottera aveva l'aria di un sacco di piattole ambulante e chissà quali e quante malattie stava incubando. Bue si era di certo fatto infettare. Ormai Coyote era inarrestabile. Disse che Bue era stato in prigione per aver stuprato Antilope. Lama, invece, era stato condannato per detenzione e diffusione di materiale pedopornografico. Lo sapevano tutti, disse Coyote, che Fenicottera andava ad abortire gratis praticamente una volta al mese; anzi, con tutta probabilità aveva già un appuntamento per andare a farne un altro. Coyote voleva sapere come faceva una donna "a modo" e sedicente cattolica a socializzare con dei pregiudicati responsabili di quella lunga sfilza di bambini mai nati. Coyote interruppe per un attimo la sua invettiva, per dar modo alla moglie di scoppiare in lacrime e chiedergli perdono.

Lei, invece, scoppiò a ridere. «Abortire, dici?» Continuava a ridere. «A Fenicottera piacerebbe!»

Coyote portò pazienza. Disse a se stesso che non doveva prenderla a schiaffi. Aspettò che la moglie smettesse di ridere.

Alla fine lei riuscì a riprendere fiato e disse: «Fenicottera non è neanche una femmina».

Coyote sentì il sangue che gli evaporava attraverso la pelle. Le mani gli formicolavano.

Sua moglie ricominciò a ridere, dicendo: «Fenicottera è un... come si dice?». Strinse una mano a pugno e si diede dei colpi con le nocche sulla fronte. Alla fine schioccò le dita e disse: «Un travestito!». Sempre ridendo, con l'alito che odorava di liquore al malto, disse: «Dovresti vedere la faccia che hai in questo momento!».

A quel punto Coyote le tirò uno schiaffo.

Sua moglie cadde e restò a terra, tenendosi una mano premuta su un angolo della bocca. Quando la tolse vide che sul palmo c'era del sangue. Non tanto, ma comunque visibile anche da Coyote. La moglie guardò quella minuscola macchiolina di sangue rosso vivo come se fosse la fine del suo mondo.

Coyote prese dal tavolino dell'anticamera le chiavi dell'auto e uscì. Con il seggiolino della figlia per una volta vuoto, s'immise nel traffico intasato di sconosciuti diretti lentamente da nessuna parte. Sapeva che il matrimonio era come quei film le cui poche scene emozionanti sono tutte compresse nei tre minuti del trailer. Il suo lavoro di promotore, a volte, consisteva proprio nel mostrare brevi anteprime a un gruppo di spettatori selezionati nei centri commerciali per poi domandare loro se sarebbero stati disposti a pagare per vedere il film intero. Coyote sapeva che, prima ancora di essersi potuto allacciare la cintura di sicurezza, la moglie sarebbe stata al telefono con la polizia per denunciare la sua aggressione. Era una di quelle serate fredde in cui il buio cala alla svelta, e si ritrovò a vagare in cerca di Fenicottera.

"Non ho rovinato soltanto la mia vita" disse Coyote a se stesso. "Ho rovinato anche quella di mia moglie e di mia figlia. L'unica persona a cui non ho rovinato la vita è Fenicottera." Aveva intenzione di metter le mani intorno al collo striminzito di Fenicottera, e di strozzarla. Lei non gli aveva insegnato nulla che potesse salvare il suo matrimonio. Coyote abbassò tutti i finestrini dell'auto per fare entrare l'aria serale. Cantava a squarciagola insieme alla radio che non aveva più, improvvisando, inventando parole di canzoni tristi che non aveva mai pensato di scrivere. Non dovette cercarla a lungo: la trovò, nel solito posto, tra i sacchi dell'immondizia. Fenicottera si sporse all'interno dell'auto per dare un'occhiata.

«Hai una bella voce» disse. «Se vuoi, posso farti da corista sexy.» Aprì la portiera e gli si sedette accanto.

Coyote guardò l'orribile parrucca, le labbra viola. Tra loro, l'abitacolo era disseminato di campioncini di caramelle per la tosse. Ogni confezione una caramella: sembravano preservativi impacchettati. Tra loro c'erano anche delle monetine. Fenicottera era al corrente dei segreti meschini di Coyote, ma gli sorrise ugualmente, contenta di vederlo.

Disse: «Dov'è tua figlia?». L'aveva sempre vista, anche se non aveva mai detto niente.

Coyote avrebbe voluto domandarle: "Dov'è la tua figa?", ma tenne la bocca chiusa. Rallentò fino a fermare il catorcio e poi disse: «Sai, oggi ho picchiato mia moglie». La sua bocca sputò la verità a piccoli fiotti, poche parole per volta. Disse: «Sono venuto qui solo per ucciderti». Avrebbe voluto piangere, ma così la scena gli sarebbe sembrata un po' troppo melodrammatica. Le sue lacrime non avrebbero convinto nessuno di nulla. Aspettò, ma Fenicottera non diede segno di voler fuggire.

Le sue unghie viola si protesero verso di lui. Disse: «Papi, guarda che lo so che non mi hai mai dato tutti i dieci dollari». Con la mano lo afferrò per il collo e cominciò a tirare.

Coyote si lasciò tirare. Si ribaltò, cadendo, impigliato nella cintura di sicurezza. Quando si fermò, con la faccia premuta di lato contro l'odore della minigonna di Fenicottera, disse: «Ogni giorno della mia vita muoio un po'». E prima di rendersene conto, Coyote si addormentò.

Fenice

Il lunedì sera Rachel, che si trova in una stanza di motel a Orlando, telefona a casa. Mentre all'altro capo della linea il telefono continua a squillare, prende il telecomando della TV e passa da un canale all'altro con il volume a zero. Conta quindici squilli. Sedici. Ted risponde al ventiseiesimo, ansimando, e lei gli chiede di passarle la figlia.

«Vado a chiamarla» dice Ted, «ma non posso prometterti miracoli.»

Si sente un rumore di cornetta posata sul tavolo della cucina e, poi, la voce di Ted ora più forte ora più fioca che gira per la casa gridando: «April, tesoro! Vieni a parlare con la mamma!». Rachel sente il cigolio della porta a zanzariera. I passi di Ted si sentono e non si sentono, a seconda che lui si sposti sul pavimento di legno o sulle scale coperte dal tappeto.

Rachel aspetta. È seduta sul letto. La moquette e le tende della stanza del motel hanno un vago odore di negozio di abbigliamento vintage: tanto tessuto ammuffito, un po' di sudore stantio e fumo di sigaretta. Non capita spesso che lei debba viaggiare per lavoro: questa, anzi, è la sua prima trasferta da quando è nata April, tre anni fa. Sul video scorrono partite di football silenziose e video musicali senza musica.

La casa in cui abitano ora non è la loro prima. La precedente è stata distrutta da un incendio accidentale. Così, perlomeno, ha stabilito il tribunale. Un incidente incredibile e pazzesco, che è finito direttamente negli annali di storia delle assicurazioni di immobili. Hanno perduto tutto quello che avevano, e poi hanno avuto la figlia, cieca dalla nascita. April è nata cieca, ma le cose sarebbero potute andare anche peggio. La casa precedente apparteneva a Ted già prima che lui e Rachel si conoscessero. Una parete della sala da pranzo era fatta di piastrelle di vetro, che proiettavano un'ombra reticolare sul tavolo e sulle sedie di un nero lucido. Premendo un interruttore, nel caminetto del salotto le fiammelle di gas iniziavano a danzare come per magia su un letto di granito sminuzzato. Le vasche da bagno, i servizi igienici e i lavandini erano di porcellana nera. Tende a pannelli verticali ondeggiavano davanti alle finestre. Non c'era nulla che avesse sfumature color terra o la testura del legno.

A Ted però quella casa andava bene. Aveva anche una gatta che aveva chiamato Belinda Carlisle e a cui permetteva di bere dai bidet neri. Era una gatta birmana a pelo lungo color zibellino, una specie di palla di peli neri. Ted voleva un gran bene a Belinda Carlisle, ma sapeva di non doverle permettere di avvicinarsi troppo. La gatta sembrava pulita finché non la toccavi; a quel punto eravate in due a essere coperti di forfora unta. Per risolvere il problema di quel che lasciava in giro Belinda, Ted si era comprato uno di quei robot-aspirapolvere che scivolano sul pavimento tutto il giorno. Quella, perlomeno, era l'idea. Più di una volta, però, la gatta e il robot si erano alleati: se la gatta aveva la diarrea, il robot passava e ripassava sopra le pozze di escrementi per tutto il giorno, spargendoli su ogni centimetro quadrato della moquette nera.

Quando erano sposati da quasi un anno, Rachel gli disse che avrebbero dovuto cambiare casa. Lei era incinta, e non voleva mettere alla luce un bambino in quel mondo di moquette sudicie e di fiamme non protette. Avrebbero dovuto vendere la casa e dar via Belinda Carlisle. Persino Ted aveva dovuto ammettere che la casa puzzava come una lettiera, per quanto spesso cambiassero la sabbia, e non conviene portare avanti una gravidanza nei paraggi di una lettiera. A cena, lei gli spiegò il problema della toxoplasmosi.

Era causata dal protozoo parassita Toxoplasma gondii che si annidava nell'intestino dei gatti. Si riproduceva deponendo le uova nelle feci dei gatti e poteva anche causare la morte dei neonati o renderli ciechi.

Era abituata a spiegare le cose a Ted. Rachel sapeva che lui non era mai stato una cima. Era la sua principale attrattiva. Era fedele e di buon carattere e lavorava sodo se gli si stava con il fiato sul collo ogni secondo a dirgli esattamente quel che doveva fare. Lo aveva sposato per le stesse ragioni per cui si può assumere un dipendente a tempo indeterminato.

Lei aveva parlato lentamente, tra una forchettata di spaghetti e l'altra. Il solo modo di mascherare la puzza del gatto consisteva nell'abbondare sempre con il coriandolo. Dopo il discorso di Rachel, Ted, seduto di fronte a lei, aveva le ombre del reticolo di piastrelle di vetro che disegnavano meridiani e paralleli sulla faccia e sulla camicia bianca. Lei sentiva frizzare le bollicine dell'acqua minerale. Nulla di quel che Ted cucinava riusciva mai ad apparire invitante sullo sfondo dei piatti di porcellana neri. Lui aveva sbattuto le ciglia, per poi domandare: «Come dici, scusa?».

Più lentamente, questa volta, Rachel aveva ripetuto: «Dobbiamo trovare un'altra casa».

«No» aveva detto Ted, scandendo le parole come se volesse guadagnare tempo. «Prima.»

Rachel non era infastidita. Aveva provato quel discorso per giorni e giorni. Avrebbe potuto presentarglielo meglio. Non era poca cosa, per lui, digerirlo tutto in una volta. «Dicevo che dobbiamo mettere in vendita questa casa.»

Ted aveva chiuso gli occhi e scosso la testa. Con la fronte corrugata, aveva detto: «Prima *ancora*».

«Intendi la parte a proposito di Belinda Carlisle?» aveva domandato Rachel.

«No, prima ancora» aveva insistito Ted.

Rachel era preoccupata: vuoi vedere che Ted non era stupido e che invece, più semplicemente, non ascoltava quel che lei gli diceva? Riavvolse mentalmente il nastro della conversazione. «Intendi, allora, la parte in cui in cui dicevo che sono incinta?»

«Sei incinta?» aveva domandato Ted. Si era portato il tovagliolo nero alle labbra. Se per pulirsele o per nasconderle Rachel non avrebbe saputo dire.

È ancora lunedì sera a Orlando, e Rachel è sempre in attesa al telefono. Tira indietro il copriletto e si stende a guardare Home Shopping Channel. Quel che più le piace di quel canale è che non ci sono le pubblicità. Anelli di diamante da cocktail ruotano al rallentatore, luccicanti sotto le lampade alogene e ingranditi cento volte rispetto alle loro reali dimensioni. Il presentatore parla con un tono un po' strascicato e semplice e sembra sempre entusiasta quando annuncia: "Vi conviene sbrigarvi a ordinare, gente, perché ci sono rimasti sì e no duemila esemplari di queste tiare di rubini...". I solitari con smeraldo vanno via allo stesso prezzo di un vasetto di anacardi nel minibar della stanza.

Con la TV senza volume, al telefono Rachel sente il cane dei vicini che abbaia. Poi si zittisce, come soffocato da qualcosa, come se April avesse appoggiato la cornetta all'orecchio. Trattenendo il respiro per sentire meglio, Rachel dice: «Tesoro... Bubu. Come state tu e papà senza la mamma?». Continua a parlare finché non si sente un'idiota lì a farfugliare da sola in una stanza di motel. Si domanda qual è l'errore che ha commesso, questa volta. Si è forse dimenticata di darle un bacio prima di partire?

Questo silenzio, sospetta Rachel, è una rappresaglia. La sera prima della partenza si era resa conto di avere i denti ingialliti. Il caffè in eccesso fa questo effetto. Dopo cena aveva preparato gli appositi paradenti sbiancanti e li aveva fatti esaminare ad April. Rachel le aveva spiegato che aderivano alla perfezione e che, dovendo tenerli su per almeno un'ora, la mamma non avrebbe potuto rispondere alle sue domande. Anzi, per quell'ora la mamma non avrebbe proprio potuto parlare. Se April avesse avuto bisogno di qualcosa avrebbe dovuto rivolgersi al papà. Tuttavia, non appena Rachel si era messa in bocca i paradenti cosparsi del loro costoso gel, April aveva cominciato a tirarle l'accappatoio perché voleva la storia della buonanotte.

Ted non era stato in grado di intervenire. April era andata a letto in lacrime. I denti di Rachel, comunque, facevano ancora paura.

A giudicare dai rumori che arrivano dalla stanza adiacente, i vicini stanno scopando come dannati. Rachel copre con una mano il microfono della cornetta e spera che la figlia non li senta. Le pare che possa essere caduta la linea e continua a domandare: «April, ci sei? Tesoro, la senti la tua mamma?». Poi, rassegnata, chiede alla figlia di ripassarle il padre. Subentra la voce di Ted.

«Non te la prendere» dice. «Ti sta somministrando la solita cura del silenzio.» Con la voce un po' in sordina, forse perché ha la bocca rivolta altrove, dice: «Sei solo arrabbiata perché la mamma non c'è, vero?». Segue una misura di silenzio. Rachel sente attraverso la cornetta una musica carnevalesca e le voci sciocche di un cartone animato. Non può fare a meno di pensare che, come lei ascolta la televisione senza audio, la figlia la guarda senza vedere niente.

Sempre rivolta altrove, la voce di Ted domanda: «Vuoi ancora bene alla mamma, vero?».

Segue un'altra battuta di silenzio. Rachel non sente niente, finché Ted non comincia a obiettare: «No, non è vero che la mamma preferisce il lavoro a te». Non suona tanto convincente. Dopo una pausa, aggiunge in tono di rimprovero: «Non dire così, signorina! Non lo dire mai più!». Dal tono della voce di Ted, Rachel si aspetta quasi di sentire il rumore di uno schiaffo. Anzi, vorrebbe sentire il rumore di uno schiaffo. Con voce nitida, parlando nella cornetta, Ted dice: «Che cosa posso dirti? La nostra bambina è bravissima a tenere il muso».

Rachel è entusiasta. La cosa che meno desidera è che la figlia sia una mollacciona come Ted, ma tiene per sé questo pensiero. È la telefonata del lunedì sera: fatta.

Ted aveva Belinda Carlisle sin da quando la gatta era un cucciolo. E quando l'avevano messa su diversi siti web perché qualcuno l'adottasse era ormai vecchia. Vecchia e scoreggiona. Solo dei laboratori clinici di ricerca se la sarebbero potuta prendere. Quando l'eutanasia si era profilata come lo scenario più probabile, Ted aveva convocato Rachel in cucina e le aveva mostrato il sacco da venti chili dei croccantini per gatti. Era ancora pieno per più di metà. Le aveva detto: «Per trovarle una nuova famiglia dammi tempo finché non finisce questo cibo».

A Rachel era sembrato un buon compromesso. Ogni giorno equivaleva a due palettate di croccantini. Il sacco era diventato una specie di clessidra per contare gli ultimi giorni in compagnia di Belinda. Dopo due settimane, Rachel non ne era più tanto sicura. Il sacco dei croccantini era ancora pieno a metà. Anzi, sembrava persino un po' più pesante di quando avevano stretto il loro accordo. Rachel sospettava che Ted ci infilasse dei croccantini prelevati da un'altra fonte. Forse aveva un sacco nascosto sulla sua auto, o magari in garage, da cui prelevava palettate di croccantini per rabboccare il sacco della cucina. Per verificare la sua teoria, Rachel aveva cominciato a dare alla gatta razioni doppie, raccontando a se stessa che lo faceva per far piacere alla gatta, per coccolarla, invece che per avvicinare il giorno della sua morte.

Le razioni doppie entravano appena nella ciotola della gatta, ma Belinda se le pappava fino all'ultimo. Stava ingrassando, ma la sua dipartita non si stava per nulla avvicinando. Come nella parabola dei pani e dei pesci, o come nel caso della lampada del tempio di Davide, il grande sacco dei croccantini era sempre pieno per metà.

La telefonata del martedì da Orlando non va meglio. Ogni sera lei e Ted si raccontano brevemente quel che è successo durante il giorno. Lui ha rastrellato le prime foglie cadute. Lei ha implementato in loco i primi catalizzatori per la trasmissione satellitare a microonde. Lui ha trovato un negozio di alimentari che ha il formaggio che le piace tanto. Rachel spiega che ha risequenziato lo script di protocollo per la matrice di ricarica dei pre-sistemi. Dice che trovarsi a Orlando senza figli è una cosa bruttissima.

Quando smette di parlare cala per un po' il silenzio, come se Ted stesse prestando attenzione a qualcos'altro. Lei tende l'orecchio per sentire se lui sta scrivendo al computer, magari delle e-mail, mentre lei gli parla. Alla fine, Ted si decide a parlare. Dice: «Che cosa succede lì?».

Si riferisce ai rumori. Gli ospiti della stanza accanto stanno scopando, di nuovo. In realtà, non hanno mai smesso, tanto che l'udito di Rachel è diventato praticamente insensibile al loro continuo gemere e strillare. Quei rumori si protraggono al punto che potrebbero essere un film pornografico. Nessuno è mai stato tanto innamorato. La fa arrabbiare il pensiero che Ted stia ascoltando degli sconosciuti infoiati invece dei racconti sui suoi progressi.

Mentre in TV compare uno zaffiro, la voce di Ted dice: «Alza il telefono, April. Di' buonanotte alla mamma».

Per sentire meglio Rachel cerca di cancellare il rumore delle auto di passaggio. Oscura anche il ronzio del minibar e i teneri grugniti che provengono da dietro il muro. Non ha più bevuto alcolici dopo il latte di gallina del Natale di tre anni fa, ma ora va al minibar e passa in rassegna il ripiano con le bottiglie di vetro, che costano più del ciondolo di diamante offerto dalla TV. Un conto alla rovescia che regredisce veloce segnala che restano meno di cinquemila esemplari di quel ciondolo. Al prezzo di un paio di orecchini di perle, Rachel si prepara un Gin Tonic e se lo scola.

Al telefono sente la voce di Ted. Attutito, in sottofondo, con voce lagnosa, implora: «Racconta alla mamma delle tartarughe che ti sono piaciute allo zoo». Nessuna risposta. Rachel nutre per sua figlia un rispetto che non ha mai avuto per il marito. Per cena prende dal minibar un sacchetto di M&M's che costa più di una delle parure di fidanzamento vendute da quel canale televisivo. Per ogni sacchetto di patatine o barretta al cioccolato che mangia, un altro esemplare compare come per magia a sostituire il precedente.

Sulla questione del cibo per gatti, Rachel aveva chiesto spiegazioni a Ted, ma lui aveva negato ogni imbroglio. Rachel non aveva ammesso di aver ipernutrito la gatta, ma aveva fatto notare che erano passate cinque settimane, e Belinda Carlisle sembrava un'anguria in pelliccia. Non che Rachel fosse più esattamente un'acciuga. «Intendi dire» gli aveva domandato, indicando il sacco dei croccantini, «che si tratta di un miracolo?»

Non era certo stato d'aiuto il fatto che l'agente immobiliare incaricato della vendita avesse fatto notare che la casa aveva un cattivo odore. L'agente aveva aggiunto che la cifra richiesta era di duecentomila dollari superiore al prezzo di mercato. E neanche la situazione ormonale di Rachel era particolarmente favorevole.

Ted e Rachel avevano discusso animatamente. Tra il giorno del Ringraziamento e Natale avevano litigato quasi sempre. In quel periodo il livello dei croccantini nel sacchetto era cresciuto fin quasi a traboccare sul pavimento. La gatta era così gonfia da riuscire a malapena a trascinarsi sulla moquette del salotto. Ed era stato a quel punto che la casa sopravvalutata aveva preso fuoco.

Il mercoledì sera, come sempre, Rachel telefona a casa da Orlando. Quasi spera che April non le parli. Sarebbe forse la dimostrazione del fatto che la bambina ha ereditato almeno in parte la sua grinta. Per metterla alla prova, le domanda: «Non vuoi bene alla mamma?». Sommessamente, prega che la bambina non abbocchi a un'esca così spudorata.

Il mondo è un posto orribile. L'ultima cosa che Rachel desidera è che sua figlia si ammacchi come una banana matura.

Come se April non fosse stata messa abbastanza alla prova, Rachel dice: «Aspetta, la mamma ti canta una canzone della buonanotte» e comincia a intonare una ninnananna che, ne è sicura, farà strame della determinazione della figlia. A farle da coro ci sono i gemiti e i grugniti della stanza accanto, quei rumori senza parole che le persone deboli emettono contro la loro volontà. Rachel ha intenzione di cantare la canzone fino in fondo, ma si scoraggia quando sente la risata di Ted. Le suona troppo nitida. Sospetta che April abbia posato la cornetta e se ne sia andata. Ciò significa che Rachel ha cantato alla cucina deserta. Conclude con un avvertimento: «Se non dici buonanotte, la mamma si metterà a piangere». Se non c'è nessuno in ascolto, quel che lei dice non ha importanza. Finge di piangere. Esagera, fingendo di singhiozzare e gemere. È più facile di quel che immaginava, e quando scopre di non riuscire a fermarsi riaggancia.

Rachel non se li era inventati, i rischi della toxoplasmosi: aveva fatto delle ricerche online e aveva raccolto materiale inconfutabile. Non erano chiacchiere da fanatici. I neurobiologi avevano scoperto elementi che legavano il Toxoplasma gondii al suicidio e anche alla comparsa della schizofrenia. Tutto questo per la sola esposizione alla cacca di gatto. Secondo alcuni studi, i parassiti cerebrali della toxoplasmosi costringerebbero chimicamente le persone che ne sono affette ad adottare altri gatti. Le gattare pazze erano in realtà mosse da un'infezione di invasori unicellulari.

Il problema dell'educazione degli stupidi sta nel fatto che questi non sanno di essere stupidi. Lo stesso vale per la cura dei pazzi. E per quel che riguardava i gatti Ted era sia stupido sia pazzo.

L'ultima sera da loro trascorsa nella prima casa, come Rachel aveva spiegato alla polizia, erano andati a una festa di Natale nel loro quartiere. Lei e Ted stavano tornando a casa. Avevano bevuto latte di gallina, e lei, mentre procedevano nella neve verso casa, stava dicendo al marito che non doveva essere così mollaccione. Aveva parlato con estrema ponderatezza, nella speranza che le sue parole attecchissero. I suoi piedi lasciavano impronte molto lontane tra loro, perché doveva tenersi in equilibrio, essendo più pesante di prima.

Rachel lavorava ancora come consulente d'interfacciamento aziendale di primo livello, ma la gravidanza, all'inizio del secondo trimestre, le pareva un lavoro a tempo pieno. Temeva che con l'arrivo di un figlio la situazione non sarebbe molto migliorata. L'amore per un uomo lo si può dividere in due, ma non in tre.

Stando alle dichiarazioni rilasciate alla polizia, Rachel era entrata nella casa buia. Non si era neanche tolta il cappotto. "Si gela, qui dentro" aveva detto. L'albero di Natale oscurava la finestra del salotto, impedendo alla luce dei lampioni di filtrare. E in effetti, di primo acchito, tutti avevano dato la colpa proprio all'albero di Natale. I sospetti ricadevano sempre sulle candele profumate, sulle lucine difettose e sulle prese elettriche sovraccariche. Ted se l'era presa con il robot-aspirapolvere. Aveva giurato, con le dita incrociate, che quell'aggeggio si era surriscaldato. Doveva essere andato in cortocircuito e si era messo a correre per la casa pieno di peli di gatto in fiamme, appiccando il fuoco dappertutto.

Il giovedì sera, a Orlando, è il solito vecchio paradosso: quanto più Rachel cerca di affrettare il processo d'installazione, tanto più l'operazione richiede tempo. Telefona a se stessa e si lascia dei messaggi. "Promemoria: mettere a punto la nomenclatura per l'inventario grafico."

Prende il cellulare dal comodino e comincia a passare in rassegna le fotografie. Di April ne ha una soltanto. Chissà perché le sembra sbagliato fotografare una persona cieca. È come rubare qualcosa di prezioso a qualcuno che non sa nemmeno di averlo. Per questa stessa ragione, Rachel fa attenzione a non dire mai: "Che tramonto meraviglioso!" o "Guarda qui, tesoro". In presenza di April, esclamare "Che bel fiore!" potrebbe sembrare una beffa crudele.

Lei e Ted si erano conosciuti con un appuntamento al buio, e questa era un'altra espressione che Rachel evitava di usare in ogni modo.

Da qualche tempo, la bambina aveva cominciato a dire: "Guardami, mamma! Guardami! Mi stai guardando?". April, evidentemente, non sapeva neanche che cosa significava. Era semplicemente la formula universale dei bambini, che ci vedessero oppure no. Un genitore è essenzialmente una persona che ha compiuto questo passaggio dall'essere guardata al guardare.

Anche il giovedì la bambina si rifiuta di aprire bocca. Rachel sonda con l'orecchio teso, blandisce e promette finché Ted non prende la cornetta e dice: «Mi spiace». E quando aggiunge: «Non posso costringerla a parlare» lei coglie nella sua voce l'impotente scrollata di spalle.

Al che Rachel dice: «Provaci». Ted è bravissimo ad arrendersi. Lei gli suggerisce di pungolarla con un dito nei fianchi per farla ridere. Gli domanda: «Non soffre il solletico?».

Ted risponde ridendo, ma soprattutto per incredulità. «Mi domandi *se* soffre il solletico?». Sbuffa dal naso. «Dove sei stata negli ultimi tre anni?»

Dopo la notte dell'incendio, l'unica cosa di cui Rachel era disposta ad assumersi la responsabilità era di aver premuto l'interruttore. Aveva detto di aver alzato la temperatura del termostato prima di accendere le luci del salotto. Aveva acceso il gas del caminetto nell'istante preciso in cui erano cominciate le grida. Un lamento da spirito maligno aveva riempito le stanze buie. Come una specie di demone dell'inverno, era risuonato uno stridio sovrannaturale, dopo di che l'intera casa aveva preso fuoco. Era avvampato l'albero di Natale. Il fuoco si era propagato ai cuscini sul divano. Poi era divampata la moquette della zona nera. Ted era corso ad abbracciare Rachel mentre i copriletti e gli asciugamani venivano avvolti da furiose fiamme arancioni. E intanto avevano continuato a echeggiare urla come di anime tormentate all'inferno. Nell'aria c'era puzza di fumo e di pelo strinato. I sensori antifumo si erano poi aggiunti al frastuono spaccatimpani. Non avevano avuto neanche il tempo di allontanare la loro auto nera dal vialetto d'accesso: le fiamme si erano propagate troppo rapidamente, sventolando come bandiere luminose dai vani di tutte le finestre al piano superiore. Erano lì in piedi sul prato innevato davanti a casa quando la cisterna dei pompieri era sbucata dal nulla a sirene spiegate. La casa era interamente avvolta dalle fiamme.

A Orlando Rachel ha cominciato ad avere dei dubbi. Ted era la classica persona capace di nasconderle una spiacevole verità fino al suo ritorno a casa. Se April fosse finita in ospedale, se fosse stata punta da un'ape e avesse avuto una reazione grave o peggio, Ted avrebbe pensato di fare una gentilezza a Rachel nascondendole la notizia al telefono. Lei, allora, va in rete alla ricerca di incidenti capitati a bambine di tre anni, a Seattle, nella settimana in corso. Con suo grande dispiacere, ne trova uno. Secondo un articolo, una bambina è stata aggredita da un cane del quartiere. Al momento è in ospedale in gravi condizioni. Il nome non era stato reso noto perché non tutti i familiari della vittima erano stati avvertiti.

Quella sera Rachel ascolta i nuovi messaggi. Se li è mandati tutti lei. "Promemoria: ripercussioni!" Una sola parola, allarmante e brusca. Non ricorda neanche più a che cosa si riferiva quando l'ha registrata. Deve addirittura controllare il numero per riconoscersi. È davvero così la sua voce?

Per tutta la notte il pensiero le pesa: quanti bambini soffocano ingoiando palline di gomma senza che il loro caso arrivi sulla barra delle ultime notizie della CNN? Continua ad aggiornare la pagina di quell'articolo del "Seattle Times". Che razza di madre è se non riesce neanche a intuire se la figlia è viva o morta?

Il comandante dei pompieri non aveva pensato che fosse un incendio doloso, almeno all'inizio. L'episodio li aveva resi famosi, anche se non in senso buono. Erano diventati la prova vivente di un evento che la gente preferirebbe ritenere impossibile.

Il comandante dei pompieri aveva raccolto indizi nelle stanze carbonizzate, seguendo il percorso delle fiamme. L'incendio era partito dal caminetto minimalista e si era propagato seguendo il perimetro del salotto. Poi aveva preso fuoco il perimetro della sala da pranzo. Il comandante aveva tracciato una specie di pianta su un foglio di carta millimetrata fissato a una tavoletta portadocumenti. Usando una matita tecnica aveva disegnato una linea che dalla sala da pranzo saliva per le scale e seguiva il perimetro della camera da letto padronale e del bagno.

Sotto il braccio teneva una cosa avvolta in un sacchetto di plastica nero per la spazzatura. «La cosa più incredibile che io abbia mai visto» aveva detto a Ted e a Rachel sul vialetto d'accesso. Aveva aperto il sacchetto in modo che anche loro potessero vedere quel che conteneva. Ne era uscito un odore orrendo: un misto di peli bruciati e di sostanze chimiche. Ted aveva osservato a lungo e poi aveva cominciato a tremare.

Il venerdì sera, a Orlando, Rachel considera per un po' l'opportunità di chiamare la polizia, ma che cosa potrebbe dire? Cerca aggiornamenti della notizia sulla bambina di tre anni in condizioni critiche. Telefona a JoAnne, una vicina di casa. Avevano fatto conoscenza perché erano accomunate dall'odio per i netturbini locali. JoAnne risponde al diciannovesimo squillo. Rachel le domanda se Ted ha portato fuori la spazzatura quella sera. Non vuole scoprire le carte.

Resta in ascolto, spostando la cornetta da un orecchio all'altro, ma non sente niente. Soprattutto non sente abbaiare il rottweiler bastardo di JoAnne. Quel cane non smette mai di abbaiare e di raspare contro la recinzione.

Alla fine JoAnne dice: «La spazzatura la raccolgono la prossima settimana, Rachel». Ha un tono cauto. Pronuncia il suo nome come se stesse mandando un segnale ad altre persone presenti accanto a lei. Domanda come va a Orlando, e Rachel cerca di ricordarsi se le ha per caso parlato della sua trasferta. Per sondare il terreno, dice: «Spero che Ted non stia viziando April, ora che non ci sono». La pausa che segue dura un po' troppo a lungo.

«April...» aggiunge Rachel. «Mia figlia.»

JoAnne dice: «So chi è April». Adesso ha un tono irritato.

Rachel non riesce a trattenersi. «Per caso Cesar ha morsicato mia figlia?».

La chiamata s'interrompe.

Se non altro, il comandante dei pompieri aveva risolto il mistero della puzza che ogni inverno impregnava la loro casa. Belinda Carlisle, aveva ipotizzato il comandante, usava il granito sminuzzato del caminetto come lettiera, sicché Ted e Rachel ogni volta che avevano acceso il fuoco, avevano arrostito una quantità incalcolabile di escrementi felini lì sepolti. Secondo il perito dell'assicurazione, quel che era successo non aveva precedenti. Rachel aveva notato che si tratteneva a stento dal ridere spiegando che la gatta stava probabilmente svuotando l'intestino proprio nel momento in cui Rachel aveva acceso il camino.

Belinda era lì a fare una cagata notturna in segreto, nella caverna buia del caminetto. Nella casa fredda, forse, si era goduta il teporino della fiammella pilota. Doveva aver sentito il ticchettio grillesco dell'accensione elettronica. All'improvviso, le fiamme bluastre l'avevano assalita da ogni parte.

Era stato quel demone peloso in fiamme a schizzare, urlante, fuori dal camino e a turbinare furiosamente per la casa, appiccando il fuoco a tutti i tessuti prima di morire in un armadio al piano superiore sotto il bucato a secco di Rachel avvolto da plastica infiammabile.

Il sabato Rachel telefona tre volte, ma le risponde sempre la segreteria telefonica. Si immagina la casa vuota. È troppo facile figurarsi Ted che piange accanto a un letto d'ospedale. Quando finalmente le risponde, gli chiede di April. «Se è questo che vuoi, signorina...» minaccia lui. «Niente Natale, niente giostre, niente pizza, se non parli con la mamma.» Lei aspetta, non volendo ferire nessuno. Attribuisce il proprio umore al rum e coca, doppio, che costa più di una delle fibbie per cintura tempestate di turchesi che si vendono in TV. «Avevo una bambina cieca» provoca, cercando di ottenere una reazione. «Che cosa mi sei diventata, adesso? Anna dei Miracoli?»

Sono parole alimentate dal rum. In TV un topazio ingrandito luccica ipnotico, ruotando lentamente con il volume azzerato.

In quel profondo silenzio Rachel sente un respiro. Non è la sua immaginazione. April sta respirando, un respiro cocciuto, esalando piccoli sbuffi nervosi dal naso, come se avesse le braccia cicciottelle conserte e le guance da angioletto congestionate per la rabbia.

Rachel azzarda: «Che cosa vuoi che ti porti, la mamma, quando torna a casa?». Con un piccolo tentativo di corruzione potranno entrambe salvare la faccia. «Un Topolino?» suggerisce. «Un Paperino?»

Sente ansimare piano. Il respiro s'interrompe per un attimo, prima che una voce acuta e lontana strilli: «Oh, papi!». In estasi, aggiunge: «Tirami i capelli, papi! Sbattimelo nel culo!».

Non è April. È la cliente della stanza accanto: la sua voce trapassa la parete.

«E se ti portassi una tonnellata di gelato Rocky Road ricoperto di cioccolato con noci e marshmallow?» butta lì Rachel con aria indifferente, ad alta voce, tenendo la bocca lontana dal microfono. Va a picchiare con i pugni contro la parete e grida: «Che ne diresti di farti sbattere da un bel pony?».

Al telefono sente il piccolo robot-aspirapolvere – un sostituto – che si aggira ronzando e pulisce il pavimento urtando le pareti, come – che altro? – un animale cieco. Ted se ne sta con le mani in mano per metà della giornata, ma non può rinunciare ai suoi apparecchi Sharper Image che gli fanno risparmiare fatica. Rachel ha paura al pensiero che April possa inciampare nell'aspirapolvere, ma lui dice sempre che la bambina è più intelligente di una macchina da due soldi.

In un lampo, Rachel capisce. Anche se è un po' brilla, tutto torna. Ted la odia per quel che è successo a Belinda Carlisle. Lui non è una cima, ma non è neanche stupido. Quella di fare il broncio è una caratteristica che April ha ereditato dal padre. Lui ha portato pazienza, e adesso si sta vendicando.

Nella voce di Rachel si apre una minuscola crepa, da cui tutto il panico preme per uscire. Domanda: «April, piccina, il papà per caso ti sta facendo del male?». Si sforza di non domandarlo, di smettere di domandare, ma è come tentare di aggiustare un palloncino scoppiato.

Quando era nata April, loro si erano già sistemati a pochi isolati di distanza, in una casa stile ranch come tante altre. Ted avrebbe voluto seppellire la gatta nel cortile posteriore della nuova casa, ma il comandante dei pompieri non gli aveva mai consegnato i resti dell'animale. La casa-ranch era meno originale. Non aveva un caminetto aperto e neanche il bidet, ma con una bambina cieca andava bene anche così. Era naturale che Rachel ne avesse risentito, avendo respirato per sei mesi di gravidanza le esalazioni degli stronzi di gatto abbrustoliti. Come aveva spiegato l'ostetrica, il parassita della toxoplasmosi attacca il nervo ottico, ma Rachel sapeva che il problema non si esauriva in questo. Era una punizione. Certo, Rachel aveva giurato di non aver visto Belinda Carlisle prima di accendere il camino. E Ted aveva preso per buono il giuramento di Rachel.

Ci sono bugie che cementano i matrimoni più dei voti nuziali.

La domenica, Rachel telefona e pretende che Ted la ascolti. «La prossima telefonata la faccio alla polizia» giura. Se April non dice qualcosa per farle cambiare idea, Rachel telefonerà al servizio di protezione dei minori e chiederà che intervengano.

Il marito, mister Passivo-Aggressivo, ride confuso. «Che cosa vuoi che faccia? Che le dia un pizzicotto?»

Un pizzicotto, sì, dice Rachel. Una sculacciata. Una tirata di capelli. Qualunque cosa.

Lui domanda: «Spiegami un attimo... Se *non* picchio mia figlia, mi denuncerai per averla maltrattata?».

Annuendo, Rachel dice dentro il microfono: «Sì». Se lo immagina intento a bere caffè da quella tazza smaltata di nero che ha recuperato tra le macerie della casa bruciata. Il colore e la finitura sono così orrendi che sembra nuova di pacca.

«Che ne diresti di una bruciatura di sigaretta?» domanda lui, con voce intrisa di sarcasmo. «Saresti contenta?»

«Usa uno dei miei aghi per cucire» gli suggerisce Rachel. «Prima, però, sterilizzalo, strofinandolo con un po' di alcol. April non ha mai fatto l'antitetanica.»

Ted dice: «Non posso credere che tu stia parlando sul serio».

«Questa storia è andata avanti fin troppo» dice lei. Sa che può sembrare una follia. Forse è troppo tardi. Forse è colpa della toxoplasmosi: è l'infezione cerebrale che la fa parlare, ma lei sa perfettamente di essere serissima.

L'accordo con la loro compagnia assicurativa non era stato trovato in tempi rapidi, e il comandante dei pompieri a un certo punto aveva cominciato a parlare d'incendio doloso. Le analisi condotte in laboratorio avevano rilevato strane tracce nella pelliccia del gatto. Una sostanza chimica infiammabile aveva fatto in modo che Belinda Carlisle non potesse spegnersi nel corso della sua ultima atroce corsa in preda al panico. A destare ulteriori sospetti c'era il fatto che poche settimane prima Rachel aveva raddoppiato la copertura assicurativa spettante ai padroni di casa. Benché avesse una neonata attaccata al seno, non aveva esitato a procurarsi un avvocato.

Al telefono, domenica sera, Rachel assicura che non sta bluffando. O Ted riesce a far pronunciare alla figlia qualche parola, qualche *suono*, o la questione si risolverà in tribunale. Trascorre un tempo che pare lunghissimo, ma alla fine Ted risponde.

Con la bocca lontana dal telefono, dice: «April, tesoro, ti ricordi la puntura per l'influenza?». Dice: «Ti ricordi quando hai dovuto farti la puntura per poter andare a giocare al campo di Pasqua?». La risposta è un silenzio. Rachel chiude gli occhi per sentire di più. Il solo rumore che le giunge è quello dell'abat-jour al neon sul comodino. Si alza dal letto per andare a spegnere il condizionatore, ma prima di poter fare un passo, sente di nuovo la voce di Ted.

«Puoi andare a prendere il cestino da cucito per il papà?» Sembra che non stia accadendo nulla, ma adesso la voce di Ted le arriva forte e chiara. «Sei contenta? Ti fa felice questa cosa?» I passi di Ted in corridoio. «Sto andando in bagno.» Il tono è cantilenante, da ninnananna. «Vado a prendere l'alcol per disinfettare e torturare nostra figlia.» Canticchia. «Rachel, puoi fermarmi quando vuoi. Sei ancora in tempo.»

Rachel, però, sa che non è vero. Nessuno può fermare nessuno. I vicini di stanza continueranno a trombare. La gatta in fiamme filerà sempre come una cometa per tutte le case in cui abiteranno. Nulla verrà mai risolto. Di nuovo, le viene in mente che magari Ted sta solo cercando di tormentarla. April è al piano di sopra, nella sua stanza, o magari a giocare nel giardino dietro la casa, e lui sta solo facendo finta che la bambina sia lì. Questa ipotesi è più facile da digerire dell'idea che la figlia la disprezzi.

«Tu non capisci» dice Rachel al telefono. «Io ho bisogno che tu mi dimostri che April è viva.» Chiede: «Falle del male per dimostrarmi che non mi odi».

Prima che la TV possa vendere altri mille orologi da polso tempestati di diamanti, April lancia un urlo.

Dopo una frazione di secondo, Ted dice: «Rachel...». Senza fiato. Quell'urlo le echeggia nel cranio. Non avrebbe più smesso di echeggiarle dentro la testa. Un miagolio. Il lamento di Belinda Carlisle. È lo stesso grido lanciato da April mentre nasceva.

«L'hai fatto» dice lei.

Ted ribatte: «Sei stata tu a gridare».

Non era stata Rachel a gridare, e neanche April. Era un altro dei rumori estatici degli scopatori nell'altra stanza. È di nuovo scacco. Il sacco dei croccantini sarà sempre per metà pieno. Ted non smetterà mai di imbrogliare.

Rachel gli domanda di passarle April. «Fa' in modo che abbia il telefono all'orecchio» dice Rachel, «dopo di che voglio che tu esca dalla stanza.»

«Tuo padre non capisce.» Parlando al telefono, Rachel dice: «Doveva più soldi, per quella casa, di quanti ne valesse. Qualcuno doveva prendere quella spiacevole decisione».

Spiega alla figlia che l'unico problema, se si sposa un uomo smidollato, sfaticato e stupido, è che si rischia di rimanere intrappolate con lui per tutta la vita. «Dovevo fare qualcosa» dice Rachel. «Non volevo che tu nascessi morta, oltre che cieca.»

Non importa chi c'è in ascolto: Ted o April, non fa differenza. È un altro casino che Rachel sente il bisogno di risolvere. Spiega di essere andata avanti per settimane a spruzzare lacca sulla gatta, una lacca per capelli da quattro soldi. Lei sapeva che la gatta usava il camino come gabinetto, e sperava che la fiammella pilota fosse sufficiente. Rachel riempiva di cibo la gatta per far sì che sentisse il bisogno di defecare più spesso. Sperava che l'aumento dei gas intestinali potesse contribuire alla soluzione del problema. Non era una sadica. Al contrario, non voleva che Belinda Carlisle soffrisse. Rachel si era accertata che i sensori antifumo avessero le batterie nuove e aveva aspettato.

«Tuo padre» dice «è convinto che i piatti e la tazza del gabinetto, se sono neri, non si sporcano mai.»

L'ultima sera a casa di Ted, Rachel era entrata in salotto da fuori. Di corsa, perché faceva freddo. Prima di uscire, aveva intenzionalmente abbassato il termostato, nella speranza che la fiammella pilota risultasse più attraente per la gatta. Per rendere la trappola ancora più invitante aveva nascosto del tonno sotto il granito sminuzzato. Quella sera era entrata nella sala buia, nell'ombra proiettata dall'albero di Natale, e aveva visto due occhi gialli luccicare dentro il caminetto. Un po' brilla, aveva detto: «Mi spiace».

Al telefono, a Orlando, ubriachissima, dice: «Non mi spiaceva per niente».

Rachel aveva detto addio alla gatta e aveva acceso il fuoco. Il ticchettio dell'accensione, simile al picchiettio dei bastoni da ciechi. L'urlo da spirito maligno. Fiamme che si arrampicavano su per le tende del salotto. Fiamme che correvano su per le scale. Alla fine la compagnia assicurativa non era riuscita a dimostrare che i residui chimici non provenissero dall'involucro di plastica del lavasecco.

Detto questo, ha la sensazione che April sia diventata per lei una sconosciuta. Una persona da lei distinta, che va rispettata e che merita di sapere la verità. April si è staccata da lei, per diventare finalmente un'altra persona. «I continui rinvii di tuo padre sono la ragione per cui tu non vedrai mai un tramonto.»

Quel silenzio potrebbe essere chiunque o nessuno. Se è April, non capirà, almeno finché non sarà più grande.

Rachel dice: «Ho scelto tuo padre perché è un debole. L'ho sposato perché sapevo di potergli far fare quel che volevo». Dice che il problema con le persone passive è che ti costringono a prendere l'iniziativa. E poi ti odiano per questo. Non ti perdonano mai più. Solo a quel punto, al telefono, in modo chiaro e inconfondibile, Rachel sente Ted che comincia a piangere. Non è certo la prima volta, ma questa volta i suoi singhiozzi crescono d'intensità finché, come colpi di fischietto rumorosissimi, una bambina si mette a strillare. Come un allarme antifumo, un acutissimo e agitatissimo grido di bambina erompe, come una sirena, all'altro capo della linea telefonica.

La provocazione di Rachel ha funzionato. Lui tanto tempo prima l'aveva ingannata, manipolata, l'aveva indotta, costretta a fare del male a un essere innocente. Ora sono pari.

Con le grida della figlia e il pianto del marito ancora vivi nell'orecchio, Rachel osserva, come in trance, un gigantesco diamante che ruota su se stesso e, cercando di divinare il nuovo futuro che l'attende, sussurra: «Buonanotte».

I fatti della vita

Il padre di Troy era determinato a far meglio del proprio padre. Quando suo padre, il nonno di Troy, gli aveva spiegato gli uccelli e le api, aveva fatto ricorso a una barzelletta, domandando al figlio: "Che differenza c'è tra il sesso anale e un forno a microonde?". Il padre di Troy, all'epoca, aveva sei anni, proprio quanti ne aveva Troy ora. Il padre di Troy non aveva saputo rispondere, e allora suo padre gli aveva risposto, semplicemente: "Il forno a microonde non fa diventare marrone la carne".

Tutto qui: i fatti della vita. Perciò, quando Troy, un pomeriggio dopo la scuola, salì sull'auto del padre e disse che i bambini della seconda elementare stavano facendo un corso sul Sesso A Rischio, suo padre capì che quello poteva essere il momento di una lezione. A scuola non avevano ancora studiato il sesso, e già insegnavano ai bambini quel che non dovevano fare. Ciononostante, il papà di Troy sapeva quel che anche gli uomini politici sanno: non bisogna mai rispondere alle domande che vengono poste, bensì a quelle che uno vorrebbe sentirsi porre. E sul tema del Sesso A Rischio il padre di Troy aveva pronto un manuale.

Erano in auto, e gli parve un trampolino ottimale. Stavano tornando a casa, quindi il padre di Troy doveva stare attento alla strada. Disse a Troy che a volte, quando le mamme e i papà si vogliono tanto, tantissimo bene, hanno voglia di starsene un po' da soli, loro due e basta. Spiegò che, quando la mamma e il papà sono al liceo, l'unico posto in cui possono starsene da soli, a volte, è un'automobile, anche se magari è una Dodge Dart con il nastro isolante appiccicoso sugli strappi dei sedili in vinilpelle, e magari devono persino comprare i biglietti del drive-in – un concetto impossibile da spiegare ai bambini di oggi, se non dicendo che è come un televisore, ma così grande da occupare tutta una facciata del palazzo in cui lavora papà –, anche se magari il film che proiettano quella settimana è *Getaway!* con Sally Struthers, il che ha un'importanza pressoché nulla, dato che se le mamme e i papà vanno al drive-in è solo per restare da soli, e negli anni del liceo con l'urgenza di starsene da soli a baciarsi, toccarsi, fumare un po' d'erba e a rotolarsi come due pornostar appena scotennate su un letto di sale bollente, be', le mamme e i papà in quella situazione pagherebbero il biglietto anche per vedere la vernice che si asciuga, se questo garantisse loro la possibilità di sottrarsi per un paio d'ore al controllo di tutti, anche se quello che provano è un amore vero e reale ed eterno che le loro mamme e i loro papà non ricordano neanche più che si possa provare, anche se in quel caso una Dodge Dart non è il massimo come automobile per incontrarsi, perché quel coglione del precedente proprietario ha sostituito il sedile anteriore unico con due sedili monoposto anatomici e il sedile posteriore offre spazio solo per farlo a cucchiaino, cioè da dietro, appoggiati su un fianco, che non è la posizione migliore, perché la mamma dice sempre che in quel modo le entra sempre troppa aria, e anche mentre spiega tutto questo il papà di Troy tiene gli occhi sulla strada e non vede la reazione del bambino, anche quando dice che la posizione a cucchiaino è l'unica posizione per la mamma, perché se provavano quella della cavallerizza, non appena lei gli saliva sopra, sobbalzando su e giù facendosi vedere da tutti, le tette e i capelli le ballavano al punto che in breve l'intero drive-in si metteva a lampeggiare con gli abbaglianti e a suonare il clacson e a lanciare urla da rodeo finché la notizia non si spargeva per tutta la scuola, anche se in questo caso il papà butta lì la proposta di fare un po' di sessantanove giusto per cominciare, e anche mentre lui descrive come si spogliano e si rigirano sul sedile posteriore, anche lì il bambino, Troy, domanda che cosa ha a che fare tutto questo con la nascita dei bambini anche se suo padre è arrivato al momento in cui la madre prende la zona pericolosa del padre tra due dita di una mano, come se stesse raccogliendo della spazzatura dal pavimento di un gabinetto pubblico e dice che non ha un odore di pulito come si sarebbe aspettata e le sarebbe piaciuto, e ci sta quasi ripensando anche dopo che lui le ha spiegato e rispiegato che lui è pulito e come funziona il prepuzio, e anche così lei non ci crede anche se lui tira fuori la vecchia argomentazione domandando "Perché si parla di mutilazione genitale solo quando la subiscono le ragazze?", anche in quel momento lei si raffredda, anche quando lui le dice: "La mutilazione genitale è mutilazione genitale, non importa dove e come si taglia" e la cosa non la fa ridere per niente, neanche quando lui le strizza l'occhio e dice che stava solo scherzando, e lei continua a puntare i piedi al pensiero di beccarsi la sua schifezza, allora lui si sporge con il busto sul sedile anteriore e apre lo scompartimento del cruscotto e fruga intorno alla vecchia cartina stradale, anche se questo comporta la spiegazione di che cos'è una cartina stradale al figlio, che appartiene a una generazione che trova ogni cosa con il GPS tanto che non conoscerà mai l'incubo da origami di dover ripiegare una vecchia cartina di notte, mentre soffia il vento, anche in quel momento sta cercando un preservativo o altro, qualunque cosa, pur di coprire quell'odore, anche se quell'odore è solo l'odore che una zona pericolosa sana e non mutilata deve avere, e anche lì il padre riesce a trovare soltanto una grossa boccetta di disinfettante per le mani rimasta dopo che l'inverno precedente si era diffuso il panico per l'influenza aviaria asiatica, e anche se si parla di un decennio circa prima della nascita del bambino, il quale vorrebbe cambiare discorso per domandare che cos'è l'influenza aviaria e che cos'è un sedile anatomico, anche se queste informazioni non hanno rilevanza nel discorso più generale, anche lì lui continua a spiegare come questo padre mostra il disinfettante per le mani alla mamma sul sedile posteriore pieno di nastro isolante e le propone di spruzzarglielo su tutta la sua zona pericolosa se questo la rende felice, e neanche il gelido cuore della madre può evitare di sciogliersi di fronte a quel gran gesto romantico, anche se lui ha una paura tremenda che possa fargli male perché sulla boccetta c'è scritto che contiene una grande percentuale di alcol, anche se lì la sua zona pericolosa gli duole per un bisogno acutissimo che è molto più forte del suo buonsenso, tant'è che si spruzza sulle mani una dose gigante di quel gel freddo e viscido e lo usa sulla sua zona pericolosa, e nonostante il centinaio di ingredienti germicidi elencati sull'etichetta, per non dire del quantitativo minimo di aloe vera, anche lì il dolore è di molto inferiore a quello che temeva, non più forte del dolore che già prova, come se potesse morire per lo sperma trattenuto, come un dente del giudizio ma conficcato tra le sue magre cosce da adolescente, il dolore non è tale da far cambiare idea alla sua zona pericolosa, anche quando la mamma si rifiuta comunque di prenderglielo in bocca, anche lì la sua zona delicata è dura come il naso che ha sulla faccia anche quando lui pianta la faccia al centro della zona delicata della mamma e ci va fino in fondo, facendo quel gioco che loro chiamavano Flipper, ispirato a un telefilm su un delfino così vecchio che su Nickelodeon di certo non lo trasmetteranno mai, la mamma neanche in quel momento si decide a lavorare con le labbra perché adesso ha paura di restare avvelenata dalle sostanze chimiche, e anche lì il papà, invece di rinunciare, resta a faccia in giù, trattenendo il respiro, facendo come Flipper, e continua a lappare in quelle acque perché sa che se lei si scalda abbastanza poi sarà disposta a tutto, il papà di Troy tiene lo sguardo fisso sulla strada mentre sente che dal bambino sta montando una marea di domande, anche in quel momento il papà al drive-in non si preoccupa di prendere aria, continua solo a slinguazzare come fanno i cani con le zampe mentre nuotano finché lei è così allagata che lui può tirare indietro la faccia così velocemente che uno spruzzo di brodaglia della mamma del bambino gli schizza davanti al naso tracciando un arco molle e liquido, mentre lei fa Ih-Ih-Ih-Ih come faceva quel delfino e batte le mani, anche, come faceva il delfino con le sue pinne, quel delfino che vedevano sempre in TV da ragazzi, e mentre la zona pericolosa del padre è piena, sul punto di esplodere con circa novecento chili per centimetro quadrato di succo di padre pressurizzato, la madre, odore o no, non vuole altro al mondo se non farlo a cucchiaino, da dietro sul sedile posteriore di quella Dodge Dart, fa niente se poi le entra dentro l'aria, anche se quel che non si è detto è che il suo periodo mensile da mamma è in ritardo di non meno di undici giorni, anche se lei si rassicura pensando che dipende dal fatto che ha vomitato un würstel di troppo, anche se ha fatto il conto mentalmente e si immagina l'errore già grosso come un agglomerato di cellule, persino lì mentre suo figlio, Troy, domanda: «È stato quello il momento in cui sono cominciato io?» lui sta cercando di tenere a bada tutta quella storia degli uccelli e delle api, intanto il papà sulla Dart sta sbattendo la propria zona pericolosa contro quella della mamma, ricordi così meravigliosi, mentre Sally Struthers diceva qualcosa a Steve McQueen sullo schermo del cinema al drive-in, anche lì lui non ha idea di essere già padre, no, continua soltanto a sbattere e risbattere con l'acqua di Flipper che gli si è seccata sulla faccia finché non sente la mamma che strilla come tutte le mattine di Natale del mondo messe insieme, e allora lui si lascia andare, e anche così vorrebbe continuare, ma lei dice che devono prima fumarsi una canna che lei ha nella sua borsa e striscia via dal posticino in cui è accoccolata accanto a lui per pescare questa canna e usa l'accendino, fregandosene del paraquat e del malatione, e anche in quel momento si lamenta dell'aria che lui le ha pompato dentro, anche mentre si accende la canna e loro sentono che non è roba di qualità perché anche mentre Sally Struthers starnazza a proposito di qualcosa, sentono entrambi lo scoppiettio dei semi quando la mamma fa un lungo tiro, anche mentre ricominciano a mettersi le mani addosso sulle zone pericolose perché negli anni del liceo di un papà non tutto si svolge sempre davvero con dolcezza, anche in quel momento, il bambino, il suo bambino, Troy, vuole sapere perché si fumavano una canna visto il rischio di provocargli un danno cerebrale preparto, e non è appunto una cosa da bambini porre questa domanda e non aspettare la risposta e sentirsi tanto coinvolto, anche con questo bambino che si mette a dare lezioni sul Sesso A Rischio e sugli effetti del THC durante il primo trimestre di gravidanza, anche allora il padre continua a spiegare come quel seme scoppietta, forte, scoppietta e sparge scintille come il Quattro Luglio e fa piovere scintille finché queste scintille non atterrano nel cespuglio della mamma.

La parte che segue è bella. Un bel bagliore. Come una fiammeggiante e azzurrognola banana flambé o una crêpe suzette preparata su un carrello. Come un caffè spagnolo alla fiamma, quando il barista lo cosparge di cannella che s'illumina come tante lucciole, una scena così bella che la mamma e il papà possono soltanto guardare questo nembo bluastro come l'immagine di un vecchio film su un televisore in bianco e nero, quella ammaliante luce azzurrognola che danza lì in basso tra i peli nel grembo di lei che dev'essere impregnato di disinfettante di seconda mano perché quella roba non evapora mai del tutto e perché il suo cespuglio esplode come il napalm al mattino alle spalle di Charlie Sheen in un film dato come secondo spettacolo, anche lì la mamma e il papà non pensano a fermarsi, buttarsi a terra e rotolarsi come gli ha insegnato a fare Bill Cosby per tutta l'infanzia, bensì si mettono a strillare e persino la zona pericolosa della mamma si mette a strillare con tutta l'aria che il papà le ha pompato dentro, finché l'esplosione di aria non comincia a emettere fiamme come un drago sputafuoco, come un lanciafiamme della guerra del Vietnam o come il tenente Ellen Ripley che insegue Alien nelle tenebre, una vera femminista spaccaculi senza precedenti finché non si capisce che è soltanto Sigourney Weaver, anche lì le fiamme continuano a propagarsi sul sedile posteriore e appiccano l'incendio anche alla zona pericolosa del papà impregnata di disinfettante, e non solo ai peli, ma anche alla parte dove c'è solo pelle, ancora inturgidita e tesa per via della pressione interna, finché il fatto di avere un prepuzio abbondante non diventa l'ultima delle preoccupazioni, anche se lui sta ancora cercando di rendersi conto dell'effetto che fa, anche se l'espressione del viso del bambino, di Troy, è di orrore totale, il papà di Troy dice che è come quando si va in campeggio e si mettono i marshmallow troppo vicino al fuoco e ci si ritrova a reggere quegli sputacchianti e sgocciolanti ammassi informi di schifezza che sfrigola e si squaglia e che nessuno è capace di spegnere, molto peggio di quando la carne diventa marrone, anche lì il ciclo della mamma decide di manifestarsi anche se non sarebbe il momento giusto, perché è così che succede alle donne se qualcosa le spaventa, tipo un ragno vicino al lavandino della cucina o una maschera spaventosa di Halloween, contraggono tutti i muscoli in una manovra difensiva, come quando la seppia spara fuori l'inchiostro a mo' di cortina di fumo che le consente di fuggire, la mamma erutta come un vulcano di sangue circondato da un cerchio di fuoco. E anche questo non aiuta quando l'abitacolo della Dodge Dart prende fuoco e la cosa diventa come un fuoco ardente all'interno di un altro incendio, come un caminetto all'interno di una casa in fiamme in una qualche periferia dell'inferno, anche in quel momento il papà è così vicino che quando esce sta ancora spruzzando spermatozoi, ma in fiamme per via del disinfettante delle mani, sparando – *bum bum bum* – come fossero proiettili traccianti, come il Quattro Luglio, anche lì la mamma non è che stia provando un gran sollievo per il fatto di non essere incinta, anche in quel momento la mamma e il papà si limitano a ballonzolare sul sedile della Dodge Dart finché tutti i fari delle auto intorno non cominciano a lampeggiare con gli abbaglianti, e tutti lanciano grida da rodeo e incitano: "Falla sgroppare!" senza rendersi conto che è una conflagrazione di zone pericolose, almeno finché la mamma non salta giù aprendo una portiera della Dodge e il papà salta giù dall'altra portiera, e anche lì il pensiero di fermarsi, buttarsi a terra e rotolarsi è l'ultima cosa che gli viene in mente, anche mentre corrono avvolti dalle fiamme, sgocciolando residui in fiamme come i marshmallow, roventi, perdendo grumi di banana flambé che ricadono e rotolano nella ghiaia del drive-in appiccando il fuoco alla carta igienica e ai fazzolettini di carta sparsi dagli zozzoni, anche mentre continuano a correre verso dove Sally Struthers e Steve McQueen continuano a baciarsi sempre più grandi, anche lì la faccia del bambino, la faccia di Troy, è trasformata in un enorme punto interrogativo, anche lì il bambino domanda: «È da lì che sono venuto fuori io?».

A quel punto sono a casa, parcheggiati sul vialetto d'accesso, con la mamma di Troy che agita il braccio per salutarli dalla finestra della cucina. Quel che resta di lei, perlomeno. Anche lì il padre di Troy è così determinato a far meglio del proprio padre, meglio della pessima performance di suo padre, che dice: «No, figlio mio». Dice: «È per quello che sei stato adottato».

Pubblicità telefonica

Il computer seleziona una certa signora Wayne Timmons con il prefisso di Battle Creek. È la prima settimana che telefoniamo alla gente per pubblicizzare il Wonder Wet Wiper, non un semplice straccio per pavimenti, bensì un vero e proprio sistema completo per il miglioramento dei pavimenti, l'unico metodo sicuro per proteggere e preservare i rivestimenti di prima qualità del vostro pavimento, un sistema per nulla costoso che vi consentirà di risparmiare migliaia di dollari evitandovi la sostituzione del parquet rovinato o la costosa riparazione del linoleum danneggiato, e tutta questa serenità al costo di sole tre rate da...

E la signora Wayne Timmons dice: «Aspetti un attimo». Dice: «Perché dovrei comprare qualcosa da lei?».

Il regolamento consiglia di tornare al repertorio di frasi del Livello 2: perché il Wonder Wet Wiper le farà risparmiare più denaro di quel che costa, le farà guadagnare tempo, e la sua casa rimarrà come nuova, nell'eventualità che lei debba venderla.

E la signora Wayne Timmons dice: «Ma lei crede in Dio, almeno?».

Non è tra le domande previste dal copione, ma rispondo ugualmente. Il dialogo al di fuori dei diagrammi di flusso previsti viene chiamato, in gergo, "corsetta". Ufficialmente non dovremmo impegnarci in discussioni su argomenti non pertinenti, ma le dico di sì.

La signora Wayne Timmons dice: «Il nostro unico Dio? Quello cristiano?».

Sì. Ufficialmente dovrei riportare la conversazione sul tema del Wonder Wet Wiper, spiegando che è di così facile utilizzo che la pulizia del pavimento della cucina non rientrerà più nella categoria del lavoro servile che non si può svolgere nel giorno dello Sabbath...

E la signora Timmons dice: «Siamo sicuri che non adora un elefante sorridente?». Dice: «O magari una donna nuda con un mucchio di braccia ondeggianti?».

I fondamentali di ogni chiamata prevedono, nell'ordine, Saluto, Autorizzazione, Promozione. Prima si dice buongiorno, buonasera o quel che è; poi si chiede il permesso di parlare con l'interlocutore; e infine si comincia a pubblicizzare il prodotto.

«Che ora è lì?» domanda la signora Wayne Timmons. «Qui sono le quattro del pomeriggio.»

Qui sono le tre, sempre del pomeriggio. Un'altra corsetta. Dopo un certo numero di corsette, il supervisore dell'addestramento ti fa una nota di demerito. Dopo un certo numero di note di demerito, devi cercarti un lavoro con una paga persino peggiore.

«Non mi racconti bugie sull'ora!» dice la signora Wayne Timmons. «Lei si trova a Calcutta o a Nuova Delhi? È in India, vero? O magari in Pakistan?»

Un'altra corsetta. Io sono a Walla Walla, Stato di Washington. Prego esattamente lo stesso Dio che prega lei, l'omone con la barba bianca.

«Come si chiama, lei?»

Bill.

«Non dica bugie, Omar o Akbar» dice la signora Wayne Timmons. «Noi americani sappiamo come venite addestrati. Ne hanno parlato sui giornali e in televisione. Vi danno dei nomi normali e vi insegnano a parlare come persone normali e reali.» Dice: «Noi, però, sappiamo lo stesso che togliete il cibo di bocca ai nostri bei bambini...».

Dall'altra parte della sala del call center, il supervisore dell'addestramento alza gli occhi dalla scrivania. Incrocia il mio sguardo, con le sopracciglia alzate al massimo. Punta un'unghia verso il tabellone digitale appeso al muro: segnala le chiamate in corso, il numero totale di chiamate per ogni turno, e come le mie corsette stiano superando la lunghezza media prevista per le chiamate. I tre minuti di media sono ormai diventati quattro e mezzo. Il supervisore dell'addestramento si passa un dito orizzontalmente davanti alla gola.

In cuffia, sento la signora Wayne Simmons che dice: «Lei non mangia neanche gli hamburger! Ho visto certe fotografie...» dice. «Voialtri lasciate che quelle dannate mucche blocchino il traffico.»

Vedo che il tempo della chiamata tocca i cinque minuti; i miei colleghi, alle altre scrivanie e agli altri banchi, mi guardano scuotendo la testa, perché sto mettendo a repentaglio il loro bonus mensile. Il copione prevede che io mi scusi e metta fine alla telefonata, ma io decido altrimenti. Proseguo nella corsetta, dicendo che mi chiamo William Bradley Henderson. Che ho diciassette anni e vado alla Thomas Jefferson High School di Walla Walla. Lavoro quattro sere alla settimana in quel call center per mettere da parte i soldi con cui comprarmi un'automobile...

E la signora Wayne Timmons dice: «Voialtri le provate tutte...».

E io, a voce troppo alta, glielo dico. Parlando nel microfono dico: «Mi creda!».

Tutt'intorno, le teste con le cuffie si alzano di scatto. Gli sguardi ruotano per inquadrarmi da un milione di direzioni diverse. Colleghi neri, colleghi ispanici e asiatici, nativi.

Al telefono sussurro: «Mi stia a sentire, signora...». Poi aggiungo, quasi gridando: «Sono bianco come lei...».

La sera successiva, al lavoro, chiamo un numero con il prefisso della zona di Sioux Falls, e un uomo mi dice: «Voialtri dirottate i nostri aerei di linea e li guidate contro i nostri grattacieli, e io dovrei comprare il vostro cazzo di straccio per il pavimento?». E poi aggiunge: «Neanche per idea, *haji*! Grazie...».

A un numero con il prefisso della zona di Tulsa, un tizio mi dice: «Testa di stracci!» e riattacca.

A un numero con il prefisso della zona di Fargo, un tale dice: «Cammelliere!» e riaggancia.

A un numero con il prefisso della zona di Memphis, un uomo fa: «Negro del deserto!» e la comunicazione s'interrompe.

Il numero successivo fornitomi dal computer ha un prefisso della zona di Los Angeles, e la donna che risponde dice: «Piazza Tienanmen è stata una tragedia per i diritti umani, ma dovete continuare a lottare per la libertà». Dice: «Come membro di Amnesty International, investo tutti i soldi che mi avanzano nella lotta per garantire un salario decente e condizioni di sicurezza sul lavoro per il vostro popolo». Dice: «Dovete ribellarvi e liberarvi delle catene degli imperialisti schiavisti capitalisti».

Aggiunge: «Tutti i popoli del mondo marciano al vostro fianco».

Lo straccio per il pavimento, però, non lo compra.

Il successivo potenziale cliente suggerito dal computer ha il prefisso 509: il numero è quello dei signori Wells, nello Stato di Washington. Risponde una ragazza.

Dico: «Posso parlarle di una rivoluzione nella cura dei pavimenti?».

E lei fa: «Certo». La ragazza dice: «Prego».

Il Saluto, l'Autorizzazione, la Promozione.

La ragazza m'interrompe e dice: «Ti invidio». Fa: «Io sono intrappolata in questo squallido posto che si chiama Walla Walla, a un intero serbatoio di benzina dalla prima città interessante. Vado a scuola con persone che sembrano clonate: gli stessi vestiti, gli stessi capelli, gli stessi sogni. Sembriamo venuti fuori tutti dalla stessa catena di montaggio. E io non esco mai. Ma proprio mai!».

Io le dico che il Wonder Wet Wiper rappresenta un sistema completo per il miglioramento dei pavimenti...

«Hai un elefante?» dice lei. «Cioè, vai al lavoro in groppa a un vero elefante vivo?»

L'elenco, il tempo medio delle chiamate, il supervisore... Io, però, dico: «Sì». Cambiando il copione, dico: «Ho un elefante indiano di cinque anni».

Lei dice: «Che figata!».

Io aggiungo: «Si chiama Sinbad».

La ragazza dice: «Stupendo». Fa: «Io ho una gatta; anzi, in realtà è un ocelot. Cioè, sarà un ocelot quando sarà cresciuta completamente. Si chiama Pepper».

Il supervisore mi guarda, viene verso di me, si avvicina abbastanza da poter origliare.

«I miei genitori mi hanno adottato» dice la ragazza «quando ero una bambina, nello Zaire, dove il mio padre adottivo era impegnato in un'iniziativa dei Corpi di Pace. Sono carini e tutto quanto, ma è strano essere praticamente l'unica ragazza afroamericana della zona.» Dice: «Sai che cos'è un ocelot?».

Trascrivo il suo numero su un foglietto e chiedo alla ragazza il permesso di metterla in lista per richiamarla un'altra sera. Possiamo parlare ancora un po' del Wonder Wet Wiper.

«Oh, sì, ti prego» dice. «Samantha. Mi chiamo Samantha, ma il mio vero nome è Shamu-Rindi.»

E con questo metto fine alla chiamata.

Quella settimana, a scuola, mi sono avvicinato a una ragazza nera in mensa e le ho domandato: «Sei dello Zaire?». Lei mi ha guardato. Dopo di che, ha fatto spallucce, si è voltata e se n'è andata.

Un altro giorno ho domandato a un'altra ragazza nera se aveva un ocelot.

E lei ha detto: «Un *cosa*?».

«Un felino selvatico di piccola taglia» ho risposto.

Lei ha alzato gli occhi al cielo, dicendo: «Lo *so* che cos'è un ocelot!».

Un altro giorno, mi sono avvicinato all'ultima ragazza nera della Jefferson High School e le ho domandato: «Il tuo vero nome, per caso, è Shamu-Rindi?».

La ragazza mi ha guardato, perplessa, sbattendo le ciglia, in attesa.

Perciò le ho domandato: «Sei Samantha Wells?».

Al che la ragazza ha sollevato una mano, lentamente, puntando un dito in direzione di una ragazza dall'altra parte del refettorio. Una ragazza bianca. Con i capelli lunghi e biondi. Vestita da cheerleader.

Quando le ritelefono, Samantha "Shamu-Rindi" mi fa: «A nessuno piace la musica che piace a me, quella roba tipo world-techno-beat tribale. O il cibo biologico naturale, che è l'unico che io riesco a mangiare. Insomma, i miei gusti vanno troppo al di là della loro esperienza limitata...».

Io non dico niente.

«Ad esempio» fa lei, «d'estate, da queste parti, l'aria umida mi rende i capelli tutti stopposi...»

Io non dico niente.

Lei continua: «Come sta il tuo elefante?».

Bene, dico io. Tutto a posto.

«Sinbad...» fa lei. «Giusto?»

Le domando se vuole comprare il Wonder Wet Wiper.

E Samantha dice: «Se ne compro uno, tu mi prometti che domani mi ritelefoni?».

Alla mia successiva sera di lavoro, a un numero con il prefisso della zona di Yakima, un tizio mi fa: «In questo momento mi piacerebbe proprio sapere com'è che i nostri contribuenti continuano a versarvi miliardi in aiuti finanziari, e la vostra condizione non migliora mai. Siete sempre lì ad ammalarvi di AIDS o a morire per qualche carestia!».

Il supervisore si avvicina alla mia sedia. Scuote la testa e mi fa di nuovo il gesto col dito all'altezza della gola.

Io allora metto giù.

In occasione di una successiva chiamata, Samantha dice: «... mi fa impazzire il fatto che tu sia delle Indie Orientali». Dice: «È così sexy!». Dice: «O sei magari un pakistano?».

Le domando se vuole comprare un quinto Wonder Wet Wiper.

E lei dice: «Aspetta che vado a fregare la carta di credito a mio padre».

La settimana dopo, alla Thomas Jefferson High School, ho avvicinato la cheerleader bionda e le ho detto: «Ciao, sei tu Samantha Wells?».

E lei ha detto: «Chi è che vuole saperlo?». La voce è identica a quella delle telefonate. La ragazza con quasi una decina di Wonder Wet Wiper, ma neanche un ocelot.

Io, il finto possessore di elefante, dico: «Ti va di uscire con me, qualche volta?».

E Samantha ha risposto: «Sono praticamente impegnata, al momento». Ha risposto: «Lui non frequenta questa scuola». Con un sussurro forzato, avvicinandosi, con il suo maglioncino da cheerleader, i capelli biondi raccolti a coda di cavallo che le ricadono sulla schiena, mi fa: «È un hindu». Dice: «Abbiamo una storia romanticissima a distanza...».

Io dico: «Come si chiama?». Non le ho mai detto come mi chiamo.

E Samantha, scuotendo la testa, fa: «Non lo conosci di sicuro».

Allora le domando...

Le domando come fa ad avere una storia con uno che non crede nell'unico vero Dio, il nostro Dio cristiano.

Lì, con i miei vestiti, i miei sogni e tutto quanto che esce dalla stessa catena di montaggio da cui è uscita anche lei, uno dei tanti cloni, dico: «Tutti quegli hindu...». Dico: «Gli hindu sono tutti froci...».

Al che lei mi dice: «Mi spiace». Si volta, con la coda di cavallo dondolante, e fa per andarsene.

E io le grido dietro che è bianca. Le grido che è una ragazza di razza bianca. Che deve avere storie con dei ragazzi bianchi e cristiani... Non farsela con certi omosessuali dalla pelle scura che abitano dall'altra parte del mondo, per fare dei bambini bastardi e senzadio...

Le grido dietro: «Mi chiamo Bill!». Grido: «Mi chiamo Bill Henderson!».

Solo che ormai Samantha è già lontana... sparita.

Il principe rospo

Mona Gleason ha un piccolo tatuaggio di Topolino su una chiappa, perciò Ethan decide di cominciare da lì. Glielo bacia e dice: «Immagina il primo uomo delle caverne...» sussurrando quasi a contatto con la pelle di lei.

Mona dice: «Non farlo... niente solletico». Però non si rigira.

Di nuovo lui le bacia il topo e dice: «Immagina un uomo delle caverne che viene pungolato con un legno bruciato. La fuliggine gli s'infila sotto la pelle e l'uomo delle caverne capisce che quella macchia nera non gli andrà più via...».

Ethan ha già toccato la prima, la seconda e la terza base. Sono stesi sul letto in camera sua, con un lungo pomeriggio davanti prima che i suoi genitori tornino dal lavoro. Ha dovuto combattere per non togliersi i jeans. I vestiti di Mona, invece, sono dappertutto. La sua maglietta, la gonna. Sulla scrivania, dovunque, tranne che addosso a lei. Lui le ha strizzato le tette e le ha abbassato le mutandine. Il tatuaggio di Mona è in un punto in cui i genitori di lei non lo vedranno mai. L'ha fatto apposta. Mona è così bagnata da arrivare fino in fondo. Sta mugolando e sgocciolando sulle lenzuola, ma Ethan non vuole ripetere i suoi recenti disastri.

A differenza del primo uomo delle caverne tatuato, vuole che la storia gli riconosca il merito della sua scoperta.

Protende le labbra e succhia, facendo diventare la faccia di Topolino di un orribile rosso violaceo. «Guarda il tuo Succhiolino!»

Sdraiata sulla pancia, Mona si contorce ma non riesce a vedere senza uno specchio.

Ethan domanda: «Te lo immagini un uomo delle caverne che vuole allargare la sua macchia nera?». Ethan descrive la fuliggine, una scheggia di osso appuntita e un uomo che si punzecchia fino a essere coperto di sangue. Gli altri uomini delle caverne lo avranno considerato pazzo. È strano, ma quello che a un certo punto sembra una figata, all'inizio sembra sempre una follia. Le prende tra due dita la pelle su cui è tatuato Topolino e dice: «Immagina la prima donna delle caverne che si è infilata un orecchino in un lobo». Dice: «Qualunque cosa fosse – una lisca di pesce o una spina di cactus – di certo lei non immaginava di aver inventato gli orecchini».

Mona ridacchia e glielo massaggia da sopra i pantaloni.

«Voi donne, ormai, siete a prova di bomba» dice Ethan. «Siete tutte vaccinate contro il virus del papilloma umano e avete un milione di modi per non rimanere incinte.»

Gli occhi di lei fanno avanti e indietro tra la patta e la faccia di lui. Mona si inumidisce le labbra.

Ethan descrive la pratica del *pearling* inventata dagli indigeni delle isole dei Mari del Sud. Un indigeno pratica un piccolo taglio cutaneo sul lato superiore del pene. Infila una perlina appena sotto l'epidermide e ricuce il taglietto. Può darsi che non esegua questa operazione da solo. Magari ci vuole un'intera squadra di rugbisti di Tonga per tenerlo fermo mentre uno stregone si occupa dell'operazione. Se però guarisce come si deve, lo rifanno. Sistemano perline, tutta una fila, sotto pelle sul lato superiore del cazzo. In questo modo, quando è in erezione, quelle perle, quelle piccole e dure gibbosità, vanno a stimolare proprio i punti giusti dentro una donna.

Mona ascolta, ma non massaggia più con lo stesso vigore. Gli guarda la patta e domanda: «È questa la cosa che mi hai tenuto nascosta?».

«No» risponde Ethan. Lascia che lei pensi che non sia niente di così terribile.

Il segreto sta nel portarla alla verità a piccoli passi. Dai tatuaggi al piercing e di lì al *pearling*. Dopo di che descrive l'infusione di soluzione fisiologica. Di come, cioè, certe persone, uomini soprattutto, praticano un minuscolo taglio nella pelle, ad esempio alla base dello scroto. Sottolinea il plurale, dicendo "uomini" per far sì che non suoni come il passatempo di qualche isolato e pervertito fenomeno da baraccone. Costoro, insomma, infilano un tubicino sterile nel taglietto e riempiono lo scroto con litri di soluzione fisiologica, facendolo diventare grosso come un pallone da basket, per poi richiudere l'incisione con un cerotto.

A quel punto Mona smette di andare in cerca della cerniera di lui. Ha la faccia un po' verde, ma era previsto.

«Anche le donne lo fanno» spiega Ethan. Al seno, da sotto, con un grosso ago da prelievo. Che sia lo scroto oppure il seno, il gonfiore dura per un paio di giorni, prima che l'organismo assorba la soluzione salina. «Ho visto delle foto su internet» dice Ethan. «Ti fa diventare le tette grosse e te le ravvicina come un reggiseno ad acqua di Victoria's Secret, ma senza bisogno del reggiseno.»

Al solo pensiero Mona incrocia le braccia davanti al petto.

Ethan ha scelto lei non solo perché è arrapante. È convinto che sia di mentalità più aperta. Non come Amber Reynolds o Wendy Finerman. Ha conosciuto Mona Gleason al corso di microbiologia avanzata. Durante una lezione di virologia. Le piace perché a lei piacciono i virus. La loro affinità è scritta nelle stelle. Dentro la patta sente qualcosa che si muove, come un bambino che si prepari a venire alla luce.

«La modificazione corporea» dice. Ogni epoca abbraccia una qualche moda che a tutte le altre epoche appare assurda.

Ora è chiaro che Mona non è più così convinta di volergli togliere i pantaloni. È ancora eccitata, ma tutte quelle chiacchiere l'hanno un po' fatta sbollire.

«A mio modo di vedere» continua lui, «tutti devono sacrificare la propria vita per qualcosa.»

Ethan nota che a quel punto lei si allontana, lasciando un po' di spazio tra loro.

Ethan domanda: «Hai mai sentito parlare dei cavoletti di bordello?».

Mona dice: «Vuoi dire i cavoletti di Bruxelles?».

«Di bordello» ripete Ethan lentamente. Dice: «Nel senso di postribolo.»

Mona ora ha un'espressione guardinga. La fronte le si corruga, come se non avesse tanta voglia di unire i puntini.

Lui domanda: «Hai presenti i dossi artificiali?».

Le rughe sulla fronte scompaiono. Mona annuisce.

Lui domanda: «Hai presente la "pannocchia"?».

Mona alza gli occhi al cielo. Con un'espressione stranita per il sollievo, dice: «Ovvio!».

Ethan scuote la testa. «Non ne hai la più pallida idea, invece.» Si volta per assicurarsi che la finestra sia chiusa. La porta è chiusa a chiave. Tende l'orecchio per cogliere eventuali passi nel circondario. Quando è certo che non ci sia nessuno, prosegue dicendo: «È un termine gergale da peripatetiche».

«Da battone?» domanda Mona.

Ethan agitando un dito al suo indirizzo la corregge. Dice: «Da prostitute».

«Pannocchia?» domanda Mona.

«Sta' a sentire» le dice Ethan. Le racconta di essere andato nella zona est della città. È uscito di casa di soppiatto a tarda notte e ha preso un autobus per andare nella zona est. Diverse volte, nei weekend. A scopo di ricerca. Non gli è costato molto.

Al che Mona fa una faccia come di chi sa dove sta andando a parare.

«Ho messo i guanti di lattice» dice Ethan per sottolineare la correttezza dei metodi, il rispetto del protocollo scientifico. Racconta di aver rubato tamponi di cotone in infermeria, a scuola, e delle piastre di Petri nel laboratorio di chimica. Ha eseguito le colture batteriche sulla sua scrivania, proprio in quella stanza.

Mona guarda la scrivania, ingombra di libri. Volumi di virologia. Di piastre di Petri nessuna traccia. Domanda: «Hai fatto sesso con delle prostitute?».

Ethan fa una smorfia schifata. «Nooo» dice, «le ho solo raschiate.»

A giudicare dall'espressione di Mona, lei sta pensando a qualcuno che pulisce qualcosa. Ai marinai che raschiano il ponte di una nave con gli spazzoloni e dei secchi di acqua insaponata.

Per chiarire Ethan aggiunge: «Ho chiesto a ogni soggetto di illustrarmi la storia della sua infezione. A quando risaliva la prima manifestazione. Con quale velocità si era propagata. Ho fatto domande sui disagi e su ogni sintomo fastidioso».

Dalla faccia che fa, Mona è pronta a rimettersi i vestiti.

Per guadagnare tempo, per calmarla, Ethan dice: «Non è come pensi». Continua, rassicurante: «Se sei vaccinata, ti giuro che non corri nessun pericolo».

Mona si protende oltre il bordo del letto. Si allunga per prendere il suo telefono, ma Ethan la precede. Tiene il telefono fuori dalla sua portata mentre ripete: «Pensa a quanto dev'essere sembrato assurdo l'uomo con il primo tatuaggio».

Mona lo guarda fisso negli occhi.

Ethan le dice questo perché vuole che lei capisca. Non è un malato di mente. E non è neanche un bigotto; certe cose, però, è meglio che lui gliele tenga nascoste. Vuole che lei abbia un'idea di quel che vedrà quando lui si calerà le braghe. Lui è un artista. Un pioniere. Un innovatore. La sta preparando, in modo che non si metta a strillare quando vedrà.

Lui si alza in piedi. Incombe su di lei. Insiste: «Pensa alla prima donna delle caverne che si è infilata un osso nel setto nasale». Adesso sta trafficando con la cintura dei pantaloni. Ha intenzione di slacciare la fibbia. Si getta il telefonino di Mona alle spalle. Si slaccia la cintura.

Non vuole che lei si metta a strillare come Amber Reynolds per chiedere aiuto. O che telefoni al 911 come ha provato a fare Wendy Finerman.

Ethan è l'anello mancante che non vuole andare perduto. Dice: «Io sono ciò che si colloca tra l'essere umano e quel che verrà dopo».

Mona non è più eccitata per niente, ma non è una codarda. È presa dalla curiosità. Indietreggia e si acquatta sul letto, seduta sui talloni, mentre Ethan è in piedi davanti a lei. Mona si toglie i capelli dalla faccia. Quanto alle tette, i capezzoli si sono appiattiti. Lui si slaccia il bottone in alto dei jeans.

Ethan dice: «Non sono il primo scienziato che fa da cavia ai suoi stessi esperimenti». Abbassando la linguetta della cerniera, decifra senza difficoltà l'espressione del viso di Mona. Le cose non si mettono bene. Lui ha cominciato lentamente, ha cercato di argomentare con calma, ma quello che lei vede dissolve qualsiasi razionalità scientifica. Mona sbarra gli occhi. La bocca le si spalanca. L'unico suono che emette è un fioco ansito da contrazione spasmodica.

«Il mio metodo» prova a spiegare Ethan, «è consistito nel praticare tante minuscole punture di spillo per poi infettarle ognuna con un diverso campione.» Si sforza di rimanere lucido e di non reagire all'espressione che si dipinge sul volto di Mona. «Come nel laboratorio di biologia» dice speranzoso. «Come Gregor Mendel con i suoi piselli, no?» Dice: «Sono diventato il mio orto sperimentale».

Così doveva essersi sentito il primo uomo delle caverne tatuato. O anche il principe Alberto, con tutti i compagni di liceo nello spogliatoio della palestra che lo fissavano come fosse un mostro malato di mente, senza immaginare che il principe Alberto avrebbe fatto scuola e che di lì a qualche anno tutti avrebbero voluto imitarlo. No, tutti gli stupidi calciatori dovevano aver guardato il principe Alberto con gli occhi strabuzzati, così come Mona sta guardando lui adesso, con le guance completamente esangui.

Per quanta cautela lui abbia usato nel prepararla, Mona non può far altro che tenere lo sguardo fisso in mezzo alle gambe di Ethan. Muta, con il volto impietrito come in una risata silenziosa, mentre lui cerca di spiegarle il suo metodo scientifico. Come nel caso del *pearling* e di tanti altri tipi di modificazione del corpo, il suo obiettivo era quello di accrescere la sensibilità sessuale. Le donne sono tutte vaccinate, perciò che importanza ha se il partner è infetto? Aveva piantato le sue file sperimentali ed era rimasto a guardare quel che ne sarebbe spuntato. Le punture di spillo non erano state granché. Più facili da praticare di un tatuaggio. Meno dolorose di un piercing.

Come primo risultato, sulla sua pelle era sbocciata una schiera di piccoli germogli. Carini, quasi. Come nella *Vecchia fattoria*. Su tutta la lunghezza del suo pene c'era un sottile sentiero di minuscoli bozzi, così piccoli da essere invisibili senza lente d'ingrandimento. Quando quei piccoli germogli avevano cominciato a crescere, Ethan aveva capito perché li chiamavano "cavoletti di bordello". Quando tutte le file erano ormai spuntate e cominciavano a ingrandirsi, con file di tuberi bulbosi che correvano tutt'intorno al suo pacco, aveva capito perché l'altro nome in uso per quel fenomeno era "pannocchia".

Mona s'inginocchia ai piedi di Ethan e guarda verso la finestra. Verso la porta chiusa a chiave. Lui, a gambe divaricate, torreggiante, dice: «Da un punto di vista scientifico, devi ammettere che è affascinante». Alcuni erano rossi. Altri rosa. Grumolini di carne rosa shocking. Altri avevano un colore più scuro, eruzioni color lavanda che spuntavano da eruzioni violacee. In alcuni casi erano di un bianco pallido e s'ingrandivano, sempre più prominenti. Al corso di microbiologia avevano imparato che un virus, tecnicamente, non è né vivo né morto. La scienza non sapeva di preciso che cosa fosse un virus, oltre che una particella di acido nucleico rivestita di proteine.

Inutile dire che Ethan adesso deve sedersi quando deve pisciare.

Altra cosa scontata è che l'apparato femminile di Mona si è ormai completamente asciugato.

Il padre di Ethan continua a dirgli che è così intelligente che rimarrà incompreso, ma questa volta dovrà ricredersi. Non appena avrà perfezionato il procedimento lo brevetterà o vattelapesca e diventerà ricchissimo. Ethan ha inventato l'unico modo sicuro ed efficace di coltivarsi e personalizzarsi il pacco. La gente farà la fila davanti a casa sua.

Il problema è che l'orto di Ethan ha continuato a crescere. Anche ora si sta ingigantendo. Non è più una pannocchia. È un campo di pannocchie. Non è più un orto sperimentale, no. È una foresta di noduli e nodi. Laggiù ci sono agglomerati di verruche così viola da sembrare quasi nere. Grasse escrescenze di pelle spuntano dai cavoletti e si diramano come viticci formando una giungla che si estende fino a metà delle cosce.

Questi giardini pensili che Ethan si ritrova in mezzo alle gambe hanno un'aria disordinata, sono irti di gibbosità che si formano dietro grumi più grossi che penzolano da ammassi informi di carne flaccida. Formano un nucleo di stalattiti rastremate, molle e ballonzolante, che pende come una pesante tenda. Da questa sontuosa frangia di aberrante crescita cellulare discendono filamenti simili a bava seminale, trasparenti come saliva di ragno, che a ogni movimento o respiro o battito del cuore oscillano dolcemente.

E questa giungla sgocciolante, chissà come, sembra percepire la presenza di Mona. Sente l'odore delle sue tette, sente il calore della sua pelle nuda. Era già accaduto con Amber e Wendy. E continua a crescere accaparrandosi il sangue che normalmente irrorerebbe la corteccia cerebrale di Ethan. Sta usurpando il suo sistema nervoso. E cresce, diventando una bestia che continua a estroflettere steli carnosi e antenne finché il resto di Ethan, l'Ethan originale, non comincia ad avvizzire e a rimpicciolirsi. La bestia si espande; noduli che sbocciano da verruche, gonfiandosi a palloncino, da gobbe di carne rinnegata sempre più evidenti. Si espande succhiando sangue e linfa, finché di Ethan non resta che una traccia ritorta e minuscola appollaiata dietro la base di quella bestia a chiazze rosse tempestata di verruche.

La bestia s'impenna al di sopra di Mona, aliena e incurante. Ethan è ormai ridotto a un'impurità della pelle che scivola già verso il culo di quel mostro. Non più grande del Succhiolino sulla chiappa di Mona.

La bestia si muove come si è sempre mossa. Senza muscoli. Senza ossa. Alla maniera di un paramecio, che si muove espandendosi in un'unica direzione, verso il letto. La bestia avanza protendendo con movenze peristaltiche i noduli tremolanti, un alternarsi d'irrorazione e prosciugamento delle pareti cellulari. Non ha bisogno di uno scheletro che le dia forma. E così facendo si avvicina sempre di più alla ragazza.

A questo punto Ethan è quasi addormentato. Né vivo né morto. Riesce a malapena a parlare, perché la bestia gli ha risucchiato praticamente tutto il sangue. Con una vocina sottile dice: «La cosa peggiore che tu possa fare è farti prendere dal panico». Vuole ragionare con lei, vuole darle una sana e logica spiegazione estetica. L'avanguardia della cultura e dell'evoluzione.

Con un filo di voce, dice: «Voi donne non siete le sole a poter mettere al mondo nuove forme di vita». Lui ne è la prova vivente. All'inizio era solo un ragazzo che voleva coltivarsi il cazzo e diventare ricco, ma a un certo punto ha scoperto di essere il portale d'accesso a una nuova specie dominante.

Il problema è che non può fare tutto da solo.

Supplica. Se solo Mona allungasse una mano e toccasse quella cosa. Se la coccolasse. Se magari addirittura la baciasse, come il brutto rospo di una vecchia fiaba. La cultura popolare è strapiena di cose mostruose che spuntano da giovani normalissimi. Per come la vedeva Ethan, non era una cosa tanto diversa da quella capitata all'Uomo Ragno. Mona Gleason poteva diventare la sua co-inventrice. Avrebbe potuto fare amicizia con la bestia e farla sgonfiare. Loro due, insieme, avrebbero potuto domarla.

Sarebbe bastato un... un solo bacio, e lui si sarebbe trasformato nel Principe Azzurro.

Quel poco che rimane di Ethan viene risucchiato e prosciugato, ridotto a un minuscolo brufolo sul culo del mostro, ma continua a sentire il grido di Mona.

Dopo il grido, lui sa che lei proverà a fuggire. Come avevano fatto Amber e Wendy. Non appena lui si fosse ripreso, al suo risveglio, avrebbe trovato Mona nelle stesse condizioni in cui aveva trovato Amber: soffocata, piena di lividi e tutto il resto, e avrebbe dovuto nascondere il cadavere nell'armadio prima dell'arrivo dei suoi genitori. Il giorno dopo sarebbe dovuto andare a scuola e stare seduto accanto al banco vuoto di Mona. Nel pomeriggio, poi, sarebbe corso a casa per seppellirla. È quasi sicuro che la polizia e i genitori della ragazza non capiranno mai. Quando però le battone che lui ha raschiato verranno a saperlo, faranno su un casino e nessuno avrà più il brevetto in esclusiva.

E poi, a complicare ulteriormente le cose, Ethan avrebbe dovuto ricominciare daccapo per trovare una nuova fidanzata.

È a quel punto che Ethan ha una strana sensazione. Uno strano stimolo. Come un solletico.

In quel momento sente qualcosa di caldo. È il tocco caldo di una mano, la mano di Mona che si infila in quella schifezza tremolante di peli aggrovigliati e carne penzolante, e le sue adorabili e morbide labbra si richiudono intorno alla minuscola e umida parte che è quanto resta ormai di lui.

Fumo

Di parole spontanee non gliene uscivano più, ormai. Ogni sillaba doveva essere soppesata e misurata. Ogni singola parola doveva essere calibrata per innescare una risata o per prevalere in una discussione o per fargli guadagnare un dollaro. Era seduto in cucina a bere caffè, mentre sua moglie sfogliava una rivista. Lei l'abbassò appena un po' e disse: «Un penny per i tuoi pensieri». Lui vedeva solo gli occhi azzurri di lei al di sopra delle pagine. La moglie aggiunse: «Il gatto ti ha portato via la lingua?». Tutto quel che avrebbe potuto rispondere gli sembrava trito e ritrito. Parlare di... tirar fuori altre parole sarebbe servito soltanto a peggiorare quella situazione già penosa. Per troppo tempo il linguaggio l'aveva usato come animale da riproduzione, e lui aveva deciso di tacere a meno che non ci fosse stato qualcosa d'importante da dire. Mise da parte il cruciverba del giornale che risolveva tutte le mattine. Il libro che stava leggendo lo usava come piattino per la tazza del caffè. Già sentiva le parole che si accumulavano dentro di lui, la pressione che montava sempre più vicina all'esplosione. Aveva la spiacevole sensazione che il linguaggio fosse arrivato sulla Terra e avesse inventato le persone al fine di perpetuarsi. Lo diceva anche la Bibbia: "In principio era il Verbo, e il Verbo era presso Dio, e il Verbo era Dio". Il linguaggio era arrivato dallo spazio siderale e aveva fatto accoppiare lucertole e scimmie e quant'altro finché non era riuscito a creare un organismo ospite capace di dargli sostentamento. Quella prima persona era stata esposta alla complicata sequenza di DNA dei nomi propri e dei verbi composti. Al di fuori del linguaggio non esisteva. Non c'era modo di fuggire. Per provare un qualche sentimento, al giorno d'oggi, serviva una quantità sempre maggiore di parole. Grandi discariche e ponti aerei di parole. Ci volevano montagne di chiacchiere per ottenere la più piccola intuizione. La conversazione era come una di quelle macchine di Rube Goldberg in cui un uccello becca un chicco di granoturco incollato a un pulsante, premendo in questo modo il pulsante che mette in movimento una locomotiva diesel che percorre centocinquanta chilometri di binari lucidati finché non va a sbattere contro una bomba atomica la cui esplosione spaventa un topo in Nuova Zelanda, al punto che il topo lascia cadere una crosta di formaggio azzurro su una bilancia facendone abbassare un piatto e alzare l'altro, che va così a premere un interruttore legato a un filo alla cui estremità è appeso un martelletto, che si mette a oscillare con la forza necessaria a rompere il guscio di un pistacchio. Sua moglie inspirò, come se fosse sul punto di dire qualcosa. Lui la guardò speranzoso in attesa del pistacchio. Le grandi parole gialle sulla copertina della rivista dicevano: "Elle Decor". Lei tossì. Tornò alla sua lettura, prendendo la tazza del caffè, inclinandola con l'orlo appoggiato alle labbra per farne una maschera bianca mentre gli diceva: «I francesi hanno un modo di dire per quello che stai pensando». Tutti, lui ne era certo, erano popolati da miliardi di microbi, e non soltanto dalla flora batterica che si trova nell'apparato digerente. Le persone erano organismi ospiti di acari e virus che volevano riprodursi e continuare a vivere altrove. Andavano all'arrembaggio a ogni stretta di mano. Era una follia immaginare di essere più di semplici vascelli, impegnati a trasportare i nostri prepotenti passeggeri. Non siamo nulla, pensava. Sorseggiando il suo caffè, distribuiva zucchero e caffeina agli esseri a bordo. Per allentare la pressione, immaginò se stesso intento a spalare parole dentro una fornace, dove quelle bruciavano per alimentare un gigantesco transatlantico, le cui cabine erano tutte grandi come campi da football le cui sale da ballo erano così vaste da non riuscire a vederne la parete opposta. La nave attraversava un oceano su cui incombeva una notte perenne. Tutte le luci su tutti i ponti sfolgoravano come in una sala operatoria con un valzer in sottofondo, mentre le ciminiere sputavano le scie cineree dei dialoghi bruciati. Lui stava in sala macchine, a sudare, in piedi a gambe divaricate per mantenere l'equilibrio e gettava i "Ciao" e i "Buon compleanno" e i "Buona giornata" tra le fiamme rombanti. Buttava nel fuoco mucchi di "Ti amo" e di "IVA inclusa?". S'immaginò un pianeta, azzurro e perfetto, senza parole, finché un giorno non arriva una nave. Oh, non è necessario che sia un transatlantico. Una scialuppa di salvataggio sarebbe sufficiente. E a bordo anche soltanto un marinaio agonizzante con poche parole vitali ancora in incubazione dentro la bocca. E se con l'ultimo respiro il marinaio domandasse "Chi è?", basterebbe questo per destinare un paradiso alla catastrofe.

Fuochista

La tempesta di sabbia non arrivava a piccoli passi felpati. Non era come la nebbia di Dashiell Hammett che si propaga su San Francisco e neanche come la nebbia di Raymond Chandler che crea l'atmosfera a Los Angeles. Questa tempesta del deserto calava sulla tendopoli come una rovente bufera marrone. Quella notte gli accampati si chiusero dentro le loro tende rigonfie. Si legarono i fazzoletti umidi davanti al naso e alla bocca. Invece di dedicarsi all'hula hoop e agli spettacoli degli sputafuoco, accesero una quantità di bong raccontandosi storie alla luce delle torce elettriche. In segno di rispetto per i morti, ricordarono sommessamente i fuochisti che avevano abbandonato la sicurezza delle rispettive tribù. I pazzi che si erano avventurati nella tempesta, come la tempesta di quella sera, confidando nel loro ebbro senso dell'orientamento. Magari la loro destinazione si trovava soltanto a pochi passi, ma accecati, con gli occhi chiusi per proteggersi dalla polvere battente, i viaggiatori avevano deviato dal percorso. Sferzati dalla sabbia, avevano ingigantito l'errore. Proseguendo goffamente, spinti da una sciocca fede, si erano convinti di aver trovato un qualche solido appiglio. La salvezza doveva essere sempre sembrata a portata di mano...

All'alba una ricetrasmittente si mise a gracchiare. Scariche elettrostatiche, all'inizio, seguite da una voce. Una voce femminile. Semisepolta, ricoperta di terra, la ricetrasmittente domandava: «Arcobaleno Luminoso mi senti?». Altre scariche elettrostatiche si diffusero nell'aria polverosa. «Qui è Tortina di Fragole» disse la voce. «Ho un codice Menta Fredda. Ricevuto?»

All'alba il polverone si era posato. Accanto alla ricetrasmittente una lunga cerniera si abbassò. Una mano sbucò da un umido sacco a pelo. Le dita tutte decorate con arzigogoli di henna. Unghie dipinte di nero. Un anello dell'umore con la pietra color onice: ansioso. La condizione peggiore. Non era una mano giovane: era stata più giovane. Tastò in giro sul pavimento della tenda, scartando torce elettriche scariche e collane di caramelle rivestite di schifezza e gommosi preservativi usati finché non trovò la ricetrasmittente, che fu trascinata all'interno del sacco a pelo. In sordina, un uomo tossicchiò e rispose: «Qui è Arcobaleno Luminoso».

«Grazie alla dea» rispose la voce femminile. Tortina di Fragole.

Intontito, l'uomo s'infilò un dito nell'ombelico. Quello era uno dei vantaggi di aver raggiunto la mezza età: gli era venuta la pancetta. La vita lo aveva dotato di quella pancetta compatta e tonda che premeva e costringeva le ragazze a inarcare la schiena quando lui le prendeva da dietro. Quanto più uno ha la pancia grossa, tanto più profondo è l'ombelico: quello di Arcobaleno Luminoso era come una specie di marsupio da canguro. Con la punta di un dito sentì una pastiglia di Stelazine da cinque milligrammi, un antipsicotico. Un Mandrax sudafricano. Un Melleril da quindici milligrammi, lì conservati proprio per casi di emergenza come quello. Estrasse un Melleril verde da dieci milligrammi e se lo piazzò tra le labbra screpolate. Domandò: «Sei sicura che sia un codice Menta Fredda?». Il sacco a pelo fu ripiegato all'indietro a rivelarne l'occupante: un uomo barbuto e bruciato dal sole. Un groviglio di collane di perline minacciava di strangolarlo. Si impigliava tra i peli del petto nudo. Un filo di perle era infilato in un anello d'argento che gli bucava il labbro inferiore. Con la ricetrasmittente all'orecchio domandò: «Dove?». Sentiva odore di piscio di gatto. Con la mano libera raccolse alcuni dei suoi dreadlock e se li avvicinò al naso.

La voce di Tortina di Fragole disse: «Sono all'accampamento del Popolo del Fango».

Il sacco a pelo era umido per qualcosa che non era soltanto sudore. Accanto ad Arcobaleno Luminoso c'era un bong vuoto, rovesciato. L'acqua ne era uscita e gli aveva impregnato i capelli. Anzi, non era neanche acqua. La sera precedente aveva riempito il bong con lo Jägermeister. Tra questo, il catrame della skunk e l'odore di THC, la sua testa puzzava da far schifo.

Rannicchiata ancora più vicino c'era una persona nuda: una cercatrice, giovane e profondamente addormentata. In un sonno comatoso. Addormentata come per un incantesimo fiabesco. Qualcuno, una persona ignota, le aveva appiccicato delle stelle sulla faccia e sulle tette nude. I capezzoli viola scuro e grossi come prugne, se non di più. Le stelle di carta stagnola che le maestre usavano per valutare i compiti a casa, rosse e dorate e argentate. Qualcuno aveva usato un pennarello nero a punta grossa per scriverle qualcosa sulla fronte. Arcobaleno lesse le parole e fece una smorfia di disgusto. A lettere tutte maiuscole c'era scritto: "La rrrrrragazza di papi". Studiò attentamente la grafia. Non gli parve una cosa scritta da lui.

La ragazza dormiva così sodo che neanche la banda di mosche al lavoro sulle sue tette riusciva a svegliarla. Arcobaleno le scacciò. Un'inutile galanteria. Avrebbero svolazzato ronzando per un po'; non appena lui se ne fosse andato, sarebbero calate di nuovo come avvoltoi.

Tortina gli domandò se non fosse il caso di chiamare la polizia.

Questo lo riportò alla realtà. All'incirca. Quasi abbastanza. Il Melleril stava compiendo la sua magia. «Negativo» disse. «Mai attirare gli sbirri.» Attese per una questione di effetto. «Ricevuto?»

La voce alla ricetrasmittente scoppiò a piangere. «Sbrigati, ti prego.»

Lui aspettò che lei riprendesse fiato. «Tortina, ricevuto?» Tolse una piattola grossa come una lenticchia dal pelo pubico della ragazza e la gettò verso i suoi compagni di tenda addormentati. «Non chiamare gente esterna, mi sono spiegato?»

Il Campo del Fango. Non era certo il posto prediletto di Arcobaleno Luminoso. Neanche lontanamente. Avrebbe preferito passare una notte di luna piena a guardare gli sputafuoco e le ballerine di hula hoop all'accampamento dei Clown Tristi e lui li disprezzava profondamente, quei freak dei Clown Tristi. Per cominciare, strisciò fuori dal suo sacco a pelo viola di Barney il Dinosauro e recuperò il telefono in mezzo alla polvere. Ripulì il display dallo strato di finissima polvere del deserto. Non erano neanche le otto. Di certo la tendopoli era ancora perlopiù addormentata. Sul display vide che c'erano già 35 gradi. Si grattò le braccia. Le previsioni annunciavano sole per tutto il giorno. Trovate le ciabatte, si aggiustò il perizoma e si avviò al Padiglione di Accoglienza per una tazza di caffè. Era sulla strada per raggiungere il Campo del Fango. E poi non c'era fretta. Un cadavere poteva aspettare.

Mentre aggirava un'installazione artistica, un pene eretto di cartapesta, Arcobaleno Luminoso spedì SMS a un paio di potenziali assistenti. Il pene era stato trasportato lì sul cassone di un camion da qualche freak di East Lansing, addirittura. Era grande e grosso quanto il campanile di una chiesa e imbottito di fuochi artificiali illegali: lo avrebbero incendiato quella sera stessa, lì al festival.

Costruire e bruciare. Costruire e bruciare. Adorare e distruggere. Il festival era come la civiltà, ma a una velocità esagerata. Lì si faceva propria e si celebrava l'insulsa follia delle imprese umane.

Con i pollici che danzavano sulla tastiera, Arcobaleno ribadì che si trattava di un codice Menta Fredda. Scrisse: «Non è un'esercitazione».

Sostò tra le tende per fare una pisciata. A dir tanto, forse metà della sua piscia arrivò davvero a toccare terra. A tal punto l'aria del mattino era già rovente.

Gli squillò il telefono. Qualcuno che chiamava da un numero nascosto. O era sua moglie o una rossa che aveva visto lavorare per una televisione via cavo. Decise di correre il rischio.

«Ludlow Roberts...» Era sua moglie. «Dove sei?» Per essere distante seicentoquattordici dollari di volo, escluse le tasse e le tariffe aggiuntive per i bagagli, quella voce gli giungeva straordinariamente forte e chiara.

Arcobaleno Luminoso considerò l'opportunità di riagganciare.

«Ho telefonato all'hotel» proseguì la donna. «Non c'è nessun convegno dell'Alleanza artisti freelance, a Orlando.»

Lui tenne a freno la lingua. Con la punta di un indice andò a pescare all'interno dell'ombelico, alla ricerca del Luminal, nel caso ne avesse avuto bisogno.

La moglie aveva anche lei i suoi demoni. Lavorava da più di vent'anni come passacarte in un ente dello Stato. A tenere il conto delle fatture passive. Degli interessi maturati. Questo dopo aver frequentato il liceo con Bill Gates. Giurin giuretta. William Henry Gates III. Non nella stessa classe, perché lei era di tre anni più piccola, però lo aveva beccato spesso a guardarla con un'espressione inequivocabile. Lunghi sguardi significativi a cui lei non aveva mai risposto. Il destino è così, lo sanno tutti: la giostra della vita non offre più di una volta un codino tanto facile da afferrare. E ora lei faceva il suo lavoro come fosse una penitenza meritata. Al telefono, proseguì: «Sei *lì*, vero? Non hai mantenuto la tua promessa». Sembrava delusa. «Con tutti quei figli dei fiori.»

Arcobaleno Luminoso riagganciò. Trovò il Mandrax e lo masticò, in modo da accelerare l'effetto.

Gli addetti al Padiglione di Accoglienza sapevano già come dovevano fargli il caffè. Senza robe di soia. Niente LSD. Niente mescalina. Soprattutto, non decaffeinato. Meglio ancora: niente caffè. Gli riempirono una tazza di terracotta fatta a mano accompagnata da un panino di frumento integrale. Lui si portò la tazza alle labbra e bevve fino in fondo: rum, rum zuccherato insaporito alla banana. Erano i vantaggi di essere un Facilitatore della Fratellanza. Arcobaleno Luminoso scrutò gli addetti del bar per cercare di capire se fossero magari già informati della presenza di un morto. Ogni centimetro quadrato di pelle che non fosse tappezzato di peluria era occupato da tatuaggi. Nessuno che desse segni di nervosismo. Nessuno che avesse la retina per capelli obbligatoria. Tutto come al solito, a quanto pareva.

Quella di Facilitatore della Fratellanza non era la posizione peggiore. Molto meglio che far parte della Squadra Sanitari. Nei suoi primi tre anni al festival delle arti, aveva spurgato acqua rovente dai cessi di baracche incandescenti in fibra di vetro adibite a cagatoi. Nessuno di quella squadra riusciva mai a scopare, ma un nuovo arrivato doveva cominciare dal basso. Era giovanissimo, a quei tempi. Un liceale appena diplomato e con i capelli a spazzola. Quando i capelli gli erano cresciuti fino alle spalle, era riuscito a farsi promuovere ad addetto all'Accoglienza. Il festival durava solo tre settimane, ma erano le sole tre settimane importanti di tutto l'anno. Quando i capelli gli erano arrivati ai gomiti, era entrato nella Brigata dell'Acqua. Da lì nella Squadra Yoga. E dopo qualche altro anno era diventato Facilitatore della Fratellanza. Ormai era il facilitatore capo, con il polsino e i mal di testa a mo' di prova. Da quelle parti era il Poliziotto Buono per antonomasia. Ben più di quel che avrebbe mai potuto sperare all'esterno del festival.

Per quarantotto settimane all'anno, progettava effetti speciali per i video dell'industria farmaceutica. E non è tutto. Arcobaleno Luminoso era un illustratore medico; questo, almeno, era quel che c'era scritto sulla sua dichiarazione dei redditi. Il suo commercialista non aveva bisogno di conoscere tutti i dettagli.

Ora i dreadlock gli arrivavano ai fianchi, ma stavano diventando grigi e cominciavano a spezzarsi alla radice.

Quando arrivò al Campo del Fango, i suoi assistenti erano già lì ad aspettarlo. Tinky Winky e Sun Baby erano dei bravi ragazzi. Non materiale da università, ma neanche dei fuochisti irrecuperabili. Non ancora. In due non arrivavano a tre peli sul petto. Avevano entrambi un'aria abbastanza scossa, la faccia pallida sotto gli strati di pelle in via di sfaldamento e l'abbronzatura del Nevada. Erano tutti e due nudi, se si escludono cordoncini vari e qualche piuma. E i polsini da Facilitatori della Fratellanza.

Come se Arcobaleno Luminoso potesse sentirsi ancora più antico, entrambi i ragazzi avevano ancora il prepuzio. Quand'è che il mondo aveva riconosciuto la circoncisione maschile come un tipo di mutilazione genitale tra i tanti? Persino i tizi che stavano al Campo degli Ebrei avevano il prepuzio. La cosa che più di tutte dava ad Arcobaleno Luminoso la sensazione di essere un dinosauro era il suo pene vecchio stile. L'ultima ragazza con cui era stato era una folletta del Campo delle Fiabe. Nuda, a parte un paio di alucce di garza rosa sulla schiena tenute in posizione con un elastico. Era così giovane che gli aveva domandato se aveva avuto un incidente. Prima di darsi da fare, era rimasta stupita per il suo bigolo e aveva detto: «Sei come quel personaggio di *Fiesta*».

È per questo che lui porta il perizoma. Inoltre, andare in giro con il pacco coperto gli pareva si confacesse al suo ruolo di autorità.

Tinky Winky aveva degli occhiali da sole giganteschi con le lenti rosa e la montatura tempestata di strass che facevano male se li si guardava in pieno sole. Sun Baby aveva un ciuccio rosa infilato in una cordicella che portava al collo. Arcobaleno immaginava che i suoi due assistenti fossero surfisti senzatetto. Instancabili nella loro perenne ricerca di onde e rave party sempre migliori.

Arcobaleno domandò se avessero visto Tortina di Fragole. Tinky Winky volse la sua testa di treccine verso il retro della tenda del Campo del Fango. Per la maggior parte, gli occupanti erano ancora in coma e russavano nonostante il caldo in aumento. Le pareti della grande tenda svolazzavano mosse dal vento secco.

Tortina di Fragole era lì fuori, dietro la tenda, in compagnia di una persona di Fango. Gli appartenenti a questa tribù erano soliti trascorrere tutt'e tre le settimane nudi e rivestiti da una crosta di fango grigio essiccato. Giravano a piedi nudi e portavano dei caschi sferici e grigi che avvolgevano tutta la testa, con tre soli buchi: due per gli occhi e uno per la bocca. Erano tutti identici, come palle da bowling grigie. E si aggiravano per la tendopoli come alieni o aborigeni. La persona che si trovava con Tortina si era tolta il casco. Stava piangendo così tanto da aver lavato via gran parte del fango dal davanzale. Così ripulite erano proprio un bel paio di tette. Tette da universitaria. Nonostante il suo ruolo da uomo di legge, Arcobaleno sperava che la ragazza andasse avanti a piangere fino a lavar via il fango anche da una proprietà immobiliare sotto la linea dei fianchi. La ragazza era inginocchiata accanto a un corpo inerte sporco di fango. Il suo fango, crepato e in via di sfaldamento.

Era preoccupato perché, ormai, l'unica reazione che aveva di fronte alla bellezza, di fronte alla bellezza e alla vulnerabilità, era un'erezione.

Una voce alle spalle di Arcobaleno disse: «Mi sono procurato questo...». Era Sun Baby. Gli assistenti lo avevano seguito. Sun Baby, con un coltello di plastica in mano, preso dalla Tenda del Cibo, disse: «... Nel caso tu debba, sì, be', eseguire un'autopsia».

La persona accasciata al suolo era grigia come la terra arida e piatta che si estendeva per circa duecento chilometri in ogni direzione. Nonostante lo spesso rivestimento terroso, le mosche avevano già trovato i buchi della sua maschera da palla da bowling. La sua vescica si era svuotata, sicché le mosche sorvolavano l'umidità dei genitali impastati di fango. Il tizio era riverso su un fianco, leggermente rannicchiato, con la pancia rilasciata che toccava terra. Impossibile dire se fosse bianco, nero o asiatico. Non senza un bel po' di acqua e sapone. Ad Arcobaleno Luminoso, il morto sembrò una candela di sabbia sciolta. Anche l'uomo di Fango defunto aveva il prepuzio.

Diede la propria tazza di caffè mezza vuota a Tortina. «Lo sa qualcun altro?» Mosse una mano a indicare i presenti. «A parte noi cinque, dico.» Le fece segno di berne un sorso. Per calmarsi. Così facendo notò che i suoi anelli dell'umore erano più chiari di prima, quasi marroni.

Tortina di Fragole si era rasata la testa. Una mossa da furba. L'anno precedente era stato un anno record per i pidocchi, e quest'anno lei aveva detto a tutti che non aveva intenzione di passare buona parte dell'estate a grattarsi lo scalpo irritato e sanguinante. Portava una vistosissima parrucca di ciocche luccicanti color bubble gum. Scosse la testa. No.

Arcobaleno parlando li guardò negli occhi uno per uno, a turno. «Se informiamo l'ufficio dello sceriffo, ci fanno chiudere la baracca.» Aspettò un po', per lasciare che le sue parole arrivassero per bene a destinazione. L'unico rumore era il ronzio delle mosche. «E non ci sarà mai più un Playa Rock Arts Festival. Non qui, perlomeno.» Sogghignò. «A meno che non vogliate passare le prossime vacanze a Disney World...» disse annuendo con saggezza «... dovremo risolvere questo problema da soli.»

Il vento soffocante portava da lontano il ritmo di musica trance... hip-hop... drum and bass. Arcobaleno Luminoso doveva farsi venire un'idea alla svelta. I campeggiatori, a poco a poco, si stavano svegliando. «Tu» disse, facendo un cenno con il capo all'indirizzo di Tinky «dovrai diramare un messaggio di allerta per tutti i presenti al festival, annunciando che c'è un codice Scabbia di emergenza alla Tenda Relax.» Niente – neanche gli allarmi su scorpioni e serpenti a sonagli – era in grado di sgomberare una tenda come le voci sulla presenza di parassiti nel letto. Non appena il messaggio fosse stato diffuso, nessuno si sarebbe più avvicinato alla Tenda Relax. «Poi porterete questo corpo in quella tenda in men che non si dica. Mi serviranno un pennello a setole rigide e circa diecimila salviettine umidificate.»

Al Campo delle Streghe del Sesso, rintracciò la responsabile della Registrazione Partecipanti. Era quella che teneva il registro d'ingresso, i documenti che la gente doveva compilare. Le liberatorie in fatto di responsabilità legale. Le Streghe del Sesso erano impegnate a erigere una gigantesca effigie di Sandra Bernhard. L'avevano costruita a pezzi, braccia, gambe eccetera, in posti come Memphis e Brownsville, secondo disegni ingegneristici che avevano trovato su internet. L'improbo compito con cui erano alle prese era ora quello di comporle correttamente.

L'addetta al registro si chiamava Campanellino. Arcobaleno Luminoso era pronto al baratto pur di avere le informazioni che gli servivano.

La ragazza del Campo del Fango, quella che aveva trovato la vittima, aveva detto che il tizio si chiamava Scooby-Doo, ma non sapeva da dove fosse arrivato. Aveva indicato il suo sacco a pelo. Non conteneva che pulci e un'edizione economica di *Fight Club*. Arcobaleno

Luminoso si era frugato nell'ombelico e aveva trovato del peyote e del Toquilone. La ragazza li aveva ingeriti senza esitazione, e lui l'aveva convinta che Scooby-Doo non era morto; il tipo era solo in overdose. La ragazza ci aveva messo poco a credere che un po' di Narcan avrebbe risolto il problema in un battibaleno. Tortina di Fragole l'aveva messa a letto con una ninnananna e un dolcetto di hashish.

Alla tenda delle Streghe del Sesso, Campanellino si tappò la bocca e il naso con una mano. «La tua testa puzza come la lettiera di un gatto.» Non indossava nulla a parte un sopracciglio scetticamente sollevato e uno strato di olio di cocco che dava ai peli in mezzo alle gambe l'aspetto di finto legno dipinto.

Arcobaleno Luminoso propose: «Ti servono dei gommini? Posso passartene un po' se mi fai dare un'occhiata al registro».

«Hai del Ritalin?» replicò lei.

Lui scosse la testa. «Crema solare?»

«Fattore di protezione 54, allora?» domandò Campanellino. Intanto, gli fissava con insistenza i dreadlock. «Ho della roba, per deodorare le pisciate di animale.»

Arcobaleno Luminoso fece una nuova offerta. «Ti serve dell'Imodium? Lozione antipidocchi? Disinfettante per le mani?»

Le aride pianure che li circondavano erano affollate di personaggi. Come uno strano pianeta. Come nella cantina di *Guerre stellari*. Freak che camminavano sui trampoli. Freak con il sombrero, appollaiati su monocicli, che facevano i giocolieri con teschi umani di plastica. Un futuro alla *Mad Max* trapiantato nel vecchio West. C'era l'atmosfera scombinata da parcheggio sul retro di uno studio hollywoodiano di un secolo addietro: un miscuglio di set e di personaggi, tutti in cerca del filo di una grande narrazione capace di tenerli insieme.

Campanellino domandò: «Come sta Mignolina?». Era lo pseudonimo da festival della moglie di Arcobaleno Luminoso. Lei e Campanellino si conoscevano da tanto, tantissimo tempo. «A casa con i bambini, immagino.» Aveva un tono allusivo, come se sapesse qualcosa che lui ignorava.

Arcobaleno Luminoso passò a offrire roba pesante. Twinkies,

Kettle Korn, oli tropicali idrogenati e patatine al gusto cajun geneticamente modificate. Lì, dopo un po' di giorni di cibi macrobiotici, integrali, alla soia, i Ringo erano preziosi come i rubini.

Campanellino gli si avvicinò, al punto che lui riuscì a sentire il suo odore di salvia, e disse sottovoce: «Riusciresti a procurarmi della carne?».

«Vuoi del pollo? O preferisci il maiale?»

«Manzo» bisbigliò lei.

«L'hamburger va bene?» Si erano messi d'accordo. Qualunque cosa, pur di sottrarsi alla dieta di tempeh e tofu. Lui le avrebbe procurato otto etti di bovino macinato in cambio di un'occhiata al registro degli ingressi al campo.

Nella Tenda Relax, intanto, liberarono l'altare comune dagli oggetti sacri, mettendo da parte cristalli di quarzo e statuette d'ottone raffiguranti il dio scimmia Hanuman, fotografie incorniciate di Ram Dass, pupazzetti di Yoda e di Skeletor, bamboline di Miss Piggy e Mini Pony, Barbie di Malibu, Gumby e candele votive al profumo di vaniglia. Una volta sgomberato, l'altare arrivava a mezza altezza ed era coperto da un lenzuolo psichedelico tinto a riserva di rosso e arancione. Mentre Arcobaleno si dava da fare, Sun Baby documentava ogni passo della procedura, scattando foto e facendo filmati con un cellulare.

Secondo il registro, erano quarantotto i campeggiatori registrati con il nome di Scooby-Doo. L'aria era pervasa dall'aroma dei barbecue. Lì era sempre estate. Arcobaleno Luminoso considerò l'ipotesi che l'uomo di Fango defunto non fosse tra i sei Scooby-Doo che avevano fornito il numero delle rispettive patenti di guida all'ingresso. Era più probabile che il morto fosse arrivato in autostop.

Messosi al lavoro, Arcobaleno si sentiva una specie di archeologo: spazzolava via la polvere e poi umidificava con le salviette da neonati per far emergere qua e là la pelle. Cercava tracce d'iniezioni, segni di overdose. Ferite di arma da taglio. Fori di pallottole. Morsi di serpente. Quanto più strofinava, tanto più era certo di non aver mai visto quel tipo. Era una ragazzo da confraternita studentesca. Un giovanotto bianco come un giglio, attirato sul posto da immagini, viste su qualche TV musicale, di feste orgiastiche da sconvolti e ninfe drogate del deserto. Non aveva tatuaggi. E neanche piercing. Dopo aver esaminato il corpo, Arcobaleno chiese a Tinky Winky di andare alla Tenda del Cibo a recuperare un trinciapollo, con cui tagliarono la cartapesta della maschera a palla da bowling. Togliendone una striscia alla volta, così come si sbuccerebbe un'arancia, liberarono non meno di un miliardo di mosche.

Dalla cima della fronte fino alla nuca, Scooby-Doo aveva una cresta da moicano con spuntoni tinti di rosso. Gli spuntoni erano diritti e duri, come di ferro. Più che una pettinatura da galletto sembrava la cresta di un cacatua scarlatto.

Nella mente di Arcobaleno spuntò la formula "cause naturali" e aveva già cominciato a domandarsi dove era meglio seppellire il corpo di quel ragazzo quando Tinky Winky si voltò di scatto e si piegò in avanti. Dalla bocca gli uscì un lungo fiotto a cascata. Il tofu parzialmente digerito investì una statua reclinata del Buddha. Quando Arcobaleno Luminoso guardò meglio, vide che la cresta da moicano non era una pettinatura. L'aria torrida fu immediatamente pervasa dall'odore di vomito. Gli spuntoni che il ragazzo aveva in testa erano di metallo. Conficcata nel suo cranio rasato c'era una stella rotante da ninja, tinta di rosso dal sangue secco.

Il telefono di Arcobaleno si mise a squillare. Un altro numero nascosto. Era improbabile, ma poteva essere qualcuno dei suoi figli, perciò rispose. «Pronto.» Le impronte digitali sopravvissute alla polvere erano state cancellate dal sangue.

«Parlo con il signor Bright?» domandò la persona al telefono. Era una voce che aveva già sentito. Alla televisione. Una voce di ragazza infighettata da un accento britannico. Molto King's Road. Gli venne in mente una presentatrice cinguettante e lentigginosa con un top legato dietro il collo che trasmetteva dal vivo da qualche località balneare del New Jersey durante le vacanze di primavera. Era l'ultima persona che doveva venire a sapere del codice Menta Fredda. Gli dispiacque, ma dovette riagganciare.

La coniglietta rifatta della TV non doveva assolutamente scoprire che avevano lì un universitario amante dell'avventura con il cranio aperto.

In quel momento aveva bisogno di una bella canna e di un bel pezzo di gnocca diciannovenne cotta dal sole. Al Campo degli Zombi, una cheerleader zombi dalla gonnellina corta a pieghe con sotto niente lo aveva squadrato a lungo da capo a piedi. Quasi tutti i giorni entro le due del pomeriggio una qualche tipa se l'era già scopata. Una fighetta zombi. Una fighetta hobbit. Le ragazze che gli inghirlandavano la testa con fiori di seta e gli cospargevano la barba di brillantini avevano tutti dei gravi problemi con i rispettivi padri. "Dio non voglia che mia figlia, crescendo, finisca a farsela con qualche schifoso predatore panzone di mezza età" pensò.

Quelle tre settimane erano l'unico periodo dell'anno in cui veniva trattato con rispetto. L'unico periodo in cui si sentiva come un essere umano davvero produttivo. Lì sì che era una persona di una qualche importanza. Non avrebbe permesso a una giornalista di mandargli a rotoli l'unica bella storia della sua vita.

Sun Baby si chinò per esaminare il cadavere da più vicino. «Direi che la causa della morte è probabilmente 'sta roba a forma di stella.» Annuì con l'aria di chi la sa lunga e incrociò le magre braccia sul petto nudo come un medico a consulto.

Non erano le condizioni ideali per un'autopsia. Il suono di campane sempre più forte indicava che il vento del deserto si stava intensificando. Una fitta tempesta di sabbia avrebbe coperto le tracce dell'assassino con la stessa efficacia con cui le nebbie londinesi dense e verdastre come zuppa di piselli avevano coperto le malefatte di Jack lo Squartatore. Sempre incredulo come san Tommaso, Arcobaleno domandò: «Come fai a esserne così sicuro?».

Sun Baby allungò una mano per grattarsi le palle. «Sono un paramedico.»

Arcobaleno Luminoso non era sicuro di aver capito bene.

«Fuori di qui, intendo» precisò Sun Baby, annusandosi le dita. «Sono un paramedico» ripeté. «Anzi, in realtà studio medicina alla

Rutgers.» Appeso al collo, infilato in un cordoncino, aveva il ciuccio rosa fluorescente. Di lì a un anno avrebbe avuto uno stetoscopio.

Arcobaleno Luminoso liquidò la sua affermazione con uno sbuffo derisorio. Non avrebbe riconosciuto la minima autorità a un Doogie Howser cui stavano appena spuntando i primi peli sul pube. «Be', visto che sei tanto furbo, perché non mi spieghi com'è successo?»

Sun Baby osservò per un attimo il defunto. «L'accampamento dei Ninja Arrabbiati.»

Tinky Winky si ripulì le labbra dal vomito. Sputò per pulirsi anche un po' la bocca. «Non c'è dubbio.» I suoi denti perfetti luccicavano anche al lume di candela e in mezzo al fumo dell'incenso. Agli strass della montatura dei suoi occhiali erano rimasti appiccicati dei residui di vomito.

Arcobaleno Luminoso rabbrividì. L'accampamento dei Ninja Arrabbiati era praticamente il posto che frequentava meno volentieri. Tanto più se in missione ufficiale. I Ninja Arrabbiati erano dei mattacchioni di prim'ordine, dal primo all'ultimo, con armi affilatissime e sempre qualche ragione per lagnarsi.

«Scooby-Doo ha già detto tutto quello che aveva da dire.» Arcobaleno Luminoso schioccò le dita e, puntando un pollice dietro di sé. «Sbarazzatevene.»

I suoi due assistenti lo fissarono. Senza capire. Sun Baby si mise il ciuccio in bocca e cominciò a succhiare. Tinky Winky, invece, chinò la testa, con aria dimessa e disse: «Sarò magari fuori linea, ma non si tratterebbe di distruzione del materiale di prova?».

Arcobaleno Luminoso sogghignò. «Cos'è? Sei per caso un avvocato?»

Il giovane si strinse nelle spalle. Arrossì e distolse lo sguardo. «Sì, sono specializzata in diritti d'autore nel campo dello spettacolo.»

Fuori dal Playa Rock Arts Festival, cioè fuori da quelle tre settimane di magia in un posto sperduto, tutti erano qualcosa d'altro. Le ragazze sconvolte in topless quando tornavano a casa erano neurobiologhe e progettiste di software. Nella vita reale i classici fuochisti dall'aria bollita erano tutti procuratori distrettuali. Nessuno di loro era disposto a rinunciare alla propria posizione nel mondo. Arcobaleno Luminoso attese ulteriori obiezioni, ma non ne arrivarono. «Seppellitelo in profondità. Da qualche parte all'orizzonte. E sulla fossa piazzateci delle pietre, per evitare che avvoltoi e sciacalli riesumino le sue ossa.»

Li guardò avvolgere il cadavere nel lenzuolo psichedelico dell'altare. Mentre lo sollevavano, lui li rassicurò. «Le cose torneranno a posto quando avremo consegnato l'assassino alla giustizia.» Arcobaleno, in verità, lo disse solo per convincere se stesso.

Aveva un contatto all'interno dell'accampamento. Il capo della tribù dei ninja era un balordo, tale Snidely Whiplash, che ai tempi del Pleistocene aveva lavorato con Arcobaleno alla pulizia dei cagatoi. Whiplash non avrebbe mai ammesso di essere così vecchio. Si radeva la peluria grigia del petto e diceva sempre che stava per prendere un diploma liceale, per dare l'impressione di essere giovane. Arcobaleno lo trovò al Padiglione dei Media, che registrava un podcast per una qualche TV. Quell'anno, erano arrivate lì troupe televisive da tutto il mondo per approfittare del bizzarro happening. Gli operatori erano più numerosi dei bonghisti, e quando con gli elicotteri si abbassavano troppo, cercando di filmare la sfida di limbo femminile in topless, le pale rotanti sollevavano polveroni, creando nubi vorticose e soffocanti.

Quel che avveniva lì era una specie di terapia Gestalt a beneficio del mondo, e nessuno poteva rimproverare al mondo il desiderio di dare una sbirciatina. I mostri facevano capriole. I sogni prendevano lentamente forma. Una replica a grandezza naturale della Borsa valori di New York, con tanto di ampie scalinate e colonne rastremate, sorgeva dal duro e spoglio terreno spazzato dal vento. C'era un busto del presidente Mao, quasi altrettanto alto, in costruzione. Un castello renano. Un transatlantico impastato di caliche cotto dal sole. Il pene mastodontico. Un cavallo di Troia. Tutto era costruito con balsa e sughero. Ogni cosa prodotta di notte per mezzo di listelli e cartapesta, reticolati metallici, tele, graffette e pittura. Ogni cosa circondata da minuscole figure nude. Un dipinto di Dalí. Minuscole braccia oscillavano, subito seguite dal rumore di martelli in miniatura. Tutto distorto dalle dimensioni e dalla distanza. Nei viali tra questi monumenti, persone che passeggiavano con torreggianti copricapo di piume di pavone e maschere africane scolpite. Centurioni romani marciavano accanto a geishe che procedevano a passi piccolissimi. Papi cattolici e postini degli Stati Uniti in uniforme. Un viavai continuo di gente in costume e nuda. Persone che sfilavano portando al guinzaglio i loro schiavi volontari. Gente che suonava serenate con tube che rilucevano sfolgoranti, l'ottone incandescente sotto il sole di mezzogiorno.

A tutti costoro si mescolava Arcobaleno Luminoso, accogliendo i loro saluti e le loro acclamazioni. Agli occhi dei giovani, lui era la prova del fatto che il passare degli anni non avrebbe necessariamente messo fine al loro divertimento; per i più vecchi era l'anello che li ricongiungeva alla loro giovinezza.

Era l'incubatrice, la provetta, la piastra di Petri. Ed era felice di svolgere il proprio ruolo. Quella frangia di persone era il futuro, e quel che sarebbe accaduto un domani nel mondo, si verificava per la prima volta proprio lì. Moda. Politica. Musica e cultura. La prossima religione mondiale avrebbe preso forma lì. Per la maggior parte quegli esperimenti sarebbero finiti nel nulla, ma qualcosa avrebbe messo radici e sarebbe cresciuto.

Di contro, il movimento Occupy era durato una sola stagione. Arcobaleno Luminoso pensava che il Playa Rock Arts Festival durava da decenni, invece, perché il suo presupposto era la creazione, non la lagnanza. La produzione, non la protesta.

Il mondo esterno era una fogna di corruzione e discordia. Era irredimibile, e la sola speranza di guarigione proveniva da questa banda di artisti e liberi pensatori impegnati a giocare.

Questo loro speciale e fragile mondo non sarebbe finito. Almeno finché ci sarebbe stato lui di guardia.

Per prima cosa sarebbe tornato alla propria tenda e si sarebbe messo a frugare nel suo ombelico. Sapeva che Frustata Ghignante aveva un debole per la mescalina.

Al Padiglione dei Media c'era la giornalista britannica che lo intervistava. Una rossa con due ammalianti occhi color nocciola e la figa rasata. Sedeva a gambe incrociate sotto un ombrellone da spiaggia a strisce blu e bianche. Whiplash portava un perizoma in macramè di canapa. Una mossa intelligente da parte sua. A una ragazza europea un cazzo affettato sarebbe sembrato una malformazione. Whiplash e la ragazza si baciarono sulle guance, e lui si allontanò. Mentre l'anziano ninja se ne andava, Arcobaleno lo affiancò. Gli mostrò rapidamente un'immagine sul proprio telefonino. Una foto del ragazzo del Fango defunto. Quindi gli domandò: «Non è che a qualcuno di voi ninja manca una stella rotante?».

Whiplash diede un'occhiata alla foto e scosse la testa. Un diniego che era chiaramente una bugia.

Arcobaleno riprese a parlare con voce innocente. Naïf, persino. «Pensi che dovrei farla vedere allo sceriffo della contea, questa roba?» La domanda diede da riflettere a Whiplash. Sapeva bene qual era la posta in gioco. Se l'assassino fosse stato un ninja, la sua tribù non lo avrebbe difeso. Maschio o femmina che fosse. Nonostante tutte le loro spade ritorte, le scimitarre e le mazze ferrate, i ninja avrebbero sacrificato di buon grado un loro affiliato per evitare che quel casino potesse portare alla chiusura di tutta la tendopoli.

Whiplash diede una seconda occhiata alla fotografia. Più attenta. «Inoltrami l'immagine» borbottò. «Mi pare di riconoscere l'arma.» Prese uno spinello da dietro un orecchio e un accendino dalle profondità del perizoma. Accese quella che pareva una mistura di skunk californiana e di buon tabacco e si riempì i polmoni di fumo. Poi espirò e disse: «Se il trasgressore è dei nostri, faremo i conti».

Offrì ad Arcobaleno un tiro, e lui accettò. Si separarono davanti alla tenda dei Furby. Tutta una tribù di persone che si aggiravano con costumi integrali e maschere da animali di peluche. Come facessero a indossare quelle pellicce sintetiche con il caldo che faceva era assolutamente incomprensibile.

Mentre camminava, il telefono tornò a squillare. «Ludlow, so di essere una noia.» Sua moglie, di nuovo. Non era sempre stata una noia. Si erano conosciuti al festival. Ai tempi in cui lei era una freak che camminava nel fuoco, si impasticcava e si dipingeva il corpo. Era bella, a quei tempi. Impavida. Ora si radeva le ascelle. Al telefono, lei disse: «Luddy, hai due figli. Non puoi passare tutte le vacanze lontano dalla famiglia».

Come già in precedenza, Arcobaleno Luminoso le lasciò recitare la sua scena. Non rispose. Non cercò di difendersi. Di nuovo, fu colpito dal nitore del segnale. Riusciva persino a sentirla digrignare i denti.

«Una voce dentro di me mi dice che dovrei andarmene» disse lei, per provocarlo. «Devo ascoltarla? Devo prendere i bambini e traslocare?» La voce della moglie si serrò come un pugno. Dopo una breve pausa, aggiunse: «È questo che vuoi?».

Lui restò in ascolto. La lasciò sbollire. Il suo anello dell'umore si stava scurendo sempre di più, fino a diventare quasi color ossidiana.

«Ludlow, ci sei?»

C'era, ma non disse nulla.

«D'accordo» disse lei, prima di riagganciare.

Lui tornò al Padiglione dei Media. La rossa era in pausa tra due interviste. Stava bevendo una coca light quando i suoi occhi color nocciola lo scorsero. Cogliendo la sua espressione di richiamo, Arcobaleno Luminoso fu felice di essersi messo il perizoma pulito. Temeva che sua moglie e i bambini potessero vedere la trasmissione, ma sperava che la vedessero i suoi colleghi di lavoro. Il cameraman lo fece accomodare sotto l'ombrellone a strisce, e la rossa si diede un'occhiata davanti a uno specchio. Dopo aver trafficato un po', gli agganciarono un minuscolo microfono alla barba.

«Avevo provato a telefonarti.» La rossa gli tese la mano lentigginosa. «Mi chiamo Skipper.» Si volse verso la telecamera e disse: «Tu sei pronto?». Un uomo con berretto da baseball e cuffie sulle orecchie le mostrò i pollici alzati.

Arcobaleno Luminoso capiva la posizione ufficiale dell'accampamento in tema di rapporti con i media. La televisione era lì per sfruttare e trasformare il festival in una merce da utilizzare come leva per vendere altre merci: birra, preservativi, tutto ciò di cui potevano avere bisogno i giovani frequentatori di feste. D'altro canto, i media offrivano ai fuochisti l'occasione di diffondere il loro messaggio, la loro visione del mondo. L'importante era non farsi intrappolare da domande sputtananti. Lui disse che sì, si chiamava Arcobaleno Luminoso. No, non era il capo della security della tendopoli. Il suo lavoro consisteva nel facilitare la comunicazione tra le diverse tribù. Lei gli fece la solita sfilza di domande sulle risse. Sulle droghe. Sulle violenze sessuali.

Poi, di punto in bianco, la presentatrice, Skipper, domandò: «Che cos'è un codice Menta Fredda?».

Arcobaleno non era sicuro di aver capito bene. «Un codice...?»

Lei annuì. «È stato un clown triste a suggerirmi di domandartelo.»

Arcobaleno scrollò le spalle. «Non conosco questa espressione.»

«Sta per "serial killer", o no?» La rossa non perdeva un colpo. Puntò un dito verso la folla che li stava guardando. «Il clown è quello, se non sbaglio.»

Lui guardò il pubblico verso il punto in cui anche lei stava guardando e vide il clown accigliato. Aveva un'aria familiare, ma solo perché i clown si assomigliano tutti. Gli occhi, forse, o la postura del corpo.

Arcobaleno Luminoso trasalì. «Qui non è come nel mondo là fuori.» Le rivolse un sorriso modesto. «Non c'è niente di neanche lontanamente simile, qui.»

«Vuoi dire che nonostante le droghe, la presenza di tanti giovani e le condizioni estreme» aveva gli occhi che le ridevano, che lo sfidavano a dire la verità, «non c'è mai stato un omicidio?»

Lui fece finta di pensarci su. Inclinò la testa. Aggrottò le sopracciglia. Il lungo caricamento di un lanciatore di baseball prima di scagliare una palla veloce. «No» disse. «Non c'è mai stato.»

Il suo telefonino annunciò un nuovo SMS. In diretta. Gli avevano detto di spegnerlo, ma lui era contento di non averlo fatto. Mentre Skipper lo fissava, lui lesse il messaggio. Era Tortina di Fragole. Diceva che si sentivano grida e rumori di rissa provenienti dall'accampamento dei Ninja Arrabbiati. Nonostante le telecamere stessero riprendendo, lui rispose al messaggio.

Per provocare una reazione, Skipper domandò: «Ha a che fare con il vostro codice Menta Fredda?».

Arcobaleno prese il messaggio come pretesto per andarsene. Guardò direttamente nell'obiettivo – un'altra cosa che gli avevano espressamente proibito di fare – e disse: «È ora di andare a combattere contro i cattivi».

Quando si allontanò da quel set improvvisato, il clown di prima era sparito. Assorbito nel viavai, nella massa di ballerine, di motociclisti vestiti di cuoio e di drag queen.

Lontano dalle telecamere, Arcobaleno telefonò a Tortina. Non aveva scoperto niente. Niente da riferire. La tribù dei Vampiri e alcuni membri della tribù dei Supereroi avevano sentito un uomo che gridava. Che invocava aiuto. Prima che qualcuno potesse indagare, tutto sembrava tornato alla normalità. A una normalità relativa, perlomeno, dato il contesto. Arcobaleno Luminoso pensò a Snidely Whiplash e si domandò se non fosse stata fatta, in qualche modo, giustizia.

A quel punto le gambe di Sandra Bernhard erano lunghe come pali del telefono. Una volta assemblata, sarebbe stata alta quanto una sequoia secolare. Il programma prevedeva che fosse bruciata di lì a due giorni. Le avrebbero dato fuoco, probabilmente, subito dopo aver finito di metterla insieme. Arcobaleno si fermò ad assistere alle operazioni con cui stavano fissando le braccia al tronco senza testa. Le ombre pomeridiane cominciavano ad allungarsi. All'imbrunire, le ombre, lunghe chilometri e chilometri, disegnavano a strisce la vasta spianata. File di lucine natalizie luccicavano intermittenti, e in breve la grande ombra della notte cancellò tutte le altre più piccole. La limpida aria del deserto cominciò a puzzare per via del gasolio bruciato dai generatori. Da qualche parte, degli idioti stavano suonando le cornamuse.

Sul telefonino gli arrivò un SMS del Servizio Meteorologico Nazionale: il bollettino prevedeva vento forte per mezzanotte, il che significava che ci sarebbe stata un'altra accecante tempesta di sabbia. Arcobaleno sperava che arrivasse un po' in ritardo. Il rogo del grande pene di cartapesta era fissato per le nove di quella sera. Era attesa una gran folla. La serata si dipanava tra le solite discussioni sull'amore e sulle droghe. Un paio di casi di insolazione. Le tribù lo omaggiavano al suo passaggio per i vari accampamenti. Le ragazze gli mettevano collane di caramelle. Altri gli offrivano birra e tè. Quella era la sua gente. Artisti falliti. Musicisti e scrittori emarginati. Idealisti part-time e visionari repressi.

Da giovane, era stato anche lui un idealista in un mondo corrotto. Non c'era da stupirsi se aveva finito per diventare anche lui non meno corrotto, nonostante la sua corruzione fosse di un tipo nuovo e diverso. Probabilmente è questo il massimo traguardo concesso a ogni nuova generazione: inventare un nuovo tipo di corruzione.

Aveva frequentato la scuola d'arte e gli era parsa una cagata. Un lurido e schifoso casino. Si erano intascati i soldi della sua retta e gli avevano detto che aveva il potenziale di un Rembrandt. I suoi assistenti e professori gli avevano dipinto un futuro più bello di qualsiasi opera fossero mai riusciti a realizzare nella loro vita. Che fregatura. Gli avevano detto che aveva talento. Quella parola era come eroina per i giovani. *Talento.* Quattro anni, cinque anni, sei, e lui aveva continuato a farsi di quella roba. Sognava di fare animazione computerizzata per il cinema o magari per i videogiochi. Avrebbe fatto carriera dando vita a eroi e angeli al computer. Rendendo possibile l'impossibile.

Tra i debiti da studente e una serie di lavori come tecnico – interrotti ogni anno per il festival, dove aveva conosciuto sua moglie, una donna capace di adattarsi alla sua noiosa casella –, alla fine aveva scoperto la sua vocazione. Di tutte le persone possibili era stato un proctologo a reclutarlo. Strano a dirsi, lui un tempo si fidava dei medici. Ora sapeva che erano uguali a tutti gli altri poveracci che lavorano.

Arcobaleno Luminoso aveva sofferto alla prima sigmoidoscopia. Ancora sotto l'effetto del Demerol, aveva poi guardato il video con il medico. Una visita guidata del suo sano intestino crasso. All'inizio non li sfiorava nemmeno l'intenzione di truffare qualcuno. Erano solo due tipi brillanti che volevano dimostrarsi ancora più brillanti. Arcobaleno Luminoso aveva chiesto una copia di quel video. Era in formato digitale. Tutto lo era, ormai, a quei tempi. Se l'era portato a casa, ancora sotto l'effetto dei farmaci, e aveva caricato le immagini del suo colon sul programma di animazione digitale. Aveva elaborato con Photoshop immagini dei più contorti polipi precancerosi reperibili su internet. Quindi le aveva mischiate con immagini di Gesù Cristo. Non era il lavoro più creativo che avesse fatto da quando gli avevano dato del genio precoce alla scuola d'arte. Alla fine aveva applicato le immagini dei polipi alle pareti del suo colon per poi rinviare il video così realizzato al suo segaossa. Il suo medico dei culi ci era rimasto secco, davvero. Si erano fatti entrambi delle belle risate, ma poi il buon medico aveva preso lo scherzo piuttosto sul serio.

Lo facevano solo alla gente che poteva permettersi la spesa, gente dalla sontuosa copertura assicurativa. Era una truffa, ovviamente. Quando la sigmoidoscopia non rivelava anomalie, Arcobaleno eseguiva la sua magia da scuola artistica. Un'occhiata agli orrori che Arcobaleno applicava con grande precisione nei loro intestini, e le persone imploravano di andare sotto i ferri. In realtà, non veniva praticato nessun taglio. Magari un'anestesia e qualche manipolazione, ma niente di traumatico. I pazienti se ne tornavano a casa storditi, pieni di energia e di vitalità per essere riusciti a sfuggire alla morte. Arcobaleno Luminoso e il medico si dividevano gli incassi. E facevano soldi a palate.

Di recente aveva accettato alcune commissioni da parte di un oncologo, e interveniva sulle radiografie del torace. Tumori, perlopiù, e qualche tubercolosi. Non aveva certo bisogno di soldi. Voleva solo esplorare una nuova via di espressione della sua arte. Era una fregatura, una sporca fregatura, una truffa, ma non più di quanto lo fosse stata la scuola d'arte. Inoltre, era la dimostrazione di una cosa: Marcel Duchamp aveva ragione. Nessuno poteva farla ai francesi. Il contesto è tutto. Si può dipingere qualcosa di bello, un delizioso tramonto su un lussureggiante roseto, e nessun appassionato d'arte offrirà mai neanche un centesimo. Se invece si esegue un capolavoro, qualcosa d'informe e scolorito, e lo si ficca su per il culo di un ricco, sono tutti pronti a pagare qualunque cifra pur di farselo togliere.

Al calar della sera, il pene gigantesco incombeva su di loro. Così alto da scomparire nel buio. Ovviamente, non era circonciso.

Sotto gli occhi di migliaia di persone, una Strega del Sesso, nuda, in piedi a una certa distanza da quel manufatto, tese la corda di un arco. Con una mira perfetta, scagliò una freccia infuocata che tracciò una luminosa parabola su migliaia di retine prima di incidere il glande. Tutti i maschi presenti trasalirono. Le fiamme si sparsero in ogni direzione, come la dilagante infiammazione di un herpes. Subito dopo cominciarono a esplodere i petardi. Quelli sibilanti cominciarono a fischiare. Esplosero anche altri fuochi artificiali, sparando scintille nel cielo notturno.

Nella sua immaginazione... doveva essere la sua immaginazione, sì, ma i petardi sibilanti facevano rumori quasi umani. A un certo punto, però, fu impossibile ascoltare bene, perché tutti gridavano e ululavano, danzando in cerchio intorno a quello spettacolo di fuoco.

Le grida che giungevano dall'interno del pene fecero strillare la folla. Nel frastuono Arcobaleno Luminoso vide venirgli incontro Snidely Whiplash.

Fissando il falò, Whiplash disse: «Un tizio ha piantato un casino al campo del Fango. Diceva che le sue stelle rotanti e i suoi coltelli erano scomparsi».

L'aria notturna puzzava di barbecue, ma non più del solito. Carne alla griglia, gasolio combusto, polvere da sparo.

Snidely aveva un tono moralistico. «Abbiamo votato. Il tizio ha perso.» Continuava a fissare il fallo in fiamme. «Non preoccuparti» aggiunse, senza mai perdere d'occhio un certo punto elevato della pira. «Gli abbiamo dato abbastanza Roipnol da far perdere i sensi a un cavallo. Il tizio non sentirà nulla.»

Per un attimo, ad Arcobaleno Luminoso il festival non sembrò più il futuro. Pareva piuttosto una scena di demoni sporchi di sangue ed escrementi che ballavano intorno a una torre in fiamme, accompagnati dalla musica di urla tormentose. Era l'erba, pensò, doveva essere l'erba, finché quella visione non tornò a coincidere con quel che lui voleva vedere. Finché la sua principale preoccupazione non tornò a essere quella di dove recuperare un chilo circa di carne trita fresca.

Il pene si consumò nel cielo notturno. Si accasciò di lato. Crollò al rallentatore. E il fuoco continuò a bruciare fino a trasformarsi in un cumulo di carboni ardenti su cui la tribù dei Mistici, senza por tempo in mezzo, cominciò a camminare. Come previsto, si stava alzando il vento. La gente cominciò a cercare rifugio. Era in arrivo un'altra tempesta di sabbia densa e gialla come zuppa di piselli.

Persino i rave più corposi, quelli di Campo Neverland e del Laboratorio rituale di scienze cinetiche applicate, staccarono la spina, viste le folate da uragano e il polverone che si alzava. L'aria si fece così spessa che Arcobaleno Luminoso, dalla sua tenda, non riusciva a vedere neanche il campo delle Streghe del Sesso, in fondo al vialetto. Non riusciva a scorgere le luci della Tenda del Cibo. La luna e le stelle erano scomparse.

Comodamente avvolto nel suo sacco a pelo, compose sul telefonino un numero che conosceva a memoria: "Mignolina...". Era il soprannome che lei usava al festival. Nel mondo esterno, invece, si faceva chiamare con il suo vero nome: Sloane. Signora Sloane Roberts. Le domandò: «Tutto bene?».

Lei ridomandò: «Sono io che lo domando a te, piuttosto... Tutto bene?.»

Sfinito, lui rispose: «Abbiamo avuto un problema, ma ora è tutto risolto».

«Ludlow...»

Lui esitò. «Non c'è da preoccuparsi.»

La sentì in attesa. Sentì che stava prendendo una decisione. Sentiva il boato della tempesta di sabbia che aumentava d'intensità fuori dalla tenda. Che spazzava il deserto. Che cancellava dalla sua memoria le grida di un assassino arso vivo. Da dove giunsero le sue successive parole non avrebbe saputo dirlo. Nessuno dei due parlò per un po', e lui attese che il silenzio si approfondisse. Aspettò ancora. A un certo punto disse: «Una volta, un cane era entrato nella nostra scuola. Io ero in quarta elementare. Se ne andava in giro e leccava tutto. Avevo circa otto anni, e quel cane mi fece comprendere tutto quello a cui stavo rinunciando per sempre». Questo fu quanto gli venne in mente. Aveva detto quel che doveva.

Sloane, o Mignolina, sembrò comprenderlo. La moglie rispose: «I bambini hanno visto un agnello a scuola e hanno riso e giocato».

Lei aveva capito. Restare a casa avrebbe significato condannare i figli a fare lo stesso in futuro. Quella era la culla di una civiltà migliore. Doveva vederla anche lei. Quella non era una crisi di mezza età o un tentativo di metterci una pezza, bensì una scelta originale. I cercatori erano sempre partiti per il deserto a caccia di grandi risposte.

«Stavo pensando» disse lui speranzoso «che magari l'anno prossimo potremmo venire tutti qui al festival, come famiglia.» Stava cominciando ad addormentarsi.

In tono severo, ma non indisponente, la moglie disse: «L'anno prossimo il festival non ci sarà».

Arcobaleno Luminoso restò stupito da quanto pareva vicina e limpida la voce, nonostante il gran vento.

La voce si fece sommessa, da gatta che fa le fusa. Un mormorio ammaliante. E disse: «Ludlow...». Disse: «Facciamo un patto».

Lui le fece eco: «Un patto» anche se non era sicuro di aver capito bene.

«Se torni a casa» propose lei, «io la smetto di uccidere i tuoi amici.»

Arcobaleno Luminoso si riscosse di colpo. Non le aveva detto niente. Tortina di Fragole non aveva il suo numero. Solo lui aveva il numero di sua moglie.

Lei sussurrò: «Una stella rotante in mezzo al cranio di uno stupido uomo del Fango... Ti dice qualcosa?».

Tutti lì usavano nomi falsi. Tanti portavano la maschera. Sloane ne sarebbe stata capace? Sì, era stata una selvaggia, ai suoi tempi, tutta spalmata di palta. Quando si erano conosciuti, lei faceva la lanciatrice di coltelli in uno spettacolo. Ora però era una mamma che accompagnava bambini agli allenamenti di calcio.

La voce al telefono disse: «Come mai, secondo te, la tua amica della televisione ti ha fatto quella domanda sul codice Menta Fredda?».

Lui domandò: «Dove sono Lisa e Benny?».

«Sono da tua madre.»

Ludlow Roberts domandò: «Mentre la mamma va in giro a fare a fette i fuochisti?».

Era lei, insomma, il clown che lo aveva guardato male. Il clown triste tra il pubblico. Quella sera aveva lasciato che un innocente fosse ucciso, e aveva ballato tra i Furby e gli Zombi e i festaioli travestiti e sudati. Un mostro vero tra mostri fasulli.

Mentre ascoltava gli pareva di essere sempre più pesante, come se si trovasse, invece che nel suo sacco a pelo viola, dentro una vasca da bagno con l'acqua calda che a poco a poco defluiva. Non galleggiava più e sentiva tutto il peso delle ossa e della carne. Un fardello improvvisamente troppo pesante da sopportare. La massa inerte di un morto.

La voce al telefono ingiunse: «Domani t'inventi una scusa e torni a casa, prima che io uccida qualcun altro». Dopo una pausa aggiunse: «Sta a te decidere». E riagganciò.

Il vento, il vento faceva impazzire la gente. In mezzo a quei vortici di sabbia densa, sua moglie poteva essere a pochi passi da lui. La tendopoli era piena di gente ubriaca e di ragazzini drogati, e lei, se quel che aveva detto il ninja morto era vero, si era impossessata del suo arsenale di armi appuntite, affilate e taglienti. Lei sapeva che se lui avesse chiamato la polizia la festa sarebbe finita. Finita per sempre, solo perché lui aveva trascurato i propri doveri coniugali. Se non avesse smontato la sua tenda, altre persone sarebbero morte.

Nella migliore delle ipotesi, sarebbe tornato a casa da un'assassina spietata.

S'infilò la punta di un mignolo nell'ombelico, dove frugò e rovistò, fino a trovare la compressa di Luminal da cento milligrammi. Tutti i giorni c'era gente che lasciava la tendopoli. E tutti i giorni ne arrivava di nuova. Impossibile tenere il conto. Nella peggiore delle ipotesi, ogni sera sarebbe costata la vita a un'altra persona. S'immaginò Tortina di Fragole morta. Tinky Winky. Sun Baby. Avrebbe potuto provare a vedere se bluffava. Avrebbe potuto mettere in giro la voce. Provare a limitare i danni.

Se avesse ucciso un fuochista ogni notte ci sarebbero stati altri diciassette morti. Ogni anno qualche ragazzino abbandonava una festa, si allontanava nella sabbia sollevata dal vento, e si perdeva per sempre. Il deserto li consumava come un sacrificio. Come un tributo. Da qualche parte in quelle migliaia di chilometri quadrati di desolazione, la tempesta li seppelliva là dove cadevano.

Costruire. Bruciare. Costruire. Bruciare. Adorare e distruggere.

Non avrebbe potuto fare a meno del Luminal quella notte. Mentre si addormentava, però, non poté fare a meno di sentire l'agitazione che gli montava nel petto. C'era in ballo un bel gioco. E se anche lui l'avesse trovata...? Sapendo la verità, avrebbe potuto drogarla? Avrebbe fatto arrostire viva sua moglie dentro la testa di una pantagruelica Sandra Bernhard? Anche se ora sapeva quant'era grandiosa e pazzesca la devozione che aveva per lui?

Liturgia

Alla luce dei danni recentemente accertati al civico 475 di Battlinghamshire Court, l'associazione dei proprietari d'immobili desidera ribadire le regole vigenti in materia di possesso di cani e di adeguato trattamento dei rifiuti organici potenzialmente pericolosi. In base al regolamento dell'associazione, tutti i cani domestici devono essere tenuti al guinzaglio o in un recinto sul terreno di proprietà del suo padrone. Per nessuna ragione i cani possono essere lasciati liberi senza sorveglianza.

Quanto ai resti umani, il regolamento sanitario della contea prevede che essi siano affidati alle autorità preposte al loro trattamento. In nessun caso è consentita la sepoltura in casa.

L'osservanza delle due suddette regole avrebbe evitato i recenti estesi danni subiti da molte proprietà immobiliari. È ora possibile, ricostruendo la cronologia delle devastazioni, seguire il tracciato del pericoloso materiale biologico in questione e individuare gli animali implicati. Il primo incidente di cui si è avuta notizia risale al 17 maggio, tra le 10 e le 15.30. I resti parzialmente decomposti sono stati apparentemente prelevati da un cane in una località ignota. In questo episodio iniziale, il presunto colpevole è Buttons, un cagnolino domestico che, dopo aver esumato i suddetti resti, li ha trasferiti sulla moquette bianca e pelosa della camera da letto padronale al 475 di Battlinghamshire Court e vi si è rotolato sopra per un tempo indeterminato prima di seppellirli nel cortile sul retro della succitata proprietà.

Seguendo il propagarsi dei danni dal 475 al 565, di lì al 785 e poi al 900, al 1050, al 1075 e al 1100 di Battlinghamshire Court, è possibile cartografare l'infausto tragitto delle viscere umane trattate con sconsideratezza e poi scoperte e trasportate in giro da una serie di animali, sia domestici sia parassitari – in particolare topi e procioni –, che hanno rivendicato la proprietà dei suddetti resti sempre più putridi, per poi abusarne e interrarli altrove. Analoghi danni a tappeti, articoli d'arredamento imbottiti e letti suggeriscono che il trafugamento di tali residui organici si è poi esteso a Surreydaledown Mews. Ne sono state inoltre trovate tracce significative in diverse abitazioni di Knightsbridgeton Close e di Regentrosetudor Crescent. A causa delle sempre più instabili qualità tipiche dei tessuti organici in decomposizione, ogni successivo trasferimento è stato all'origine di effetti sempre più nefasti e duraturi sugli arredi morbidi di ognuna delle abitazioni coinvolte.

È stata proposta una speciale perizia per coprire le spese di svuotamento e ripulitura delle piscine della zona. Oltre a ciò, i residenti sono stati invitati a sottoporsi al richiamo delle vaccinazioni, con particolare riferimento ai bagnanti che, imbattutisi nell'oggetto in questione, non l'hanno riconosciuto, scambiandolo per un misero e sgonfio pallone viola da spiaggia e, almeno in un caso, lanciandoselo con gran divertimento.

Questa, proprio questa schifezza abominevole, era la cosa orrenda, irriconoscibile e fradicia che la figlia più piccola dei Sanchez ha ingenuamente estratto dalla piscina di casa. Dopo di che, servendosi di un paio di pinze da barbecue, l'ha lanciata nella piscina dei DiMarco, al di là della siepe del suo giardino. Lì è stata trovata dal figlio maggiore, Danny, che si è guardato bene dall'intraprendere iniziative adeguate e socialmente utili. Al contrario, l'ha scaraventata sul tetto dei vicini di casa all'8871 di Ivy High Street. Lì alcune cornacchie se ne sono cibate, e una di queste, mentre trasportava nell'azzurro cielo d'estate la carogna inzuppata, l'ha lasciata andare proprio sopra la sedia a sdraio occupata da Ada Louise Cullen. A quel punto il viaggio di quella schifezza si è improvvisamente interrotto.

Purtroppo, svariati siti di notizie su internet hanno già pubblicato articoli con titoli tipo: "Resti umani abbandonati causano commozione cerebrale a una bagnante nuda". La storia è diventata di dominio pubblico non appena se ne sono impadroniti i presentatori di talk show radiofonici nazionali.

Quando è stata finalmente tolta di mezzo, la schifezza in questione aveva perso gran parte del suo volume originario. Sono state chiamate le forze dell'ordine. Dopo averne dibattuto, i paramedici intervenuti sul posto hanno tentato di determinare la natura di quella materia organica, stabilendo che il peso era di poco superiore ai sei ettogrammi. Hanno sottoposto la signorina Cullen alle cure del caso, per il trauma subito, ma anche per sintomi di nausea, possibile commozione cerebrale e lesione ai tessuti molli dei dischi delle vertebre cervicali.

Dopo approfondita discussione, la maggioranza ha ritenuto che la massa di tessuto organico in questione non derivasse da un atto di violenza. Pareva lo scarto di un processo naturale. Secondo una prima conclusione, l'oggetto in questione aveva origini umane.

Sebbene molti la pensassero diversamente, quei tessuti di scarto erano, in effetti, qualificabili come rifiuti medici e costituivano perciò un pericolo per la salute pubblica, per non parlare dell'incidenza sul valore di tutti gli immobili che a tale tessuto di scarto erano rimasti esposti a causa dei reiterati interventi di animali domestici i quali, a quanto pareva, avevano dissepolto i resti e li avevano portati in giro per svariati giorni caratterizzati, oltretutto, da temperature molto elevate.

Dopo apposito esame legale, la sostanza in questione si è rivelata essere placenta di non recentissima espulsione unita alle strutture tissutali di scarto, intrise di sangue, associate al puerperio. I residui superflui della procreazione umana.

Diverse famiglie hanno festeggiato l'arrivo di un nuovo membro ai Corningmarblerock Estates, ma questo non significa che i residui organici in questione non possano essere stati trasferiti da altro luogo, per una sepoltura rituale o per chissà quale altra cerimonia. Una rapida consultazione delle domande di modificazione permanente del paesaggio nell'arco degli ultimi tre mesi ha rivelato la concessione di permessi per la piantumazione di cinque roseti, un lillà, tre filadelfi, un cipresso del Kashmir, quattordici bossi e una quercia di palude. Ognuna di queste piante potrebbe aver costituito il luogo di sepoltura originale del materiale organico di scarto.

Non è affatto impossibile che un animale dall'ampio raggio d'azione, magari un coyote, uno di quegli avvoltoi a quattro zampe, possa aver prelevato la suddetta schifezza in una comunità che non è la nostra. A Mockingbird Farms, ad esempio. O a Belle Lakeside Villas, dove lo sprezzante gesto di disfarsi in quel modo dei residui del secondamento è, con tutta probabilità, una pratica meno malvista.

In tutta franchezza, la nostra associazione ritiene che una metà abbondante dei residenti di Heron Cove sarebbe decisamente capace di mettere in pratica questo genere di scherzi da hippie, ma che cosa possiamo farci? Mettere un annuncio per gli oggetti smarriti e ritrovati? "Ritrovata una placenta malconcia, parzialmente decomposta. Masticata da tutti gli animali curiosi nel raggio di tre chilometri. Chi l'avesse perduta può telefonare al..." Qualunque fosse l'azione eventualmente intrapresa, non ci sarebbe modo di dar soddisfazione a certi personaggi alternativi secondo cui bisognerebbe muovere cielo e terra per restituire quella schifezza alla persona da cui proviene.

L'associazione si astiene dal discutere sul valore spirituale o rituale dell'abbandono di questo tessuto riproduttivo sovrabbondante; in ogni caso, l'incidente dimostra la necessità di una regola di comportamento, nell'eventualità che episodi del genere tornino a verificarsi.

Non si sono soltanto avuti danneggiamenti di arredi. Animali domestici in gran numero hanno ingerito parti di quella schifezza, tanto che il gatto siamese del signor Heywood Marshall-Simon e consorte l'ha rigurgitata in grembo alla signora. Lo stesso dicasi per Buttons, il terrier scozzese del signor Clayton Farmer, che ha vomitato sul sedile posteriore di pelle riscaldata della sua nuova Jaguar XJR LWB.

L'associazione dei proprietari d'immobili non può non esprimere solidarietà a tutti i membri della comunità che hanno sofferto. A eccezione della signorina Cullen, però, nessuno di loro è privo di colpe. Da chi ha così imprudentemente sotterrato la schifezza ai proprietari degli animali domestici, che hanno platealmente trasgredito le regole sull'uso del guinzaglio, tutte le persone coinvolte hanno qualche responsabilità. Tra coloro che hanno riportato danni alla proprietà immobiliare c'è chi invoca un test del DNA per determinare a chi appartengono quei resti e avviare poi una causa per la compensazione finanziaria delle spese affrontate per rimediare ai guasti. L'associazione, però, ritiene che tali misure sarebbero di problematica attuazione e giustificazione sul piano legale.

Non è impossibile immaginare che un neopadre avrà trovato una buca rozzamente scavata nel proprio giardino posteriore da un animale; solo che, dopo tutto il recente trambusto, difficilmente costui si farà avanti, perché non vorrà certo pagare per le sue responsabilità. In luogo di una soluzione immediata capace di dar soddisfazione a tutti i soggetti coinvolti, l'associazione ha scelto di adottare in relazione all'episodio una posizione più lungimirante. Situazioni come queste sono i disastri condivisi che con il tempo cementano i legami tra vicini di casa. Nella nostra attuale società, in cui le case vengono vendute e le famiglie si trasferiscono in media ogni sette anni, questa saga servirà da più duraturo memento del nostro effimero rapporto di amicizia e conoscenza.

I fatti verranno distorti a furia di essere raccontati. Gente non direttamente coinvolta nell'episodio sosterrà di avervi avuto una parte. Chi avrà riportato danni sì e no a un tappeto dirà di aver dovuto abbandonare la casa. I recenti eventi s'ingigantiranno fino a trasformarsi in un mito della nostra comunità. Quando i nostri animali domestici saranno morti da tempo, noi ne riesumeremo il ricordo godendone e diffondendolo per il mondo. Ce lo lanceremo l'un l'altro per riderne. Lo distorceremo. Rievocheremo questa storia alle feste e urleremo disgustati. Per quanto schifosa sia, la raffigureremo ancora più schifosa. La esagereremo. La renderemo oltremodo orrenda, trasformandola in leggenda personale. In una consolazione. Nella dimostrazione delle prove che abbiamo dovuto attraversare.

Continuiamo instancabili a pregare per il bene della signorina Cullen, che a seguito dell'incidente continua ad avere incubi.

In mancanza di opzioni migliori, i resti organici sono stati affidati all'ufficio del medico legale della contea di Shaysaw, che li conserverà per due mesi, trascorsi i quali provvederà al loro rispettoso incenerimento.

Perché Formichiere non è mai arrivato sulla luna

Quasi una vita fa, Gallo, quando era appena un pulcino, stava giocando a scacchi con i suoi amici. Erano tutti in quinta elementare, Gallo, Coniglio e Formichiere, e se ne stavano seduti in un angolino tranquillo del cortile della scuola durante l'intervallo. Formichiere mosse una torre per tendere una trappola troppo evidente, e Gallo gli mangiò uno degli alfieri, dicendo: «Scacco» quando un'enorme ombra cadde sulla partita. Un ombra grande come il mondo. Un piede calò con violenza tra i pedoni, disperdendo i cavalli e distruggendo la scacchiera che Gallo aveva ricevuto in regalo per il suo decimo compleanno. L'aveva portata a scuola nella sua custodia con maniglie perché sembrava una valigetta di quelle che Gallo immaginava di avere una volta diventato avvocato. Un avvocato specializzato in diritti di proprietà intellettuale, soprattutto nel campo dello spettacolo. La custodia aveva persino le iniziali di Gallo incise in finto oro sulla finta pelle. Era un regalo di mamma e papà. Formichiere era convinto di poter vincere, ma la scacchiera era ormai spezzata a metà e sbeccata sui bordi. Il suo piccolo re di plastica nera e i pedoni bianchi erano rovesciati, e in piedi in mezzo a quel disastro c'era Facocero, che stava seppellendo il regalo di compleanno di Gallo nella terra.

Con un grido di guerra selvaggio, Facocero si slanciò in avanti e, continuando a urlare, affondò entrambe le ginocchia con violenza nel petto di Gallo.

Coniglio e Formichiere indietreggiarono e, annaspando nell'erba, cercarono di darsi alla fuga, felici che, per questa volta, non toccasse a loro prenderle. I pugni nodosi di Facocero fecero volare via gli occhiali di Gallo, mentre le ginocchia continuavano a percuotergli le fragili costole e ad appiattirgli il naso. Gallo reagì sanguinando copiosamente dalle labbra spaccate e dalle narici. Si rotolò sui pezzi degli scacchi in frantumi, e gli alfieri gli trafissero la spina dorsale, mentre le torri gli lasciarono sulla schiena il segno della caratteristica merlatura. Gallo singhiozzava a pieni polmoni come un neonato sin dall'inizio dell'aggressione.

Risuonò un fischio acutissimo in lontananza, e Facocero si ritirò con la stessa rapidità con cui aveva attaccato. Una lente degli occhiali di Gallo era uscita dalla montatura, mentre la cerniera di una stanghetta si era rotta a metà. La scacchiera era così sporca e distrutta che all'improvviso Gallo si vergognò di esserne stato tanto orgoglioso. Aveva amato quella scacchiera al punto che ora, mentre Formichiere e Coniglio guardavano in silenzio, lui ci saltò sopra per seppellire quel che ne restava nella terra del cortile. Scalciò re e regine spedendoli da tutte le parti, mentre lacrime e sangue gli rigavano la faccia. Gallo calcò le sue iniziali dorate nel fango della sua umiliazione dicendo: «Stronzo, merdosissimo gioco da fighette del cazzo!».

Formichiere e Coniglio erano imbarazzati dall'imbarazzo dell'amico, ma lo capivano benissimo. Tutti e tre studiavano e facevano letture supplementari per avere più crediti. Avevano sempre il massimo dei voti e già in quinta elementare si capiva che erano destinati a un futuro radioso: Gallo come avvocato, Coniglio come neurochirurgo, Formichiere come ingegnere astronautico. Tra i coetanei erano fisicamente i più piccoli. Tutti gli insegnanti li apprezzavano perché alzavano la media dei test standardizzati. La maestra di quinta elementare, la signorina Scott, che era giovane e carina e portava i capelli lunghi legati dietro la schiena con un nastro, aveva una predilezione per loro, e loro la adoravano. Gallo, Coniglio e Formichiere avevano case sempre pulite e genitori che li amavano e li rispettavano. Inutile dire che i bulli li picchiavano con cadenza pressoché settimanale.

A peggiorare le cose, nella loro scuola vigeva la regola della tolleranza zero nei confronti della violenza, sicché quando si verificavano pestaggi tutti gli studenti coinvolti venivano puniti con una sospensione. Per i bulli era come avere una settimana di vacanza, ma per le vittime era un danno, perché rimanevano indietro negli studi. Perciò quando la signorina Scott accorse sul luogo in cui Gallo stava saltando sulla scacchiera proferendo mostruose imprecazioni, quest'ultimo si asciugò gli occhi con il dorso della mano e le disse: «Stavamo giocando a "ce l'hai", e sono andato a sbattere contro un albero».

Quando Gallo tornò dall'infermeria con le ferite ripulite e incerottate, le compagne di classe lo guardarono ridacchiando con le mani davanti alla bocca. Colibrì indicò a Rondine il labbro gonfio e il dente spezzato, ed entrambi alzarono gli occhi al cielo. Gallo prese posto al tavolo di lettura dicendo a se stesso: "Hai dei voti da genio". Coniglio e Formichiere non osavano alzare la testa per non incrociare il suo sguardo, ma lui si sporse verso di loro e disse: «Dobbiamo inventarci un piano per toglierci da questa situazione».

L'ora di lettura silenziosa fu seguita da quella di matematica. Il lunedì diventò mercoledì. Ortografia e vocabolario. Le ammaccature di Gallo stavano guarendo, ma il suo ego era ancora ferito. Verso la fine di una gara di ortografia, si rese conto di essere osservato da occhi ostili. Mentre cominciava lo spelling della parola *receipt* vide che Facocero, dall'ultima fila, lo fissava e con una mano tirava pugni contro il palmo dell'altra, mostrando i denti in un ringhio silenzioso. Nel panico, Gallo scambiò involontariamente di posto la E e la I di *receipt* concedendo la vittoria a Delfino. Quel pomeriggio, quando la signorina Scott andò a prendere dei gessetti in segreteria, Facocero colpì Delfino alla nuca con un dizionario. Il solo rumore del volume contro il cranio fece fisicamente male a tutti quelli che lo udirono.

Per Gallo quello fu il momento dell'illuminazione.

Mentre tornavano a casa da scuola, disse a Coniglio e a Formichiere: «Ascoltatemi, amici». Disse: «Ho un piano che sarà la nostra salvezza».

Il piano era semplice. Sembrava facile, ma era brillantissimo. Coniglio e Formichiere concordarono: era davvero geniale.

Il giorno dopo la signorina Scott chiamò Gallo alla lavagna e gli chiese di moltiplicare 34 per 3 e di mostrarle i compiti. Gallo prese il gesso e scrisse a lungo, riempiendo per metà la lavagna: la risposta fu 97. La signorina Scott gli chiese di riprovare, e la sua nuova soluzione fu 91. La signorina Scott gli rivolse un'occhiata carica di preoccupazione e gli disse di tornare al posto. Quando chiese a Coniglio di risolvere il problema, questi ottenne 204. Il risultato trovato da Formichiere fu 188. In un questionario di Studi sociali, Coniglio scrisse che Atene era la capitale della Finlandia. Formichiere disse che la capitale era la Danimarca. Gallo rispose che era il Mare di Cortez.

La maestra chiese a tutti e tre di fermarsi in classe dopo la fine delle lezioni. Domandò loro se a casa andava tutto bene e se i loro genitori li sgridavano. I capelli della signorina Scott erano così morbidi e le sue guance così luminose che i tre amici potevano solo adorarla con gli occhi spalancati.

Nelle settimane seguenti, Formichiere sbagliò a scrivere il suo nome. Coniglio si dimenticò le parole di *Twinkle, Twinkle, Little Star*. Quando Gallo dovette leggere ad alta voce *La piccola casa nella prateria* inciampò sulla parola "ermafrodita". La signorina Scott restituì i compiti di storia che la classe aveva fatto la settimana precedente, e i tre amici presero tutti una F. F come fallimento. Contribuirono ad abbassare il minimo dei voti al punto che persino Facocero prese una C. Durante l'intervallo nessuno li picchiava più.

L come Libertà.

Per dimenticarsi matematica e scienze, lettura e geografia, Gallo e i suoi amici dovevano lavorare il doppio. Arrivavano a scuola con la faccia sporca per dimostrare di aver trascurato l'educazione igienico-sanitaria. Ignoravano il vigile sulle strisce pedonali per dimostrare di non aver imparato la lezione di educazione civica. Stavano scomposti, per prendere un brutto voto in postura.

Avevano l'insufficienza in tutte le materie. Il piano di Gallo stava funzionando alla perfezione. E la sola cosa che dovevano fare, secondo la sua proposta, era farsi bocciare in quinta. E non una volta sola, bensì tre o quattro. Che gli altri – Facocero, Colibrì, tutti i bulli e le compagne ridacchianti – passassero pure in sesta e poi in settima. Nel giro di qualche anno, Gallo, Coniglio e Formichiere sarebbero stati dei giganti, fisicamente, e avrebbero torreggiato tra i nuovi compagni. Per il resto della loro carriera scolastica sarebbero stati i capi della classe, i capitani delle squadre sportive, i re del ballo. E non sarebbero stati solo più grandi e grossi, ma anche brillanti, più brillanti e benevoli di qualsiasi altro eroe scolastico dalla notte dei tempi. Avrebbero avuto la potenza muscolare, la coordinazione fisica, ma anche la saggezza di chi era stato oppresso. Intanto, si sarebbero rilassati e si sarebbero goduti per altri quattro anni le attenzioni della premurosissima signorina Scott.

Sapevano che farsi bocciare era umiliante solo se si veniva bocciati da soli. Tornando a casa, il pomeriggio della sconfitta nella gara di spelling – con il rumore del dizionario che colpiva Delfino alla nuca ancora echeggiante nelle orecchie –, i tre amici si erano sputati nel palmo della mano e avevano giurato tre volte di farsi bocciare insieme. Alla fine avrebbero potuto avere successo, ma solo se si fossero fatti bocciare in gruppo. Inoltre, non avrebbero dovuto parlare con anima viva del loro piano. Fu Coniglio a trovare il nome di Fail Club.

«La prima regola del Fail Club» disse Formichiere «è che non si parla del Fail Club.»

Mettere in atto il loro piano fu più difficile del previsto. Innanzitutto, dovettero disintossicarsi dalle lodi. I sintomi dell'astinenza furono terribili, ma se uno dei tre aveva la tentazione di fare esperimenti con gli attrezzi di chimica o di rileggere la *Repubblica* di Platone gli bastava telefonare agli altri che lo avrebbero aiutato a superare l'impulso negativo. Guardare la televisione per ore sembrava sortire un buon effetto, ma ci volevano grandi capacità intellettuali per mostrarsi così stupidi. Fortunatamente, Formichiere trovò una scorciatoia. Mentre andavano a scuola, una mattina, si imbucò in un vicolo e fece cenno a Gallo e a Coniglio di seguirlo. Dove nessuno poteva vederli, Formichiere si guardò intorno con cautela e infilò una mano in una tasca della giacca, da cui estrasse un sacchetto di carta marrone appallottolato, che poi dispiegò. Al suo interno c'era soltanto un tubetto di mastice.

Formichiere tolse il tappo al tubetto e lo spremette, riempiendo il sacchetto di vermiciattoli viscosi di colla lattiginosa. Quindi, vi gettò dentro anche il tubetto – avevano intenzione di diventare idioti, non di lasciare in giro rifiuti – e si portò l'apertura del sacchetto davanti al naso e alla bocca. Gli occhi di Formichiere rimasero scoperti, fissi su Coniglio e Gallo, mentre lui sgonfiava e gonfiava il sacchetto come un palloncino. L'unico rumore che si sentiva, nel vicolo, era quello del sacchetto che si accartocciava e il pesante inspirare ed espirare di Formichiere. Dopo un po', con gli occhi lucidi, porse il sacchetto a Gallo.

La colla odorava di banane con qualche ammaccatura marcia. I risultati prodotti dall'inalazione di quei vapori furono strepitosi! Ora non si limitavano più a comportarsi da idioti: i membri del Fail Club lo erano veramente! Il Metodo della Colla – così lo chiamavano loro – non durava per sempre, ma sotto il suo effetto Coniglio non riusciva neanche a tenere la matita in mano, Formichiere si addormentava sul banco e Gallo si pisciava addosso. Quest'ultimo propose di rubare della vodka dal frigorifero di casa, e la magica combinazione di colla e vodka offrì ai tre amici un'ignoranza superiore a quella che mai avrebbero sperato di ottenere. Prima delle vacanze di Natale erano già stati spostati nel corso di recupero di lettura. A Pasqua avevano disimparato ad allacciarsi le scarpe.

La signorina Scott, carina, sempre premurosa, stava quasi sempre con loro. Li coccolava e li elogiava anche se non facevano altro che aprire un giornaletto. Quando i lividi di Gallo non erano ancora svaniti, gli domandò più volte: «Dimmelo, per favore: qualcuno ti ha picchiato?». Un giorno fermò Formichiere e gli domandò: «In che modo Gallo si è fatto male?». Non avevano pensato a concordare una risposta, e la colla di certo non aiutava. Formichiere disse che era caduto dallo scivolo del cortile. Coniglio disse che aveva subito un placcaggio violento durante una partita di football. Alla fine la maestra accompagnò Gallo in segreteria, dove l'infermiera scattò tre fotografie di lui con la signorina Scott che gli cingeva le spalle con un braccio. Anche se le labbra spaccate gli facevano male, Gallo sorrise. Era raggiante, innamoratissimo della maestra.

Nessuno li picchiava più. Nessuno li derideva o li additava. Nessuno faceva più neanche caso a loro. All'inizio non fu facile essere invisibili. Ma ci volle poco. Gallo continuava a sognare di studiare giurisprudenza. Avrebbe superato l'esame di avvocatura a pieni voti e avrebbe dibattuto con passione nei tribunali in difesa degli oppressi e delle vittime dell'ingiustizia. La scuola doveva aver mandato una lettera di avvertimento a casa – l'opposto di una bella pagella – perché la madre e il padre di Gallo, una sera, lo tennero a tavola dopo cena. Il padre, con un gran sospiro, gli domandò: «Allora, giovanotto, che cosa succede?».

Il telefono in cucina si mise a squillare, e la mamma di Gallo si alzò da tavola per andare a rispondere. Attraverso la porta della cucina, Gallo la vide sollevare la cornetta e dire: «Buonasera» con una voce improvvisamente serena. «Un momento, prego» disse, premendosi la cornetta sul petto come se stesse facendo un giuramento di fedeltà. Rivolta al padre di Gallo, disse: «È Criceta».

Il padre di Gallo, dopo aver ascoltato per un po', disse all'interlocutrice: «Come responsabile dell'ufficio di consulenza legale, vi consiglio di liberarvi immediatamente di quel formaggio...».

A tavola, la madre di Gallo lo guardò con occhi preoccupati e cerchiati di rosso e disse: «I tuoi voti non c'entrano». Si mordicchiò il labbro inferiore. «Sappi che noi ti vogliamo bene a prescindere.»

In cucina, il padre di Gallo disse: «Non è il caso di rischiare di causare una salmonellosi, tanto più che se la nostra compagnia di assicurazione viene a saperlo si rifiuterà di coprire i danni con la scusa della negligenza». Riagganciò e tornò in sala da pranzo. Gallo dovette impiegare tutta la stupidità abilmente acquisita per non capire la preoccupazione dei genitori, ma suo padre disse: Niente Televisione finché i voti non migliorano. Poi venne il momento di Niente Telefono. Infine, Niente Divertimenti. Prima della fine dell'anno, Gallo, Formichiere e Coniglio dormivano in stanze spoglie senza più manifesti colorati alle pareti e neanche la musica della radio: nulla che potesse distrarli dagli studi tanto trascurati.

La signorina Scott trattenne Gallo dopo la lezione, un venerdì, e lo implorò di dirle che cosa c'era che non andava. Perché era diventato il peggiore della classe? Glielo domandò con una voce così addolorata che Gallo si mise a piangere. Pianse tanto, come quando Facocero lo aveva picchiato. La vista dell'espressione affranta della signorina Scott era persino peggio dei calci e dei pugni. Gallo pianse fino a farsi sanguinare il naso, finché non ebbe gli occhi cerchiati come Procione. Ma sebbene la signorina Scott lo abbracciasse, piangendo a sua volta, anche così Gallo poté dire soltanto: «Non posso dirglielo. Ho giurato di non parlarne con nessuno».

Il lunedì successivo, un giudice del tribunale civile emanò un'ingiunzione, e Gallo fu sottratto alle cure della famiglia e dato in affido a una struttura sociosanitaria per permettere agli assistenti sociali di condurre un'indagine sul caso. Il mercoledì, anche Formichiere e Coniglio furono dati in affido.

Gallo disse a se stesso: "Questi processi sono un problema a breve termine". Gallo riunì i compagni e disse loro: «Il nostro successo futuro giustifica le attuali, temporanee avversità». Potevano contare sulla reciproca solidarietà, disse. Godevano delle amorevoli cure della signorina Scott. Di lì a pochi anni sarebbero stati i padroni della scuola; essendo i più grandi di tutti, avrebbero fatto il bello e il cattivo tempo nei corridoi e in cortile. I tre stavano soffrendo ora affinché i loro più piccoli compagni futuri non subissero angherie e umiliazioni.

Un giorno Gallo sarebbe stato un avvocato; Coniglio un neurochirurgo; Formichiere un ingegnere astronautico. E avrebbero comprato ai rispettivi genitori una grande casa in campagna e un aereo privato. Avrebbero raccontato, a quel punto, del loro patto segreto del Fail Club, e si sarebbero fatti tutti delle grandi ghignate. I loro genitori li avrebbero amati e ammirati ancora di più per la lungimiranza e la dedizione di cui i tre amici avevano dato prova quando erano solo in quinta elementare.

Sniffare la colla aiutava. Se Gallo sniffava abbastanza intensamente, la mente gli ribolliva e sfrigolava come un grumo di plastica surriscaldato. Affondava la faccia in un sacchetto di carta marrone e inalava fino a sentirsi i vermi sottopelle e a leggere nel pensiero degli sconosciuti. Un sabato pomeriggio Gallo decise di divertirsi e si mise a seguire Formichiere. Lo pedinava a un paio di isolati di distanza, nascondendosi dietro le siepi o acquattandosi dietro i bidoni della spazzatura per non farsi scoprire. Così facendo, arrivò fino alla biblioteca pubblica. Quando vide che l'amico ci s'imbucava circospetto, il sangue cominciò a ribollirgli per la rabbia. Pensò che Formichiere volesse tradirli. Stava facendo dei compiti per avere qualche credito in più, e alla fine dell'anno sarebbe stato promosso in sesta, abbandonando lui e Coniglio alla vergogna della bocciatura!

Gallo andò da Coniglio per rivelargli il tradimento. Lo cercò dappertutto: alla struttura cui era stato affidato, nel vicolo, dietro il cassonetto della scuola elementare, ma Coniglio pareva introvabile. Un orribile scenario prese forma nella sua mente di plastica bruciata, ma respinse l'idea. Quando la rassegnazione sopraffece la paura, Gallo andò al Museo di Storia Naturale. E lì trovò Coniglio che non solo stava studiando un reperto dell'antico Egitto ma, peggio ancora, aveva in mano una matita e un blocchetto, e prendeva appunti.

Gallo, l'ideatore del Fail Club, era moralmente distrutto. Sarebbe stato bocciato e avrebbe rifatto la quinta da solo. I suoi amici, che avevano anche loro subito tanti maltrattamenti, erano dei traditori. Che vigliaccheria! Il loro egoismo avrebbe condannato le future leve di bambini di dieci anni alla stessa sorte di angherie e sofferenze. Come avevano fatto presto a dimenticare... Lui però era determinato a rinfrescar loro la memoria.

Il lunedì, sporgendosi verso gli amici, Gallo propose sottovoce: «Perché in pausa pranzo non andiamo a sniffare un po' di colla dietro il cassonetto?».

Ingenuamente, gli altri due accettarono. Non appena furono riuniti nel luogo convenuto e il sacchetto di carta con la colla fu pronto per la sniffata, Gallo diede generosamente la precedenza agli amici. Quando Coniglio e Formichiere erano strafatti come si deve, con gli occhi dilatati e le labbra rilasciate e sbavanti, Gallo li affrontò a muso duro: «Vi ho scoperto!» gridò. Saltò addosso ai due amici inerti, prendendo Formichiere a ginocchiate e riempiendo di pugni Coniglio. Intanto urlava: «In biblioteca, eh? Al museo, eh?». Gridò: «Mi dovete delle spiegazioni!». I due erano così rovinati dai vapori tossici della colla che Gallo poté picchiarli e calpestarli senza incontrare la minima resistenza.

Finita la pausa pranzo, mentre la signorina Scott stava per mettersi a piangere alla vista del naso rotto di Formichiere e delle orecchie lacerate di Coniglio, i due presero posto al tavolo di lettura e le dissero di non preoccuparsi. «Sono rotolato giù dalle scale» disse Formichiere. «È il prezzo che si paga quando non ci si cura abbastanza del prossimo.»

Coniglio disse: «È colpa della mia goffaggine. Perdere le orecchie non è nulla se in cambio si guadagna un futuro radioso».

Per poter occuparsi meglio degli amici, Gallo andò dalla signorina Scott e la implorò di mettere una buona parola affinché loro tre fossero assegnati tutti alla stessa struttura. La signorina Scott si fece latrice della sua richiesta, e di lì a poco Gallo, Coniglio e Formichiere si ritrovarono a condividere la stessa stanza da letto, lo stesso bagno, lo stesso sacchetto di carta marrone. Nessuno aveva più la tentazione di andare in biblioteca o in visita al museo. Appesero un calendario alla parete della loro stanza e presero a contare i giorni che mancavano alla fine dell'anno scolastico. Dimenticarono la differenza tra Idaho, Iowa e Ohio. Dimenticarono la differenza tra "ripugnante" e "repellente". L'obiettivo di gran lunga più difficile che si erano proposti era stato quello di non dimostrarsi all'altezza del loro enorme potenziale, ma riuscirono coraggiosamente a vincere la sfida. Non fu facile, ma si fecero bocciare. Ai corsi di riparazione estivi furono costretti a lavorare il doppio per non fare nessuno sforzo.

L'ultimo giorno della scuola estiva, la signorina Scott aprì i cassetti della cattedra e ne prelevò fotografie... ricordi... oggetti vari, che poi mise in uno scatolone di cartone. Quando la cattedra fu svuotata e lo scatolone riempito, la maestra guardò i tre bambini nella classe altrimenti deserta e disse: «Mi mancherete, l'anno prossimo».

"Abbiamo fallito il nostro obiettivo di farci bocciare" disse Gallo tra sé. Nonostante i loro peggiori sforzi, li avrebbero promossi. Avevano perduto il loro prestigio, le loro famiglie, il loro tempo, e alla fine sarebbero stati promossi alla classe successiva, dove sarebbero stati al livello più basso della gerarchia studentesca. Ah, che corruzione! In quel momento, la rabbia di Gallo superò l'amore per la maestra. Se fosse stata minimamente sensibile, non li avrebbe mai promossi. Per Gallo la situazione era chiara: la signorina Scott stava semplicemente rifilando il problema a un'altra insegnante. Li stava scartando. Gli salì il sangue agli occhi, e il suo corpo si tese come un pugno pronto a colpire. Gallo urlò: «Puttana!».

Formichiere e Coniglio lo fissarono. Anche la signorina Scott lo fissò.

«Come può promuoverci in sesta?» domandò Gallo. «Questa sarebbe un'istruzione sufficiente, secondo lei?» Pur avendole voluto tanto bene, corse alla cattedra e scaraventò a terra lo scatolone. Sparpagliò le fotografie e i ricordi sul pavimento e poi iniziò a calpestare ogni cosa, strappando e rovinando tutto. Intanto gridava: «Stronzo, merdosissimo e stupido gioco da fighette del cazzo!».

Dopo aver distrutto ogni cosa, Gallo aspettò, sudato e ansimante, che gli si rispondesse.

La signorina Scott non pianse. Nessuno pianse. Era un passo avanti, se così si può dire.

«Non sarete promossi» disse la maestra. Senza neanche tentare di recuperare le cose ormai rovinate, la signorina Scott prese la giacca dalla spalliera della sedia e, infilate le braccia nelle maniche, si abbottonò. Aprì un cassetto del suo armadietto e prese la sua borsa. «Ho avuto tre studenti bocciati, nonostante io ci abbia messo tutto il mio impegno» disse, aprendo la borsa e pescandovi un portachiavi. «Per questo sono stata licenziata.» Lasciò le cose irrimediabilmente sciupate sotto i piedi di Gallo, raggiunse la porta, l'aprì e uscì, scomparendo definitivamente dalla loro vita.

Invece di passare in sesta, Gallo, Coniglio e Formichiere passarono alla marijuana. Erano diventati bravissimi a essere stupidi, e il secondo anno di quinta trascorse molto più tranquillamente. I tre non impararono nemmeno il nome della loro nuova maestra. Tornarono a casa, dalle rispettive famiglie. Perseverarono.

Alla fine di quell'anno, invece di passare in sesta, passarono alle pillole antidolorifiche. Erano giganti di dodici anni che torreggiavano sui bambini di due anni più piccoli. A quel punto parevano goffi, troppo grandi, grossi e scemi, per stare tra quei piccoletti. Nessuno li trattava da eroi; nessuno, anzi, riservava loro anche solo un briciolo di rispetto finché un giorno, dopo aver sbagliato a compitare *receipt* in una gara di spelling, Gallo sentì Gnu che ridacchiava. All'intervallo, Gallo, Coniglio e Formichiere si presentarono in cortile e a turno presero a pugni la faccia piangente di Gnu. Inutile dire che Gnu non disse nulla, anche perché se l'avesse fatto... che importanza avrebbe avuto? Una nuova bocciatura in quinta non era certo una cosa di cui quei tre avessero timore, e per rinforzare la loro stupidità andarono a rollarsi una canna in un angolo. Se la fumarono e, ridacchiando, parlottarono di quel che si sarebbero comprati non appena fossero diventati ricchi. Quando Gallo si sdraiò per terra, sentì una cosa appuntita premergli contro la schiena. Allungò una mano e trovò un oggetto: una specie di statuetta, una figurina con la corona... gli ricordava qualcosa, ma non la riconobbe. Gallo mostrò la statuina a Coniglio e a Formichiere, ma quelli scossero la testa. Nessuno aveva idea di che cosa potesse essere. Coniglio, dopo averla leccata e mordicchiata, disse che quella statuina era di plastica nera. Formichiere propose di bruciarla e a questo scopo estrasse un fiammifero da cucina. Quando la piccola corona prese fuoco fece una fiammella azzurrognola e tremolante che esalava un odore di feci e capelli strinati. Qualunque cosa fosse, quell'oggetto produceva una spirale di fumo acre, e quei tre, d'istinto, si sporsero in avanti per inalarla.

Riporto

Hank è lì, un piede piantato davanti all'altro, con tutto il peso appoggiato sul piede più arretrato. Si abbassa sulla gamba d'appoggio, accucciandosi, il ginocchio piegato, con il busto, le spalle e la testa in torsione e il più possibile ritratti rispetto al piede più avanzato. Nel momento dell'espirazione, la gamba che si trova più indietro si tende di scatto, e l'anca si protende per slanciare tutto il corpo in avanti. Il busto ruota per proiettare in avanti una spalla. La spalla trascina il gomito. Il gomito trascina il polso. Tutto il braccio traccia una parabola, fendendo l'aria più veloce di una frusta. Ogni muscolo di Hank spinge in avanti quella mano che, proprio quando si ha l'impressione che lui debba cadere faccia a terra, lascia la palla. Una palla da tennis, di un giallo sgargiante, che vola fulminea come un proiettile di pistola, alzandosi fin quasi a scomparire nel cielo azzurro, tracciando un arco giallo alto fino al sole.

Hank lancia con tutto il corpo, alla maniera in cui un uomo dovrebbe lanciare. Il labrador da riporto di Jenny parte saltellando all'inseguimento della palla da tennis, una macchia nera che sfreccia verso l'orizzonte, aggirando le lapidi, dopo di che torna indietro sempre saltellante e, scodinzolando, lascia cadere la pallina ai miei piedi.

Per lanciare la pallina io uso solo le dita. Magari un po' anche il polso. Ho dei polsi scheletrici. Nessuno mi ha mai insegnato a far meglio, perciò il mio lancio rimbalza contro la prima fila di lapidi, va a sbattere contro una cappella di famiglia, rotola per un tratto nell'erba e scompare dietro un cippo funebre, mentre Hank sorride guardandosi i piedi. Scuotendo la testa, dice: «Bel lancio». Dalle profondità del petto recupera un bolo catarroso e sputa il verdone nell'erba tra i miei piedi nudi.

Il cane di Jenny resta lì, un incrocio tra un labrador nero e uno stupido, a guardare la padrona. Jenny guarda Hank. Hank guarda me e dice: «Che cosa aspetti, ragazzo? Va' a prenderla». Hank gira la testa verso il punto in cui la palla da tennis è scomparsa, smarrita tra le lapidi. Hank parla con me nello stesso modo in cui Jenny si rivolge al cane.

Jenny si rigira una ciocca dei suoi lunghi capelli tra le dita di una mano, guardando al di là di noi, verso il punto del parcheggio deserto in cui Hank ha lasciato l'auto. La luce del sole le attraversa la gonna e, siccome non porta la sottoveste, si vede la forma delle gambe fino alle mutande. Dice: «Ti aspettiamo, giuro».

Le date sulle tombe più vicine non sono mai meno antiche del 1880 circa. A occhio, il mio lancio sarà arrivato tra quelle del 1930 o giù di lì. Il lancio di Hank, invece, doveva essere arrivato fino alle tombe degli stupidi Padri Pellegrini arrivati sulla stupidissima *Mayflower*.

Sono scalzo e, al mio primo passo, sento qualcosa di umido sotto la pianta di un piede, qualcosa di umido e viscido, ancora caldo. La scatarrata di Hank mi si sparge fino alle dita, ragion per cui strofino il piede sull'erba per ripulirlo. Alle mie spalle, Jenny ride mentre trascino quel piede su per il pendio verso la prima fila di tombe. Ci sono mazzi di rose di plastica a terra. Piccole bandiere americane che sventolano. Il labrador nero mi precede di corsa, annusando i morti, le macchie marroni sul terreno, aggiungendoci il suo piscio. La palla da tennis non è dietro le tombe del 1870. Neanche dietro quelle del 1860. Nomi di gente morta che si propagano in ogni direzione. Cari mariti. Mogli adorate. Madri e padri amatissimi. I nomi si estendono a perdita d'occhio, e il cane di Jenny lascia su di essi, su questo esercito di morti che giacciono sotto di noi, uno schizzo.

Metto un altro passo, e il terreno esplode, l'erba rasata pullula di mine antiuomo che spruzzano acqua gelida, innaffiandomi i jeans e la maglietta. Ordigni nascosti di freddo gelido. Gli irrigatori sotterranei del prato lanciano spruzzi di acqua, colpendo le mie palpebre chiuse, inzuppando e appiattendo i miei capelli. Acqua fredda che mi colpisce da ogni lato. Alle mie spalle risuonano delle risate. Hank e Jenny ridono così tanto che si appoggiano l'uno all'altra per sostenersi, anche loro con i vestiti bagnati che si appiccicano alle tette di Jenny e le mettono in evidenza l'ombra del boschetto. Cadono sull'erba, sempre abbracciati, e le risate s'interrompono quando le loro bocche bagnate si congiungono.

Devono essere i morti che ci ripisciano addosso. Il modo gelido in cui la morte può colpirti a mezzogiorno in una giornata di sole, proprio quando non te lo saresti mai aspettato.

Lo stupido labrador di Jenny abbaia e cerca di azzannare gli zampilli d'acqua, mordendo l'irrigatore più vicino. Veloci com'erano spuntati, gli irrigatori automatici tornano a sprofondare nel terreno. La mia maglietta è zuppa. L'acqua mi gronda sulla faccia dalla zazzera impregnata. Bagnati fradici, i jeans sembrano rigidi e pesanti come cemento armato.

A meno di due tombe di distanza è posata la pallina, al piede di una lapide. Una lapide che non è coperta di polvere né di muschio. Da poco scolpite nel granito le parole "Caro marito", il nome "Cameron Hamish" e la data dell'anno in corso. Un poveraccio morto da poco. Puntando il dito, dico al cane: «Prendila». L'animale si avvicina alla palla, la annusa, ringhia e poi senza raccoglierla torna da me. Ci vado io, allora, e mi chino a raccogliere quella sorta di peluche giallo fradicio. Dico alla lapide: «Scusa il disturbo, Cameron. Continua pure a far da cibo per i vermi». Stupido cane.

Quando mi volto per lanciare di nuovo la pallina a Jenny, vedo che il pendio erboso sottostante è deserto. Ai piedi del pendio si estende il parcheggio, anch'esso deserto. Niente Hank né Jenny. Niente auto di Hank. Solo una pozza di olio colato dal motore, oltre alle due file di doppie tracce dei loro piedi umidi che s'interrompono nel punto in cui era parcheggiata.

Con un gran lancio ogni singolo ed esile muscolo del mio braccio si tende, scaraventando la pallina in discesa verso il punto in cui Hank aveva sputato. Dico al cane: «Riportamela» e quello resta lì a guardarmi. Sempre trascinando un piede, mi avvio giù per la collinetta, finché non sento le dita dei piedi di nuovo calde. Piscio di cane, stavolta. Nel punto in cui mi trovo, l'erba sembra ispida. Morta. Alzo gli occhi e vedo che la pallina è accanto a me, come se fosse rotolata in salita. Mi guardo intorno, e il cimitero pare deserto, se si escludono le migliaia di nomi incisi nella pietra.

Lancio di nuovo la pallina giù per la discesa. Dico al cane: «Riportamela». Il cane mi guarda e non si muove, ma la pallina da lontano torna verso di me, sempre più vicina. Risale il pendio. Si muove in salita.

Sento un bruciore a un piede: sono i graffi e le vesciche irritati dal piscio di cane. L'altro piede ha le dita appiccicate dal catarro grigio e schiumoso di Hank. Le mie scarpe sul sedile posteriore della sua auto. Lontane. Io, scaricato lì a fare da balia allo stupido cane di Jenny, mentre lei se n'è andata.

Riprendo il cammino tra le tombe, trascinando un piede per pulirlo sull'erba. Al passo successivo trascino anche l'altro, lasciando una doppia traccia di erba appiattita sul prato fino al parcheggio.

Alla pallina da tennis, ora, il cane non si avvicina neanche. Nel parcheggio mi fermo in piedi accanto alla chiazza d'olio e lancio nuovamente la pallina da tennis, con tutte le mie forze. La palla rotola indietro, per poi tracciare delle spirali intorno a me sul cemento rovente e grigio, costringendomi a girarmi per guardare. La pallina gialla mi vortica intorno fino a farmi venire un capogiro. Quando si ferma ai miei piedi, la prendo e la lancio di nuovo. Questa volta, per tornare da me, compie una deviazione, percorrendo un tratto contro la pendenza, sfidando la Legge di Gravità. La pallina rotola poi nella chiazza d'olio lasciata dall'auto di Hank, impregnandosi di quella schifezza nerastra. Tutta sporca, la pallina rotola vicino ai miei piedi nudi. Gira in tondo, rimbalza, torna indietro, lasciando una traccia nera sulla superficie grigia del parcheggio, e poi si ferma. Una pallina da tennis ormai nera, tonda come il punto al termine di una frase. Un puntino alla base di un punto esclamativo.

Lo stupido labrador si scuote, troppo vicino, investendomi di spruzzi d'acqua canina uscita dalla sua pelliccia fradicia. La puzza di cane umido e le macchioline di fango mi si appiccicano dappertutto, sui jeans e sulla maglietta.

La traccia nera e unta della pallina forma delle lettere. Lettere in corsivo che compongono parole sull'asfalto del parcheggio, scrivendo: "Aiuto! Per favore!".

La palla ritorna verso la chiazza di olio, impregnandosi di nero, per poi riprendere a rotolare scrivendo, a caratteri grandi e tondeggianti: "Salvala".

Mi chino per raccoglierla, e la pallina da tennis, con qualche piccolo rimbalzo, si allontana di alcuni passi. Faccio un passo anch'io, e la pallina si allontana ulteriormente, raggiungendo il margine del parcheggio. Io la seguo, e quella continua a rimbalzare per poi bloccarsi di colpo, come se si fosse incollata alla strada, invitandomi a uscire dal cimitero. L'asfalto scotta e mi ferisce la pianta dei piedi nudi, ma la seguo, saltellando da un piede all'altro. La palla fa da guida, lasciando una serie di puntini neri sulla strada, come le impronte lasciate in precedenza da Hank e Jenny, che terminavano nel nulla. Il labrador nero mi segue. Passa l'auto di uno sceriffo, senza rallentare. Allo stop, dove la via del cimitero incrocia la strada della contea, la pallina si ferma e aspetta che io la raggiunga. A ogni rimbalzo la traccia lasciata dalla pallina diventa più lieve. Io non provo particolari sensazioni, ma sono irresistibilmente attratto in avanti da quella scena incredibile. La palla smette di rimbalzare e si blocca. Un'auto ci segue, procedendo alla nostra stessa velocità. Si sente il suono di un clacson, e io mi volto: al volante c'è Hank, e sul sedile accanto a lui c'è Jenny. Abbassando il finestrino, Jenny si sporge con la testa, lasciando penzolare i lunghi capelli fuori dalla portiera e dice: «Sei impazzito? Sei fuori?». Jenny protende un braccio verso il sedile posteriore e poi torna a sporgersi dal finestrino, con le mie scarpe in mano. Dice: «Per l'amor del cielo, guarda come sono ridotti i tuoi piedi...».

A ogni passo, i miei piedi scorticati si lasciano dietro impronte rosse, di sangue, sempre più consistenti, orme di sangue impresse sulla strada che segnano il mio tragitto dal parcheggio del cimitero. Fermatomi in quel punto, mi ritrovo in mezzo a una chiazza del mio stesso sangue e non sento i sassolini appuntiti e le schegge di vetro che ricoprono il ciglio della strada.

Un rimbalzo più avanti, la pallina da tennis attende.

Seduto al volante, Hank sposta indietro un braccio, sopra lo schienale del sedile accanto, e afferra la sicura della portiera posteriore tra due dita, dicendo: «Salta su». Dice: «Sali su 'sta cazzo di macchina, *sbrigati*!».

Jenny fa oscillare il suo braccio, lanciando le mie scarpe da tennis a metà tra me e l'auto, facendole cadere sulla ghiaia oltre il ciglio della strada. Le linguette e le stringhe penzolano all'esterno, attorcigliate.

Me ne sto lì, con i piedi neri come zoccoli di animale, o come scarpe della domenica, coperti di terra e di sangue secco, e non riesco a far altro che indicare la pallina da tennis... mentre dei grossi mosconi mi girano intorno... sennonché la pallina è lì ferma, immobile, senza la minima intenzione, a quanto pare, di condurmi da nessuna parte, bloccata sul ciglio della strada, accanto alla striscia d'asfalto dove cresce l'amaranto.

Hank dà un colpo al centro del volante, facendo un gigantesco frastuono con il clacson, seguito da un secondo colpo così forte che riecheggia all'orizzonte. Tutti i piatti campi di barbabietole da zucchero, tutti i campi coltivati intorno a me e alla loro auto sono investiti dal suono del potente clacson di Hank. Sotto il cofano dell'auto il motore sale di giri, i pistoni picchiano duro e le camme lavorano. Jenny si sporge dal suo finestrino e dice: «Non farlo arrabbiare». Dice: «Sali in macchina».

Un lampo nero mi passa accanto alle gambe, e lo stupido labrador salta a bordo approfittando della portiera tenuta aperta da Hank. Con il braccio girato indietro, lui richiude la portiera e ruota bruscamente il volante da un lato. Compiendo un'ampia inversione a U, il suo catorcio si allontana a tutta velocità, con la ghiaia che rumoreggia contro i cerchioni, mentre Jenny ha ancora una mano fuori dal finestrino. Dietro di loro, gli pneumatici di Hank lasciano una duplice traccia nera e fumante di gomma bruciata.

Li guardo andar via e poi mi chino a raccogliere le mie scarpe. E proprio in quel momento – *poc!* – qualcosa mi colpisce alla nuca. Mi massaggio il cranio e mi volto per vedere cos'è stato. Quella stupida pallina da tennis, già in movimento, si allontana rimbalzando nella direzione opposta a quella presa dall'auto di Hank.

Mi inginocchio per allacciarmi le scarpe e grido: «Aspetta!». Solo che la pallina continua per la sua strada.

Le corro dietro, gridando: «Va' piano!». La palla continua a rimbalzare, e rimbalza alta, procedendo parallelamente alla strada. All'incrocio con Fisher Road, in pieno salto, al culmine di un rimbalzo, la pallina svolta bruscamente a destra. Gira l'angolo a mezz'aria e si mette a rimbalzare lungo Fisher Road, mentre io arranco, più indietro. Superato il cimitero delle auto dove comincia Millers Road, la palla svolta a sinistra in Turner Road e comincia a seguire la riva dello Skinner Creek, in senso contrario a quello della corrente. Tenendosi a distanza dagli alberi, la pallina da tennis impregnata di olio e di terra vola avanti, sollevando una nuvoletta di polvere ogni volta che tocca terra.

Nel punto in cui due vecchi solchi di ruote lasciano la strada e tagliano in mezzo alle erbacce, la pallina cambia a sua volta direzione, cominciando a rotolare sul terreno. La pallina segue uno dei solchi di fango essiccato, cambiando direzione solo per aggirare le pozzanghere e le buche peggiori. Le stringhe delle mie scarpe, sciolte, frustano l'aria e le mie caviglie. Io ansimo nel tentativo di seguirla e ogni tanto, in mezzo all'erba alta, la perdo di vista, per poi rivederla quando riprende a saltellare. Vedo che rimbalza in un punto preciso, senza più avanzare, e la raggiungo, seguito dalle mosche.

Quindi, riprendendo a rotolare nel solco, la pallina mi conduce tra i pioppi neri che crescono lungo quella riva del torrente.

Di gente che fa la fila per darmi una borsa di studio non ce n'è, soprattutto dopo le tre grosse e grasse insufficienze che il professor Lockard mi ha rifilato in algebra, geometria e fisica. Sono quasi sicuro, però, che una pallina non può rotolare in salita troppo a lungo. Non esiste che una pallina da tennis ferma immobile in un punto all'improvviso si metta a saltare da sola. Anche se in fatto d'inerzia e quantità di moto so poco o niente, è impossibile che una pallina si metta a volare all'improvviso e mi colpisca in fronte o sulla nuca per attirare la mia attenzione ogni volta che mi distraggo.

Infilatomi tra gli alberi, dopo un passo devo fermarmi per permettere alla mia vista di adattarsi. Basta questa piccola pausa e – *poc!* – mi ritrovo una sudicia pallina da tennis stampata in faccia. Mi sento la fronte viscida e puzzolente di olio. D'istinto, sollevo le mani e inizio ad agitarle davanti alla faccia come si fa quando si vuole scacciare un calabrone così veloce da risultare invisibile. Sto scacciando il nulla, e la palla da tennis sta già saltellando più avanti, con tonfi ripetuti che si allontanano sempre di più nel bosco.

A piccoli balzi, la pallina arriva proprio in riva al torrente e lì si ferma. Nel fango, tra le due biforcazioni della radice di un pioppo nero, la palla resta immobile. La raggiungo, e quella fa un saltello, senza arrivarmi neanche all'altezza del ginocchio. Poi fa un secondo salto, arrivandomi ai fianchi. Poi salta di nuovo, fino alle mie spalle e poi fino alla testa, atterrando sempre nello stesso punto, e a ogni atterraggio scava un po' più a fondo nel fango. Saltando più in alto di dove io possa arrivare, fino alle foglie dell'albero, la palla crea una piccola buca, lì, tra le radici.

I versi degli uccelli, delle gazze, tacciono. Non vola una mosca e non si sente più neanche il ronzio dei cervi volanti. Non c'è un solo rumore, a parte quello della pallina e quello del cuore che mi batte in petto. Entrambi sempre più veloci.

Un altro rimbalzo, e la pallina urta un oggetto metallico. Non un suono acuto, bensì piuttosto un clangore sordo, come una pallina da baseball che sbatta contro la grondaia della vecchia casa del signor Lloyd, o come una pietra che rimbalzi sul tetto di un'auto parcheggiata in Lovers Lane. La pallina colpisce la terra con violenza, come attratta da una calamita, poi si ferma e rotola da un lato. E in fondo alla buca che ha scavato luccica un po' di ottone. Il metallo di un oggetto sepolto. Il coperchio d'ottone di un barattolo di vetro da conserva, di quelli in cui le mamme mettono la salsa di pomodoro per l'inverno.

Non c'è bisogno che la pallina da tennis mi dica altro. Scavo con le unghie nel fango e sento con le dita viscide il vetro del barattolo. La pallina aspetta. Io, lì inginocchiato, estraggo dal fango appiccicoso il barattolo sudicio dal diametro di una rapa d'alta qualità. Il vetro è così sporco che non riesco a capire che cosa lo renda tanto pesante.

Usando lo sputo, lo sputo e la mia maglietta ancora bagnata dagli irrigatori del cimitero e dal sudore, lo pulisco. Il coperchio sembra incollato, duro da aprire, gonfiato dalla ruggine e dal sudiciume. Sputo e strofino finché dall'interno del vetro non vedo risplendere qualcosa di dorato: monete d'oro, con le teste di presidenti morti e aquile in volo. Come succederebbe se si seguisse uno stupido folletto alla base di un arcobaleno – ammesso che uno creda a certe cagate – mi ritrovo in mano un barattolo di vetro da un litro circa, così pieno di monete d'oro che neanche fanno rumore. Non si muovono. L'unica cosa che fanno è brillare come i cerchioni in lega che mi comprerò per spingere fuori strada quella merda di auto a carbonella di Hank. Lucenti come il diamante che andrò a comprare per Jenny al Crossroads Mall. Ce l'ho qui, proprio tra le mani e... *poc!*

L'oro luccicante viene sostituito dalle stelle che vedo. L'odore dell'olio.

L'odore successivo, invece, è quello del mio naso rotto e sanguinante. Distrutto.

La pallina da tennis mi colpisce in faccia, rimbalzando feroce come un calabrone. Picchiando come un martello, la pallina mi arriva in faccia e io cerco di respingerla usando il pesante barattolo, proteggendomi gli occhi con i muscoli di un braccio doloranti per via del peso dell'oro. Il sangue mi cola dal naso a fiotti, spruzzato in giro dalle mie grida. Ruotando un piede nel fango viscido, mi lancio giù dalla riva del torrente. Come ti insegnano a fare nei boy scout quando si viene attaccati dalle vespe, mi butto in acqua e cammino fino a esserne completamente sommerso.

Sono sott'acqua e tra me e il cielo vedo la pallina che galleggia sulla superficie del torrente. Aspetta. Il pesante barattolo pieno di monete d'oro mi trattiene sul fondo, ma intanto, rigirandomi, con i polmoni pieni di aria, mi muovo verso monte. La corrente del fiume, intanto, trasporta la pallina verso valle. L'oro mi fa da zavorra, tenendomi sotto. Mi avvicino al punto in cui l'acqua è meno profonda e, non appena la pallina scompare alla mia vista, riemergo con la testa per prendere un po' d'aria. Faccio un gran respiro, e poi torno a immergermi. La palla, galleggiando e ballonzolando sul pelo dell'acqua, si è forse già allontanata di mezzo chilometro, difficile a dirsi, perché è nerissima di olio su quell'acqua profonda, ma sta forse seguendo la scia del sangue che mi esce dal naso nella direzione della corrente.

Quando l'aria incamerata torna a scarseggiare, mi alzo in piedi, per metà fuori dall'acqua, e raggiungo la riva, portandomi dietro l'oro e cercando di fare meno rumore possibile. Tiro su il sangue dal naso rotto. Volto indietro la testa e alla prima occhiata vedo che la pallina sta già nuotando controcorrente, lenta come un'anatra selvatica, al mio inseguimento.

Altra cosa impossibile, standο agli insegnamenti di sir Isaac Newton.

Stringendo con entrambe le braccia il barattolo pieno d'oro, mi arrampico sull'argine del torrente e, con l'acqua che mi esce dalle scarpe, m'infilo di corsa nel bosco.

A ogni passo, scivolo sul fango. Ogni volta che mi sbilancio un po' il barattolo accentua lo squilibrio rischiando di farmi cadere. Mi fanno male i polmoni, mi sento il torace come se fosse sfondato. Ogni volta che appoggio il piede a terra rischio di cadere faccia in avanti, e intanto stringo così forte al petto il barattolo che se dovessi cadere il vetro andrebbe in frantumi e mi si conficcherebbe nel cuore e negli occhi. Se scivolassi lì, morirei dissanguato, a faccia in giù in una pozza di fango, oro e schegge di vetro. Alle mie spalle, la pallina da tennis sfreccia tra le foglie, spezzando rami e rametti, con un sibilo da pallottola che ti sfiora nella giungla vietnamita in un film di guerra alla televisione.

Quando manca forse soltanto un buon rimbalzo prima che la pallina mi raggiunga, mi chino all'improvviso. Lì, il tronco marcio di un pioppo nero ha ceduto ed è crollato al suolo, e io ne approfitto per nascondere il barattolo di vetro tra le radici impregnate di torba, nella cavità fangosa in cui l'albero si è staccato da terra. L'oro, il mio oro, nascosto. La pallina, probabilmente, non se ne accorge perché continua a inseguirmi, mentre io accelero, saltando e facendomi strada con violenza tra cespugli e rovi di more, sollevando schizzi di acqua fangosa finché non raggiungo Turner Road. Le mie scarpe intaccano la ghiaia, e a ogni salto in lungo spruzzo acqua dai vestiti. L'acqua degli irrigatori del cimitero, cui si sono aggiunti il piscio di cane, l'acqua dello Skinner Creek e infine il mio sudore. La stoffa dei jeans mi sfrega le gambe, ruvida e dura per via della terra che le si è appiccicata. Io ansimo come un dannato, sul punto di vomitare entrambi i polmoni, sfatto, mentre dalle viscere risalgono bollicine rosa shocking.

A metà tra un passo e l'altro, nel momento in cui le mie gambe sono entrambe tese, una davanti e l'altra indietro, a mezz'aria, sento un colpo al centro della schiena. Perdo l'equilibrio, annaspo un attimo e recupero l'assetto, ma subito vengo colpito di nuovo, sulla spina dorsale, tra le scapole. Con la stessa durezza, vengo colpito una terza volta, alla nuca ora, come da un foul o da un lancio basso tipo softball. Veloce come una palla tesa colpita con la parte morbida di una mazza Louisville Slugger che ti prende in pieno, questo qualcosa mi colpisce ancora. La puzza di olio lubrificante. Con le stelle e le comete che mi sfrecciano davanti agli occhi, sono ancora in piedi e continuo a correre a più non posso.

Spompato, ansimante, accecato dal sudore, con i piedi che inciampano uno nell'altro, il qualcosa mi colpisce ancora una volta, sulla sommità del cranio, e a questo punto crollo. La pelle nuda di un mio gomito ara la ghiaia. Le mie ginocchia e la faccia s'immergono nella polvere sollevata dal mio tuffo. I denti mordono la terra che mi entra in bocca, e gli occhi mi si serrano. L'oggetto misterioso mi percuote le costole, mi picchia sui reni, mentre io sono lì che mi contorco a terra. Il qualcosa rimbalza, con violenza, per rompermi le braccia. Continua a rimbalzare, accumulando colpi, sempre più forti, trapanandomi l'addome, pestandomi sulle orecchie, mentre io mi rannicchio per proteggermi i testicoli.

Ben oltre il momento in cui potrei tornare indietro e mostrare alla palla dov'è nascosto l'oro, fin quasi al buio totale del KO, vengo picchiato. Pestato. Poi un gigantesco colpo di clacson mi riscuote. Un secondo colpo di clacson mi salva, così forte da produrre un'eco da qualche parte verso l'orizzonte, e tutti i pioppi neri e le alte erbacce della piana alluvionale intorno a me riverberano a causa del potente frastuono del clacson dell'auto di Hank.

La voce di Jenny dice: «Non farlo incazzare». Dice: «Sali in macchina e facciamola finita».

Io apro gli occhi, incollati dal sangue e dalla polvere, e la pallina è ferma accanto a me sulla strada. Hank ha accostato, in folle. Sotto il cofano il motore sale di giri, i puntali sferragliano, i pistoni vanno su e giù.

Alzo la testa verso Jenny e sputo sangue. Dalla bocca mi esce una bava rosa che cola sul mento, e con la lingua sento i denti sbeccati. Un occhio è così gonfio da non riuscire quasi ad aprirlo. Dico: «Jenny...». Dico: «Ti va di sposarmi?».

La palla da tennis lurida aspetta. Il cane di Jenny ansima sul sedile posteriore dell'auto. Il barattolo di vetro pieno d'oro, nascosto dove solo io potrò ritrovarlo.

Ho le orecchie rosse bollenti e ferite. Con le labbra spaccate e sanguinanti, dico: «Se riesco a vincere una partita a tennis con Hank Richardson mi sposi?».

Sputando sangue, dico: «Se perdo: ti compro un'auto, giuro». Dico: «Nuova di zecca, con i finestrini elettrici, il servosterzo, lo stereo e tutto quanto...».

La pallina da tennis è immobile, sulla ghiaia, e ascolta. Seduto al volante, Hank scuote la testa. «Affare fatto» dice Hank. «Ti sposerà di sicuro, fidati.»

Seduta accanto a Hank, la faccia incorniciata dal finestrino, Jenny dice: «È il tuo funerale». Dice: «E adesso sali in macchina».

Mi alzo in piedi, e poi mi chino per raccogliere la pallina da tennis. Al momento, non sembra altro che un oggetto di gomma pieno di aria. Inerte, nella mia mano è solo umida per l'acqua del torrente, morbida per via della polvere di ghiaia. Raggiungiamo in auto i campi da tennis dietro il liceo, dove non gioca mai nessuno, e le linee bianche appaiono sbiadite. Le recinzioni metalliche perdono ruggine, essendo state costruite tanto tempo fa. Nelle crepe del cemento crescono erbacce, e la rete del campo da tennis è un po' afflosciata al centro.

Jenny lancia in aria un quarto di dollaro, e tocca a Hank servire per primo.

La sua racchetta colpisce la palla così velocemente che neanche la vedo, spedendola in un angolo dove non potrei mai arrivare, e si aggiudica il primo punto. Idem con il secondo. E così per il resto del primo gioco.

Quando è il mio turno alla battuta, io avvicino la pallina alle labbra e le offro un accordo. La mia proposta. Se la pallina mi aiuta a vincere la partita – a conquistare Jenny – io l'aiuterò con l'oro. Se invece perderò con Hank, potrà anche pestarmi a morte, ma io non le dirò mai dove ho nascosto l'oro.

«Dài, batti» grida Hank. Dice: «Smettila di sbaciucchiare quella cazzo di pallina....»

La mia prima palla di servizio colpisce Hank, *sbem!*, in pieno nei coglioni. La seconda battuta gli mette fuori uso l'occhio sinistro. Hank mi rispedisce indietro la terza battuta, con un tiro veloce e radente, ma la pallina da tennis rallenta fin quasi a fermarsi e rimbalza esattamente davanti a me. A ogni mio servizio, la palla fila più veloce di quanto io potrei mai tirarla e fa saltare i denti a quello scemo di Hank. A ogni sua risposta, la palla devia verso di me, rallenta e rimbalza dove io possa colpirla con comodo.

Non sorprenderà, dunque, la mia vittoria.

Per quanto malconcio io possa apparire, Hank è messo peggio, con entrambi gli occhi gonfi e semichiusi. Le nocche gonfie e piene di croste. Zoppica per una serie di colpi ricevuti direttamente in mezzo alle gambe. Jenny lo aiuta a distendersi sul sedile posteriore dell'auto, in modo da poterlo accompagnare a casa. O in ospedale.

Le dico: «Anche se ho vinto, non sei costretta a uscire con me...».

E Jenny dice: «Bene».

Le domando se cambierebbe idea nel caso io fossi ricco. Super-ricco, addirittura.

E Jenny mi domanda: «Lo sei?».

Ferma, abbandonata sul campo da tennis pieno di crepe, la palla è rossa per il sangue di Hank. Si mette a rotolare, scrivendo a lettere rosse: "Lasciala perdere".

Io aspetto, a lungo, e poi scuoto la testa. No, non sono ricco.

Dopo che se ne sono andati, raccolgo la pallina da tennis e torno verso lo Skinner Creek. Da sotto le radici del pioppo nero caduto recupero il barattolo di vetro pieno di monete d'oro. Con il barattolo in mano, lascio cadere la pallina, che si mette a rotolare. E io la seguo. Rotolando in salita, violando tutte le leggi fisiche che il professor Lockard ha cercato di inculcarmi, la pallina va avanti a rotolare per tutto il pomeriggio. Rotola tra erbacce e sabbia, anche all'imbrunire. E per tutto questo tempo io la seguo, portandomi dietro quel barattolo simile a un tesoro dei pirati. Giù per Turner Road e poi per Millers Road, quindi a nord, lungo la vecchia strada maestra, e infine a ovest per sterrati senza nome.

Una gobba cavalca l'orizzonte, e il sole tramonta alle sue spalle. Mentre ci avviciniamo alla nostra meta, la gobba diventa un bitorzolo. Una baracca. Da vicino, la baracca è una casa circondata da riccioli di vernice staccatisi dal legno per via delle intemperie e ammassatisi a circondare le fondamenta in muratura. Così come la pelle morta si stacca dopo una scottatura. Le assi di legno nudo sono ricurve e deformate. Sul tetto le tegole bituminose sono ingobbite e increspate. Inchiodato alla porta d'ingresso, un foglio di carta giallo dice: "Notifica di sfratto".

La carta gialla, ulteriormente ingiallita dal sole al tramonto. L'oro nel barattolo di vetro, che brilla sempre più dorato in quella luce gialla.

La pallina da tennis continua a rotolare, risalendo il vialetto d'accesso. Saltella sui gradini di mattoni e va a sbattere contro la porta, con un rimbombo. Rimbalzando sulla veranda, la pallina urta di nuovo la porta. Dall'interno della casa giunge un rumore di passi, che scricchiolano ed echeggiano sul legno spoglio. Da dietro la porta chiusa con il cartello di "Sfratto" una voce dice: «Andatevene!».

Una voce di strega, rotta e ruvida come le assi di legno deformate. Una voce debole come i colori sbiaditi della vernice sfaldata a terra.

Io busso, dicendo: «Ho una consegna da fare, credo...».

Il barattolo di vetro che mi tende i muscoli sottili a mo' di fil di ferro, mentre le mie ossa stanno quasi per rompersi.

La palla da tennis va di nuovo a percuotere la porta, creando una specie di ritmo.

La voce della strega dice: «Se ne vada, la prego».

La palla rimbalza di nuovo contro la porta di legno, solo che adesso si sente un rumore metallico. Metallo che sbatte. Un clangore. Nella parte bassa della porta si allunga una finestrella incorniciata di metallo dorato su cui c'è scritta la parola "Lettere".

Mi chino e poi m'inginocchio. Svito il coperchio del barattolo di vetro e lo tolgo. Appoggio il bordo del barattolo contro la fessura sotto la scritta "Lettere", dopo di che lo inclino, agitandolo per svuotarne il contenuto all'interno della casa. Lì inginocchiato sulla veranda, verso l'oro attraverso la fessura nella porta. Le monete sbatacchiano e tintinnano, cadendo all'interno e mettendosi a rotolare sul pavimento nudo. Un patrimonio che si rovescia in un luogo a me invisibile. Quando il barattolo è vuoto, lo poso sulla veranda e inizio a scendere i gradini. Alle mie spalle la maniglia si muove, lo scatto di una serratura che gira, un chiavistello che scivola di lato. Cardini che cigolano, e uno spiraglio di buio interno compare su un lato dello stipite.

Dal buio interiore, la voce di strega dice: «La collezione di mio marito...».

La palla da tennis, appiccicosa per il sangue di Hank, rivestita di polvere, rotola ai miei piedi, seguendomi come il cane di Jenny segue Jenny. Mi tallona come io ero solito fare con Jenny.

La voce di strega dice: «Come hai fatto a trovarle?».

Dalla veranda la voce dice: «Conosci il mio Cameron? Cameron Hamish...».

La voce grida: «Chi sei?».

Io però non vedo l'ora di essere a letto. Dopo tutto quello che ho fatto credo che la palla da tennis sia in debito con me. Penso che forse questo signor Hamish mi farà diventare il numero uno al mondo tra gli imbroglioni del tennis.

Spedizione

> Per conoscere la virtù bisogna innanzitutto familiarizzare con il vizio.
>
> MARCHESE DE SADE

Anche chi visita per la prima volta Amburgo noterà un aspetto curioso della Hermanstrasse: un tratto della via è ostruito ai due capi. Non da singole barricate, no, bensì da doppie balaustre di legno alte quattro metri che chiudono il passaggio da un lato all'altro della strada, e con le balaustre più interne a circa sei metri da quelle esterne. I veicoli non possono passare, e le porte di legno si aprono solo per i pedoni maschi. Si tratta di porte a molla che si richiudono di colpo non appena vengono lasciate libere. Inoltre, le porte delle balaustre esterne corrispondono a quelle delle barricate interne, cosicché dall'esterno è impossibile vedere chiaramente all'interno del tratto bloccato e viceversa. Gli uomini sono qui menzionati espressamente, perché alle donne è sconsigliato oltrepassare quelle porte. La consuetudine vuole che solo gli uomini possano superare quelle barricate.

Per questa ragione, appena fuori dalla zona chiusa, si trova sempre una schiera di donne rabbiose, furibonde. Con le spalle curve e gli occhi a terra, se ne stanno ognuna per conto proprio, ben sapendo di essere oggetto della pubblica commiserazione. In Germania, queste donne sono chiamate *Schandwartfreierweiber*, traducibile grossomodo con "donne che aspettano vergognose i loro uomini".

All'interno di quelle doppie barricate c'è il quartiere a luci rosse di Amburgo, con prostitute di una bellezza spesso fuori dal comune che da entrambi i lati della via adescano gli uomini di passaggio. «*Hast Du eine Frage*» o «*Haben Sie Fragen?*». Le barriere servono a tener fuori gli innocenti, i moralisti e, in particolare, le donne rispettabili. Si ritiene, generalmente, che la presenza di una donna che non vende il suo corpo possa suscitare vergogna in quelle che lo fanno, e tutti meritano un certo grado di rispetto, o no? Tanto più, forse, le donne che hanno poco altro.

È una consuetudine non scritta. Non ci sono leggi che proibiscano alle donne rispettabili di entrare nel quartiere, ma i bambini della zona, i figli delle prostitute, hanno l'abitudine di riempire dei profilattici con l'urina. Bambini maschi, perlopiù, ma solo perché hanno le caratteristiche fisiologiche più adatte a riempire di urina quelle guaine. Chiudono con un nodo i palloncini così ottenuti – tiepidi, puzzolenti, precari, che siano di budello o di gomma – e li dispongono in fila dove il sole picchia più forte, in modo che il loro contenuto fermenti, diventando quanto più possibile schifoso. Lanciando quelle bombe disgustose, infradiciano le donne curiose, guardone e di certo impazienti, che si avventurano per la via alla ricerca di un marito o di un fidanzato che si è assentato troppo a lungo. Soprattutto interessante, comunque, è il fatto che sia proprio quella prole illegittima ad assumersi il compito di difendere l'onore delle madri disgraziate.

La consapevolezza dell'esistenza di questi palloncini, così fragili, così fetidi, così maneggevoli, e di bambini entusiasti all'idea di lanciarli tiene le *Schandwartfreierweiber* all'esterno delle balaustre, mentre i loro uomini, perlopiù turisti stranieri o gente di campagna, dopo aver assicurato: "Solo un'occhiata", "Un attimo solo, cara: sarebbe assurdo non andare a vedere com'è", se ne stanno via per un'ora o due. Per tutto il tempo richiesto da tali visite, insomma.

In tutte le città ci sono barriere del genere, tangibili o intangibili. Per preservare la dignità di chi è caduto in disgrazia e la sensibilità di tutti gli altri. Ad Amsterdam c'è De Wallen. A Madrid la Calle de la Montera, traversa della Gran Vía. Ed era proprio nell'omologo quartiere della sua città che Felix M. si avventurava più spesso di quanto sarebbe stato disposto a confessare anche a se stesso. Soprattutto a se stesso. Soprattutto perché era stato proprio in un luogo di ritrovo infimo come quello che suo padre era scomparso più di vent'anni prima. E a maggior ragione perché ora Felix M. aveva a sua volta un figlio, un bambino di dieci anni.

Felix M. aveva creduto che il fatto di avere un figlio, maschio, oltretutto, l'avrebbe aiutato a trovare l'equilibrio e a smettere quelle abitudini vagabonde, le interminabili e tortuose perambulazioni nei meandri di certi luoghi di perdizione assolutamente sconosciuti e invisibili alla coscienza comune. Ciò di cui non si può parlare, infatti, non esiste. E questi luoghi non vengono menzionati sui giornali di alto livello, che li ignorano deliberatamente, senza mai darne conto. Inesistenti. Forse proprio in ciò sta la loro grande attrattiva: l'idea che entrandoci si possa scomparire.

Non diceva esattamente una bugia quando, certe notti in cui si assentava dal letto coniugale, raccontava alla moglie che era stato convocato al lavoro per un'emergenza. No, lei non ci badava quasi quando lui si rivestiva al buio e la salutava con un bacio. Bisogna dire che sua moglie era intelligente e affascinante. Una persona molto stimata nella cerchia delle loro conoscenze. A differenza di molte donne, era più bella svestita che vestita, perché il suo corpo aveva conservato le forme di quand'era giovane, e il sole non le aveva mai rovinato la pelle, il che, per molto tempo, per alcuni anni almeno, era stato per lui più che sufficiente.

Quella notte, come tutte le volte che usciva, Felix non ebbe da percorrere che un breve tragitto per passare dal mondo esistente a quello inesistente. Una corsa in metropolitana. Attraversando la città buia, la velocità gli pareva esagerata, come accade a chi cammini nel senso del moto all'interno di un treno che viaggia a 80 chilometri orari. Sovrumano, quello sconsiderato precipitarsi in avanti.

Poco dopo era tra quei luoghi di ritrovo malfamati, gomito a gomito con gente che non esiste tra gli agi della luce del giorno e dell'industriosità umana. Incidenti e storie varie li avevano condannati, quei corpi segnati e quelle menti bacate, e Felix M. cercava, come aveva fatto Krafft-Ebing, di osservarli e di compilare una tassonomia delle circostanze che li avevano fatti sprofondare così irrimediabilmente. Un compendio, lo considerava lui, dei fallimenti umani. Un ritratto della spregevole società che lo aveva privato del padre. A questo scopo si muniva di penna e taccuino, che teneva nascosti, e con questi strumenti registrava brani più interessanti delle conversazioni che captava. In alternativa, una misera somma era sufficiente a comprare qualche pinta di una stigia birra scura capace di sciogliere la lingua anche al più riservato dei frequentatori del quartiere.

Come gli ingegneri sottopongono a prova la duttilità degli elementi in acciaio, così Felix si sforzava di individuare il punto di rottura proprio e altrui. Cercava di raccogliere, interrogando le persone, le storie che avevano scaraventato ognuna di esse in quella polvere.

Alla maniera di Darwin e Audubon, se ne stava in quei luoghi selvaggi, in quelle zone inabitabili, nelle rancide taverne in cui si bevevano alcolici e si fumava oppio, socializzando con quanti, a loro volta, coltivavano di buon grado quello sradicamento. Nella luce fioca, sulle pareti ombrose luccicavano grandiosi mosaici scintillanti di scarafaggi motallarici. Parassiti pelosi di tipo dimorfico percorrevano il pavimento sulle loro chele, invisibili sotto i tavoli e le sedie, talvolta sepassandosi sulle scarpe di Felix.

Lì prese posto, aprendo il taccuino su una pagina bianca, e si preparò a mietere le sventure dei presenti. Se le parole perfette non esistevano, Felix M. le creava di sana pianta. Inventava parole come se stesse approntando utensili per finalità completamente nuove. Poiché i suoni che udiva non erano identici a ciò che gli altri udivano, gli abbisognava qualcosa che andasse al di là della lingua standard, che vincolava ogni essere umano al passato e riduceva ogni nuova avventura a una minima variazione di episodi precedenti.

Per quanto squallido e scoraggiante potesse apparire, quello scenario stimolava la sua mente come nient'altro. Da ogni parte lo assediavano storie più emozionanti di quelle mai pubblicate da giornali e riviste, storie perturbanti di violenze morbose e di canaglie cui la legge non infliggerà mai la meritata punizione. Lì c'erano tragedie domestiche e familiari più catartiche delle opere più tristi di Dickens e Shakespeare. Lì il caos non portava all'illuminazione. Non c'erano lezioni da apprendere per quei perdigiorno nittottici e quei rimbambiti volmaritari. Tanto più, allora, a livello personale, queste storie davano a Felix M. una grande consolazione. Se la sua vita da impiegato e da marito non era l'ideale, in confronto a quelle poteva considerarsi un re.

Il libro che stava componendo non era un banale diario, no. Lui credeva che avrebbe attratto un vasto pubblico, perché non solo avrebbe offerto preziose lezioni in tema di perseveranza e determinazione, ma sarebbe servito anche da balsamo. Una vivida pornografia delle sofferenze altrui. Un tomo del genere, rilegato in marocchino, con le pagine dal bordo dorato, poteva essere compulsato da persone sedute in poltrone di velluto che sorbivano porto accanto a un confortevole caminetto acceso. Tutti questi piaceri da villette suburbane sarebbero stati enormemente accresciuti dall'infelicità descritta in quel libro. Le follie di quelle pagine avrebbero giustificato la tediosa e timida esistenza di impiegati di banca e bottegai.

I benestanti adoravano osservare nel dettaglio la condizione dei poveri. La gente morale bramava storie d'immoralità, tanto più se tali storie erano ammantate da uno spirito di riforma sociale. In tal guisa moralmente inattaccabile lui avrebbe pubblicato resoconti stuzzicanti degli eventi più spregevoli verificatisi nel mondo della prostituzione. I prezzi e le perversioni. Benché strutturata come un trattato progressista, la sua cronaca avrebbe contato più mostri e aberrazioni di tutti i baracconi da circo del mondo. Gli psicolabili. I deformi. Atti di sadismo bestiale e umiliazioni disumane, lui li avrebbe sfacciatamente esposti sotto gli occhi del lettore.

Sepolto più in profondità c'era il suo vero movente. Un segreto di cui Felix era solo vagamente consapevole.

Herr Nietzsche aveva solo di recente annunciato la morte di Dio. Se Felix fosse riuscito nel suo intento, la sua spedizione avrebbe dimostrato il contrario. L'esplorazione e la documentazione (non era, lui, forse un esploratore al pari di Mr Darwin?) avrebbero dimostrato il suo teorema.

Lui voleva che la sua opera non si limitasse alla meschina registrazione di una macabra esperienza, bensì fosse una prova. Una dimostrazione teologica inconfutabile. Alla stessa maniera in cui i matematici – quegli uomini brillanti capaci di distillare tutto il tempo e lo spazio servendosi di un gessetto – erano in grado di risolvere gli enigmi dell'esistenza con un'equazione, Felix sentiva di poter sintetizzare i misteri dell'eterno in un'unica frase.

Se i numeri potevano spiegare il mondo fisico, le parole avrebbero spiegato quello invisibile. Felix ci aveva scommesso la vita. E se la storia lo avesse ricordato come un idiota, ebbene, lui sarebbe stato solo uno tra molti miliardi. La storia poteva anche fare a meno di un uomo. Tutti gli uomini sono condannati a trascorrere la maggior parte della loro esistenza tra i morti.

La sua spedizione avrebbe anche potuto essere giudicata sbagliata, ma ciò era vero anche per i viaggi di molti altri. Quello di Mr Darwin, ad esempio. Quelli di Vasco da Gama e Ferdinando Magellano. Il fatto di essere marito, padre e impiegato in banca non gli impediva di lanciarsi in quella sua ricerca.

In modo empirico e indiscutibile – così come Henry Stanley aveva di recente ritrovato il dottor Livingston, da tanto tempo perduto – Felix sarebbe partito per andare a salvare Dio. In gorgo d'opera, la sua spedizione alla ricerca di Dio avrebbe condotto Felix nelle più tenebrose profondità del cuore umano.

A questo scopo, il suo taccuino era diventato un'enciclopedia di passi falsi ed errori. La compilazione di un ricettario per la perdizione perpetua. Sussidiario di tutto ciò che può accadere, il libro di Felix sarebbe stato utile alla salvezza di tanti esseri umani.

Quando gli orrori dell'effettiva sofferenza umana non bastavano, interveniva la sua immaginazione a fornire gli elementi più estremi, trasformando ciò che era soltanto scioccante in qualcosa di davvero agghiacciante. Non c'era profondità che egli non avesse sondato. Da nessun orrore aveva distolto lo sguardo. E in verità il suo libro era pronto. Quella notte era un semplice divertimento, un giro di pista trionfale. Di lì a poche settimane, di tutte quelle creature che osservava intorno a sé, di quei bevitori e drogati demoniaci, di quegli scherzi della natura, con arti mancanti o in eccesso, muniti di pinne o di dita palmate, ogni persona capace di leggere si sarebbe potuta meravigliare, pronunciandone i nomi segreti: Waltraud Occhi a Mandorla, Holger l'Alligatore, Bertina Testa Sbeccata.

Felix non vedeva l'ora di sentir raccontare quelle storie sottovoce, in lacrime, dopo mezzanotte. Smaniava dalla voglia di vedere quel che si nascondeva dietro la tenda del visibile. A questo scopo, finanziava le bevute di birra di sconosciuti per potersi impadronire della loro follia. Ed era certamente lui quello che ci guadagnava. Le persone infatti non possono conoscere le une l'animo delle altre finché sono tutte sane di mente. Le parole abituali sono più un handicap che uno strumento utile. E i gesti non servono a nulla. Solo quando l'intelletto crolla può esistere una vera comunicazione.

Con ciò avrebbe ottenuto la sua vendetta, perché tra quegli sbandati – Manfred Vaso da Notte, Fritz Marie il Lebbroso, Bruno l'Albino Ermafrodita –, mischiato a quella compagnia c'era suo padre, ancora irriconoscibile. Il padre di Felix aveva abbandonato il seno della sua famiglia per quel mondo volgare, e Felix M., per vendicarsene, avrebbe proiettato su di esso una luce devastante. Quando aveva un'età non maggiore di quella che aveva ora suo figlio, Felix era stato costretto a diventare la guida di se stesso nella vita, ed era stato trasformato nella tavola armonica delle interminabili sofferenze e preoccupazioni della madre. Il suo compendio gli avrebbe dato fama mondiale e, con un po' di fortuna, avrebbe segnato la rovina del padre.

Questi erano i pensieri che gli si agitavano nel cervello quando nella sudicia taverna una voce si fece sentire. Ogni faccia senziente, spalancando la bocca sdentata e gli occhi purulenti, si voltò a guardare, e la voce ripeté il suo invito. Una voce maschile, così potente da superare il frastuono, disse: «Chi tra voi mi offrirà un bicchiere, di grazia?». Qualcuno rise, in segno di rifiuto.

«Vi prego, un bicchiere» riprese quella voce. «Un solo bicchiere, davvero, e può darsi che io in cambio vi faccia vedere personalmente il più spaventoso dei mostri.»

Tanto bastò a stuzzicare l'interesse di Felix. I bassifondi, quei pantani e pozzi neri della dissipazione, potevano ben offrirgli un brivido che gli era finora sfuggito. Sarebbe stata un'ottima aggiunta al suo messaggio. Felix, pur senza aver ancora inquadrato colui che aveva formulato la richiesta, gridò di rimando: «Quale mostro?». Mentre gli astanti tacevano presi dalla curiosità – dato che anche tra i deformi e i dementi è viva la curiosità per mostri ancora più strabilianti –, Felix mise mano al portafogli e contò il denaro necessario per pagare una pinta di birra.

La voce, con un suo vocabolario artificiosamente aulico, disse: «Il mostro è un frugoletto, ma immagino che mai i vostri occhi si siano posati su un piccino siffatto». Con ciò colui che aveva parlato si fece avanti, lasciandosi scorgere tra la massa dei subdegenerati ondeggianti, sbavanti e segnati dal peccato.

L'uomo che si presentò pareva un furfante dei più smaccati. Non mostrava, però, nessuno dei segni che affliggono chi si abbandona ai vizi che lì proliferavano. Le sue membra parevano sane. L'età e la stazza non erano diverse da quelle di Felix, e quest'ultimo fu indotto a classificarlo come un predatore, di quelli che approfittano dei più deboli privandoli delle loro già misere risorse. Nei suoi occhi si coglieva ben più di un folle e diabolico bagliore arancione. Accompagnarsi a un tizio tanto robusto nel deserto della notte sarebbe stato da pazzi. Se si fosse avventurato con quell'uomo, Felix sarebbe stato senz'altro drogato e derubato, e il suo cadavere sarebbe stato infine venduto a qualche docente di anatomia alla locale facoltà di chirurgia. All'alba le sue viscere sarebbero state messe in mostra su una lastra di marmo per l'edificazione di un'aula piena di studenti di medicina del primo anno.

Eppure Felix con un cenno invitò quel tale a sedersi e fece segno al barista di servir loro da bere. Quando lo sconosciuto si fu accomodato su una sedia vicinissimo a lui, Felix notò che non era per niente malmesso. Benché un po' trasandato, il suo aspetto faceva pensare a un gentiluomo dissoluto. I suoi capelli scompigliati e lunghi fino alle spalle ricordavano certi profeti del deserto descritti nell'Antico Testamento. Felix si preparò alla delusione: era giunto a considerarsi un intenditore in fatto di cose grottesche, e la promessa di quello sconosciuto si sarebbe probabilmente rivelata un'esagerazione. Nella migliore delle ipotesi, la transazione gli avrebbe fruttato la visione di qualcosa di simile alla sirena delle Figi di Barnum: il torso imbalsamato di una vittima sfortunata impiantato sulle gambe di un'altra vittima, con gli artigli da emù a mo' di braccia e le orecchie di volpe cucite alla testa di uno scimpanzé da tempo defunto.

Ciononondimeno, Felix M. sapeva che il suo genio non si fondava tanto su ciò che gli veniva mostrato, bensì sulla sua capacità di descriverlo. Per quanto fasullo o banale fosse l'orrido oggetto in questione, lui era capace di infondergli vitalità e fascino sulla pagina. Avrebbe offerto da bere a quel burlone e percorso il breve tragitto fino al luogo in cui gli sarebbe stato mostrato il presunto mostro, ma quel che avrebbe visto non avrebbe mai superato l'immagine che già stava prendendo forma nella sua mente: il derelitto frutto di una prostituta demente e di un aggressore fisicamente deforme, figlio della violenza, non era che un grumo di carne dalle fattezze pressoché inumane. Negli appunti presi da Felix, il mostro stava già trascinando il suo corpo smidollato sul fetido pavimento di una cantina. La creatura abbandonata era sopravvissuta con ogni mezzo possibile. Era sopravvissuta come un cane randagio nutritosi degli escrementi di altri animali. Si era alimentata del frutto di atti onanistici, di latte cagliato e albumi di uova marce. Per tirare avanti masticava con le gengive pannolini impregnati di sangue mestruale stantio, e quando le fogne straripavano, quella era per il mostro di Felix l'occasione in cui poteva finalmente banchettare.

Ebbene, quando furono usciti dalla taverna, mentre lo sconosciuto lo guidava, Felix fece silenziosamente voto di sfruttare al massimo quella creatura mostruosa. Sarebbe stato il pezzo forte della sua tassonomia, e lui avrebbe messo in piedi una *cause célèbre* per la redenzione del mostro. Di fronte alla sua cronaca, nessun cuore sensibile sarebbe rimasto indifferente. L'idea di poter realizzare un colpo del genere lo allettava. La simpatia del pubblico sarebbe stata incontenibile. Dietro sua insistenza, sarebbe sorta un'iniziativa per salvare la creatura. Poi, però, non sarebbe stato trovato nessun mostro o, perlomeno, nessun mostro paragonabile a quello concepito dalle facoltà intellettive di Felix.

Mentre lo conduceva avanti tra oscuri passaggi e meandri inondati di deiezioni, lo sconosciuto disse: «Orsù, mio buon signore, seguitemi». Quei laidi vicoli della città erano ben noti a Felix per via dei mesi di peregrinazioni. Era diventato un'autorità riguardo ai cunicoli e ai labirinti che formavano la città sotto la città.

Stava nevicando forte. I vortici bianchi trasformavano i rari lampioni del quartiere in alte spose dal lungo strascico. Quel buio era caratterizzato da una vaga atmosfera sarcofagica. Un magichevole precipitare di friabili fiocchi di neve. E mentre i due procedevano, intorno a loro si rapprendeva un silenzio sepolcrioso.

Felix M. rivolse un caloroso pensiero alla moglie addormentata, e al suo corpo di latte purissimo.

Avvicinandosi ai lampioni, le loro ombre ricadevano alle loro spalle per poi proiettarsi davanti non appena i lampioni venivano superati. In tal modo, ogni misura di quel viaggio costituiva una minuscola giornata con il sorgere e il tramontare di un sole guizzante. In quel succedersi di settimane apparenti, continuarono a camminare fino al termine di un vicolo cieco. Lì una muraglia imponente, sfregiata dai graffiti, impediva loro di procedere oltre. Fittissimo era il lavoro dei vandali: le loro opinioni e firme dipinte, sovrapposte le une alle altre, riempivano il muro e si succedevano con una densità tale che il materiale stesso di cui il muro era fatto risultava invisibile. Se fosse di mattoni o di legno, di pietra e malta o intonacato, Felix non avrebbe saputo dire. La vernice delle scritte era così spessa, e così accanita l'opera di copertura e cancellazione delle pennellate altrui, da non lasciare traccia dell'utilità o della pertinenza di quel muro.

Ed erano talmente sovrapposte le scritte da risultare tutte illeggibili. Si trattava forse di avvertimenti? Trasformate in sgocciolanti scarabocchi, quelle parole erano indecifrabili nelle loro maledette sfumature di sangue e catrame.

Lo sconosciuto non si fermò neanche di fronte a quell'impedimento; si protese, anzi, verso quelle parole blasfeme e volgari mescolate le une alle altre. Le sue dita trovarono un appiglio intorno a qualcosa d'invisibile tra le bestemmie la cui vernice era servita a censurarne altre. Felix vide ruotare il polso dell'uomo e sentì lo scatto e un rumore di chiavistello che scorreva. Una buia fessura si aprì in quello che pareva un solido muro di parole. La fessura si ampliò: lo sconosciuto stava aprendo una porta. Sì, con grande meraviglia di Felix, davanti a loro c'era una porta a tal punto coperta di spruzzi di vernice in competizione tra loro che nessuno avrebbe potuto scoprirla.

Ponendo il suo corpo a sbarrare l'ingresso, lo sconosciuto disse: «Vi prego di prestarmi orecchio: la primissima regola da seguire per quanto concerne il summenzionato mostro è che non dovrete mai e poi mai proferir parola su questo vostro incontro con esso».

Lo sconosciuto continuò a parlare con quell'ampollosa e arcaica terminologia in voga tra i suoi antenati più di un secolo prima. «La seconda e non meno rilevante regola statuisce che voi non riferiate ad alcuno, mai e poi mai, di questo incontro con il mostro.» E solo dopo che Felix ebbe accettato tali condizioni lo sconosciuto si fece da parte e con un largo gesto di invito gli permise di accedere al buio che si spalancava al di là di quella porta misteriosa. Appena compiuto un passo oltre la soglia, una strettissima scala scendeva verso un mondo ancor meno luminoso.

Insieme, i due uomini scesero i gradini di pietra nella quasi totale oscurità. Avanzarono per cunicoli diramantisi che si dipanavano in costante discesa, odorosi delle percolazioni provenienti dai cimiteri sotto cui passavano. Arrancarono per gallerie buie come catacombe. Si facevano strada sotto le infiltrazioni dei pozzi neri, attraversando fetori talmente acri che Felix temeva potessero avvelenargli i polmoni. A un certo punto cominciò a respirare attraverso la manica del suo cappotto.

Ogni età comporta un suo particolare terrore. Da bambino, Felix giaceva insonne, temendo che la casa potesse prendere fuoco. Da ragazzino era subentrata la paura dei bulli. In seguito, quella della leva obbligatoria. O di non riuscire a imparare un mestiere. O di non trovare moglie. Dopo la scuola, la paura della carriera. Dopo la nascita del figlio, aveva cominciato a temere ogni cosa. Il suo sogno segreto era di affrontare e sconfiggere un orrore tale da rimanere vaccinato per sempre. Non avrebbe mai più avuto paura di nulla. Mai più.

Quei tunnel si rivelarono più antichi di quanto lui avesse ritenuto possibile. A giudicare dai segni incisi con utensili primitivi, quelle pareti erano già antiche quando i magi babilonesi avevano posato la pietra angolare della grande Cheope del Lete. Lì sepolti, quei luoghi maleodoranti precedevano la triste fatiscenza, dovuta alla giungla, del favoloso Tempio Lunare di Latmos.

La presenza di fango, confermata dai *blatt* e dai *ciacc* a ogni mugrubre passo.

A un bivio, Felix notò uno strano effetto. Una fioca luminescenza emanava dai lunghi capelli dello sconosciuto. Analogamente, una luce arancione sembrava emanare dalla pelle esposta delle mani e del viso, una pallida sfumatura dello stesso arancione folle che caratterizzava gli occhi febbrili di quell'uomo. Quel bagliore, un altro dettaglio su cui ricamare nella futura narrazione.

Temendo di potersi perdere, Felix aveva cominciato a strappare piccoli pezzi di carta dal suo taccuino lasciandoli cadere a mo' di traccia per facilitare il tragitto di ritorno. Non erano fogli essenziali, almeno all'inizio, soltanto pagine bianche. Quando queste finirono, cominciò a strappare singole parole. Nessuna parola isolata era essenziale, ragionava, e la si poteva espungere senza rischiare di compromettere l'intero diario. Tra accessi di tosse domandò: «È ancora lontano?».

«Se è lungi il mostro? O se è vicino?» fece eco lo sconosciuto, sempre qualche passo più avanti.

«Per quanto ancora dovremo camminare?» domandò Felix, pronto a invertire la marcia e a tornare sui suoi passi. A quel punto nella sua mente aveva preso forma un mostro tale da superare qualunque cosa gli si potesse palesare.

Come se gli avesse letto nel pensiero, lo sconosciuto domandò: «Meditate ordunque di parlare al mondo del mio mostro?». L'eco dei loro passi era l'unico indizio che faceva presumere l'esistenza di ulteriori cunicoli. Con voce provocatoria, lo sconosciuto domandò: «Intendete forse scriverne nel vostro taccuino?».

Felix aveva perduto l'orientamento. A ogni passo si sentiva sempre più spaesato. Preso dalla disperazione, si frugò nelle tasche e trovò una scatola di fiammiferi. Ne accese uno e finché continuò ad ardere Felix vide che lo sconosciuto lo aveva distanziato e che c'erano cunicoli che proseguivano in ogni direzione. Il fiammifero si spense e Felix si affrettò ad accenderne un altro. Questa volta vide che la sua guida si era ulteriormente allontanata, e lui rischiava di perdere definitivamente il contatto. Felix si mise a correre, ma così facendo fece spegnere prematuramente il fiammifero. Proseguì di corsa per alcuni passi prima di accenderne un altro e vedere con ciò che il suo luminoso accompagnatore era quasi scomparso in lontananza. Per prolungare la durata della luce del fiammifero Felix diede fuoco a una pagina del suo taccuino. Non aveva una grande importanza, una pagina. Sarebbe di certo riuscito a ricreare a memoria il testo mancante. Messo alla prova, era convinto di poter ricostruire tutte le escursioni compiute nel corso degli anni nella palude del mondo infero. Sollevando la piccola torcia, invocò la figura ormai lontana: «Se ti perderò di vista, come farò a trovare il mostro?».

Di nuovo, la fiamma si spense, e Felix sprofondò nelle tenebre più fitte. Il bagliore arancione dello sconosciuto era ormai invisibile.

Quei percorsi pietrosi, comprese Felix, erano già antichi prima del grande Onus di Blatoy. Già prima dei predruidici, prima che i pagani erigessero l'Altare della Cleople Cimrica. In quello sbalordimento, Felix diede fuoco a un'altra pagina delle sue considerazioni per poter dare un'ulteriore occhiata ai vetusti dintorni mesoesomerici.

Davanti a sé, ma anche indietro e tutt'intorno, distorta dagli echi, Felix sentì risuonare la risata dello sconosciuto. Allo stesso modo, da ogni direzione, la voce di quell'uomo lo rassicurò: «Non dovete preoccuparvi». Seguì un intervallo di silenzio, scandito da sgocciolii e nient'altro. Felix cercò a fatica di accendere un altro fiammifero.

A rompere quell'attesa apparentemente infinita, la voce dell'uomo parlò di nuovo: «Credo che il mostro ben presto riuscirà a trovarvi».

Quando gli riuscì di accendere ancora un fiammifero, Felix diede fuoco a un'altra pagina di taccuino e la sollevò. A quel punto capì di essere solo, di essere stato completamente e inequivocabilmente abbandonato. La luce continuò per un po' a guizzare e poi si estinse, ma Felix decise di non sprecare un nuovo fiammifero finché non si fosse chiarito le idee. La rabbia gli sarebbe stata di certo più utile del panico, come alleata, e Felix s'immaginò una scena in un futuro non tanto lontano in cui lui sarebbe entrato in un bar dove avrebbe incontrato l'uomo che l'aveva condotto in quell'impresa folle. La situazione non era certo inedita per lui: non era la prima volta che veniva respinto, rifiutato, abbandonato. Sarebbe sopravvissuto. Se necessario, sarebbe tornato indietro. Le circostanze lo avevano costretto a trovare la sua strada in ogni singola e solitaria giornata della vita. Già nell'infanzia, nulla gli era stato concesso gratuitamente, nulla gli era stato spiegato, e questa inconsistente eredità aveva fatto crescere in lui una grande fiducia nelle proprie capacità. Non aveva mai perduto la speranza. Semmai, le avversità avevano temprato la sua determinazione.

Il melmiasma.

I multipuzzanti rivoli vaporosi.

L'assenza totale di rumori era così pesante che sembrava premere sui suoi timpani come fa l'acqua a grandi profondità. Il silenzio cominciava a soffocarlo.

Felix M. si rese conto di avere le mani serrate a pugno. Il respiro rapido e superficiale. Una crisi di nervi minacciava di sopraffarlo. La sensazione pareva un'eco di terz'ordine del frettoloso tentativo di stare al passo con il proprio padre, tanto tempo addietro; tutta quella situazione evocava il ricordo di una rabbia che non aveva più provato da quando era diventato adulto.

«Vattene pure» gridò Felix a quel fantasma. «Sono ben contento di sbarazzarmi di te!» Agitò il taccuino sopra la testa, nel buio. «Soffrirai ancora di più quando avrò raccontato tutta questa storia.» Il nome dello sconosciuto rimaneva un mistero, e lui maledisse se stesso per non averglielo chiesto. «Da vent'anni ormai vado per la mia strada senza consiglieri di sorta, come apprendista di me stesso, senz'altro incoraggiamento che il mio.» Non si sarebbe dato per vinto tanto facilmente. Stava gridando, ormai, e le sue maledizioni si propagarono lungo tutti i tunnel contigui a quello in cui si trovava. Inveiva contro il padre che se n'era andato. S'infuriava per le angherie subite dai bulli quand'era ragazzino. Lo maltrattavano, e lui non aveva nessuno che potesse insegnargli come fare per difendersi.

Nonostante la spiacevole diamansità della sua condizione, non intendeva farsi prendere dal nervosismo. La paura lo incalzava, a non più di un braccio di distanza nel buio, e il panico incombeva appena più indietro. Rimasto senza punti di riferimento nello spazio, Felix si concentrò sul consolante gusto glulubre della sua lingua.

Essere un bambino senza padre equivale a sviluppare delle armi al posto delle braccia e un cannone carico al posto della bocca. Essere sempre sotto assedio e senza rinforzi. Correre a tutta velocità nel buio fitto con una furia superiore alla paura, senza rendersi conto di voler andare a sbattere contro un muro di mattoni o di inciampare in una buca, o di trovare qualche limite, qualche restrizione o disciplina. La frattura di una gamba. Una commozione cerebrale.

La punizione di un qualche padre surrogato, anche se questo padre consiste soltanto nelle leggi della fisica, che ti sbattono a terra e ti fanno finalmente toccare il fondo.

Sin dall'infanzia la furia era diventata suo padre. Il suo fratello maggiore. Il suo unico protettore. La furia gli dava la forza e il coraggio e lo spronava ad andare sempre avanti anche se continuava a capire male e a sbagliare, senza che nessuno lo aiutasse o gli insegnasse, anche se tutti ridevano di lui. La rabbia lo aveva liberato dalla catastrofe. La collera gli aveva impedito di sprofondare. Era diventata il suo principale punto di forza e la sua unica strategia.

La sua vita era alimentata da una batteria i cui poli erano costituiti dalla solitudine e dalla rabbia, e Felix esisteva sospeso tra essi, impotente. Suo padre non sapeva che donna acida e furibonda era diventata la moglie. Non sapeva che lei, quando Felix era ancora un bambino, lo aveva indottrinato sulle debolezze paterne. Lo aveva addestrato a recitare il suo catechismo velenoso. E quando lui era cresciuto abbastanza da diventare l'immagine speculare del padre scomparso, lei aveva cominciato furiosamente a far pagare al figlio lo scorno subito. La missione impossibile di Felix, la sua ordalia, era consistita nel sopravvivere in quella casa piena di rabbia in cui ogni tozzo di pane era intriso di disprezzo.

Felix odiava il padre anche perché lo aveva lasciato in balia delle malevole cure della sola madre. Li odiava entrambi, li amava e li disprezzava con un trasporto che ridimensionava e colorava ogni altro aspetto della sua vita.

Per fuggire aveva sposato una donna che già lesinava il suo affetto e lo distribuiva come un'avara, come uno scarsissimo compenso per quei comportamenti che lei puntava a coltivare nel marito e nel figlio. Anche nelle circostanze migliori, la moglie di Felix era capace di arrendersi ai suoi umori più mesti. Condivideva i tratti del carattere con la madre di Felix, come lui riconobbe troppo tardi. Non si poteva escludere che egli si fosse abituato a trovare consolazione in un tale disagio familiare.

Se lui non fosse tornato, suo figlio, modello in miniatura del padre, avrebbe dovuto reggere l'impatto dell'animosità materna.

Il figlio di Felix, l'indomani mattina, avrebbe fatto la conoscenza del suo stesso destino. La moglie di Felix, svegliandosi, si sarebbe trovata a letto da sola. Presto avrebbe scoperto che il marito non era stato chiamato al lavoro. Sarebbe calata su di lei la preoccupazione, seguita dalla paura che si sarebbe poi trasformata in disperazione. Scegliendosi quella moglie, nonostante le virtù che lei certamente aveva, Felix era stato attirato verso un potenziale e sommerso desiderio di vendetta. Un risvolto caratteriale non tanto lontano dalla frugalità emotiva della madre.

Sentì passare un treno da qualche parte in un tunnel molto più in alto. Per descrivere il modo in cui la terra tremò Felix si ritrovò a esitare tra le parole "abbeltomico" e "abbelomico". Quel rumore acuto era dappertutto, ma poi si dissolse.

Smaltita la furia, Felix si fermò per prendere fiato e in quel silenzio udì un lontano rumore di passi che si avvicinavano nel buio. Non erano quelli dello sconosciuto: era piuttosto un goffo e pesante strascichio di piedi. Il mostro che aveva concepito come la somma di ogni orrore prese forma davanti a lui in quel cunicolo.

La cosa più bella, nella rabbia, stava nel fatto che non lasciava il minimo margine alla paura. Che ad avvicinarsi in quella tetraggine senza luce fosse l'imbroglione che gli aveva fatto da guida o il suo grottesco rampollo, Felix si preparò a strangolarlo. Per avere le mani libere, s'infilò il taccuino in una delle tasche del cappotto. Per evitare che la creatura in avvicinamento potesse anticiparlo, cercò di controllare il respiro concitato, tenendosi pronto dalle gambe fino al collo per il momento in cui lui e il suo avversario fossero stati a contatto nel buio. Proteso in avanti, si mise a correre a tutta velocità, confusamente, sferrando pugni nel vuoto, combattendo contro tutto, senza colpire nulla.

I suoi pugni divennero bombe pronte a esplodere al minimo contatto. Quando sentì che quell'essere era a tiro, Felix gli si scagliò addosso. Ogni sua articolazione trasformata in un'arma, le ginocchia, i gomiti, i pugni, persino i tacchi delle sue scarpe. Come un insieme di clave e manganelli, questo arsenale prese a percuotere la creatura che lui non riusciva a vedere.

Sentì il proprio peso in equilibrio sopra la carne battuta e gli organi maciullati del nemico invisibile che stava assaltando e che faceva ben poco per difendersi. Benché certamente più grosso di un bambino, questo essere pareva ugualmente fragile. Con la rabbia dalla propria parte, Felix continuò a picchiare finché l'altro non smise di opporre la sia pur minima resistenza.

La massa ansimante sotto di lui esalò un grande sospiro. Con una voce rauca e arrugginita dal disuso, emise un suono. La voce oppressa dalla certezza disse: «Sohnemann». Figliolo. Con un tono devastato, aggiunse, sempre sospirando: «Sei venuto».

Nel buio, il mostro levò una preghiera dicendo: «Ti prego, dimmi che non sei mio figlio».

Dandosi goffamente da fare per accendere un fiammifero, Felix ricollegò quella voce ai suoi più antichi ricordi. Il fiammifero si accese, e lui lo avvicinò a un foglio del taccuino.

Nella luce guizzante, una faccia chiuse gli occhi e si voltò di lato per non fissare la fonte di luce.

Felix rimase agghiacciato dallo shock. Non era possibile. Che scherzo crudele. La guida imbrogliona, quel mascalzone, sapeva qualcosa del suo passato e aveva inscenato quella falsa rimpatriata. Era lo scherzo in sé la cosa veramente mostruosa.

Ancora immobilizzato dalle ginocchia di Felix, l'apparizione proclamò: «Ho atteso a lungo, nella speranza di non vederti mai arrivare».

Quell'uomo non era che un mendicante assoldato, un grossolano impostore, e Felix non poté trattenere un sogghigno al pensiero del brillante sadismo della messinscena. Si preparò a gettare da parte quel cadavere. «Come osi?» ringhiò. A tal punto era ferito il suo cuore che colpì il fragile vecchio con un manrovescio, scaraventandolo a terra. Gli fu di nuovo addosso, incapace di allontanarsi, raggelato sul posto dall'amore e, insieme, dalla repulsione, e gridò: «Tu non sei mio padre!».

Il vecchio lo osservò attentamente: «Si è preso gioco anche di te».

«Nessuno si è preso gioco di me!» disse Felix, furibondo.

Il mostro disse: «Sì, Tyler ci è riuscito».

In preda a una frenesia disperata, Felix M. richiamò a pieni polmoni la guida, per quanto sbagliata fosse questa parola, dato che una guida avrebbe il compito di condurre una persona a destinazione, mentre quell'uomo lo aveva solo mandato in confusione e disorientato. Soffocando la rabbia e la disperazione, Felix berciò: «Il tuo scherzo raffinato è riuscito!». Gridò: «Mi hai ferito più a fondo di qualsiasi percossa o coltellata!». Abbassò lo sguardo sulla figura a terra e gridò: «Ora facciamola finita, altrimenti– parola mia – sarò costretto a infierire su questo tuo vile complice!».

A mo' di risposta gli giunsero solo le sue parole – percossa e coltellata, infierire e vile – riecheggianti nelle tenebre. Per tener fede alla sua minaccia, Felix sollevò quella fragile figura e le serrò le mani intorno al collo ossuto, sentendone la pulsazione come il cuore di una lepre un attimo prima di spezzarle il collo.

A quel punto, con voce strozzata e gorgogliante, l'impostore domandò: «Figlio mio, ti diverti ancora a inventare le parole? Sin dall'inizio, hai sempre avuto un tuo linguaggio segreto». Quello era un dettaglio della sua infanzia che Felix non aveva mai confidato a nessuno, a parte suo padre.

Udendo quelle parole, guardò da più vicino colui che lo stava tormentando. La fronte di quell'uomo era quella visibile in un dagherrotipo che la sua famiglia possedeva ma non amava mostrare. Gli occhi dell'uomo erano una versione invecchiata di quelli che Felix vedeva ogni mattina nello specchio di fronte a cui si radeva. La presa si allentò su quella cedevole gola. Felix poté soltanto domandare: «Come...?».

Quegli occhi tristi incrociarono i suoi. La voce, ridotta a un sussurro, disse: «Com'è accaduto a te, figlio mio». Le labbra si atteggiarono a un sorriso rassegnato. «Tyler non tornerà, se non tra molti anni, forse.»

Felix domandò: «Tyler?».

Suo padre, quell'uomo, disse: «La tua guida».

Senza di lui era impossibile evadere da quel luogo. Evidentemente, quell'uomo, posto che fosse davvero il padre di Felix, avrebbe senz'altro scoperto una via d'uscita dopo tante prolungate ricerche. Eppure, c'era una possibilità in cui era impossibile sperare. Troppo sconvolgente perché la mente di Felix potesse accoglierla.

Felix pensò al figlio. Il bambino rimasto a casa, ancora a letto, addormentato. Pensò a come la vita di quel ragazzo, di lì a un'ora, sarebbe completamente cambiata, a come anche lui sarebbe diventato la guida di se stesso: un altro bambino costretto a reinventarsi da zero. Un altro giovane che sarebbe cresciuto senza aiuto al cospetto di donne incattivite e arrabbiate.

«Lo rivedrai» gli garantì suo padre. «È questa la cosa più triste.» Il vecchio sorrise sconsolato. «Tra vent'anni, magari. E quel giorno tuo figlio ti scaraventerà a terra, pieno di rabbia e di amore, così come io ho fatto con mio padre.»

Lì, in quei tetri cunicoli, infatti, anche il padre di Felix e, prima di lui, il nonno di Felix avevano incontrato i rispettivi padri. Lì si trovava suo padre, insieme alle ossa del nonno e del bisnonno e di tutti gli altri antenati. E, ancor più numerosi, c'erano i padri di un'infinità di figli.

«Questo Tyler...» disse Felix. «Qual è il suo fine?»

Come se il vecchio avesse previsto il panico crescente del giovane, sorrise calorosamente. Sulle sue pallide guance, sulla sua fronte, cominciavano già a sbocciare lividi violacei. «Lo perdoni il tuo papà?»

Esitante, Felix disse: «Sì».

«E Dio lo perdoni?»

Felix scosse la testa.

A quel punto il padre disegnò un ampio arco con un braccio e colpì con un pugno il figlio a una tempia.

Fu un esplosione di fuochi d'artificio, scintille che solo Felix poteva vedere. Si massaggiò il punto colpito, piagnucolando: «Mi hai fatto male a un orecchio!».

«Per salvarci» proclamò il padre «non basta che ci perdoniamo a vicenda. Dobbiamo anche perdonare Dio.»

Senza scusarsi, il padre disse: «Cercherò con te». Disse: «Cercheremo insieme».

E così Felix si voltò indietro per recuperare tutte le parole da lui inventate: Sarcofagica... magichevole... sepolcrioso... mesoesomerico... melmiasma... multipuzzanti... diamansità... glulubre... abbeltomico o abbelomico. Diede fuoco a un'altra pagina del suo taccuino, nella speranza di risalire alla parola iniziale prima che la luce si estinguesse per sempre. Mentre esplorava la via che lui aveva aperto, Felix udì il richiamo del padre.

«Non affrettiamoci a tornare sui nostri passi» disse il vecchio. «Prima andiamo più in fondo.» Le parole sonore contro la pietra. «Scopriamo qualche degna avventura prima di tornare alla luce e all'aria che già amiamo tanto bene.»

Il vecchio si era voltato e stava addentrandosi ancora di più in quel labirinto, viaggiando nelle tenebre. Dopo un attimo di esitazione, Felix si girò a sua volta e lo seguì.

Mister Elegant

Non domandatemi come faccio a saperlo, ma la prossima volta che pensate di essere grassi, sappiate che potreste avere un aspetto di gran lunga peggiore. Ad esempio, mentre siete in palestra a contare i vostri crunch addominali o i sollevamenti delle ginocchia appesi alla sbarra per smaltire la pancetta, tenete presente che c'è qualcuno a cui, dalla pancia, spunta addirittura un'altra persona. In quella zona abbondante e ballonzolante sotto la cassa toracica, dove voi avete solo un piccolo rigonfiamento, qualcuno ha addirittura un'intera altra persona che gli penzola da sopra la cintola.

I medici parlano, in questi casi, di "parassita epigastrico".

Alcuni medici hanno dato a questa seconda persona il nome di "eteradelfo", una buffa parola che sta per "fratello diverso". Significa che quest'altra persona avrebbe dovuto essere un fratello o una sorella della persona affetta da tale fenomeno, sennonché è nata con la testa dentro lo stomaco di quest'ultima. La persona aggiuntiva è nata senza cervello e senza cuore ed è semplicemente un parassita della persona vera e propria.

Non è una cosa che si possa simulare.

E vi prego di ascoltarmi. Se vi dico questo e voi, proprio ora, avete davvero un'altra persona che vi cresce sotto un'ascella, vi prego di non prendervela.

La sola ragione per cui ne parlo è che anche a me è successa più o meno una cosa del genere.

E posso assicurarvi che veder spuntare un'altra persona senza cuore e senza cervello in qualche parte del proprio corpo è infinitamente peggio di avere un po' di ballonzolante adipe sottocutaneo. E questo fenomeno può capitare, a volte, anche diversi anni dopo la nascita.

Di nuovo, non domandatemi come lo so, ma dopo aver fatto un milione di crunch addominali, quando proverete a diventare uno di quei ballerini sexy tipo Chippendales – per farvi assumere nel ruolo di appassionato ballerino esotico nudo – sarà meglio per voi porvi la seguente domanda: "Soffro di attacchi epilettici?".

Domanda che figura sul modulo che vi danno nell'ambulatorio medico dove vi sottoporranno all'esame clinico dopo il provino. L'infermiera vi porge una tavoletta portadocumenti piena di moduli, una penna e una provetta che voi dovrete riempire di urina. E la compagnia dei ballerini non è nemmeno quella dei veri Chippendales, ma provate a domandare a un qualunque vecchio ex ballerino esotico con quale compagnia ha lavorato e vedrete che, per tagliar corto ed evitare un mucchio di spiegazioni, dirà di aver lavorato con i Chippendales.

Li riconoscono tutti quei polsini di carta e quei farfallini: sono soggetti a diritto d'autore.

In realtà, io il provino l'ho fatto per i Savage Knights. Knights con la K. I Cavalieri Selvaggi. Sono anche questi i classici ballerini esotici tutti maschi, forti e carichi di energia positiva, che girano per locali frequentati da sole donne. La loro sede centrale aveva messo una pubblicità sul sito Backpage. Nella categoria "Lavori per adulti" l'intestazione del loro annuncio diceva: "Realizza le tue fantasie".

Nella sala ricevimenti dell'Holiday Inn dell'aeroporto, quella domenica pomeriggio, il sorriso che avevo in faccia era una bugia. Anche la mia abbronzatura era una bugia. E lo stesso vale per il biondo dei miei capelli. Sulla domanda di lavoro, quando avevo scritto 84 chili, avevo mentito. Alla voce "occhi" avevo segnato il colore delle lenti a contatto. Nel corso del colloquio, dissi che volevo diventare un Savage Knight perché mi piaceva viaggiare, frequentare posti interessanti e conoscere nuove persone.

La verità era più semplice: volevo una carriera in cui ogni sera centinaia di giovani vergini ubriache m'infilavano delle banconote nelle mutande usando la bocca.

Alla domanda sull'età, ho risposto ventiquattro anni, tre in meno di quelli che ho. Anche tutti i miei denti incapsulati erano altrettante smaglianti bugie a fin di bene.

Mi rasai il pelo pubico castano, e l'agente dei Savage Knights disse che aveva bisogno di un altro Mister Elegant. Al momento, mi spiegò, c'erano sedici diverse compagnie di Savage Knights in tournée per il mondo, impegnate a soddisfare il fabbisogno di spogliarellisti maschi di miliardi di persone. Ogni compagnia comprendeva un pompiere, un agente di polizia, un soldato, un lavoratore edile con il caschetto rigido giallo. Come in un'incandescente Giornata del Lavoro al liceo. E poi c'è Mister Elegant, che entra in scena con uno smoking a strappo e distribuisce rose a tutte le donne sedute ai tavoli in prima fila. Raffinato e cosmopolita. Un James Bond, ma ancora più figo.

La Compagnia Undici: il loro ultimo Mister Elegant aveva sviluppato una fobia e aveva rassegnato le dimissioni dopo che a Fairbanks una ragazza che festeggiava il compleanno imbottita di coca lo aveva preso per le palle causandogli la torsione di un testicolo.

Fu proprio allora che il mio parassita cominciò a manifestarsi.

In quella sala da ballo dell'Holiday Inn, ero tutto diverso da come mi ero sempre visto nello specchio del bagno. Abbronzato e unto. Biondo e sorridente.

E l'agente, stringendomi la mano viscida, disse: «Bene». Disse: «D'ora in avanti sarai il nostro Mister Elegant».

La comparsa del mio nuovo fratello diverso senza cuore né cervello. La vita non è che una china unta di olio per bambini.

A dire il vero, io pensavo che se avessi continuato a impegnarmi senza tregua sarei potuto passare per ventiquattrenne in eterno. Quanto alla parte danzereccia del mio provino, il pezzo di Moby intitolato *Bodyrock* è l'attacco ideale. Dura 3 minuti e 36 secondi. Fa niente se mi considerate un po' rétro, ma se uno comincia con un brano che alla gente piace è a cavallo. Poi c'è la parte finale, quando il pezzo è solo cantato, che ti dà l'occasione perfetta per piazzare qualche acrobazia. In quell'intervallo ho fatto un salto mortale da fermo, sono atterrato in spaccata e sono poi tornato in posizione con un colpo di reni. Con tutta l'abbronzatura e la rasatura e tutto il sorridere che ho fatto, l'agente dei Savage Knights mi ha dato un foglio stampato con l'indirizzo di una clinica. Lì l'infermiera mi ha dato una provetta per pisciare. E il modulo domandava:

"Hai mai avuto crisi epilettiche?"

Insomma, dopo tutte quelle stronzate, fu facile fare la crocetta sul quadratino accanto al NO. L'importante era ricordarsi di prendere il Clonazepam.

Se avete visto su internet il video di un uomo nudo e muscoloso che, circondato da donne che tengono in mano bicchieri di Rum Hurricane o di Blue Hawaii, si dimena come un pesce fuori dall'acqua con le palle rosa in bella mostra da un lato del perizoma in una pozza della sua stessa piscia, allora sapete anche quale sorta di clamoroso errore ha finito per rivelarsi quell'ultima bugia.

Non c'è nessuno al mondo che non abbia visto quel filmato. Certi ragazzini bastardi ora hanno persino inventato un ballo che chiamano, appunto, Mister Elegant, che consiste nel buttarsi a terra nel bel mezzo della pista per muoversi convulsamente come spastici iperattivi in preda a una scossa elettrica. Quelle piccole teste di cazzo.

La gente crede sia facile essere un vigoroso ballerino esotico tipo Chippendales. I maschi, poi, pensano che il problema principale sia di non farselo venire in tiro.

Altre domande sul questionario medico dicevano: "Soffri di incontinenza da stress?" e "Hai mai avuto crisi narcolettiche?".

Già da queste avrei dovuto capire come sarebbe andata a finire. Certe domande gli avvocati non le pongono a caso. Tutte le grandi compagnie di ballo, dal Bolshoi ai Chippendales, hanno studiato i loro peggiori scenari possibili. Magari proprio nel mezzo del *Lago dei cigni*, un cigno che cade in preda a un attacco al centro del palco, con gli occhi rovesciati all'indietro a mostrare solo il bianco, la bava che cola dal lungo becco giallo. Che si piscia addosso tra le belle piume bianche.

Nella brochure regolamentare dei Savage Knights t'insegnano a individuare tra il pubblico eventuali persone che, penna e taccuino alla mano, prendono appunti. C'è un ente chiamato ASCAP – sta per American Society of Composers eccetera eccetera, ossia la società autori-editori – che, se ti becca a ballare sulle note di una canzone per cui non hai pagato i diritti, sporge denuncia contro di te e i Savage Knights. Oltre a questi funzionari, ogni Stato manda ispettori della commissione alcolici a multarti nel caso ti venga in mente di toccare qualche cliente in maniera inappropriata. Già solo per il fatto di indossare dei polsini di carta e un farfallino nero rischi una lettera d'ingiunzione dai veri Chippendales per violazione del copyright.

E non fatemi parlare della gestione della peluria corporea... Davvero, l'aspetto peggiore di questo lavoro sta nel dover pagare alle clienti un nuovo Tequila Sunrise dopo aver perso un pelo pubico. Un solo colpo di bacino può costringerti a offrire un Banana Daiquiri a tutte le clienti delle prime due file.

Realizza le tue fantasie... Di nuovo, non è roba che si possa simulare.

Fare in modo che una qualsiasi persona ubriaca t'infili, solo con i denti, una o più banconote nelle mutande è assai più difficile di quanto non sembri. Lo stesso dicasi per il rimanere ventiquattrenni in eterno. A un certo punto ti ritrovi a sbatacchiare il pacco in faccia a una qualche ragazza nubile così strafatta di Long Island Iced Tea che tu riesci a sentire l'odore della ricrescita della tua peluria pubica strinata dalla sua sigaretta accesa. La sua testimone di matrimonio, bruttarella, ti sta infilando con la lingua un biglietto da un dollaro nel culo, e sua madre sta filmando tutto. È così che si comportano le vergini ubriache. Gli agenti di polizia e i pompieri – quelli veri, intendo – si lamentano per lo stress da lavoro, ma non sanno cos'è davvero lo stress. I ballerini con cui ho lavorato io avevano l'abitudine di immergere il pacco in acqua salata, così come i pugili si passano la salamoia in faccia per renderla più resistente prima di un combattimento. Ogni minuto del tuo tempo libero lo passi con le palle in salamoia e a tosarti i peli dappertutto.

L'unico altro aspetto fondamentale dell'addestramento professionale sta nel calcolare il tempo usando le canzoni. *I'm Afraid of Americans* di David Bowie ti offre cinque minuti esatti di potenti accordi distorti. *One on One* di Keith Sweat è una canzone dal ritmo lento (durata: 5 minuti e 3 secondi) perfetta per la coreografia di un "elefante". Con quest'ultimo termine mi riferisco a quei ballerini troppo muscolosi per fare movimenti che non siano quelli necessari ad assumere pose da competizione di body building. Passo, flettere, passo. Doppio bicipite. Granchio.

Il modo per evitare di farselo venire duro sta nel tenere il conto del tempo per prevenire la fine dei vari brani musicali. Ditemi il titolo di una canzone qualsiasi, e io so dirvi quanto è lunga, preciso al secondo... al di là di quel che c'è scritto sulla copertina del disco. So dirvi la durata effettiva che compare sulla console del DJ. Il remix fatto da Digweed di *Slave to Love* di Brian Ferry, ad esempio, un bravo ballerino sa che sulla copertina del disco c'è scritto che dura 4 minuti e 31 secondi, ma in realtà dura 4 minuti e *24* secondi. Un ballerino approssimativo si ritroverà immerso fino al bacino tra una quantità di donne ubriache nel momento in cui la musica finisce.

Finché scuoti la tua robaccia privata sulle note del mix martellante di *Mo Move* degli Underworld – un incessante e cupo battito cardiaco che dura 6 minuti e 52 secondi –, quella è arte. Ma se non riesci a ritirarti dietro le quinte prima della fine del pezzo, e scuoti le tue parti rasate in faccia a signore sconosciute anche per un solo attimo di silenzio, si tratta di molestie.

Di nuovo, un'altra china scivolosa. E non domandatemi come faccio a saperlo.

Il silenzio. Il silenzio e le luci finali che si accendono, sfolgoranti, è come Cenerentola che si trasforma in un tizio ghignante, nudo, unto e sudato con il pene troppo vicino alla tua faccia e al tuo acquoso White Russian da dieci dollari.

Come spiegato nella brochure regolamentare dei Savage Knights, Mister Elegant fa il suo ingresso offrendo rose ai tavoli della prima fila. Balla al suono di *Fascinated* di Raven Maize, ma nella versione club mix di Joey Negro. Un pezzo d'attacco da tre minuti e quarantadue secondi. Dopo di che si sposta sul bordo del palcoscenico e balla un altro pezzo molto energico ma più breve per estorcere banconote piegate alle spettatrici. Si muove lungo il bordo del palco e in platea, pompando avanti e indietro con il bacino e raccogliendo mance, ma deve uscire di scena un secondo prima che inizi il pezzo iniziale del Poliziotto.

La sera successiva, a Spokane, stessa storia. E poi a Wenatchee. A Pendleton. A Boise. Un lavoro così facile che persino un parassita senza cervello e senza cuore saprebbe farlo.

A Mister Elegant piacevano le mance in dollari e i numeri di telefono. Numeri di telefono scritti sui dollari. Numeri di telefono scritti su brandelli di fazzolettini di carta, arrotolati sotto le cordicelle elastiche del suo perizoma nero. E via così fino a Salt Lake City.

Non domandatemi come faccio a saperlo, ma c'è chi ha la malattia di Milroy, a causa della quale i linfonodi delle gambe non si sviluppano, e le persone colpite finiscono per avere dei piedi grossi come valigie e gambe come tronchi d'albero. Oppure la ciclopia, per cui si nasce senza naso e con i due occhi in un'unica orbita.

Mister Elegant aveva dei capezzoli troppo piccoli e di un rosa pallido, sicché per farli diventare più grandi e più rossi, imparò a trattarli con un prodotto chiamato Lip Plumper o volumizzante per labbra. Lo vendono in una boccetta con un pennellino, tipo lo smalto per unghie, e le parti su cui viene spalmato – i capezzoli, le labbra, la punta del cazzo – si gonfiano e diventano enormi. Mister Elegant profilava i suoi addominali a tartaruga tracciando delle righe con il mascara che poi sfumava con un tampone di tessuto per evitare che la sua pancia sembrasse una griglia per giocare a tris.

Se si toglieva una lente a contatto azzurra e si guardava nello specchio appannato del bagno di un motel, sì, poteva ancora passare per ventiquattrenne. Ma tra Billing e Great Falls e Ashland e Bellingham, tra il Pompiere che aveva attaccato a tutti le piattole e il Soldato che russava, Mister Elegant cominciava a sentirsi un po' logoro. Arrivato a Salt Lake City, le palle insalamoiate arrivavano ormai a terra.

Mister Elegant si presentò in scena con le braccia piene di rose. Ancora vestito con il suo smoking a strappo, distribuì i fiori e poi cominciò a sbottonarsi la camicia a pieghine. L'unica cosa che rende Salt Lake City diversa da Carson City, da Reno e da Sacramento è il fatto che dopo essersi strappato di dosso lo smoking, mentre Mister Elegant stava contando il tempo della seconda canzone, sorridendo e tenendo i peli pubici alla larga dai drink delle avventrici, guardando i dollari che uscivano da borse e borsellini e le vergini che scrivevano i loro numeri di telefono su vecchi scontrini del bancomat, tra una spaccata e un colpo di reni per rialzarsi in piedi, un respiro prima di eseguire la capriola sulle mani e un salto mortale, quando erano passati 2 minuti e 36 secondi dall'inizio della cover di *Stayin' Alive* fatta da N-Trance – durata: 4 minuti e 2 secondi –, le facce e i drink e i dollari cominciarono a offuscarsi. Mister Elegant infilò i pollici sotto l'elastico del perizoma sui fianchi, tirandolo su e tendendolo in preparazione della capriola, si accucciò, saltò e... questo è tutto quel che mi ricordo.

Nel caso non ve ne siate accorti, la musica si è interrotta e io vi sto ancora sventolando il cazzo in faccia. Come se, dopo tutto questo tempo, non avessi imparato la lezione.

Che spastico.

Già ai tempi dei miei primi ricordi soffrivo della sindrome dell'Assenza tipica, una forma di epilessia del lobo temporale. Mia madre o mio padre mi stavano parlando, e io restavo incantato. La vista mi si offuscava e i muscoli mi si bloccavano. Continuavo a sentire la voce che mi parlava, che mi diceva di prestare attenzione, e magari mia madre mi schioccava le dita davanti alla faccia, ma io non riuscivo più a parlare né a muovermi. Per circa mezzo minuto, che in quei casi pare un'eternità, riuscivo solo a respirare.

Mi avevano portato a fare la risonanza magnetica e l'elettrocardiogramma. Non potevo andare in bicicletta se non su strade deserte. Quando mi arrampicavo sugli alberi, la vista mi si annebbiava.

Mi risvegliavo a terra, con gli amici intorno che mi domandavano se mi sentivo bene. In una recita scolastica, Gesù Bambino, Maria, Giuseppe, sei pastori, tre cammelli, un angelo e altri due re magi avevano aspettato per un tempo che a loro era parso lungo un anno, mentre io me ne stavo lì paralizzato con l'incenso che portavo in dono, e intanto la professoressa Rogers, da dietro le quinte, si sporgeva per suggerire, bisbigliando: «Benedicimi, per l'umile dono che reco... *Questo* è ciò che reco!».

Dopo dieci anni di Clonazepam, però, l'avevo praticamente superato.

Il problema è che le mie scorte, a Carson City, cominciarono a scarseggiare. E se uno è stanco la situazione peggiora. L'alcol, le sigarette, l'affaticamento, il rumore sono tutti fattori di rischio. A Salt Lake City ebbi quella che tecnicamente viene chiamata crisi tonico-clonica, il cosiddetto *grand mal*. Mi svegliai sul retro di un'ambulanza che viaggiava a sirene spiegate, appena in tempo per vedere un paramedico che s'infilava nel portafogli una bella mazzetta di dollari inzuppati di piscia e diceva: «Mister Elegant...» scuotendo la testa. Avevo addosso una coperta ed ero tenuto in posizione supina per mezzo di cinghie. Sentivo puzza di merda. Domandai al paramedico che cosa fosse successo, e quello si rimise in tasca il portafogli dicendo: «Amico, è meglio che tu non lo sappia...».

Quando fui dimesso dall'ospedale, la Compagnia Undici era già a Provo, e un nuovo Mister Elegant era in viaggio per raggiungerli in loco. Il mio bagaglio era al Motel 6, dove avevamo alloggiato la sera precedente.

Un'assistente sociale venne a sedersi accanto al mio letto in ospedale, e mi disse che la mente umana non è altro che un'attività elettrica a ciclo continuo. Mi disse che una crisi è come una scarica, un temporale all'interno del cervello.

Le dissi: Signora, mi dica qualcosa che ancora non so.

Lei allora mi parlò della focomelia, una malformazione per cui si nasce con le mani che spuntano direttamente dalle spalle. Senza le braccia. Il vecchio nome popolare di questo difetto congenito era "braccia di foca". È un problema legato all'uso della talidomide, un sedativo, ma esisteva ben prima che questa si diffondesse. Mi parlò della sirenomelia, cioè di quando si nasce con le gambe unite tra loro, a mo' di coda di pesce. Da qui il nome e, forse, l'idea stessa delle sirene. L'assistente sociale si chiamava Clovis e anche lei aveva fatto la ballerina, la ballerina esotica, e a sua volta aveva nascosto di essere affetta da narcolessia. Allora aveva i capelli lunghi e biondi e gli occhi azzurri, le gambe lunghe e levigate e un'abbronzatura integrale. A quel punto, però, lì seduta accanto al mio letto, aveva i capelli ricci e castani. Anche gli occhi erano castani, e le cosce dei suoi pantaloni bianchi da tailleur erano così piene e tese che non poteva neanche accavallare le gambe.

Ai tempi in cui faceva la ballerina, riusciva a tenere sotto controllo la malattia con il Provigil, solo che a un certo punto, non avendone a sufficienza, aveva cominciato a prenderlo meno sistematicamente o a ridurre le dosi: tipico metodo per risparmiare, destinato all'insuccesso. Una sera, mentre era l'attrazione principale in un bar per motociclisti a Rufus, New Mexico, Clovis aveva fatto la sua gloriosa entrata in scena, si era aggrappata di slancio alla parte alta del palo e roteando per via della forza centrifuga, con i capelli biondi al vento, il suo corpo abbronzato cominciò a scendere verso il palcoscenico.

Mentre me ne parlava, i suoi occhi castani si appannarono. Clovis non ricordava di essere mai arrivata a terra. Si era risvegliata dietro le quinte, ingravidata da trentadue clienti, e da alcuni persino due volte.

Le domando qual era la canzone.

E Clovis, con gli occhi foschi, risponde: *Sour Times* di Portishead.

Ah, certo. I teneri e cupi vocalizzi di Beth Gibbons. 4 minuti e 11 secondi.

«4 minuti e 8 secondi» precisa lei. Con un sopracciglio sollevato mi dice: «Mai fidarsi delle copertine. Sempre meglio verificare il tempo effettivo sulla console».

Le domando qual era il suo nome d'arte.

E Clovis, guardando l'orologio, risponde: «È passato tanto tempo». Dice: «Ho quasi trent'anni, ormai».

Anch'io, le dico.

Al che Clovis, consultando un modulo dell'ospedale che aveva su una tavoletta portadocumenti, dice: «Me l'ero immaginato che l'età segnata qui era falsa».

Prima che lei si alzi in piedi per andarsene, le chiedo di spiegarmi com'è andata. Quel che è successo veramente.

Il bambino era nato, mi spiega, nove mesi dopo, dopo un parto da manuale. Un maschio. Non assomigliava a nessuno in particolare e se n'era andato subito dopo, in limousine, per andare a fare una vita di lusso nella Malibu Colon,y adottato da due dirigenti hollywoodiani, milionari e gay. Clovis disse: «A proposito di buttar fuori uno sconosciuto senza cervello e senza cuore».

Mi aveva già parlato dei parassiti epigastrici.

E io le dissi: No. Le domandai: Volevo sapere che cos'era successo a me.

Per un lungo minuto di estremo silenzio, Clovis si limitò a guardarmi sbattendo le ciglia. Alla fine, con voce da professionista dell'assistenza sanitaria, disse: «C'è un filmato del... dell'evento».

Una ragazza alla vigilia del matrimonio aveva portato in sala di soppiatto una videocamera e mi stava filmando mentre distribuivo le rose rosse. Io avevo dato inizio alla mia performance e lei stava ancora filmando. Avevano oscurato con mezzi elettronici il momento in cui mi uscivano le palle dal perizoma, ma il video era stato trasmesso in televisione. Prima, soltanto in un programma giapponese di filmati domestici da ridere, ma poi anche in Europa. Su internet, quel video da 4 minuti e 21 secondi era diventato virale ed era stato scaricato e visto in tutto il mondo. Oggetto di battute umoristiche in tutti i talk show di seconda serata.

L'ASCAP stava denunciando i siti web e i motori di ricerca per la distribuzione non autorizzata di *Stayin' Alive*. La società dei Chippendales non era contenta del fatto che io indossassi i polsini bianchi di carta. Un tale, che sosteneva di essere un produttore del *Late*

Show, telefonò al centralino dell'ospedale e chiese di essere messo in collegamento con la mia stanza.

Dissi a Clovis che volevo vederlo anch'io.

Clovis mi disse di no. Disse: «Meglio di no».

Le domandai che cosa mai poteva esserci di tanto orrendo.

E lei rispose: «Nel corso dell'episodio hai momentaneamente perso il controllo delle tue viscere».

La puzza in ambulanza.

«Un perizoma» disse Clovis «non concede un grande margine di errore.»

Quel video non l'ho mai guardato.

Lo Utah andava benissimo come posto per nascondermi, perciò restai a Salt Lake City e mi feci ricrescere i peli pubici. Mi tinsi di castano i capelli biondi. A colpi di striglia, mi liberai della mia abbronzatura e presi a mangiare tutti i cibi – pollo fritto, tortine Hostess ripiene di marmellata e patatine aromatizzate – che Mister Elegant non aveva mai assaggiato.

Quando si arriva a trent'anni, la vita sta tutta nel fuggire dalla persona che si è diventati per sfuggire alla persona che si è diventati per sfuggire a quel che si era all'inizio. Perciò, per un certo periodo, lì a Salt Lake City, cercai di diventare Mister Porco Panzone Birromane. Trovai lavoro in un fast food e ogni tot milioni di cheeseburger un cliente mi guardava dal lato opposto del bancone unto con l'aria di chi si domandava alla svelta dove mi aveva già visto.

Al che io schioccavo le dita e domandavo: «Vuole anche una porzione di patatine fritte?».

Non ho mai preso un dollaro da nessuno senza poi lavarmi le mani.

Magari, se fossi stato lì a sguazzare nelle mie feci, qualcuno avrebbe fatto due più due e avrebbe capito, ma poi è arrivato il video delle telecamere a circuito chiuso di quel ridicolo grande magazzino cinese in cui era morta tutta quella gente, e il mondo della comicità si è infine dimenticato di me e della mia disgustosa sventura.

Clovis no, però. E neanch'io ci sono riuscito.

Clovis veniva all'ora di pranzo, a mangiarsi dei cheeseburger, portandosi dietro un giovane cliente le cui dita delle mani erano fuse a formare due specie di tenaglie carnose e le cui gambe erano rinsecchite e inservibili: il termine tecnico era ectrodattilia, anche se la gente comune la chiamava "sindrome delle chele d'aragosta". Mi presentò una giovane donna affetta da polimelia, che aveva quattro gambe, ossia, in sostanza, due pelvi uno accanto all'altro e quattro gambe funzionanti che lei nascondeva sotto gonne lunghe.

Io continuavo a calcolare il tempo con le canzoni. *Steppin' Out* di Joe Jackson dura 4 minuti e 19 secondi, un tempo sufficiente a fumarsi una sigaretta nel vicolo sul retro. *You Keep Me Hangin' On* nella versione di Kim Wilde dura 4 minuti e 15 secondi, il tempo che mi serve per cambiare il sifone del seltz sotto il distributore delle bevande gassate. Non si riesce mai a dimenticare quel che si vorrebbe dimenticare né i momenti a cui si vorrebbe sfuggire.

Un giorno Clovis mi propone di passare da casa sua per incontrare un po' di gente. Le dico che le mie giornate sono tutte un continuo incontrare gente. Clovis, però, dice che questa è una cosa diversa.

A casa sua mi presenta una ragazza con due braccia e due gambe, e con un'altra persona quasi intera che le spunta da sotto l'orlo inferiore del top senza spalline. La mia prima eteradelfa: si chiama Mindy. Poi conosco un ragazzo con una faccia enorme e bitorzoluta come un cuscino da letto. Neurofibromatosi, la malattia dell'Uomo Elefante. Ha ventitré anni e si chiama Alex. Conosco una bella rossa senza gambe e con i piedi che le spuntano direttamente sotto la pancia. Osteogenesi imperfetta. Si chiama Gwen e ha venticinque anni.

Clovis mi dice: «Tu conosci la musica. Conosci le coreografie». Dice: «È un'idea loro, ma speravano che tu potessi insegnargli un po' di danza esotica...».

Intendeva dire: spogliarello. Una compagnia di ballerini esotici diversamente abili. Erano tutti giovani, annoiati da Salt Lake City. La loro idea era: Sono capaci tutti di mettere su un po' di muscoli, ossigenarsi i capelli e farsi un'abbronzatura finta con lo spray. Perché non offrire al pubblico qualcosa che non era fondato su un mucchio di balle? Perché non proporre ballerini che non si nascondevano dietro sorrisi fasulli? Che banda di ragazzini idealisti... Solo nello Utah!

Rispondo: «Certo, sono giovani e pieni di sogni. Certo, sono mostruosamente deformi, ma *sanno* ballare...?».

E Clovis dice: «Ho insegnato loro tutto quello che so della danza con il palo, ma speravo...». I dirigenti milionari dello studio hollywoodiano si erano offerti di finanziare la start-up con un prestito a sette cifre con un basso tasso d'interesse. Che diamine, se ero capace di insegnare a ballare a certi elefanti anabolizzati, potevo insegnarlo a chiunque.

Come dicono su Backpage: Realizza le tue fantasie.

Vorrei poter dire che è stato facile. La gente però fraintenderà sempre le tue intenzioni. La gente mi accusa di sfruttamento. Inoltre, non ci sono piccole imprese che siano puro e semplice divertimento. A Boulder, Glenda, la nostra ragazza che aveva entrambi gli occhi in una sola orbita, è scomparsa con un agente di borsa milionario. A Iowa City, Kevin, il nostro ballerino affetto da nanismo parastremmatico, ha messo incinta una ragazza che era alla vigilia del matrimonio. Per fortuna Clovis mi segue in tournée e mi aiuta con la compagnia, come una specie di madrina. Dio solo sa come faremo a settembre, quando lanceremo il nostro servizio di escort.

Quanto a me, non c'è spettacolo durante il quale io non sia lì a sudare dietro le quinte, a contare i secondi delle canzoni, a guardare tra il pubblico in cerca di funzionari ASCAP che prendono appunti, con tutti i muscoli delle braccia e delle gambe che fremono e rivivono ogni singola capriola, ogni carriola, ogni salto mortale senza mani e ogni colpo di reni che ho eseguito in vita mia sul palco. Vedendo quei ballerini e quelle ballerine folli, che allettano il pubblico facendo la lap dance per farsi dare le mance, mi sorprendo spesso a sussurrare.

Sussurro: «Benedicimi, per l'umile dono che reco...».

Sussurro. «*Questo* è ciò che reco!».

Il Tunnel dell'Amore

La gente sostiene che i capelli umani continuano a crescere dopo la morte. Si racconta di cadaveri riesumati, di corpi senza vita, con lunghi capelli da fotomodelle, che al momento del funerale non c'erano. Questi corpi dissepolti hanno unghie che solo certe signore oziose potrebbero avere l'agio di farsi crescere. Pare quasi che, da morti, ci si rifaccia il look come prima di un servizio fotografico.

Mito o realtà? La mia ultima cliente, venerdì sera, propone: «Scopriamolo».

Aveva telefonato una settimana prima e aveva chiesto espressamente di essere l'ultima cliente della giornata. Sostiene di avere muscoli inadatti a stare seduta tranquilla.

Una volta entrata nel mio studio, estrae una candela dalla borsa. Porgendomela, dice: «La accenda». Mi domanda se ho qualche altra musica a parte quella con il sitar.

Pare un po' instabile sui piedi. Difficile stabilirlo con certezza, perché è in sedia a rotelle. In questo campo le sedie a rotelle non suscitano il minimo stupore. Sono tante le persone che pagano per un massaggio curativo. È come sottoporsi a una permanente completa quando in realtà si avrebbe solo bisogno della piacevole sensazione di farsi lavare i capelli. Inoltre, questa cliente non ha bisogno di particolari pettinature. I suoi capelli ce li ha, di un biondo ossigenato hollywoodiano dalla punta alla radice. Le sue gambe sono levigate come ossa. Fa tutto parte dell'esperimento. Alla fine è completamente nuda, fatta eccezione per un nastro intorno al polso, come quelli che portano i neonati, solo che sul suo c'è scritto: «NON resuscitare».

I peli se li è tolti con la ceretta, dice: quelli che aveva sul corpo. I capelli se li è ossigenati: biondi alla Jean Harlow, alla Lana Turner. Prima che io la sistemi sul lettino da massaggio, dice di farle le gambe per ultime. Dice che se avessi sentito la ricrescita, ciò avrebbe dimostrato che il presunto mito era realtà. Dice che il bello di essere in fase terminale sta nel fatto di non doversi più ritoccare le radici.

Il brutto di essere in sedia a rotelle, dice, non sta nel fatto che le gambe diventano una sorta d'inutile bagaglio. La cosa peggiore è che una sedia a rotelle rende superflua quasi tutta la tua mobilia. Questa cliente dice di avere una casa meravigliosamente arredata, poltrone Luigi XVI con imbottiture ricamate, sedute Luigi XV. Dopo essere finita sulla sedia a rotelle, gran parte dei suoi più pregiati averi – poltrone, divani, cuore, cervello – si erano trasformati in meri ostacoli.

La sua borsa, dice, è strapiena di contanti. «Quando avremo finito, potrà aprirla e servirsi a piacimento, come fosse Halloween.» La polizia non deve essere per forza informata dei contanti. Né dell'orologio di diamanti, se è per questo.

È evidente quando i suoi farmaci stanno facendo effetto, perché non ride. I farmaci che usa sono legali in questo Stato. E così inadatti al suicidio che il loro costo è coperto dalla sua assicurazione sanitaria. C'è da pagare un ticket di dieci dollari, ma è pur sempre un gran risparmio, in confronto al costo di un ricovero in ospizio. Il massaggio, paradossalmente, non rientra nella copertura assicurativa.

Sulla base della mia esperienza, le ho detto che, tranne nei casi di gravi incidenti stradali, il massaggio non è mai coperto. Nel mio mestiere, quel che lei ha in mente è considerato un nuovo tipo di "lieto fine". Questa osservazione, di solito, suscita delle risate. La gente, in un modo o nell'altro, deve fare un po' di rumore.

Dopo un silenzio particolarmente lungo le domando se sta bene.

«Mi scusi» risponde. «Il fatto che io *non* parli è colpa della fenilalanina.»

Le dico che non sarebbe la prima persona che saluta e se ne va sdraiata sul mio lettino. È per questo che i massoterapisti hanno cominciato a chiedere di essere pagati prima dell'inizio della seduta. È spiacevole dover dire a una persona in quelle condizioni che la sua idea non è poi così originale. È un po' come un ultimo insulto. Dopo il primo incidente del genere, l'agente di polizia intervenuto sul posto mi ha detto: «Le conviene conservare tutti i messaggi vocali, nel caso in cui venga ordinata un'inchiesta». Qualunque cosa possa dimostrare che non sono complice.

Ringrazio la cliente per aver scelto l'ultimo appuntamento della giornata. Mi avrebbe fatto uno strano effetto, dopo una seduta del genere, mettermi a massaggiare una cuffia dei rotatori gonfia. Per non parlare del fatto che alla gente in sala d'attesa non piace vedere che il cliente precedente lascia lo studio dentro un sacco per cadaveri.

Nessuno mi dice apertamente il suo vero intento, ma non appena il cocktail della scienza moderna – sorta di surrogato della cicuta – fa effetto, ecco che tutti i segreti della loro vita traboccano.

Le dico: «Le pressioni prolungate fanno muovere il sangue più velocemente». In realtà, intendo dire "farmaci".

Per farla parlare le domando a chi dovrò telefonare. Spero che mi dica il nome di qualche parente, di persone più intime di un semplice medico curante.

Mi dice che quando il suo primo marito decise di farla finita, i dottori non ebbero la possibilità di assistere. Invece di chiedere aiuto a un professionista, si rivolse a un bilama Gillette. Fu lei a trovarlo, nella vasca da bagno.

Mi domanda: «Qual è il massaggio peggiore che le hanno fatto?».

Le domando se si ricorda di un libro intitolato *Tutto quello che avreste voluto sapere sul sesso (ma non avete mai osato chiedere)*.

Lei annuisce e dice: «1969».

Nel capitolo sui feromoni, il libro forniva ai lettori maschi il seguente consiglio: al mattino, appena alzati, prima di vestirvi, strofinatevi i testicoli nudi con un fazzoletto di cotone pulito. Quindi ripiegatelo con cura e infilatelo nel taschino della vostra giacca, portandovelo in giro tutto il giorno. L'autore del libro assicurava che le donne avrebbero trovato irresistibile quell'odore. Che ciò fosse vero o meno, il consiglio diede luogo a una grande diffusione dei fazzoletti da taschino.

Il massaggio peggiore che ho mai ricevuto risale al 1985, le dico. Avevo avuto uno sviluppo tardivo.

La massoterapista doveva avere un gran raffreddore o, forse, soffriva di allergie. Raffreddore da fieno, magari. Qualcosa che aveva a che fare con i seni paranasali, comunque, perché continuava a starnutire. Non era uno di quei "centri massaggi" in cui tutto si conclude con un "rilascio completo". Forse, però, quella donna aveva lavorato in qualche infimo posto del genere dove era stata costretta a schivare schizzi bollenti a ripetizione. Come per vendicarsi, infatti, continuava a starnutire e neanche quando io le dicevo "salute" lei si dava la pena di mettere la mano davanti al naso e alla bocca. Io ero a faccia in giù sul lettino, e gli spruzzi si spargevano sulla mia schiena.

Lei m'innaffiava senza scusarsi. Lo faceva con una tale nonchalance che io mi domandai se non fosse, per caso, un nuovo tipo di massaggio. E intanto lei starnutiva. Massaggiava senza mai interrompersi, e la pelle della mia schiena assorbiva gli schizzi dei suoi starnuti. Probabilmente, in quel modo risparmiava un capitale, perché non doveva usare unguenti o altro.

A fine seduta mi alzai e pagai. Lei stava ancora tirando su con il naso, perciò da vero gentleman tolsi il fazzoletto dal mio taschino e glielo offrii. Lei se lo avvicinò al naso e alla bocca e assunse una strana espressione, come se quel libro si fosse sbagliato a proposito delle donne. Le dissi che poteva tenerlo e a mo' di congedo le consigliai di riguardarsi. Non si sa mai come può evolvere un'infezione.

La donna sul mio lettino scoppia a ridere. Me ne accorgo al tatto. Finalmente, la mia scena clou.

Mi aveva trovato su internet, dice, su Angie's List. Il che è abbastanza strano. I clienti che prenotano una seduta per questo tipo di lavoro specialistico di solito non vanno poi a parlarne con amici o familiari. "Non si tratta di cose replicabili." Non nel caso di queste particolari operazioni, perlomeno.

Aveva scoperto di avere quel male, dice, andando da Zoom Care per un raffreddore che non voleva andarsene. Era lo Zoom Care accanto al Westfield Outlet Mall, tra Shoes-For-Less e Connecticut Candles, dove vendono scarti di fabbrica a prezzi scontati. Candele che sfrigolano. Candele che si spengono. Dice: «Quel posto non sembrava certo l'ospedale del dottor Kildare». Lei credeva di avere una normale faringite e... *sbam*. L'infermiera specializzata non aveva parlato di Quarto Stadio, ma a quel livello di prezzi non è neanche richiesto, forse. Senza pensarci due volte, entrò nel negozio accanto e comprò una candela color zucca che doveva profumare di noce moscata.

Quando ebbe la diagnosi, era ormai troppo tardi per quelle cure che ti fanno cadere i capelli.

Le domando se non ha pensato al corpo. Lei risponde che, arrivata a quel punto, è stata una faticaccia trovare un'estetista che le facesse una depilazione brasiliana.

Dice di aver chiesto all'addetto alle pompe funebri una bara aperta e una gonna corta. Intendeva un négligé. «Voglio che i miei ex mariti vedano quel che si stanno perdendo.»

Quando le domando: «Perché bionda?» lei mi domanda se leggo i giornali. Incredula, mi dice: «La morte di una bionda è sempre più tragica».

Visto che ha accennato ai mariti, cambio argomento: «Quanti ne ha avuti?» domando. Dice che il primo risale a così tanto tempo fa che allora la licenza di matrimonio costava ancora dieci dollari. Un massaggio costa di più, adesso. Persino un lavaggio auto costa di più, se si considerano anche le tasse. «Dieci dollari per rovinarmi il resto della vita» dice. «Come potevo farmi sfuggire un affarone del genere?»

Mi domanda se le lascio i piedi per ultimi. «Soffro così tanto il solletico che non voglio più essere al mondo quando lei arriverà laggiù.»

Passo a dei massaggi più intensi e percussivi tra le scapole, ma non abbastanza intensi per i suoi gusti.

Dice: «Mi piace» ma mi chiede di andarci più pesante. Mi assicura di avere un biglietto autografo in borsa in cui spiega ogni cosa, nel caso la polizia domandi come mai è coperta di lividi.

Fingo di darci dentro con più forza, ma lei non si accorgerà della differenza, visto il punto a cui è arrivata. I farmaci che ha preso, tutti insieme, basterebbero per una dozzina di overdose. È talmente andata che potrei prenderla a pugni e non sarebbe ancora abbastanza.

Dice: «Sa che cosa mi ricorda, questo?». Non lo so.

La colpisco così forte che la sua voce sussulta come se stesse attraversando in auto una strada piena di buche.

«Quando il mio primo marito mi chiese di sposarlo» dice, «mi portò all'autolavaggio.» Mi dice anche il nome del posto.

Ero stato in autolavaggi di quella stessa catena in almeno dieci città diverse. La parte più complicata è sempre quella in cui bisogna infilare le ruote entro i piccoli binari di scorrimento. L'adolescente con i brufoli, maschio o femmina, che ti guida fa segno con una mano o con tutt'e due indicando a sinistra o a destra come uno di quei tipi che all'aeroporto indirizzano i jumbo verso la pista giusta. Si paga dal finestrino, e quelli ti dicono che devi mettere in folle e tenere il motore acceso. Qualunque cosa accada, ti dicono, non bisogna mai schiacciare il freno. Un nastro trasportatore che sbuca dal pavimento ti spinge avanti.

Questo autolavaggio in cui l'aveva portata il primo marito era identico a tutti gli altri: un lungo e stretto edificio con alcune finestre al cui interno sembra sempre che sia in corso un tifone.

«Lo chiamava "il Tunnel dell'Amore".» Sospira.

Quel primo fidanzato le aveva detto: "Non preoccuparti, piccola. Sono abbastanza intelligente per tutti e due". Aveva pagato per il lavaggio più costoso, in cui le spazzole automatiche avvolgono l'auto per un tempo che sembra infinito, mentre degli spazzoloni rotanti calano anche dal soffitto. C'è un'aria umida come nella giungla e il tutto dura quanto un sonnellino pomeridiano. Il suo stereo a otto piste stava suonando *We've Only Just Begun* dei Carpenters. La sua auto aveva i finestrini elettrici e la chiusura delle porte centralizzata.

Dice: «Credevo volesse pomiciare».

Dice: «Non immaginavo che mi avrebbe fatto male».

Entrati da poco nell'autolavaggio, dice, lui utilizzò i comandi elettronici per abbassare il finestrino dal suo lato. A quel punto era troppo tardi per aprire la portiera e saltare giù. Se anche fosse scesa non sarebbe riuscita a fuggire. I robot avevano ormai circondato l'auto da vicino. Un getto di acqua bollente la colpì su un lato della faccia e lei lanciò un grido. Lui doveva aver bloccato il finestrino con il tasto che serve per proteggere i bambini, perché lei non riuscì a richiuderlo. «Mi disse: "Sheilah". Gridando, per farsi sentire in mezzo a quel frastuono, disse: "Sheilah, prima che ci sposiamo, voglio che tu sappia com'è il matrimonio".» A quel punto la schiuma arroventata l'aveva investita ustionandole il collo. Le pesanti cinghie in pelle di daino, calando dall'alto, cominciarono a flagellarla.

Si procedeva a passo di lumaca, dice: «Sembravano delle cilia. Come se fossi un cibo sul punto di essere digerito».

Cercò di sganciare le cinture di sicurezza e di rifugiarsi sul sedile posteriore, ma uno spruzzo di detergente ad alta pressione la accecò. Le bruciavano gli occhi. Quando aprì la bocca per gridare fu soffocata da altro detergente. Non vedeva neppure che cosa fosse quel che la colpiva, ma le parevano animali selvatici che le laceravano con le unghie la faccia e il collo. Le parve di essere investita dall'acido muriatico quando le spazzole rotanti le irrorarono le ferite aperte con altro sapone.

Il giovanotto che lei intendeva sposare le gridò: "Tu pensi che il matrimonio sia un vivere per sempre felici e contenti... Be', è più un'esperienza simile a questa, invece!".

Considerando che le parole di lui suonavano come fosse sott'acqua, lei dedusse che anche l'altro finestrino era aperto e che lui aveva intenzione di morire annegato accanto a lei. Immaginò che, una volta arrivati in fondo al tunnel, sarebbero stati due cadaveri fradici d'acqua e sapone. Sputacchiando acqua lui disse: "Non credere che io ti stia infliggendo una cattiveria; in realtà ti sto facendo un enorme favore".

Raccontando quell'episodio, dice che il dolore era qualcosa di indiscutibile. Aveva avuto la sensazione che lui avesse già fatto quell'esperienza, con altre donne, e che proprio per quello era ancora celibe.

E intanto le pinze le prendevano i capelli e glieli tiravano staccandoglieli con forza dal cuoio capelluto. Un diluvio di acqua gelida da risciacquo le si rovesciò addosso. Era una tortura. Come cercare di sfuggire a una strega. Come subire il *waterboarding* senza aver nulla di compromettente da confessare. Accecata e tra sofferenze atroci, sentiva che anche lui stava soffrendo, seduto accanto a lei, e quella era l'unica consolazione. Agli spazzoloni rotanti subentrarono insensibili robot che le spruzzavano getti di cera liquida nelle orecchie. Non sentiva più niente a parte il fragore degli ingranaggi rotanti. Macchinari decerebrati che afferravano e strofinavano le strapparono la sua camicetta preferita.

Il fidanzato, intanto, continuava a gridare: "Tu e io". Gridava: "Non faremo mai più sesso per la prima volta!".

Intanto procedevano. Non c'era modo di accelerare, però, né di fermarsi e neanche di tornare indietro.

Lui gridava: "Quando saremo sposati, ci diremo cose al cui confronto quello che sta succedendo ora sembrerà una torta al cioccolato".

Dopo la cera liquida, furono sferzati da giganteschi rulli. Uragani tonanti di aria li investirono in pieno volto, tendendo loro la pelle. A quel punto lei si sentiva un relitto scaraventato su una spiaggia dalla tempesta. Erano entrambi per metà calvi. I capelli che erano rimasti loro in testa luccicavano per il sapone e la cera.

«Ecco che cosa mi ricorda questo massaggio» mi dice. «Senza offesa.» Perde, riacquista e riperde i sensi di continuo. Lo capisco da come il suo respiro rallenta. Non sto commettendo reati, ma sto già affinando la versione che ho intenzione di raccontare alla polizia. Per tenerla sveglia, le domando: «E come mai ce l'ha con i sitar e la musica indiana?».

Il suo primo fidanzato non le aveva mai messo le mani addosso, eppure dopo l'autolavaggio era tutta lividi, graffi e ustioni. I capelli rimasti erano un garbuglio impastato. Tra i seni le colava un rivolo di rovente cera per auto.

All'uscita del tunnel, delle pale tipo ventilatore ad alta potenza la colpirono con dei getti di aria caldissima. Il rumore, pareva la fine del mondo. Come se Dio ti starnutisse in faccia.

Accettò ugualmente l'anello, pensando che il peggio fosse ormai passato. Non si era sbagliata, ma solo per diciassette anni circa.

Le domando perché intervenne ad aiutarlo, quando lo trovò nella vasca da bagno, e lei mi dice che era suo dovere. Se non l'avesse aiutato, dice, «sarebbe stato come mettere alla luce un bambino a metà». E per aiuto, qui, intende dire che gli massaggiò le braccia. Per evitare che il sangue si coagulasse. Dice che fu come mungere una mucca. Il concetto era di fare in modo che le cose si muovessero in direzione del mondo esterno. In modo che lui fosse morto prima ancora che l'acqua si fosse raffreddata.

Mi dice queste cose mentre le sto massaggiando le braccia.

Dice che quel che fece per il suo primo marito era esattamente ciò a cui la gente pensa quando parla di "salvataggio eroico". Che differenza c'è tra questo intervento e un salvataggio, infatti, se questo è ciò che desidera la persona? Fu estenuante: tutta quella fatica per diventare una vedova. A posteriori, avrebbe dovuto lasciar perdere quando era ancora in tempo. Le gioie della vedovanza durano solo fintantoché non ci si risposa.

Inclinazioni

C'era una ragazza. Si chiamava Mindy. Mindy Evelyn Taylor-Jackson. Questo è il nome che alla fine l'ufficiale giudiziario avrebbe letto negli atti processuali. Quel che segue, infatti, andrà a finire in un'aula di tribunale. Non per rovinarvi la suspense... ma la giustizia alla fine prevarrà.

Ci sarebbero tante cose da dire, ma quel che dovete innanzitutto sapere è che Mindy rimase incinta. A tredici anni, nientedimeno. Aspirava a un posto nel gruppo delle cheerleader, a una carriera come assistente legale e desiderava una Porsche 911 Carrera 4S Cabriolet color ossidiana n. 2 con gli interni in pelle Special Edition Stuttgart. L'ultima cosa che Mindy desiderava era un bambino. I suoi genitori, viceversa, non erano inclini a concordare con lei. Erano membri del Movimento per la Vita, cristiani rinati. La vita comincia al concepimento, le dissero; alla fine, però, dovettero prometterle che se avesse portato a termine la gravidanza e dato il figlio in adozione le avrebbero comprato la Porsche.

All'inizio, con la Porsche, poté solo fare dei giretti a tarda ora, nel grande parcheggio della loro chiesa. Lasciava sull'asfalto delle gran ciambelle di gomma nera e degli otto fumanti, come un animale in gabbia. All'epoca, da quelle parti, di Porsche non se ne vedevano tante. Erano come il sussidio di disoccupazione, o come andare in paradiso. Gli adulti consigliavano di lavorare sodo e prima o poi l'occasione giusta sarebbe arrivata per tutti.

La madre e il padre avrebbero voluto insegnare a Mindy la bellezza e la santità della vita, ma lei aveva imparato qualcos'altro. Prima di compiere sedici anni aveva già tre Porsche. Tre Porsche e le tette più grosse di tutta la classe. E niente smagliature. Quelli erano solo una parte dei vantaggi di cominciare presto. Si spettegolava sul fatto che lei avesse avuto anche una percentuale da una concessionaria Porsche di St. Cloud. Oltre a questo, radio serva diceva che era stata di nuovo dall'ostetrica, e se i soldi dei genitori fossero bastati – e la cervice avesse tenuto – Mindy Taylor-Jackson avrebbe avuto presto due Porsche gemelle. In totale, avrebbe avuto cinque auto prima ancora della maturità.

Il passo successivo fu che Kevin Clayton vide Mindy alla guida della sua 400 cavalli con ruote dai lussuosi cerchioni cromati a raggi. Di conseguenza, per il suo sedicesimo compleanno pretese un abbonamento alla rivista "Elle Decor". A settembre volle un gerbillo. Pochi giorni dopo, quando questo scomparve, ne chiese un altro. Alla festa del Ritorno a Casa era già al quarto gerbillo. A Halloween era arrivato al sesto. Si avvicinava alla lista della spesa che la madre attaccava al frigorifero con una calamita e scriveva: "Ci serve altra vaselina". Servendosi di fazzolettini di carta aveva svuotato quasi del tutto l'ultimo vasetto nel cesso e aveva tirato l'acqua.

La madre ne comprò un altro, e Kevin notò che lei aveva tracciato una lineetta sulla parte esterna del nuovo contenitore con un pennarello nero. Segnava il livello, come faceva con le bottiglie di vodka e di gin nel mobiletto dei liquori. Subito Kevin ne prelevò il più possibile, la gettò nel gabinetto e poi tirò l'acqua. Quindi, andò in camera sua e aprì la gabbia del gerbillo. Ci infilò una mano e prese la piccola pallottola di pelliccia per la coda.

Bussarono alla porta della sua stanza. Kevin tirò fuori quell'ultimo gerbillo. Dal corridoio suo padre disse: «Dobbiamo parlare, giovanotto».

Kevin si avvicinò alla finestra con il gerbillo. Fece scorrere il pannello di vetro e calò con cautela il piccolo roditore a pochi centimetri dal suolo. «Sto entrando» disse il signor Clayton. Si udì un rumore di chiavi. Kevin lasciò cadere il gerbillo e lo guardò sgattaiolare via. Era autunno. Stava andando tutto in malora. Tutto era cibo per qualcos'altro. Chiuse la finestra, si buttò sul letto e aprì l'ultimo numero di "Elle Decor" proprio mentre il padre entrava nella stanza. La prima cosa che il padre notò fu la gabbia vuota.

«Dov'è il tuo criceto?» domandò.

Kevin si strinse nelle spalle. Cercò di assumere l'aria di chi stesse cercando di non avere un'aria colpevole. Disse al padre: «Dimmi la verità». Indicando una foto sulla rivista di design, domandò: «Credi *davvero* che la carta da parati metallizzata dai motivi vivaci possa tornare in voga?». Fece uno sbadiglio e un sorrisino da boa constrictor che abbia appena ingoiato una capra.

Gli occhi del padre si spostarono lentamente dalla gabbia al punto in cui Kevin era spaparanzato sul letto. Il signor Clayton cercò di sorridere, ma le labbra gli tremavano per lo sforzo e il tentativo fallì. Quando parlò, la voce gli uscì tesa e un po' troppo acuta. «Ne è scappato un altro?». Fu percorso da un brivido e si passò una mano sulla faccia.

Kevin giurò a se stesso che un giorno, da uomo adulto, sposato, avrebbe portato i figli dai suoi genitori, per farli contenti, e avrebbe raccontato al padre tutta la verità: i gerbilli li aveva liberati. Dopo tutti quegli anni la popolazione dei gerbilli sarebbe stata di gran lunga più numerosa del normale. Kevin e suo padre si sarebbero seduti in veranda a bere una birra e avrebbero riso delle immagini terribili che ora occupavano la mente del signor Clayton.

Stiracchiandosi sul letto, Kevin girò una pagina e fece una smorfia, borbottando cupo: «E basta con queste piastrelle di vetro!». Guardava dovunque, tranne che negli occhi del padre. Mollò una scoreggia. Un po' gli dava fastidio la facilità con cui suo padre era saltato a certe turpi conclusioni.

Prima di acconsentire all'acquisto di un nuovo gerbillo, i genitori di Kevin gli chiesero se era disposto ad andare dal medico di famiglia. Non gliene spiegarono il motivo. Lui sospettò che volessero curiosare intorno alle sue chiappe in cerca di segni di piccole unghiate.

Quando sui gradini davanti a casa cominciarono ad arrivare

numeri di "Playgirl" la mamma e il papà di Kevin erano ormai inconsolabili.

Kevin, la Porsche, non la voleva. Inutile fingere. Nessun ragazzino voleva la Porsche. Non era mica il 1985. Che altro si poteva chiedere, però? Non ci si poteva accontentare di cose troppo semplici. Le richieste dovevano essere impegnative. Tuttavia, Mindy Taylor-Jackson aveva stabilito l'unità di misura del potere degli adolescenti e l'amore dei genitori. Una Porsche. Due Porsche. E così via. Il record da battere era il suo.

Finita un'altra confezione di vaselina, i genitori si presentarono entrambi in camera sua. Un altro gerbillo era arrivato e poi scomparso. Mamma e papà erano accanto alla gabbia vuota sul comodino, mentre Kevin se ne stava in panciolle sul letto.

Kevin sapeva esattamente quale bottone premere. «Perché mai dovrei aver voglia di diventare come voi due?» Fece un'espressione truce. «Per essere una persona infelice?» Si batté platealmente un pugno sul gracile petto. «Per poter mettere al mondo un mostro, un buono a nulla, che mi spezzerà il cuore?» Scaraventò l'ultimo numero di "Elle Decor" contro il nuovo poster di Lady Gaga, che cadde a terra accartocciandosi insieme alla rivista. S'infuriò, rovesciando sul pavimento la gabbia vuota, spargendo trucioli di legno di cedro sul tappeto intrecciato. Esagerò. Fu più facile per lui piangere quando vide le vere lacrime che scorrevano sulle guance della madre.

Era una sensazione meravigliosa. Gli era capitato di raccontare barzellette. Qualsiasi pagliaccio è capace di far ridere la gente. Quella, però, era una capacità nuova e terribile. Aveva il potere di far piangere sua madre. Non era un granché come superpotere, ma era un buon inizio.

«Tu non sei un mostro» piagnucolò la signora Clayton.

«Sì che lo sono!» disse Kevin, con una ferocia che impressionò persino lui. «Sono un invertito!» Inveì contro la madre. «Avresti dovuto abortirmi!» Le parole, quelle parole, suonarono elettrizzanti e autoindulgenti. Per quanto cariche di disprezzo di sé, lo ponevano comunque al centro dell'attenzione. Il problema di essere degli adolescenti era che i genitori riuscivano a mantenere una tale calma... Gli si parò davanti la prospettiva di una grande carriera. Quello era recitare! Poteva diventare una stella del cinema.

A riprova del talento di Kevin, suo padre trattenne la signora Clayton per le spalle, onde evitare che lei gettasse le braccia al collo del figlio. La faccia del padre era rigida e immobile. A scuola, gli amici di Kevin sarebbero morti d'invidia. Non vedeva l'ora di descrivere loro lo sguardo angosciato della madre. Il modo in cui suo padre frignava. Kevin li aveva messi con le spalle al muro. Quello era amore. Ecco fino a che punto gli volevano bene.

Stava tenendo se stesso in ostaggio. Avrebbero dovuto accettare le sue richieste.

Quanto a Mindy Taylor-Jackson, i suoi genitori l'avevano mandata in un posto fuori città. Un grande edificio cintato, come una specie di collegio o di comunità terapeutica. Non tanto lontano da quell'edificio ce n'era un altro, riservato ai maschi. Consisteva di alcuni acri coperti di ghiaia intorno a un edificio di sei piani in mattoni rossi. Aveva solo *l'aspetto* di una fabbrica. Girava voce che non ci fosse niente da fare a parte il sollevamento pesi e le iniezioni di testosterone. I residenti potevano giocare a carte e visitare siti porno su internet. Era come una prigione, ma senza la continua minaccia di essere inculati. Anzi, l'amministrazione faceva entrare spogliarelliste e puttane.

Kevin era meravigliato per come la sua messinscena avesse turbato i genitori. Era un bluff. Ed era anche una trappola, persino lui se ne rendeva conto. Non avrebbe potuto confessare la verità e tirarsi indietro. Se l'avesse fatto, avrebbe rischiato di perdere tutta la credibilità accumulata. A guardarli così tremanti e affranti gli pareva di assistere al proprio funerale. In vita sua non aveva mai fatto nulla di altrettanto soddisfacente. Il padre di Kevin sembrava invecchiare e diventava sempre più curvo a vista d'occhio. A vederli appassire e piangere a dirotto in quel modo, la profondità del loro dolore era assolutamente sbalorditiva. Si era verificato uno slittamento permanente, e loro non sarebbero mai più stati delle autorità per lui.

Vedendoli soffrire in quel modo, Kevin non poté non gettar loro un osso. Rigirandosi sul letto, premette la faccia sul cuscino per evitare di scoppiare a ridere. Con la voce così attutita, disse: «Se solo esistesse una cura...».

Non stava allentando la tensione. Aveva semplicemente capito che la soluzione doveva arrivare come se fosse stata una loro idea. Dovevano tirar fuori l'idea della fabbrica di mattoni rossi come dal nulla.

Il nome ufficiale non era "La Fattoria dei Froci". Era costruita come fosse un'altra cosa: un ospedale o una prigione. Poi, però, il Comandante se n'era uscito con le sue teorie sul riorientamento. Per prima cosa, riorientò l'edificio costruendovi intorno delle recinzioni. Era una costruzione a sei piani, di mattoni rossi, che sorgeva in mezzo ai campi di granoturco. Nello spazio tra l'edificio e la recinzione, un tempo occupato da prati ben rasati, il Comandante aveva sparso della ghiaia e liberato dei cani assetati di sangue tipo Stalag 13.

Quando i suoi genitori lo accompagnarono lì, trovarono la solita folla che bloccava l'accesso. Una folla di Rock Hudson agitava cartelli di protesta e si era stesa in mezzo alla strada a mo' di tappetini per cercare di farsi investire. Le giocatrici di softball indossavano magliette troppo aderenti con triangoli rosa e senza reggiseno anche se era praticamente Natale. Su tutti i palloncini color arcobaleno c'era stampato il segno dell'uguale. Avevano un mucchio di questi palloncini e c'erano anche dei bambini. Chissà come, avevano tutti dei bambini piccoli.

Il padre di Kevin dovette suonare il clacson, con il motore in folle, le portiere bloccate e il riscaldamento al massimo. I Rock Hudson arrivarono da ogni lato. Si dimenavano per attirare l'attenzione di Kevin, gridandogli che non doveva affatto vergognarsi. Alcuni erano vestiti da suora, ma avevano la barba, e si erano messi un po' troppo trucco intorno agli occhi. Kevin non ce la faceva a guardare le facce dei Rock Hudson premute contro i finestrini dell'auto, così appiccicate che si poteva vedere fino in fondo alle loro gole urlanti. Guardò i bambini, invece. Li studiò con attenzione, ed era come guardarsi allo specchio.

Un Rock Hudson urlò: «Poi andrà meglio, vedrai!». Kevin avrebbe voluto gridargli: "Sparisci!".

Telecamere sui montanti del cancello, che ruotavano per seguire il loro procedere. Sul tetto si stagliava una sagoma con un fucile in spalla. «Alla sicurezza ci tengono» disse il signor Clayton. «Pensa se tutti questi deviati dovessero dare l'assalto alla struttura.» Girò la testa in direzione del cancello. Suonò di nuovo il clacson.

Persino in quel momento, Kevin fu tentato di raccontare di Mindy e dei gerbilli, ma la posta in gioco era troppo alta. La recinzione aveva dei rotoli a fisarmonica di filo spinato che correvano lungo il bordo superiore. E all'interno della recinzione ce n'era un'altra con cartelli che dicevano: "Pericolo Alta Tensione". Quando furono all'interno del primo cancello, aspettarono. Solo quando quello si fu richiuso, il cancello più interno si aprì. E anche all'interno del secondo c'erano cani tedeschi che circondarono l'auto abbaiando e azzannando l'aria. Annusarono i finestrini finché un vecchio non si presentò sulla soglia dell'edificio. Appoggiato a un bastone, restò sul più alto dei gradini d'ingresso. Prese un fischietto cromato attaccato a una cordicella, che teneva appeso al collo smunto, e soffiò fino ad avere le vene in rilievo sulla fronte piena di macchie. Kevin non sentì alcun fischio, ma i cani si dispersero in tutte le direzioni.

Il vecchio che li accolse era chiamato il Comandante, anche se a sua insaputa chi alloggiava lì lo chiamava Mister Peanut, per via della pelle butterata e gialla come un guscio d'arachide. Ed era anche calvo come un'arachide. Il pizzetto che sfoggiava sul mento era giallo. E giallo era anche il bianco dei suoi occhi.

Il Comandante fece loro segno di sbrigarsi. Quando furono al sicuro all'interno dell'edificio li fece accomodare a una scrivania e consegnò loro un malloppo di documenti. Non c'era il tempo per leggere tutto, perciò si limitò a indicare loro dove dovevano firmare. Kevin sentì un vago odore. Odore di cibo da mensa. Sua madre stava snarigiando in un fazzoletto. Suo padre stava firmando un assegno. La signora Clayton diede un bacio sulla guancia al figlio, mentre il signor Clayton gli strinse la mano.

Gli altri ragazzi che alloggiavano allo stesso piano di Kevin Clayton erano: Jasper, Brainerd, Porco il Pirata, Tomas, Troublemaker – il Piantagrane – Balena Jr, e Fagiolo Rosso. Questi erano i nomi scritti a pennarello sulle targhette appiccicate alle loro camicie. "Ciao, mi chiamo...". Kevin, Jasper, Brainerd, Porco il Pirata, Tomas, Balena Jr, Piantagrane e Fagiolo Rosso. In alcuni casi si trattava del nome di battesimo, in altri di un soprannome.

Il loro piano, il sesto e ultimo, pareva alto come un tornado, circondato soltanto da campi di granoturco. Se una persona fosse stata capace di vedere abbastanza lontano, appena un po' al di là della curvatura dell'orizzonte, avrebbe scorto il centro per sole donne in cui Mindy Taylor-Jackson era stata mandata a partorire e ad abbandonare il frutto del suo peccato. Da una finestra potevano vedere il cancello principale. Lì, la folla dei Rock Hudson era troppo lontana perché si potessero distinguere le facce, ma Kevin riconosceva i cartelli dei picchetti con i triangoli rosa e le bandiere arcobaleno. Vedeva i cani tedeschi pronti al balzo lungo il perimetro della recinzione. Osservandoli, si sentì come l'angelo intrappolato nella casa di Lot nell'Antico Testamento. Fuori, la calca dei sodomiti assediava l'edificio.

In quel primo pomeriggio di Kevin, i ragazzi disfarono i bagagli. I nuovi arrivati. La stanza, come la camerata di una caserma, non aveva partizioni. Ognuno aveva una branda. Accanto a ogni branda c'era un alto armadietto di metallo come quelli del liceo. Nessuno fece il primo passo, neanche per dire "ciao" o per domandare: "Chi sono quelli?". Nessuno si presentò. Il sovrintendente di quel piano assegnò a Kevin il letto tra Brainerd e Balena Jr. L'ultimo letto nell'angolo fu destinato a Fagiolo Rosso. Ebbero tempo fino all'ora di cena per sistemarsi.

Quando il supervisore del piano se ne fu andato, Piantagrane andò accanto al letto d'angolo, prese tra le braccia i vestiti di Fagiolo Rosso e li scaraventò dall'altra parte della stanza, dove si trovava il letto assegnato a lui. Rivendicò per sé il letto d'angolo e alzò le mani sopra la testa. Le batté e disse, ad alta voce: «State a sentire, miei cari amici pervertiti!». Nella parte interna di un polso, sfoggiava il tatuaggio di un pipistrello vampiro o forse di un'ascia dal lungo manico.

Schioccò le dita e fischiò finché non ottenne attenzione. Quando vide che tutti lo stavano guardando, disse: «Perché si sappia...». Fletté i bicipiti, che fecero gonfiare e risalire le maniche corte della maglietta nera fino alle ascelle, scoprendo la fitta peluria sottostante. Su un lato del collo aveva un altro tatuaggio blu scuro. A lettere spinose c'era scritto: "Suede". Era un bruto.

Piantagrane fissò lo sguardo su Kevin, per poi passare più volte dal letto di quest'ultimo al proprio, distanti meno di un braccio. Piantagrane aspettò che Kevin fosse completamente girato verso di lui e che lo ascoltasse con attenzione. Parlando con lentezza, come pronunciando un elenco di parole più che una frase vera e propria, disse: «Io-Non-Sono-Un-Omosessuale». Sollevò le sopracciglia in attesa che le sue parole arrivassero per bene a destinazione.

A parte questo, l'intero piano era sprofondato nel silenzio. Sembravano tutti raggelati, una fotografia di ragazzini che disfacevano i bagagli.

Piantagrane fece con una mano il segno della pistola per poi puntarsene la canna al centro del petto. Come un Tarzan, disse: «Io. Eterosessuale». Alla camerata, in generale, disse: «Io sono qui solo per ricattare i miei genitori, perché voglio che mi prendano una Yamaha Roadliner S». Piantagrane disse: «Comprì?».

Kevin lo fissò costernato.

Fu sufficiente che una persona confessasse per scatenare un'epidemia di verità. Balena Jr disse che aveva imbrogliato tutta la sua congregazione religiosa. Da qualche parte nel Montana c'era una piccola località in cui le donne stavano vendendo torte per beneficenza. I teenager contribuivano lavando auto a oltranza. Persino i bambini devolvevano le mance ricevute per i denti da latte caduti. Balena Jr si vantava dicendo che, al suo ritorno a casa, sarebbe stato accolto come un eroe. Il Rotary Club e il Kiwanis lo avrebbero fatto sfilare sulla Main Street in una grande parata di benvenuto. Avrebbe salutato tutti passando tra due ali di folla in piedi su una Cadillac decappottabile.

Gli occhi di Balena Jr si appannarono al solo pensiero. Sarebbe stato per tutti quelli che lo conoscevano la prova vivente del fatto che è possibile sconfiggere la corruzione di questo mondo malato. Con le torte e le altre cose che avevano preparato... con i tacchini che avevano messo in palio alla riffa... stavano redimendo un'anima. Nonostante quel che andavano predicando i progressisti liberali senzadio, la brava gente della nazione poteva fare la differenza. I soldi da loro raccolti avrebbero contribuito a fare di Balena Jr uno straordinario cacciatore di fighe.

Ovviamente, lui lo era da sempre. Non era mai stato un campione di football. Non aveva mai portato a casa il massimo dei voti in pagella, ma per il solo fatto di amare le ragazze Balena Jr sarebbe stato adorato da tutte le persone che conosceva. Tutti, nella cittadina in cui abitava, si sarebbero impegnati a far sì che lui continuasse a essere un felice cacciatore di gonnelle. Vantandosi del suo piano, Balena Jr sogghignava. Si lustrò le unghie sul davanti della camicia bianca inamidata. A sottolineare la sua genialità, abbassò gli occhi con un'aria falsamente timida e modesta.

Jasper rispose che la parata era poca roba, così come essere l'eroe di una piccola confraternita religiosa. A lui, non appena fosse uscito dalla Fattoria, i suoi genitori avevano promesso di pagargli il college.

Raggiante, Porco il Pirata disse che a lui, come premio, avrebbero pagato il corso per prendere il brevetto da pilota d'aereo. Tomas aveva spuntato una tessera annuale per tutte le partite dei Bruins.

Ascoltandoli, Kevin sperava che Dio valutasse le cose in maniera proporzionale. Un giorno, a salvarlo dall'inferno non sarebbe stata tanto la sua bontà quanto piuttosto il fatto che altri avevano commesso peccati più gravi dei suoi. Kevin aveva forzato la mano dei suoi genitori. Li aveva costretti a dimostrare quanto gli volevano bene. Altri però avevano indotto intere comunità a pregare per loro. Si sarebbero spacciati per santi fasulli. Dimostrazione vivente dei miracoli compiuti da Dio sulla Terra.

In base all'accordo che lui aveva stretto con i suoi, al suo ritorno a casa da pervertito redento, Kevin Clayton avrebbe ricevuto non meno di ventimila dollari in contanti. Non equivalevano a una Porsche, ma quella era la cifra che i suoi genitori si erano detti disposti a pagare.

Quella sera i ragazzi del sesto piano chinarono tutti la testa sul loro manzo alla Stroganoff. Quando il burro non aveva ancora fatto in tempo a sciogliersi sui fagiolini, avevano tutti confessato di aver architettato più o meno lo stesso imbroglio. Erano, dal primo all'ultimo, dei finti invertiti. In quanto tali, s'impegnarono tutti a comportarsi bene. A essere umili e obbedienti, se necessario. Era bello. In compagnia di tutti quei ragazzi tanto svegli sembrava di essere una banda di borseggiatori in un libro di Charles Dickens. Era meglio della criminalità organizzata, perché i loro piani avrebbero finito per rendere tutti felici. Non c'era neanche un vero omosessuale tra loro.

Stavano ancora scherzando e dandosi delle pacche sulle spalle, congratulandosi a vicenda per le idee brillanti che avevano avuto, quando il Comandante fece il suo ingresso dal retro della sala mensa. Attraversò il refettorio come una bara, diretto verso una tribuna a un'estremità della sala. L'aria era densa di vapore e puzzava di latte cagliato. Quando arrivò, i ragazzi si erano zittiti. Sfogliò alcune pagine. Senza alzare la testa cominciò a leggere. «Signori.» Si schiarì la voce. «Signori, benvenuti nella nostra Casa di Cura. Sappiate che questo istituto non ha mai fallito la missione di guarire i suoi degenti. Queste porte non hanno mai, neppure una volta, lasciato libera nel mondo un'anima dalle torbide inclinazioni...»

Proseguì spiegando che gli ospiti della struttura sarebbero stati trattenuti finché il personale responsabile non li avesse ritenuti del tutto riorientati. Per evitare le tentazioni della carne si sarebbero fatti la doccia separatamente e vestiti in isolamento. Non si sarebbero mai mostrati nudi agli altri. Non appena fossero stati giudicati idonei, sarebbero stati integrati con il resto degli ospiti che alloggiavano ai piani sottostanti. I documenti che insieme ai loro genitori avevano firmato al momento dell'ammissione altro non erano che una dichiarazione che li impegnava giuridicamente a sottoporsi in loco al trattamento e al programma di recupero previsti.

«Per la vostra sicurezza» disse il Comandante, «vi pregherei di non tentare di abbandonare questo edificio.» Rinfrescò loro la memoria sulla presenza della recinzione elettrificata e dei cani. Spiegò che i contatti con le famiglie sarebbero stati rigidamente limitati. «Potrete scrivere lettere che saranno lette dal nostro personale, che potrà a sua discrezione eventualmente censurare messaggi considerati falsi o manipolatori.»

Kevin ebbe l'impressione che Mr Peanut fosse stanco, come se avesse ripetuto quel discorso troppe volte e non riuscisse più a metterci il cuore. La pancia di Kevin era troppo piena, e la giornata era stata di quelle lunghe. Mentre la voce del Comandante continuava soporifera, Kevin scambiava qualche sguardo annoiato con Porco il Pirata, Jasper sbadigliava e Tomas sospirava come se stesse fantasticando sul posto che in futuro avrebbe avuto sugli spalti all'altezza del centrocampo. Brainerd consultava l'orologio da polso, con aria compiaciuta. Le guardie del sesto piano avevano confiscato a tutti il telefonino. Nessuno poteva spedire SMS. Brainerd sapeva l'ora solo perché indossava un orologio vecchio stile.

Mentre ascoltava, Kevin cercò di contrastare una sensazione di gelido terrore. Non erano le parole pronunciate dal Comandante a spaventarlo. Era *il modo* in cui le diceva, come se stesse leggendo qualcosa che era scritto su una tavola di pietra che gli fosse stata consegnata in cima al Monte Sinai. Rassegnato e minaccioso, il Comandante sembrava un giudice nell'atto di pronunciare una sentenza di morte.

Jasper sbadigliò coprendosi la faccia con le mani. Piantagrane scostò il vassoio della cena e si chinò a faccia in giù sul tavolo, appoggiando la testa sulle braccia conserte. Aveva da poco cominciato a russare quando il Comandante alzò gli occhi dal suo copione. Osservò i sette ragazzi. Disse: «Qualcuno ha domande?».

Nessuno rispose. Kevin non voleva correre rischi. Restò seduto con la schiena diritta e le mani incrociate compostamente davanti a sé. Voleva arrivare il più velocemente possibile ai suoi ventimila dollari.

«Signori» blandì il Comandante, «non avete proprio nulla da domandare?»

Brainerd alzò la mano come se fosse a scuola. Quando gli fu data la parola, fece una domanda generale sul loro corso di studi. La risposta del Comandante fu che avremmo seguito corsi di storia, letteratura inglese, latino, matematica e geometria. Avevamo a disposizione anche una biblioteca di trattati di teologia. Sotto il tavolo qualcuno diede un calcio a Brainerd per essere stato così leccaculo.

Piantagrane sussurrò: «So io come disporne...».

Fagiolo Rosso domandò: «E le attività sportive?».

Il Comandante lo guardò. I suoi occhi itterici cercarono la targhetta del nome. «Signor Rosso» rispose, «quando ce ne sarà il tempo, potrete far uso del campo da pallacanestro sul retro dell'edificio, così come della piscina che si trova nello scantinato.» Quindi guardò a uno a uno tutti quanti, in attesa di nuove domande.

«Si possono usare gli steroidi?» domandò Porco il Pirata.

«E il sollevamento pesi è ammesso?» aggiunse Jasper. Nessuno osava chiedere conto della promessa relativa alle puttane e alle spogliarelliste che dovevano intervenire nel processo di recupero.

Il Comandante inclinò la testa di lato, confuso. Diversamente da quanto sentito dire, non erano previsti steroidi anabolizzanti né body building. Kevin dedusse dall'espressione sgomenta di Balena Jr che per quest'ultimo il lavoro in palestra era parte integrante del suo sogno del Ritorno a Casa: doveva essersi immaginato come un uomo pompatissimo e certificato al cento per cento che avanzava tra ali di folla acclamanti. Balena Jr pareva mortificato.

Kevin udì dei suoni. Quattro note musicali. Qualcuno stava premendo i numeri della tastiera installata in corridoio. Vide entrare una guardia dal fondo dell'aula. La guardia attirò l'attenzione del Comandante e puntò il pollice in direzione dell'uscita. Il Comandante annuì e disse: «Se non ci sono altre domande, è ora che voi torniate...».

Una voce intervenne: «Una domanda». Era Piantagrane. Rialzando la faccia dalle braccia conserte sul banco, domandò: «Quand'è che potremo darci da fare con Betsey?».

Tutti lo guardarono con rinnovata ammirazione e rispetto. Quel nome – Betsey – rimase ad aleggiare nell'aula. A giudicare dall'espressione del Comandante, quel riferimento aveva toccato un tasto significativo. Piantagrane era, evidentemente, in possesso d'informazioni riservate.

Il Comandante sorrise. Non fu però un sorriso felice, bensì piuttosto il sorriso di chi aveva un segreto. «Domani, signori, avrete una bella sorpresa.» Levò in alto le mani scolorite. «Domani incontrerete una bellissima ragazza.» Chiuse gli occhi come rapito, felice. «È assolutamente...» Per significare ciò che le sole parole non potevano esprimere, disegnò nell'aria con le mani una prosperosa forma a clessidra. Poi, i palmi si congiunsero, e il Comandante se li portò sul petto, premendosi le mani intrecciate sul cuore.

Come sperduto in un sogno estatico chiuse gli occhi. Sospirò. «E vi donerà l'accesso a tutti i misteri erotici del corpo femminile.»

La prima colazione consisteva di uova e pane tostato. Subito dopo, la guardia li condusse per una nuova scalinata e attraverso un paio di porte di sicurezza. A ogni passo l'aria si faceva sempre più irrespirabile. Più stantia. Densa di umidità e di caldo. Per un breve tratto, Kevin sentì l'odore di cloro della piscina. Ciò dimostrava che si trovavano nello scantinato, ma la guardia li portò altri due o tre piani più in basso. Faceva fermare il gruppo come fosse un vigile, mostrando loro il palmo di una mano. Teneva aperte le varie porte e faceva segno ai ragazzi di passare. Quei passaggi erano più dei cunicoli che dei corridoi. C'erano tubature a vista sui soffitti, e il pavimento era di calcestruzzo grezzo. L'umidità si condensava e sgocciolava dai tubi. Le pozzanghere li costringevano a fare attenzione a dove mettevano i piedi.

Erano rimasti svegli per gran parte della notte a bisbigliare quel nome tra loro: "Betsey...".

Ora si sentivano nel bel mezzo di una grande avventura, ma a ogni passo avevano sempre più netta la sensazione di dover essere sepolti vivi. Jasper bisbigliò: «Spero che ci faranno usare il preservativo. Il mio sperma potrebbe corrodere l'acciaio».

Tomas concordò. «Non sarebbe bello uscire di qui con un bambino». Lamentandosi sottovoce, cercavano di esorcizzare il rischio di diventare padri ancora adolescenti. Sapevano per esperienza diretta che razza di mostri potevano essere i figli. Brainerd ipotizzò che Betsey potesse essere una di quelle costosissime Real Dolls, incredibilmente realistiche e anatomicamente corrette. Piantagrane, invece, rimase in silenzio.

Davanti a ogni ulteriore porta, la guardia digitava una serie di cifre sulla tastiera installata sulla parete. Ogni codice produceva una diversa sequenza di note. Ogni serratura, evidentemente, aveva un codice differente.

Betsey. Questo nome echeggiava nella mente di tutti. Per tutta la mattina l'avevano ripetuto, pettinandosi all'indietro i capelli sotto l'acqua bollente. Il Comandante aveva detto di prepararsi e vestirsi come se dovessero andare a una serata di gala. Mentre si annodavano la cravatta e lucidavano le scarpe, quel nome di ragazza li aveva perseguitati.

Erano ora assembrati alle spalle della guardia. Inciampavano sui loro stessi piedi e sbandavano sul calcestruzzo. I bisbigli e i risolini riverberavano tra le pareti e il pavimento. Erano nervosi, non c'era dubbio. Si comportavano come sette sapientoni, ma in realtà se la facevano sotto dalla paura. Sette adolescenti a un appuntamento al buio. A Kevin faceva l'effetto dei test che si facevano a scuola. Quali che fossero le condizioni, credeva che se fosse riuscito a fare sesso con quella sconosciuta, l'indomani avrebbe telefonato ai genitori per dir loro di venire a prenderlo.

Di nuovo, il terrore incombeva su di lui. Stava per prendere parte a una *gang bang* nello scantinato, condividendo una ragazza che probabilmente non avrebbe mai più rivisto. La vita era già fin troppo piena di persone che s'incontravano una volta sola. Era praticamente certo che Brainerd e Fagiolo Rosso la pensavano come lui, ma non gli andava di parlarne apertamente rischiando di rovinare a tutti il divertimento.

Per giustificare quel che stava per accadere, Porco il Pirata continuava a dire che Betsey, la ragazza, doveva essere una puttana. Per non essere da meno, Balena Jr diceva che doveva essere una ninfomane.

Kevin era sempre più meravigliato. Ogni passo li conduceva più in basso. Profondità da segrete. Profondità da luoghi di tortura. Stava per guadagnare ventimila dollari con una sola scopata. Con ciò sarebbe diventato una delle più grandi puttane della storia. Per ripulire il guadagno illecitamente accumulato, la sua mente lo trasformò in una televisione a colori a schermo gigante, in un computer portatile, in pannolini.

Arrivarono a una porta senza maniglia. La guardia premette un pulsante su un citofono fissato alla parete. Si avvicinò all'apparecchio e disse: «Residenti del sesto piano». Dal citofono uscirono crepitii elettrostatici, e una voce disse: «Attendete a distanza». Era la voce del Comandante.

La guardia fece loro segno di arretrare, e la porta si aprì verso l'esterno. La stanza che si trovava al di là era più buia del corridoio. L'aria che ne uscì era fredda come quella di un caveau. Entrarono tutti. Quando la porta fu richiusa alle loro spalle, dovettero sbattere qualche volta le palpebre per abituare la vista. Kevin sentì dell'acqua che scorreva gorgogliando. Sentì un odore di profumo misto a sostanze chimiche che gli fece bruciare gli occhi. Da vedere non c'era nulla, se si eccettuava il Comandante. Era in piedi sotto l'unica lampadina della stanza, circondato dal buio. Accanto a lui c'era un lungo tavolo. Quel che c'era sul tavolo era coperto da un telo di viscida plastica lattiginosa.

«Signori» disse il Comandante. Si chinò per afferrare un lembo del telo di plastica e, sollevandolo, domandò: «Posso presentarvi Betsey?».

Il Comandante scostò il telo. Sul tavolo c'era stesa una cosa non meglio identificata. Lunga quanto tutto il tavolo da lavoro in acciaio inossidabile.

La pelle di quella cosa pareva bianca come sapone. Indossava un vestito a fiori che le lasciava scoperte le braccia e le gambe. Le pieghe della gonna le coprivano le cosce affusolate fino al ginocchio. Le braccia erano distese lungo i fianchi. Kevin pregò che si trattasse di un semplice manichino a grandezza naturale. Disse a se stesso che doveva essere semplicemente una specie di statua fatta di sapone o di cera. Se invece era una persona, Kevin sperò che fosse soltanto addormentata.

L'odore che avevano sentito attraverso una decina di porte chiuse – dolciastro e acre – veniva da lì.

Alcune mosche le volavano intorno. Le si posavano addosso, spostandosi sul dorso delle mani, facendo avanti e indietro sulle magre e nude membra. Allungavano la piccola proboscide e le baciavano le braccia come gli innamorati di certi vecchi film. Un polso era fasciato. Un'altra benda le pendeva su un lato del collo.

All'altro polso portava una catenina d'oro, dai cui anelli penzolavano medagliette. Un braccialetto portafortuna. Alcuni degli amuleti, Kevin li riconobbe. Uno rappresentava una minuscola Bibbia. Un altro era formato dalle due maschere, una sorridente, l'altra accigliata, della Drama Society. Accanto a questo c'era una palla da baseball d'oro seguita da una piccola torcia fiammeggiante, simbolo della Honor Society del liceo. Il colletto del vestito era bordato di pizzo, ma Kevin intravvide una croce d'oro posata nella cavità alla base del collo. La croce era appesa a un sottile filo di perle dorate che le girava intorno al pallido collo.

Kevin non riuscì a guardarla direttamente in viso. Non subito. Per paura che gli occhi potessero essere ancora aperti. Quella visione gli fece formicolare il cuoio capelluto. Ogni capello sulla testa gli si rizzò dolorosamente come se fossero stati tirati uno per uno alla radice da altrettanti fantasmi.

Quella cosa stesa sul tavolo aveva capelli castani lunghi e ricci che scendevano a incorniciare il viso cinereo a forma di cuore e si posavano sulle spalline del vestito a fiori, tranne alcune ciocche che ricadevano oltre il bordo del tavolo a formare una specie di frangia diritta. A quanto pareva, Kevin e i suoi compari non erano i primi ragazzi che avevano a che fare con quella cosa chiamata Betsey. Quanto più la vista si abituava, tanto meglio Kevin scorgeva file di punti simili alle cuciture su una pallina da baseball, se non per il fatto che il filo usato era nero. Indicavano i punti in cui quella cosa era stata incisa e poi suturata. Alcuni tagli parevano recenti. Altri meno. Evidentemente quella cosa, Betsey, era stata aperta e richiusa un numero di volte incalcolabile. Macellata da così tanti ragazzi da averne perduto il conto.

Il Comandante li fissò con occhi pieni di compassione. «Miei cari signori» disse, per rassicurarli, «non è il caso di farsi terrorizzare dalle donne.»

Tomas, sottovoce, disse che quelle cuciture assomigliavano a binari dei treni in miniatura. Per Balena Jr sembravano delle cerniere, e quindi, forse, non avrebbero dovuto tagliare niente. Sarebbe bastato tirare un filo, e l'insieme si sarebbe disfatto.

Il Comandante si voltò verso Betsey e chinò la testa come se stesse ascoltandola. Domandò: «Come dici, cara?». Si portò un dito davanti alle labbra grinzose come per zittire i ragazzi. Si abbassò ulteriormente, girando la testa di lato, e il suo orecchio si ritrovò appena sopra la bocca dipinta di quella cosa. Le labbra di Betsey scintillavano di lucidalabbra rosa. Lui chiuse gli occhi per un attimo e annuì. Disse: «Sì, certo, tesoro». Sollevò una mano e piegò un dito, invitando i ragazzi ad avvicinarsi.

Nessuno si mosse.

Il Comandante puntò i pugni sulle ossa dei fianchi e cominciò a battere un piede a terra stizzito. Sdegnato, disse: «Posso ricordarvi, signori, che le vostre famiglie vi stanno pagando questo programma di recupero al prezzo di un migliaio di dollari a settimana? Molti di loro hanno ipotecato la casa o la fattoria in cui abitano». Il Comandante li fissò con occhi carichi di rimprovero. «Quanto meno ci impiegherete a completare il percorso di riabilitazione, tanto meno pesante sarà il fardello che le vostre famiglie saranno costrette...»

Mille dollari a settimana. Kevin sapeva bene che non esisteva al mondo un'assicurazione sanitaria disposta a coprire una spesa del genere. Quella cifra spropositata gli rimase impressa. Si avvicinò alla porta. Tastò alle sue spalle, ma le sue dita non trovarono la maniglia. Non c'era, all'interno.

Alla luce dell'unica lampadina appesa al soffitto, riuscì a riconoscere altri amuleti del braccialetto. C'erano delle minuscole scarpette da ballerina, una nota musicale, che simboleggiava l'appartenenza al Coro. Il ciondolo dei Future Farmers of America, gli agricoltori americani del futuro. L'aria in quella stanza era perfettamente immobile, e così anche le medagliette.

Quella cosa chiamata Betsey, i suoi occhi cerei erano aperti. Smorti come una vernice azzurra, fissavano verso l'alto la sfolgorante lampadina nuda senza battere ciglio.

Piantagrane sussurrò: «Mandarla qui è stata una vendetta dei suoi genitori». Si riferiva alle false ciglia e alle finte unghie dipinte di rosa brillantinato incollate sulle sue unghie vere, tutte smangiucchiate.

Mr Peanut puntò un dito in avanti, una nodosa bacchetta di osso, verso il gruppo di ragazzi. Il fragile indice segnò uno dopo l'altro tutti i presenti, mentre la sua voce da Halloween recitava: «M'ama... non m'ama... m'ama... non m'ama...».

Quella notte, nessuno dei ragazzi riuscì a dormire. Dopo cena bevvero tutti un milkshake al cacao insaporito da sciroppo di ipecac. Il Comandante non ne aveva fatto un segreto. E dopo aver bevuto tutti il bicchiere di latte additivato, erano stati lasciati a guardare *Fiori d'acciaio* in televisione, nella saletta del sesto piano. Anche questo rientrava nel trattamento. Quando Julia Roberts non era ancora stata messa incinta, Porco il Pirata stava già vomitando l'anima sul linoleum. Alla fine del ricevimento di matrimonio, Piantagrane aveva cominciato anche lui a sboccare. Enormi ondate schiumose al cioccolato. Non riuscirono neanche a sentire Olympia Dukakis che inveiva contro Shirley MacLaine per via del rumore delle vomitate. Grossi fiotti di sciroppo di ipecac. Nel momento in cui Sally Field si trovava accanto alla tomba della figlia, la sala TV era ricoperta di vomito.

Finito il film tornarono nella camerata e s'infilarono a letto. La stanza, immersa nel buio. Kevin tremava e non riusciva a dormire. La puzza velenosa dello scantinato gli era rimasta nelle narici. Sentì che Fagiolo Rosso, a due letti di distanza, stava singhiozzando con la faccia premuta sul cuscino.

A Kevin faceva male la testa. Sgattaiolò giù dal letto e si avvicinò di soppiatto alla finestra. Faceva così freddo che il vetro era coperto di brina anche all'interno. S'inginocchiò lì davanti e appoggiò al vetro la testa dolorante. Lì al buio Kevin capì che stavano imboccando un'altra strada sbagliata. Era stato un errore forzare la mano dei suoi genitori. Costringendoli a dimostrare il loro amore, aveva fatto una cosa orribile. Considerava con timore la possibilità di dover fare di peggio per dimostrare di essere normale. Tuttavia, si aggrappava alla speranza che con un'altra bugia, ancora più grande, avrebbe sistemato tutto.

Per non indugiare nel ricordo, Kevin borbottò: «Maledizione». La parola rimase ad aleggiare nel silenzio e nel buio. L'indomani sarebbero tornati nella stanza della terapia. Il loro secondo appuntamento con quella cosa chiamata Betsey.

Quella notte qualcuno parlò. Brainerd. Piagnucolando nel suo letto, con voce colma d'infausti presagi, disse: «Siamo nelle mani di un vecchio pazzo». Rimase in attesa, ma nessuno abboccò all'amo. «E non mi riferisco a Dio. Intendo un *vero pazzo.*»

Da un altro letto Jasper disse: «Dobbiamo soltanto dire ai nostri genitori come stanno le cose».

«E come?» ribatté Kevin.

Porco il Pirata rincarò: «Il Comandante dirà loro che stiamo mentendo solo per sottrarci al trattamento».

Guardando fuori dalla finestra, Kevin si lamentò: «Non avrò mai i miei ventimila dollari...».

Balena Jr aggiunse, gemente: «E io non avrò mai la mia parata».

Inferocito, Brainerd rispose: «Me ne fotto della tua parata. Dovremo fare tutto quello che ci dirà quel pazzo, altrimenti i miei genitori s'indebiteranno per il resto dei loro giorni».

Fagiolo Rosso riprese a singhiozzare: «Io la figa morta non me la scopo».

«Andate a farvi fottere, frignoni» gridò nel buio una voce. Era Piantagrane. Non era il tono di un sedicenne costretto a condividere la stanza con un branco di piscialletto. La sua voce suonava determinata. Per niente spaventata. Parlò con voce da eroe. Come un condottiero che inciti le sue truppe, disse: «C'è qualcuno di più importante da salvare».

A Kevin arrivarono svariati messaggi della madre, tutti molto lunghi. Scriveva che il padre si stava ammazzando di lavoro per riuscire a pagare la quota settimanale della clinica. Usava cartoline prestampate con scritte tipo "Rimettiti in sesto!" e spiegava che il padre aveva avuto collassi da superlavoro. Fece riferimento a un "problema cardiaco" ma lasciando intendere che doveva avere il cuore spezzato. In conclusione, lo invitava a ubbidire al Comandante e a completare il programma al più presto.

Il signor Clayton scriveva meno di frequente, ma le sue lettere erano piene di dettagli riguardanti la madre, che faceva due lavori part-time: cameriera in un ristorante e donna delle pulizie in un albergo. Confidò al figlio che ogni sera tornava a casa e crollava sulla poltrona in lacrime per via dei piedi gonfi e sanguinanti.

Da parte sua, Kevin non poteva scrivere nulla che non fosse rivisto dallo staff del Comandante. Era facile immaginare i resoconti sui progressi compiuti che rifilava loro quel vecchio. Quel malato di mente avrebbe finito per dissanguare tutti quanti.

C'erano altri ragazzi in quell'edificio. A giudicare dal rumore dei loro passi, c'erano folle enormi imprigionate lì. Durante i pasti e le ore d'aria, i ragazzi del sesto piano venivano tenuti separati dagli altri. Quando non pioveva, Kevin li vedeva sul campo da basket attraverso la grande finestra accanto al suo letto. Sembravano distrutti. Si vedevano le caviglie sotto gli orli smangiati dei pantaloni. Si vedeva un bel pezzo di braccio nudo tra le mani e i polsini delle camicie. Come se fossero cresciuti, come se i vestiti fossero diventati troppo piccoli per loro. Come se quelle magliette troppo strette e quei jeans consunti fossero gli stessi che indossavano al loro arrivo lì, come minimo un anno prima.

Un pomeriggio, Balena Jr disse di avere mal di testa, e la guardia del piano lo portò in infermeria. Quando tornò aveva gli occhi lucidi per lo spavento. «Non picchiatemi. Okay?» disse. «Io sono soltanto l'ambasciatore.»

Secondo quel che gli aveva detto l'infermiera, ogni nuovo gruppo di ragazzi cominciava dall'ultimo piano. Nel giro di qualche settimana, una volta imparato il funzionamento del luogo, i nuovi arrivati venivano integrati al resto della popolazione della clinica. L'infermiera se ne fregava. Gli aveva dato due aspirine e gli aveva detto di cercare di abituarsi. Nessuno veniva mai dimesso dalla clinica. Non prima di molti anni. Solo al compimento del diciottesimo anno d'età un ragazzo poteva essere dichiarato ufficialmente redento.

Quei ragazzi che lui vedeva tirare a canestro, in alcuni casi erano entrati lì quando avevano tredici anni, altri persino dodici.

A Kevin i conti cominciavano a tornare. La Fattoria dei Froci era una gallina dalle uova d'oro. Faceva la fortuna di chiunque ci lavorasse. Alla fine, rendeva le famiglie felici, ma non prima di averle spinte sull'orlo della povertà. Le congregazioni religiose di tutto il Paese finanziavano il recupero dei devianti come un tempo avevano sovvenzionato i missionari. Il Comandante, le infermiere, i sovrintendenti dei vari piani erano tutti complici.

Kevin immaginava che un ragazzo avrebbe potuto sporgere denuncia. Una volta liberato avrebbe potuto raccontare la sua storia ai media. Appena rilasciato avrebbe potuto accusare la clinica di rapimento o di averlo trattenuto contro la sua volontà, ma per far ciò avrebbe dovuto ammettere di aver simulato la sua perversione e di aver causato quella situazione ingannando i suoi genitori. Molto probabilmente i suoi si sarebbero infuriati. Inoltre, non sarebbe stato impossibile convincere un giudice o una giuria del fatto che il ragazzo in questione era solo un Rock Hudson vendicativo e incurabile che aveva deciso di lanciare accuse infamanti. Sarebbe stata la parola di un adolescente bugiardo confesso contro la nobile autorità del Comandante. Infine, c'erano tutti quei documenti legali che lui aveva volontariamente sottoscritto.

No, a un ragazzo conveniva portare pazienza e uscirne da eroe. Il suo trionfo sarebbe stato rimandato, ma sarebbe stato totale. Nel frattempo non c'era altro da fare che studiare trigonometria, calcolo, retorica, fisica. La roba tosta. Per attenuare il colpo, l'infermiera aveva detto a Balena Jr che i ragazzi sottoposti al programma di recupero registravano quasi sempre un punteggio altissimo nei test attitudinali.

Il tratto di corridoio che si apriva dietro ogni porta era buio. Quando superavano la soglia, un sensore faceva accendere automaticamente le luci. C'era un silenzio tale che Kevin riusciva a sentire i rumori quasi impercettibili che le lampade al neon producevano prima di accendersi stabilmente.

I ragazzi erano ammassati alle spalle della guardia del loro piano che li guidava lungo l'ennesimo corridoio. Piantagrane, l'ultimo del gruppo, stava parlando sottovoce, rivolto a Kevin. Porco il Pirata tallonava Tomas troppo da presso e gli sfilò una scarpa. Tomas imprecò contro di lui in spagnolo e rimase leggermente indietro, dovendosela risistemare.

Balena Jr bisbigliò: «Mi piacerebbe sapere com'è morta».

Piantagrane disse: «Betsey non è il suo vero nome».

Brainerd domandò: «La conoscevi?».

Piantagrane disse, sempre con un filo di voce, che la ragazza correva in moto. Era per questo che aveva quella cicatrice sulla gamba.

Era caduta all'ultimo giro di una gara di motocross. Invece di vincere, era morta per aver imboccato una curva a una velocità troppo alta per le condizioni della pista. Aveva subito una grave emorragia interna. Piantagrane ne parlava con un sorriso malinconico. Gli occhi luccicanti di ammirazione.

Porco il Pirata disse: «Era la tua ragazza?».

«Era una tipa fantastica» rispose Piantagrane.

Kevin si stava osservando una mano. Mentre camminava si rese conto di come illustrasse con evidenza tutta la sua vita. Sotto le unghie s'intravvedeva la pelle rosea e fresca che lo aveva ricoperto da capo a piedi quand'era un bambino. Ogni unghia era una piccola finestra su quel che lui era alla nascita. Di contro, i calli che si vedevano sul palmo mostravano l'aspetto che avrebbe avuto da morto. Una volta defunto, tutto il suo corpo sarebbe stato coperto da quella stessa pelle vecchia e giallastra. Era la prova del passaggio del tempo. Contemplando la differenza tra la sua pelle da neonato e la sua pelle da morto, Kevin decise che non c'era un solo momento da perdere.

Sollecitati dal Comandante, si radunarono intorno al tavolo di acciaio. Mentre lui rimuoveva la plastica viscida e sollevava la gonna di quella cosa inanimata, cominciando a recidere alcuni punti di sutura, Kevin fece finta di voler aiutare. Svolse la benda che avvolgeva il polso della cosiddetta Betsey. I calli che aveva sul palmo della mano erano impressionanti. Così come i muscoli delle braccia. Kevin si aspettava di trovare i polsi tagliati, e invece erano intatti. Scoloriti, ma intatti. C'era un livido blu scuro che, andando avanti a rimuovere la benda, si rivelò un tatuaggio. Sull'interno del polso c'era il disegno di una farfalla. A un secondo sguardo, gli parve una croce. Alla fine, guardando meglio, Kevin capì che si trattava di un'ascia bipenne.

Il Comandante abbassò le luci dello scantinato. Prese qualcosa da una tasca dei pantaloni. A forma di sigaro, ma più corta. Premette un pulsante su quell'oggetto, che proiettò un puntino rosso sul pavimento: un puntatore laser. Diresse il puntolino rosso sulle interiora smorte e incolori di Betsey. «Ammirate la meraviglia delle ovaie!» Il minuscolo riflettore illuminò una gibbosità insignificante.

Kevin e Piantagrane guardarono Brainerd che toglieva la benda dal lato del collo di Betsey. Capirono tutti che quei capelli erano in realtà una parrucca, sotto la quale c'era soltanto una testa calva. Sotto la benda del collo Kevin notò che c'era un altro tatuaggio. Cominciava con una T blu scuro, seguita da una R e poi da una O. Svelato per intero, il tatuaggio diceva: "Troublemaker". Piantagrane. A lettere spinose.

Fu a quel punto che Piantagrane crollò, proprio lui, il duro: gli cedettero le ginocchia, e si accasciò a terra.

Il Comandante posò il puntatore laser per poterlo aiutare. Dopo che Piantagrane fu sistemato su una sedia ed ebbe ricevuto un bicchiere d'acqua, il Comandante tornò a concentrarsi sulle ovaie, ma il puntatore laser era scomparso. Cercò in tutta la cassa toracica, dietro la milza e i polmoni, ma non riuscì a trovarlo.

Come tutte le notti, Kevin scese di soppiatto dal letto. Una volta spente le luci, aspettava che il supervisore del turno serale chiudesse a chiave la camerata. Il tintinnio delle chiavi e lo stridio delle scarpe da tennis si allontanarono per il corridoio. Per accendere le luci, lì, bisognava essere in possesso di una chiave. E ci voleva un'altra chiave per azionare il termostato. Per far sì che tutti rimanessero a letto sotto le coperte la guardia spegneva il riscaldamento. Nel giro di un'ora l'intero edificio si trasformava in una ghiacciaia. Il reparto era così buio che le telecamere non funzionavano. Fuori dalla finestra Kevin non vedeva altro che la notte fonda. Alitò contro il vetro e usò le dita per aprire un varco nello strato di brina.

Poggiò i gomiti sul davanzale interno e giunse le mani davanti alla faccia. Se lo avessero beccato, avrebbe potuto dire che stava pregando. Le sue preghiere consistevano in un *clic*, seguito da un doppio *clic* e, poi, da un triplo *clic*: un ticchettio continuo, insomma. E a ogni *clic*, una minuscola luce rossa lampeggiava, nel buio verso il punto in cui sperava ci fossero di vedetta i Rock Hudson. Inviava loro lampi lunghi e corti di luce rossa al laser. Punto-linea-due punti-tre linee-cicip e ciciap-punto-linea-punto-due linee.

Piantagrane sgattaiolò giù dal letto e gli si piazzò accanto, sussurrando: «Ottimo lavoro».

Da qualche parte, nell'ignoto, il suo piccolo messaggio atterrava come il mirino laser di un fucile. Come se la domanda non avesse senso... come se non avesse tutto il significato del mondo, Kevin gli domandò: «Eri il suo ragazzo?».

Piantagrane socchiuse gli occhi per mettere a fuoco. Con il respiro appannò il vetro, che poi ripulì con una mano. «Non esattamente.»

Kevin stava continuando a mandare segnali. A lanciare SOS. Lampeggiando rullate di tamburi o rapidi linee e punti balbettanti. Sperando che le batterie non si esaurissero, disse: «Quando si è lupetti, nei boy scout, non s'impara solo ad allargare le chiappe».

In un certo senso era una piccola seduta di preghiera. Kevin era inginocchiato accanto a Piantagrane. Poco dopo arrivò anche Brainerd, che s'inginocchiò accanto a Kevin, sull'altro lato. Poi fu la volta di Balena Jr che si mise accanto a Piantagrane, e a poco a poco tutti i pervertiti erano lì in fila, con i gomiti puntati sul davanzale.

Tomas s'inginocchiò accanto a Brainerd e sussurrò: «Piantagrane, è stato lo svenimento più fasullo che io abbia mai visto».

Piantagrane rispose: «Però ha funzionato, no?».

Kevin, con un sussurro gridato, disse: «Chiudete il becco, tutti e due». Fece quel che speravano sarebbe bastato per attirare l'attenzione. Una danza fatata rosso vivo sulla stradina di ghiaia. Cliccava veloce e poi lento, lampo, tratto, pausa, effetti stroboscopici e occhiolini rosso fiammante che sperava almeno uno dei Rock Hudson sarebbe infine riuscito a decifrare.

Lì inginocchiato ad appannare il vetro, Porco il Pirata domandò in un sussurro: «Che cosa gli stai dicendo?».

Sempre sussurrando Jasper ordinò: «Digli che hai un culo potente».

Kevin lo ignorò.

Imperterrito, Jasper insistette: «Digli che hai l'ano rovente».

Kevin lo guardò storto.

Tomas sussurrò: «Promettigli che se ci fanno uscire di qui, gli infileremo le mani nel culo».

Nessuno di loro sapeva che cosa cercare. Bastava un segno qualunque. Kevin spense la luce e aspettò. Poi la puntò altrove e trasmise lo stesso segnale in codice: occhiolino-doppio occhiolino.

«Ci faremo beccare» sussurrò Brainerd. Trattennero tutti il respiro per captare eventuali tintinnii di chiavi o stridii di scarpe da tennis sulle scale.

Balena Jr minacciò in un sussurro. Giurò che avrebbe azionato l'allarme antincendio pur di non permettere di rovinare il suo grandioso ritorno a casa.

L'indomani, Kevin non riusciva quasi a stare sveglio quando il Comandante, con due dita inguantate di lattice, mostrò in che modo il loro pene avrebbe penetrato Betsey durante il rapporto. In teoria, almeno. Estrasse le dita e prese un paio di cesoie, le classiche cesoie da cucina, che i cuochi usano per trinciare i polli. Recise alcuni punti sul davanti della ragazza, facendo attenzione a deviare su un lato del clitoride. Non c'erano tracce di sangue. Kevin guardò Piantagrane che si teneva un passo indietro, le braccia conserte. Quello sollevò una mano e se la passò tra i capelli unti. Quando vide che Kevin lo stava guardando si accigliò.

Non doveva essere piacevole, immaginò Kevin, guardare dei segaioli adolescenti annoiati ingropparsi una persona amata. Fa niente se questa persona era morta. Non era privo di empatia, ma era ancora giovane, e la sofferenza altrui più che altro lo metteva in imbarazzo. Aveva un'età in cui soltanto la propria sofferenza sembrava reale, sicché per la condizione di Piantagrane provava solo vergogna. Da quel momento, Kevin decise di non guardare più quel bruto. Aveva una certa esperienza in fatto di bulli e sapeva che la rabbia e la sofferenza devono trovare sfogo, e lui fece in modo di non diventarne il bersaglio.

Il Comandante dovette usare la cesoia con entrambe le mani per aprirsi la strada fino al diaframma urogenitale. Squarciò la cavità vaginale e la scoperchiò fino all'altezza della cervice. Spiegò in che modo lo sperma si sarebbe raccolto all'estremità superiore, dove in effetti c'era già un piccolo residuo di un fluido viscoso e torbido. Il Comandante disse una sola parola: «Formalina» e usò un fazzoletto di carta ripiegato per asciugare il liquido. Alludeva all'intruglio di formaldeide di cui Betsey era impregnata per evitare che si decomponesse. Persino Kevin lo sapeva. Quell'orrendo liquame che il Comandante stava prosciugando, però, fu riconosciuto da tutti i ragazzi per quel che realmente era.

Com'è ovvio, tutti questi particolari sarebbero venuti alla luce nel corso del processo. Di lì a sei mesi le stazioni televisive avrebbero riservato una copertura non-stop alle testimonianze offerte da Kevin in tribunale sull'uso del puntatore laser e su quel misterioso fluido corporeo. Avrebbe raccontato tutto dei gerbilli e della ragazza morta che veniva macellata nel seminterrato. Accanto a lui ci sarebbe stata la sua fidanzata. Quella che sarebbe stata più o meno la sua fidanzata. Di questo si sarebbe potuto discutere. Una cosa ovvia e innegabile, però, ci sarebbe stata: la ragazza sarebbe stata decisamente incinta.

Trascorse una settimana, e i tripli punti e linee di Kevin non ebbero risposta. Nessuno, a parte Piantagrane, andò più a inginocchiarsi accanto a lui mentre trasmetteva le sue suppliche.

Kevin lanciò l'idea del processo. Per lui i contestatori davanti all'ingresso del centro erano come quelli che protestavano fuori dalle cliniche degli aborti. I Rock Hudson cercavano d'impedire alla gente di entrare in quel posto alla stessa maniera in cui i benpensanti cercavano di fermare la gente che andava ad assassinare i propri figli non nati. Il paradosso stava nel fatto che quegli stessi neonati salvati venivano poi adottati dai Rock Hudson.

Kevin disse: «Visto che la gente religiosa alleva bambini che crescendo diventano omosessuali e i gay allevano neonati che finiscono per diventare procreatori, non capisco la ragione di tutto questo casino». Sbuffò indignato. «A me pare che alla fine tutto si compensi.»

Piantagrane guardò verso l'ingresso. Allargò il cerchio sul vetro ghiacciato per vedere meglio. Disse: «Nessuno la chiamava Betsey, a parte sua madre e suo padre».

Seguendo il filo di un discorso diverso, alludendo ai Rock Hudson, Kevin suggerì: «Pensa che cosa dovevano essere le lezioni di educazione sessuale per loro». Sogghignando incredulo al pensiero, disse: «Neanche un'informazione utile. *Neanche una*». A mo' di punteggiatura, alla fine della frase, diede un pugno su una spalla a Piantagrane. «Per loro, educazione sessuale era un esercizio senza senso, un po' come il Mese di Storia dei Neri per i ragazzi bianchi.»

«Il suo vero nome era Suede» disse Piantagrane.

Kevin ascoltò. Non capiva il perché di questa loro conversazione. Non aveva idea di dove andasse a parare. Enfatizzando ogni parola, cominciò a lamentarsi. Picchiettando con il dito sulla finestra in direzione del cancello d'ingresso, disse lagnoso: «Per i primi cento anni di storia americana è stato illegale insegnare a leggere ai neri. Oggi c'è gente che ancora li prende in giro per la loro ignoranza». Esasperato aggiunse: «Oggi neghiamo agli omosessuali il diritto di sposarsi e allo stesso tempo li critichiamo perché hanno una vita sessuale promiscua».

Intanto continuava a trasmettere messaggi luminosi nell'ignoto.

Trascorse un tratto di notte indefinito prima che uno dei due riprendesse a parlare. Fu Piantagrane, con una voce tesa per via delle considerazioni sdegnate. «Prova a immaginare... come sarebbe se tutto quel che sai delle cose intime... tu l'avessi imparato non dai tuoi o dai tuoi insegnanti, ma da gente sconosciuta nel cesso pubblico di una stazione delle corriere Greyhound?»

Un altro giorno il Comandante smontò i seni di Betsey. Nel malsano scantinato, sotto gli occhi dei ragazzi del sesto piano, tagliò i punti di sutura e li sfilò come da una pallina da baseball. Denudò gli accumuli di grasso e le ghiandole. Così, senza pelle, era come quando un battitore spella una pallina sparando un home run fuori dallo stadio. Così facendo, il Comandante indicò gli alveoli che producono il latte... le cellule mioepiteliali... i dotti lattiferi... parole che cancellarono tutto ciò che di misterioso ed erotico aveva sempre fatto sognare Kevin al pensiero di un paio di tette grosse e provocanti.

Piantagrane rimase il più lontano possibile e guardò altrove. Ogni tanto sollevava una mano per lisciarsi all'indietro i capelli unti. Il gesto attirò l'attenzione di Kevin, il quale notò anche che l'ascia tatuata sul lato interno del polso di Piantagrane era uguale a quella della ragazza morta. Suede.

Ciononostante, tutti gli altri erano di ottimo umore. Girava voce che a cena avrebbero mangiato pizza. Nella generale euforia, Jasper scambiò il colon sigmoideo per il fundus. Mentre il Comandante non stava guardando, Fagiolo Rosso estrasse il fornice e lo sbatté su una guancia di Balena Jr. Piantagrane fu l'unico che non scoppiò a ridere.

Quella notte, in compagnia del solo Piantagrane, Kevin cercò di spiegare la sua teoria sui genitori in generale. Cominciò con una domanda: «Sai che cos'è la sindrome maniaco-depressiva?».

Piantagrane non rispose, perciò Kevin continuò: «Secondo me, mia madre e mio padre mi hanno indotto a ingannarli». La sua mano conosceva il proprio dovere a memoria. Il flusso continuo di punti e linee non s'interruppe neppure per un istante mentre lui argomentava.

Da bambino, disse, era sufficiente che lui usasse il gabinetto per essere ricoperto di elogi dai suoi genitori. Se sbatteva la testa o faceva un brutto sogno, lo circondavano di attenzioni e di gentilezze. Crescendo, però, era diventato sempre più difficile farsi notare. Non bastava portare a casa dei compiti in classe con il massimo dei voti. E neanche con l'insufficienza. Gli eventi migliori e peggiori della sua vita faticavano a suscitare una loro reazione.

Non era da solo, in questo. Tra i suoi amici aveva registrato una tendenza. Poiché ricevevano meno attenzioni, avevano cominciato ad accentuare i loro alti e bassi. Non c'era trionfo sufficiente né fallimento eccessivo. Tutti i ragazzi che conosceva erano diventati ridicole caricature di se stessi. Certi che erano sempre stati divertenti diventarono a poco a poco dei pagliacci ridicoli. Ragazze che erano sempre state belle si erano trasformate, da un giorno all'altro, in reginette di bellezza.

I suoi genitori erano incredibilmente scialbi. Lo costringevano sempre a pompare ogni problema, a farlo diventare una crisi, un disastro, prima di accorgersene. Ogni successo Kevin doveva esagerarlo, ingigantirlo, perché loro ci facessero caso. I suoi genitori lo avevano spinto a fare della sua vita un cartone animato. Per i suoi, la via di mezzo non esisteva. Non c'era l'abbastanza buono. E così lui era diventato un mostro.

Piantagrane continuava a non rispondere. La stanza era così buia che Kevin non avrebbe saputo dire se l'amico si fosse addormentato. Che lo stesse ascoltando o meno, Kevin aveva bisogno di continuare il discorso che aveva iniziato.

Proseguì. «Pensai, per la prima volta nella mia vita, che avrei preso sempre e soltanto il massimo dei voti, che avrei battuto ogni record... sarei diventato un campione del cunnilinguus... mi sarei scopato una quantità di ragazze per ottenere dei crediti extra...»

Alla fine, non sapendo più di che cosa parlare, Kevin azzardò: «Li vedi quei bambini che hanno là fuori davanti al cancello?». Parlò di Mindy Taylor-Jackson. Spiegò la storia delle Porsche. E per concludere confessò: «Uno di quei bambini è figlio mio».

Aspettò una reazione. Sondò il silenzio. Sperava che Piantagrane lo interrompesse e cambiasse discorso.

«Uno, come minimo» riprese Kevin. «Se avessimo un binocolo o un telescopio, vedresti che quei bambini mi assomigliano.» Spiegò che era stato con Mindy. Si amavano, disse. Gli si era spezzato il cuore ogni volta che lei era stata portata in clinica per partorire. Ora immaginava che Mindy avesse nostalgia di lui. Così dicevano le lettere di sua madre. La madre raccontava che Mindy correva come una dannata sulle sue ruote dai cerchi cromati. In segreto, lui e Mindy avevano calcolato che ventimila dollari sarebbero bastati a cominciare una nuova vita insieme da qualche parte.

Piantagrane lo guardò sbalordito. «Sei padre?»

Kevin annuì. La sua mano con il laser, intanto, continuava a lampeggiare senza sosta. Spiegò che nel giro di qualche mese sarebbero nati altri due gemelli. «È per questo che non posso restare qui bloccato finché non compio diciotto anni.»

Piantagrane sghignazzò, con aria di sufficienza. «Ti batto a mani basse.»

Kevin aspettò. Era felice già solo perché Piantagrane era sveglio.

Piantagrane rise in un sussurro. Una risata soffocata, impotente. «Che tu ci creda o no... io sono omosessuale.» Si grattò la testa. «Puoi ben immaginare qual è il mio dilemma.» Di nuovo come fosse un elenco di parole, invece che una frase, disse: «E-Sono-Una-Ragazza».

Secondo il Comandante, Suede era lesbica. Lui continuava a chiamarla Betsey. Inveì, sostenendo che aveva peccato in così tanti modi che Dio non l'aveva più voluta. I suoi genitori avevano donato la salma alla clinica perché avevano pensato, così facendo, di redimere la sua anima. Kevin sospettava che la storia non fosse così semplice. Aveva idea che ci fosse sotto una qualche vendetta. Nonostante la luce fioca dello scantinato, si capiva che Suede – alle orecchie, su lingua, capezzoli e grandi labbra – aveva i fori di svariati piercing, anche se ormai non erano più tanto evidenti.

Il Comandante abbassò lo sguardo sul tavolo, con gli occhi gialli colmi di compassione per quella cosa tanto lontana dalla redenzione.

Secondo Piantagrane, lei e Suede avevano avuto la storia d'amore più torrida dai tempi di Eleanor Roosevelt e Lorena Hickok. Avevano partecipato assiduamente alle proteste fuori dai cancelli della Fattoria dei Froci. Si erano fatte a piedi il Pacific Crest Trail. Il tatuaggio che lui... che lei, anzi, aveva sul polso, spiegò, era una *labrys*, ossia un labaro. Un'ascia bipenne dell'antica Creta. Era un simbolo delle culture matriarcali.

Dopo la morte di Suede, Piantagrane aveva convinto un uomo

e una donna anziani a fingersi suoi genitori, e lui aveva finto di essere loro figlio. Con il loro aiuto, Piantagrane era arrivato lì per riprendersi il cadavere dell'amante defunta. Come una missione uscita da un mito dell'antica Grecia.

Quel piano eroico lasciò Kevin Clayton senza fiato. Dentro di sé provò a recuperare l'immagine di Mindy, che però era ormai come una barzelletta dimenticata: qualcosa che un tempo aveva avuto il potere di dargli subito, immancabilmente, una specie di vertigine, ma che ora appariva sbiadita.

Alla quinta settimana gli altri avevano abbandonato ogni speranza. Persino il raggio laser si era affievolito. Kevin invece continuava con le sue veglie. Soltanto Piantagrane gli teneva compagnia. I loro compagni dormivano nei letti caldi, Kevin aveva le ginocchia doloranti per la durezza del pavimento. Gli tremavano le braccia per il freddo, mentre continuava a rivolgersi all'ignoto, inviando messaggi luminosi, linea-due linee-punto-tre punti, mordendosi la lingua per rimanere sveglio. Era fisicamente esausto, ma la sua fede era incrollabile.

Mentre erano lì al buio, impegnati a trasmettere messaggi in codice, Kevin raccontò a Piantagrane in che modo intendeva spendere i ventimila dollari che avrebbe ricevuto. Avrebbe abbandonato quel posto e sarebbe fuggito con Mindy. Si sarebbero trasferiti all'Ovest, dove avrebbero trovato un posto ideale in cui vivere. Il loro primo obiettivo era di avere quei due gemelli e di tenerli.

Visto che Piantagrane non rispondeva, Kevin smise di parlare. Quelle notti, in cui loro due da soli se ne stavano lì al buio a parlare, gli ricordavano qualcosa. Una cosa di scuola. Un libro. Parlava di un bambino che si dava alla macchia insieme a uno schiavo in fuga, tanto tempo fa. Viaggiavano lungo il fiume Mississippi su una zattera. Quel libro portava la noia a un livello inedito. Nulla di quel che diceva lo schiavo aveva il benché minimo senso. A Kevin quello schiavo pareva un analfabeta idiota.

Per ridere, spiegò a Piantagrane il suo scherzo dei criceti. Se c'era qualcuno che poteva ridere, si poteva credere che fosse lei.

Piantagrane, invece, lo fissò senza emettere suono. Sollevò un'estremità del labbro superiore sdegnata. Scosse la testa in segno di disapprovazione dell'ignoranza di Kevin.

Kevin si fece coraggio. Senza guardare Piantagrane negli occhi domandò: «Non hai paura di finire all'inferno?». Intanto continuava a mandare messaggi nelle tenebre con l'alfabeto Morse. A galla nell'oceano della notte.

Piantagrane sbadigliò: «Non fraintendermi, okay?». Si abbandonò a un truce sghignazzo. «La mia idea di inferno consiste nell'essere mandata in paradiso ed essere costretta a fingere di essere come te per il resto dell'eternità.»

Di pomeriggio continuavano a trafficare con le interiora di Betsey, ovvero di Suede. Pratica che era diventata più difficile, almeno per Kevin, da quando aveva saputo chi era da viva. Quasi tutti i punti di sutura erano stati rimossi, ormai. Il cadavere pareva appiattito e più esteso, a eccezione della testa. Sembrava uno di quei tappeti fatti con la pelle di un animale. Poiché l'unica cosa rimasta intatta era la testa, con le mosche che vi giravano intorno, la scena ricordò a Kevin un altro libro che aveva letto a scuola. Una storia su una classe di ragazzini che si ritrovava su un'isola deserta dopo un incidente aereo, roba che nessuno si prenderebbe la briga di leggere se la scelta fosse libera. Dopo aver fatto il compito in classe su quel libro, Kevin non ricordava altro che mosche nere e un paio di occhiali rotti. Al momento, tra i ragazzi del sesto piano era l'unico al corrente degli sfortunati travagli di Suede e Piantagrane.

Suede era in uno stato rovinoso. I suoi organi e quant'altro parevano di cuoio e in buono stato di conservazione. Il cuore e lo stomaco erano sottosopra. Alla fine di quel corso di anatomia il Comandante li avrebbe interrogati. Coloro che li avevano preceduti avevano tracciato appunti truffaldini su diversi organi. Il fegato era facile, ma qualcuno con un pennarello indelebile, su una parte ancora viscida, aveva scritto "milza". Una mano diversa, su un'altra parte, aveva scritto "pancreas".

Qualcuno, senza farsi scoprire, aveva scritto "Raymond Was Here" e una data – risalente a due mesi prima – sulla parete anteriore della cavità addominale di Suede.

C'erano, poi, degli enigmatici numeri a quattro cifre in alcune cavità difficili da raggiungere. Sulla parte posteriore della vescica c'erano le cifre 4-1-7-8. Dietro il cuore, invece, c'erano scritti i numeri 2-8-2-6. Kevin non aveva idea di quel che significavano, ma notò che Piantagrane ripeteva ogni serie di numeri sottovoce.

Una notte, nel corso della sesta settimana, le batterie di Kevin si esaurirono.

Piantagrane non ebbe esitazioni. Svegliò Brainerd e gli chiese quelle dell'orologio da polso. Brainerd domandò perché, e Piantagrane gli urlò, sussurrando: «Per provare a filarcela da qui».

Combatterono la più silenziosa scazzottata di tutti i tempi. Muti e feroci, si picchiarono e si strangolarono a vicenda, lottando con violenza sul pavimento, senza lasciarsi sfuggire un solo gemito, con i pigiami di flanella ad attutire i colpi. I nasi sanguinavano tacitamente. Due volte il corpo di Brainerd si afflosciò e parve sconfitto. In entrambi i casi Piantagrane si accinse a sganciare il cinturino dell'orologio, ma tutt'e due le volte Brainerd si riscosse, si rimise in piedi e la respinse. I due contendenti colpivano di gomito e di ginocchio. Alla fine, Piantagrane sferrò una cruenta testata in faccia a Brainerd, il quale non riuscì più a reagire.

La vincitrice s'impossessò dell'orologio e ne svitò la parte posteriore. Con occhi di fuoco, che sfidavano gli altri a fermarla, Piantagrane estrasse le batterie come se stesse togliendo pallottole da un revolver. Ricaricò il puntatore laser e con un'espressione stoica andò a restituirlo a Kevin che era rimasto accanto alla finestra. Tre notti dopo, Piantagrane svegliò Porco il Pirata e gli chiese le batterie del suo Game Boy. Considerando che Brainerd aveva ancora gli occhi neri, Porco il Pirata gliele consegnò senza fare storie.

Tutti gli dicevano che era pazzo, ma Kevin era determinato. Senza mai interrompere le sue trasmissioni punto-due pois-linea, spiegò loro in un sussurro che tentare una follia era meglio che non fare nulla. Predicò sussurrando che intraprendere un'iniziativa apparentemente inutile era meglio che arrendersi all'impotenza.

Kevin s'inginocchiò sull'orlo del nulla, con i gomiti puntati sul davanzale. Intrecciò le mani vicino al mento. Mormorando parole sottovoce, trasmetteva i suoi segnali. Era un messaggio di allarme in codice inviato a sconosciuti che probabilmente non esistevano neppure. Stava cercando di stabilire un contatto con qualcuno che nessuno era in grado di vedere o di udire.

Dopo sette settimane senza sonno, Kevin era mezzo morto, ma non si arrese. Dall'oscurità non gli era giunto neppure il più piccolo barlume di risposta. Poteva sembrare un pazzo, ma la sua determinazione non si affievolì. Appena prima dell'alba, Kevin si accasciò sul pavimento, troppo stanco per continuare a occupare la sua postazione. Senza smettere di stringere il puntatore laser con le dita gonfie e spellate, in preda a una frustrazione invalidante, cominciò a singhiozzare sommessamente.

Quel rumore svegliò Piantagrane, che lasciò il letto caldo tirandosi dietro la coperta. La usò per coprire la sentinella caduta e gli tolse il puntatore laser dalle mani di Kevin.

«Dimmi che cosa devo fare» disse.

«Punto» sussurrò Kevin. Come fosse un incantesimo recitò: «Linea-linea-tre punti...». Dettò sottovoce il messaggio più volte, finché Piantagrane non lo ebbe imparato a memoria.

La notte successiva, Kevin dormì, e il compito di inviare segnali fu assolto da Piantagrane. La notte dopo, fu Jasper a sostituire Piantagrane. Alla terza notte, Porco il Pirata subentrò a Jasper. La quarta notte, Tomas svegliò tutti con le sue urla sussurrate...

Senza smettere di cliccare e lampeggiare punti e linee, Tomas bisbigliò: «A tutte le postazioni!». Bisbigliò: «A tutte le auto!». Gridò in un sussurro: «Tutti in coperta!».

Quelli che si riscossero per primi svegliarono gli altri. Tutti i letti si svuotarono. A piedi nudi, i ragazzi corsero alla finestra.

Senza mai distogliere lo sguardo dalla luce rossa che lampeggiava in lontananza, Brainerd disse qualcosa. Nessuno lo sentì. Nessuno stava ascoltando o, quanto meno, nessuno gli diede retta. «È come il raggio verde.» Brainerd aspettò, ma nessuno gli rispose. Lui andò avanti a parlare, ma come tra sé e sé, sputando stronzate prese da qualche compito a casa.

Qualcuno diede a Kevin carta e matita, e lui cominciò a trascrivere tutti i segnali – linea-ticchete-linea-ding-punto-punto-linea – a mano a mano che si succedevano. Non guardava quel che scriveva: si limitava a tenere gli occhi spalancati. La mano con la matita scattava, lasciando tracce sulla carta. Le sue dita si muovevano come se appartenessero a qualcun altro.

Balena Jr guardava la matita che riempiva il foglio. «Che cosa stanno dicendo?»

Kevin non rispose.

Tomas avvicinò le labbra all'orecchio di Porco il Pirata. «Stanno dicendo che hanno l'AIDS» sussurrò.

Porco il Pirata restò meravigliato. «Immaginate di ammalarvi di AIDS e di *non* morire...» La sua voce sembrava attenuata dall'orrore di quest'idea. «Per il resto della vostra vita, non potreste più avere storie.»

Brainerd propose la sua idea sul tema. «Preferirei morire, piuttosto che non poter più scopare.»

Tutti mormorarono in segno di assenso.

Balena Jr disse: «Non dite stupidaggini». Scosse la testa, sconvolto dal livello dell'ignoranza generale. Tutti gli altri lo guardarono, in attesa della sua magica risposta. Tutti tranne Kevin, che continuava a osservare il luccichio intermittente.

«Avere l'AIDS non significa che non si può scopare» spiegò Balena Jr. Portavoce del buonsenso, disse: «Avere l'AIDS significa che puoi scoparti soltanto le ragazze che odi».

A eccezione di Piantagrane, tutti gli altri assentirono cupi. Risollevati. Erano sbalorditi da quella capacità di vedere il lato positivo. Il bicchiere di Balena Jr sarebbe sempre stato mezzo pieno.

Non volendosi perdere neanche un lampeggio, Kevin non batté ciglio. Gli occhi gli lacrimavano per lo sforzo di fissare. La sua mano, intanto, senza l'aiuto degli occhi, scarabocchiava segni incomprensibili. La punta della matita sussurrava sulla pagina.

Quella notte tirarono a sorte. A dimostrazione della loro buonafede, Brainerd disse che uno di loro avrebbe dovuto mostrare il cazzo alla finestra. Si era deciso che chiunque avesse pescato la pagliuzza più corta si sarebbe dovuto abbassare i pantaloni del pigiama. Per ingraziarsi i Rock Hudson.

Piantagrane scosse la testa incredula, temendo per ovvi motivi di poter pescare la paglia più corta.

Kevin si mise in tasca la pagliuzza pescata e aspettò che tutti, tranne lui e Piantagrane, avessero mostrato di avere le pagliuzze lunghe. Anche quella di Kevin era lunga, sicché per evitare che Piantagrane fosse scoperta o considerata una codarda, infilò una mano in tasca, spezzò a metà la propria pagliuzza e la mostrò.

Piantagrane sembrò sul punto di piangere per il sollievo. Gli rivolse un tacito "grazie".

Ciò fu di consolazione per Kevin nel momento in cui si arrampicò sul davanzale. Infilò i pollici sotto l'elastico dei pantaloni del pigiama e se li abbassò. Ruotò i fianchi scarniti da una parte all'altra. L'aria gelida non contribuì certo a rendere la scena più notevole.

Nessuno disse alcunché. Qualcuno tossicchiò.

Giunsero dei rumori dal corridoio all'esterno della camerata. Ci fu un rumore di passi. Un tintinnare di chiavi.

In una frazione di secondo, furono tutti sotto le coperte. Tutti tranne Kevin.

Tomas sibilò: «Arriva qualcuno!».

Kevin si contorceva davanti alla finestra. Cercò di chinarsi e di tirarsi su i pantaloni del pigiama, ma non ci riuscì. «Sono bloccato» piagnucolò in un sussurro. «Mi si è congelato il cazzo!»

Alla maniera in cui la lingua di una persona resta appiccicata a un'asta di metallo gelata, le parti più delicate di Kevin erano saldate al vetro ghiacciato e alla struttura d'acciaio della finestra. Divincolandosi rischiava di lacerarsi la pelle e di rompere la finestra in mille schegge affilate come rasoi. Mentre i passi erano sempre più vicini, Kevin si mise a piangere e implorò aiuto. Si appellò al loro senso di fratellanza e solidarietà.

Piantagrane provò a sollecitare gli altri gridando: «Non dobbiamo lasciare indietro nessuno!».

Quando il supervisore del sesto piano entrò nella camerata, erano tutti inginocchiati intorno a Kevin. Nessun membro del personale avrebbe creduto che stavano soltanto soffiando sul vetro.

Kevin controllò più volte la sua transcodificazione dei messaggi, ma non riuscì a cavarne il minimo senso.

Fagiolo Rosso ipotizzò che esistesse una specie di *underground railroad* di omosessuali che nascondevano altri omosessuali in soffitte nascoste tipo quella di Anna Frank o in finti fienili, di giorno, per poi farli passare come immigrati clandestini, di notte, in Canada. Era un'ipotesi improbabile, ma non impossibile.

I punti e le linee ricevuti dicevano: «Prendete il palloncino di mezzanotte».

Brainerd disse, lamentoso: «Come in Jules Verne o nel *Mago di Oz*».

Piantagrane annuì, con l'aria di chi la sapeva lunga, e Kevin ebbe l'impressione che potesse avere in mente una via d'uscita.

In passato, era capitato di tanto in tanto che un palloncino si levasse in cielo dal perpetuo raduno dei Rock Hudson fuori dal cancello. Palloni in mylar a forma di piccoli arcobaleni. Altri rosa, a forma di triangoli, cui erano appese piccole strisce di nastro rosa. E a volte i venti che soffiavano avevano spinto i palloncini sfuggiti in cielo verso il loro edificio. Era successo che sfilassero lungo il muro esterno, passando davanti alla finestra del sesto piano, battendo contro il vetro, per poi essere portati via dal vento. Se anche i Rock Hudson avessero lasciato andare tutti i palloni di cui disponevano, non sarebbero bastati certo a sollevare una persona.

Tutti concordarono nel dire che era un'impresa suicida. Kevin inviò segnali luminosi per esprimere il loro scetticismo. In risposta, i Rock Hudson inviarono, con segnali luminosi, un'unica parola: «Domani».

Quel giorno, Kevin rimase accanto a Piantagrane mentre gli altri erano al lavoro con Suede. Qualcuno le aveva scritto "Balena Jr è uno stallone" all'interno della cavità uterina.

Di punto in bianco, Piantagrane buttò lì la parola "gerbilli". La disse in modo che solo Kevin potesse udirla. «Come si fa a perpetuare uno stereotipo tanto rozzo?»

«Mi spiace» sussurrò Kevin, dubbioso. Imbarazzato. Piantagrane gli piaceva troppo per poter cominciare a odiarla, a quel punto.

Lei, sussurrando a sua volta, rispose: «Il modo migliore per avere un'immaginazione fertile consiste nel riempirsi la mente di stronzate».

Lusingato, ma cauto, Kevin le domandò in un bisbiglio: «Dunque, sei una lesbica? Perché me l'hai rivelato?».

Piantagrane guardò lo scempio in cui era ridotta Suede. «Perché tu mi hai raccontato dei tuoi bambini, credo.» Guardò il Comandante che se ne stava in disparte. Guardò il telo di plastica con cui ogni pomeriggio coprivano il cadavere quando avevano finito. La plastica era accartocciata sul pavimento. Abbassando la voce, Piantagrane disse: «Dato che in tutti i film che ho visto l'omosessuale ha il ruolo della vittima codarda o del mostro psicopatico, voglio che tu sappia che l'eroina di questa storia sarà una lesbica».

La notte successiva, Kevin e i suoi colleghi pervertiti erano di vedetta. Faceva un gran freddo, fuori, ma aprirono ugualmente la finestra per vedere meglio. Qualcosa sbucò dalle tenebre: un unico palloncino giallo. «Non posso crederci» sussurrò Balena Jr. Il palloncino rimbalzò contro il telaio della finestra e si allontanò. Restò ad aleggiare poco lontano, imprendibile.

«Sbrighiamoci» disse Piantagrane, «prima che il vento lo porti via.» Prima che qualcuno potesse fermarla, si arrampicò sul davanzale interno. Si aggrappò con una mano al montante e uscì sul davanzale esterno, sporgendosi nel vuoto. Lì appesa, a precipizio sul nulla, brancolava nell'aria, gridando: «Non riesco a prenderlo». La sua voce vibrava acutissima per la frustrazione.

Kevin non pensò. Si limitò ad agire. Salì sul davanzale e con una mano afferrò la parte posteriore dei pantaloni del pigiama di Piantagrane. Con l'altra si aggrappò alla cosa più pesante che riuscì a trovare: Balena Jr. Piantagrane, allora, mollò la presa sul montante e restò sospesa nel vuoto, rischiando di morire, con Kevin che la tratteneva. Balena Jr tratteneva Kevin, e tutti gli altri trattenevano Balena Jr.

Con un tentativo azzardato, Piantagrane agguantò il pallone, e i suoi colleghi pervertiti la tirarono indietro, riportandola al sicuro nella stanza così velocemente che si ritrovarono tutti ammucchiati per terra. Schiacciato sotto di loro, il palloncino scoppiò.

Porco il Pirata contemplò l'involucro esploso di gomma gialla e sembrò sul punto di piangere. Tomas si rabbuiò e disse: «E adesso?».

In preda alla delusione, Kevin prese i brandelli di gomma gialla. «Magari hanno scritto un messaggio all'interno. O ci hanno messo dell'eroina.» Brainerd cercò di toglierglielo dalle mani, anche Jasper provò a prenderlo. Non c'era niente all'interno. Erano tutti avvolti dal nastro rosa del pallone e a un certo punto notarono che era lunghissimo. Il nastro penzolava ancora fuori dalla finestra. Anzi, non si limitava a ricadere fuori dalla finestra, bensì si attorcigliava nel buio in direzione del cancello. Sembrava non finire mai.

Da qualche parte, in fondo all'oscurità, doveva essere legato a qualcosa. O a qualcuno. Cercarono di seguirlo con lo sguardo. Piantagrane fu la prima a parlare. «Non spezzatelo» disse.

Lentamente, con estrema cura, lo tirarono verso di loro finché il nastro non fu perfettamente teso.

«Non lasciatelo allentare» avvertì Brainerd, «altrimenti potrebbe toccare il reticolato.» Si riferiva alla recinzione elettrificata. Non sapevano se il nastro potesse condurre l'elettricità, ma non avevano intenzione di appurarlo.

Tirando quel nastro, Kevin aveva l'impressione di tirare il filo che teneva chiusa la pelle di Suede. Tiravano tutti, recuperando con cura quella che pareva un'impossibile quantità di nastro e che si accumulava intorno a loro. Tirarono finché non comparve un nodo. Oltre il nodo cominciava un sottile filo di nylon, tipo corda per il bucato. Tirarono anche questo filo finché non giunsero a un altro nodo che lo collegava a una fune di nylon più spessa. Era così lunga e pesante che dovettero lavorare di squadra, come quei cavalli che tirano i carri della birra in televisione. Quando ebbero recuperato un tratto di corda sufficiente, Piantagrane disse: «Dobbiamo fissarla il più in alto possibile». Disse a Kevin di inviare un segnale luminoso, non appena l'avesse annodata, in modo che i Rock Hudson la tirassero per tenderla anche all'altra estremità.

Kevin guardò fuori dalla finestra a bocca aperta. A un interlocutore imprecisato disse: «E noi dovremmo calarci lungo questa fune?».

A quel pensiero Jasper scosse la testa, senza dir nulla. Era troppo pericoloso. Se anche le loro mani non avessero mollato la presa, la fune poteva afflosciarsi e farli abbassare alla portata dei cani da guardia o a ridosso della recinzione.

Intanto, Piantagrane aveva individuato un grosso tubo di scarico che correva a poca distanza dal soffitto, sul lato opposto della stanza. Stava mettendo le brande una sull'altra, e in cima alla pila sistemò una sedia. Si arrampicò su quel cumulo di roba tirandosi dietro un capo della fune da legare al tubo. La grossa corda di nylon attraversava la stanza, scendendo in lieve pendenza dal soffitto, per poi scomparire fuori dalla finestra. L'avvolse più volte intorno al tubo e l'annodò saldamente, dopo di che ordinò: «Manda il segnale».

Erano ancora in pigiama. Presi dall'eccitazione non sentivano il freddo.

Piantagrane andò al suo armadietto e prese una cintura. Tornò ad arrampicarsi sulla pila di letti e sistemò la cintura di cuoio ad anello intorno alla fune. Un'imbragatura. Ci infilò la testa e le braccia e sollevò i piedi per verificarne la tenuta. Reggeva. Con i piedi sospesi a mezz'aria fece alcuni sobbalzi. La fune non si afflosciava né si tendeva eccessivamente.

Prima che qualcuno potesse fermarla, saltò giù dalla sedia. Come una suicida rimase lì sospesa per un attimo a scalciare nel vuoto, con la testa e un braccio infilati nella cintura. L'anello di cuoio prese a scivolare lungo la fune. Gli altri si fecero da parte mentre attraversava la stanza. Giunta in prossimità della finestra, Piantagrane si liberò dalla cintura e ricadde morbidamente sul pavimento, mentre la cintura filò via, lungo la corda, verso la libertà.

Piantagrane si alzò in piedi e si ripulì platealmente il pigiama dalla polvere. Andò alla porta. «Sarò di ritorno tra meno di un'ora.» Digitò quattro cifre sulla tastiera. Risuonarono quattro note, e la porta si aprì. «Il codice era scritto sulla cistifellea.»

Kevin capì che i codici di tutte le porte erano registrati all'interno del corpo di Suede. Le sue viscere servivano da memoria collettiva di tutti i ragazzi che erano passati da lei. Kevin mise in guardia Piantagrane: «Non ce la farai a uscire per quella via. Non puoi pensare di fuggire dalla porta principale». Piantagrane, però, se n'era già andata.

Un'ora dopo Piantagrane non era ancora tornata. Neanche dopo due ore. Era quasi l'alba.

Balena Jr borbottò: «Dovremmo slegare la corda. Voialtri finirete per rovinarmi la parata».

Nessuno di loro aveva tirato fuori la cintura. Per un po' i Rock Hudson avevano trasmesso segnali luminosi nel buio, che a un certo punto però si erano interrotti. Nel giro di mezz'ora sarebbe sorto il sole. Brainerd disse che dovevano slegare la fune e gettarla fuori dalla finestra. Kevin e Tomas si opposero. Tutti gli altri si dissero d'accordo con Brainerd. Sentirono giungere un rumore dalle scale.

Un attimo dopo risuonarono quattro note musicali prodotte dalla tastiera all'esterno della camerata. La porta si schiuse, e dall'interno videro che era Piantagrane. Era piegata in avanti, con qualcosa di voluminoso gettato su una spalla. Ansante per lo sforzo compiuto, entrò nella camerata. Il suo carico era avvolto in un sudicio telo di plastica. Nessuno domandò che cosa fosse. Lo capirono dall'odore.

Qualcosa scivolò fuori dall'involto e cadde sul pavimento. Scintillava nella luce fioca. Fecero tutti finta di niente, finché Piantagrane non protese il mento. «Non è che qualcuno tra voialtri pervertiti mi fa il piacere di raccoglierlo?»

Kevin tirò in avanti una manica del pigiama per coprirsi la mano come con un guanto a manopola. Si chinò sull'oggetto caduto e vide che era il braccialetto portafortuna. Il suo pigiama non aveva tasche, perciò s'inginocchiò e mise il braccialetto intorno alla caviglia di Piantagrane.

A Kevin non sfuggiva il fatto che stava per succedere qualcosa, un evento che non ci sarebbe stato bisogno di romanzare. Avrebbe semplicemente dovuto raccontare la storia, e la gente sarebbe rimasta impressionata. Doveva solo cercare di non lasciarci le penne, dopo di che avrebbe vissuto una vita il cui valore sarebbe stato di molto superiore a ventimila dollari.

Piantagrane decise che si sarebbe lanciata per ultima. Dovendo portarsi dietro Suede, il suo peso sarebbe stato doppio. Nessuno voleva andare per primo, sicché Kevin si offrì volontario. Si sarebbe portato dietro il puntatore laser e avrebbe inviato un messaggio se fosse arrivato sano e avesse trovato la strada aperta. Si arrampicò sui letti e sulla sedia e sistemò una cintura intorno alla fune. Poiché la finestra era aperta da molte ore, ormai, nella stanza c'era un freddo spaventoso, ma il suo pigiama era ugualmente bagnato di sudore a causa del nervosismo. Infilò la testa e un braccio, fino alla spalla, dentro la cintura, ma non aveva il coraggio di saltare. Aveva un vago ricordo di un libro in cui dei ragazzini pensavano delle scemenze felici e si lanciavano fuori dalla finestra della camera da letto. Una stronzata di fiaba. Ambientata a Londra.

In momenti come quello, a Kevin pareva di aver vissuto soltanto attraverso i libri e la televisione. I suoi migliori ricordi erano un miscuglio di racconti e film. Aveva sedici anni, e aveva sprecato tutta la sua vita.

A una tariffa di mille dollari a settimana, ogni minuto era prezioso.

Un attimo dopo, la camerata fu inondata di luce, e l'edificio fu tutto una sirena d'allarme. Balena Jr era in piedi accanto all'allarme antincendio. La mano stretta intorno alla maniglia, gridava sopra il frastuono: «Io vi avevo avvertiti!».

Kevin ebbe probabilmente un sussulto, perché la sedia sotto i suoi piedi s'inclinò e cadde. Prima di potersi sfilare dalla cintura, stava già uscendo a tutta velocità dalla finestra. Prima di potersi liberare era già fuori sospeso nel vuoto, come un'esca viva sopra le teste degli invisibili cani da guardia. L'allarme li aveva risvegliati, e Kevin li sentiva latrare, sentiva le loro fauci che addentavano l'aria più in basso. Ricordandosi della recinzione elettrificata, sollevò i piedi e avvicinò il più possibile le ginocchia al petto. Stava scivolando nel buio, fradicio di sudore, sospeso a metà tra il luogo da cui voleva fuggire e un nuovo futuro che non riusciva neanche lontanamente a immaginare. Dietro di lui le luci sfolgoranti e il frastuono assordante; davanti, le sagome senza volto della gente muta che lo aspettava e che avrebbe dovuto frenare la sua caduta. Un lungo urlo gli sfuggì dalle labbra, e con lui ulularono anche i cani dello Stalag 13.

Ovviamente, furono beccati. Suede fu l'unica che sfuggì alla cattura, e solo perché Kevin, Tomas e Jasper l'avevano portata lontano. Porco il Pirata e Brainerd avevano scavato la fossa, e tutti insieme, poi, l'avevano seppellita. Dopo di che, nessuno aveva rivelato il luogo esatto della sepoltura. Il Comandante aveva ordinato di usare i segugi, che però avevano vagato senza costrutto in mezzo alla neve. Kevin e i suoi amici pervertiti, infatti, in preda alla confusione si erano trascinati in giro il cadavere attraversando avanti e indietro svariati ettari di terra, passando e ripassando sulle loro stesse tracce. Dovunque Suede fosse stata sepolta, lì sarebbe rimasta, introvabile.

Tutt'altra sorte, invece, aveva avuto Piantagrane.

Era uscita dalla finestra per ultima, lasciando nella camerata il solo Balena Jr. Come avevano previsto, il suo peso aveva fatto abbassare pericolosamente la fune. Era sfuggita ai cani per un pelo. Avrebbe potuto scaricare Suede per salvarsi, ma non l'aveva fatto.

Loro l'aspettavano per afferrarla. Non si vedeva nulla, finché un lampo di luce non aveva illuminato la notte. Una supernova di scintille azzurre, come una gigantesca macchina per friggere gli insetti. Piantagrane era *quasi* riuscita a scavalcare il recinto. Quella specie di fuochi artificiali erano esplosi perché il braccialetto portafortuna che Piantagrane aveva alla caviglia aveva sfiorato la recinzione elettrificata. Kevin aveva sentito puzza di fumo, e quando avevano afferrato Piantagrane le sue dita non volevano staccarsi dalla cintura agganciata alla fune. Era dal pigiama che saliva il fumo, dal pigiama e dai capelli, e loro avevano dovuto spegnere le fiamme con le mani. Kevin, intanto, aveva scorto sagome in uniforme che passavano da una parte all'altra dietro la finestra del sesto piano.

La parrucca di Suede era strinata per via della scossa elettrica. Tra i capelli elettrizzati e i punti di sutura, sembrava la sposa di qualche mostro fatto in casa da uno scienziato pazzo. Piantagrane non era morta, ma non voleva neanche svegliarsi. Aveva gli occhi semichiusi, e le pupille non erano della stessa misura. Sembrava lei il mostro.

I Rock Hudson avevano promesso di tenere il cancello bloccato. Per la prima volta avrebbero tenuto la gente dentro invece che fuori. Ciò sarebbe servito a dare un piccolo vantaggio ai fuggiaschi. Kevin aveva afferrato Suede cingendole i fianchi. Tutti lo avevano aiutato a raccoglierla. Erano semiassiderati, ma la pelle della defunta era calda, più calda di quella di un vivo. Era piacevole stringerla. E così si erano messi a correre, a piedi nudi, tra le file di piante di mais recise.

Piantagrane non disse mai più neppure una parola. Di giorno, la sistemavano tra loro. Nella sala TV o in mensa, sempre al centro del gruppo. E raccontavano di quando aveva memorizzato tutti i codici di sicurezza scritti sugli organi interni della ragazza morta. S'intrattenevano a vicenda con la storia di quando Piantagrane si era sporta nel vuoto a sei piani d'altezza rischiando la morte per afferrare il palloncino giallo. Porco il Pirata raccontava di quando Piantagrane si era lanciata fuori dalla finestra con quell'altra ragazza in spalla. Così facendo, la trasformavano in leggenda. La portavano fuori a sedersi sul campo da baseball, nei giorni di sole. La coinvolgevano in tutto, sempre.

Balena Jr, invece, veniva emarginato. Nessuno gli rivolse più la parola. Un giorno, dopo aver giocato a basket, tornarono al sesto piano e scoprirono che aveva impilato due letti, su cui aveva poi sistemato una sedia. Aveva fatto passare una cintura intorno al tubo a cui Piantagrane aveva fissato la fune per la fuga. Balena Jr aveva infilato la testa nella cintura ed era saltato giù dalla sedia. Non era andato da nessuna parte. Il suo corpo, perlomeno. Il suo corpo ebbe la parata del ritorno a casa che aveva sempre desiderato, una lunga, lenta, solenne sfilata lungo Main Street, ma nessuno esultava e lui non viaggiava su una decappottabile.

Piantagrane era ancora con loro, ma non era più quella di una volta. Fissava nel vuoto, tremante, come se fosse stata su una sedia elettrica che aveva giustiziato soltanto il suo coraggio. Per preservare il suo segreto, Kevin doveva accompagnarla in bagno. Doveva anche imboccarla. Se il personale della Fattoria dei Froci aveva scoperto il suo segreto, loro non ne sapevano nulla. Forse qualcuno continuava a pagarle la retta. Forse temevano una possibile inchiesta.

I compagni del sesto piano concepirono, con scarsa convinzione, piani per una nuova evasione. Jasper ricavò una pistola da un pezzo di sapone e poi la pitturò con il lucido da scarpe. Fagiolo Rosso di notte se ne stava seduto alla finestra, nella speranza che arrivasse un altro pallone. In verità, nessuno di loro aveva più interesse a tornare nel mondo esterno.

Kevin non vedeva perché mai avrebbe dovuto. Chi aveva voglia di tornare in un mondo tanto corrotto? Chi aveva voglia di essere festeggiato da gente tanto spregevole? Avrebbe potuto tornare a casa da eroe, ma chi aveva voglia di essere re in un mondo di coglioni? Nessuno dei ragazzi era interessato a fare da dimostrazione vivente della validità di quello stupido sistema. Se fossero tornati, il loro naturale desiderio per le ragazze avrebbe dato lustro a persone che loro avevano imparato a disprezzare. Il Comandante avrebbe fatto la figura dell'eroe. Lì confinati, invece, potevano se non altro consolarsi per il fatto di rappresentare un salasso. Le loro rispettive comunità si sarebbero dovute svenare per mantenerli in quel luogo. La loro sarebbe stata una generazione in sciopero.

Kevin aveva la sensazione che per tutto il resto della vita avrebbe dovuto correre e faticare. Per il momento, invece, poteva prendersela comoda. Non c'era niente di male nell'essere intrappolati lì. Non aveva bisogno di guidare una Porsche a trecento all'ora. Gli andava benissimo di starsene lì tranquillo. In quei giorni Piantagrane non sembrava tanto più viva di Suede, e Kevin aveva deciso di prendersi cura di lei.

La vestiva e l'accompagnava alle lezioni. Cercando di insegnare fisica a Piantagrane, era almeno riuscito a impararla lui. Era così contento che solo di rado guardava il calendario. Non desiderava che il tempo passasse né aveva voglia di trovarsi altrove. La sua vita non era più una corsa verso il futuro.

Qualcosa induceva Kevin a ritenere che quello fosse un buon esercizio. Che doveva essere quella la sensazione che si provava a essere un padre. E così la sua idea di quel che significava vivere per sempre felici e contenti a poco a poco subì un'evoluzione. Non gli sfuggiva l'aspetto paradossale delle circostanze in cui si trovava. I suoi genitori l'avevano mandato lì perché si salvasse l'anima. E da prigioniero lui l'aveva trovata, la sua anima. La sua vita, così com'era, era abbastanza bella. Non aveva bisogno di trasformarsi in un mostro da cartoni animati.

Torreggiante tra campi di granoturco a perdita d'occhio, quella prigione aveva cominciato a sembrargli una specie di chiostro. Paradisiaca, quasi.

Come quasi tutti i pomeriggi, Kevin fece sedere Piantagrane sul gabinetto e aspettò. Era meglio andare sul sicuro dopo un pranzo sostanzioso. I bagni erano così silenziosi che si poteva sentire il rumore del pallone da basket che rimbalzava sul cemento in cortile. Imbarazzato, se ne stava addossato a una parete dell'angusto cubicolo ingombrato dalle pelose ginocchia di Piantagrane. Per quanto possa sembrare perverso, l'odore di urina aveva riempito di gioia il cuore di Kevin. Significava che Piantagrane stava facendo quel che doveva, e di lì a poco sarebbero potuti uscire.

Non c'era nessuno ad ascoltare le confessioni che Kevin Clayton faceva sotto forma di dialogo a una sola voce. «L'unica risposta che conosco è la fuga.» Accarezzò i capelli di Piantagrane dove l'alta tensione glieli aveva fatti rizzare. Una mosca si posò sulla guancia dell'amica, e Kevin la scacciò. «Sono fuggito dalla mia famiglia» proseguì. «Sarei potuto fuggire, una volta uscito di qui.» Ascoltò lo scroscio della pisciata di Piantagrane. «Il tempo finirà per salvarci.» Piantagrane mollò una scoreggia. Era un segno promettente. «Il tempo salva tutti.»

Con aria distratta, Kevin esaminò un piccolo strappo sul davanti della maglietta nera. Ci infilò un dito per misurarne l'ampiezza. «Dovremo rammendarlo.»

Piantagrane, seduta sulla tazza, aveva le spalle ancora muscolose, e la sua struttura anatomica intorno al collo robusto non si era per nulla ridotta. La scritta tatuata: "Suede". Le braccia ancora tendevano le maniche della sua maglietta nera, ma lui la coccolava come una bambina. «Senza offesa» disse Kevin, «il problema degli omosessuali è che non diventano mai adulti.» Secondo il suo parere, gli omosessuali non arrivavano mai a quella dignità che, alla fine, garantiva il rispetto da parte del prossimo. I froci non consegnavano mai i ladri di bestiame alla giustizia, non uccidevano mai i draghi con una spada lucente.

Sospirò. Strappò alcuni quadrati di carta igienica dal rotolo. Kevin posò una mano dietro le spalle massicce di Piantagrane e la fece piegare in avanti. Quindi allungò l'altra mano, quella con la carta igienica, verso il basso. Dopo aver pulito l'amica, guardò la carta igienica e la vide chiazzata di giallo. La gettò nel water e ne prese un secondo involto. Questa volta, quando guardò, vide che oltre alle tracce di urina c'era qualcos'altro. La carta aveva uno strano luccichio, non bianco, ma iridescente. Kevin sapeva riconoscere la vaselina. E ce n'era altra. Kevin pulì di nuovo, e sulla carta rimase una sostanza viscida e opaca. La stessa sostanza organica fosca e viscosa che avevano trovato dentro Suede.

Che fosse opera del Comandante o della guardia del sesto piano, qualcuno aveva scoperto che Piantagrane non era un maschio.

Quella primavera, nella sua ultima lettera, la madre di Kevin si lamentava del fatto che il suo giardino stava andando in rovina. Era ossessionata dai fantasmi dei gerbilli che, come sapeva, lui aveva ucciso. Kevin aveva attirato la maledizione sulla loro casa. I gerbilli fantasma arrivavano di notte, affermava la madre, e si mangiavano le fragole. Distruggevano la lattuga appena spuntata. Era una piaga: gli spiriti vendicativi dei gerbilli erano tornati ad affamarli. Le parole scritte dalla madre di Kevin tremavano sull'orlo di una verità che lei non sarebbe stata capace di accettare. Si aggrappava alla realtà che conosceva. I gerbilli erano morti, suo figlio era un pervertito, il Comandante avrebbe risolto tutto.

Dalle guardie dei vari piani filtrarono voci secondo cui c'era un'indagine in corso. Si parlava di un possibile processo. Di fatto, però, non stava succedendo ancora nulla.

Kevin s'immaginò la madre in lacrime, con i piedi gonfi e sanguinanti. Nonostante le voci sull'inchiesta, Kevin non si faceva illusioni. Troppa gente era implicata in quel sistema.

Prima che succedesse alcunché, il Comandante annunciò che sarebbero riprese le lezioni. Betsey era scomparsa. E lui non ne era certo contento. Tuttavia, i genitori disperati di una nuova ragazza avevano donato le spoglie della figlia. Era rimasta uccisa in un incidente stradale.

Ci sarebbe voluto un po' di tempo, ma alla fine, in tribunale, sarebbero venuti alla luce tutti i particolari: la loro fuga al buio, poco prima dell'alba, lungo quella fune tesa nel vuoto; il modo in cui avevano scavato la fossa di Suede a mani nude. Molto tempo dopo, interrogato davanti alle telecamere della TV su quel che era successo, Kevin avrebbe detto che quelle poche settimane erano state le più felici della sua vita. Con una mano posata sulla Bibbia, Kevin avrebbe confessato l'impossibile. Al giudice e alla giuria avrebbe detto che è nella natura della felicità il fatto che noi la si riconosca solo a posteriori. Nessuno gli avrebbe creduto.

Seduta accanto a lui ci sarebbe stata Piantagrane. Con i capelli cresciuti, da ragazza. Gli occhi vuoti. La pancia gonfia, al secondo trimestre di gravidanza.

L'avvocato della difesa avrebbe domandato a Kevin se aveva temuto per la propria sicurezza. E lui avrebbe risposto di no. La sua peggiore paura era che l'amore esistesse solo in retrospettiva.

A un certo punto il pubblico ministero gli avrebbe domandato chi aveva ucciso il Comandante, e Kevin, sotto giuramento, avrebbe detto: "Sono stato io".

L'avvocato della difesa, poi, avrebbe chiamato Fagiolo Rosso sul banco dei testimoni e gli avrebbe domandato chi aveva ucciso il Comandante, al che Fagiolo Rosso, senza esitare, avrebbe detto: "Sono stato io".

Il medico legale avrebbe dichiarato che il Comandante era morto per un'unica, profonda ferita da arma da taglio alla gola. Era impossibile stabilire chi l'avesse inferta. Quando la guardia era arrivata in Sala Terapia a recuperare i ragazzi, li aveva trovati tutti imbrattati del sangue della vittima. Sul pavimento di calcestruzzo, morto, aveva trovato Mr Peanut in un lago di sangue.

Quel che nessuno avrebbe confessato sarebbe stato il movente. In un mondo in cui Piantagrane era odiata, Kevin voleva essere odiato a sua volta. Se il mondo disprezzava Piantagrane, Fagiolo Rosso voleva essere disprezzato quanto lei. Finché il mondo non avesse accolto a braccia aperte Piantagrane, nessuno di loro – né Tomas né Jasper, né Porco il Pirata né Brainerd – avrebbe voluto essere accettato. Dopo aver giurato di dire la verità, tutta la verità, nient'altro che la verità, a uno a uno, si sarebbero assunti la responsabilità dell'assassinio del Comandante. Benché minorenni sarebbero finiti ugualmente in carcere. Tutti, tranne Piantagrane.

Quel che nessuno di loro disse fu quel che davvero era accaduto. Porco il Pirata avrebbe ribadito più volte che il coltello lo aveva procurato lui. Brainerd avrebbe detto invece che il coltello era in mano sua. E così via, linea-punto-clic-punto, tratteggiando. Una Porsche. Due Porsche. E via così.

L'ultimo giorno al Centro di Riabilitazione, un'ambulanza si era presentata al cancello, ma senza luci intermittenti né sirene. Vedendola, i contestatori si erano fatti da parte. Persino i neonati che i Rock Hudson cullavano tra le braccia si erano zittiti come per magia. Era arrivata la nuova ragazza.

Quel pomeriggio il Comandante mandò una guardia a prendere i ragazzi per portarli nello scantinato. Kevin camminava accanto a Piantagrane, tenendole la mano per condurla nella direzione giusta. Il braccialetto portafortuna le tintinnava ancora alla caviglia. La scarica ad alto voltaggio aveva fuso il fermaglio. Nei corridoi di cemento armato, il braccialetto faceva un rumore orribile. La catenina e le medagliette urtavano tra loro come catene ai piedi in un film ambientato in carcere. Piantagrane era una leggenda vivente, che respirava, ma nulla di più.

Arrivati in Sala Terapia, Kevin vide la forma avvolta da quello schifoso telo di plastica, e il cuore gli si riempì di angoscia. Aveva due tette enormi. Più grosse di qualunque studentessa lui avesse mai visto, a parte una. La pancia della nuova ragazza era una montagna rigonfia sotto il telo. Kevin si figurò che a St. Cloud ci fossero due Porsche orfane, appena uscite dalla catena di montaggio, senza nessuno che potesse portarle a casa. Come in precedenza, sentì i fantasmi che gli tiravano i capelli. Lasciò cadere la mano di Piantagrane e incrociò le dita.

Il Comandante aveva in mano un bisturi. «La nostra nuova ragazza era una guidatrice imprudente. Aveva una sessualità promiscua e ha fatto sprofondare la sua famiglia nei debiti...»

Il Comandante non aveva ancora rimosso il telo di plastica, ma Kevin aveva già capito che quella storia non avrebbe avuto un lieto fine. Quella cosa morta stesa sul tavolo avrebbe avuto la pelle ruvida e ingiallita come i calli sui palmi delle sue mani. Non ci sarebbero stati altri neonati con la pelle rosa immacolata come la pelle sotto le sue unghie. Nessuno smaniava più dalla voglia di vederlo tornare a casa. Non fece una particolare fatica ad accettare quell'incidente stradale. Era orribile, ma allo stesso tempo perfetto; era perfetta la forma del destino. Inevitabile come la forma di un uovo. Non la si poteva negare o confutare. Aveva la perfezione della verità.

«Signori» annunciò il Comandante, «quest'oggi farete il vostro ultimo esame.»

Il Comandante scostò il telo di plastica e svelò il corpo di Mindy Evelyn Taylor-Jackson. A differenza di Suede, non mostrava alcun segno. Nessuno l'aveva ancora esplorata e tagliuzzata.

Indossava un normale vestito a quadri che Kevin ricordava benissimo. Se l'era messo al loro terzo appuntamento, ma a quei tempi non le stava così aderente. Quella sera Kevin aveva scopato per la prima volta in vita sua. Il Comandante lo chiamò per nome, gli disse di farsi avanti e di sbottonarsi, e lui, d'istinto, eseguì. Era come le altre volte che si era sbottonato. Mindy giaceva immobile, trattenendo il respiro. Anche allora il timore era stato tale da far loro trattenere il fiato.

Il Comandante gli porse il bisturi e disse: «Ti spiacerebbe esporre il plesso ipogastrico interiore?».

Kevin scosse la testa. Rifiutò il bisturi che gli veniva porto.

Il Comandante provò a offrire il bisturi ad altri ragazzi, ma nessuno volle prenderlo. A Tomas, Porco il Pirata, Brainerd e Jasper bastò guardare in faccia Kevin per capire che c'era qualcosa che non andava. Si tirarono indietro, intimiditi e riluttanti. Come chi fa da tappezzeria alle feste.

Alla fine, il Comandante accompagnò Piantagrane al tavolo e le mise il bisturi in mano. La lama scintillò. «Asportale la mammella sinistra, per piacere.»

Lo sguardo di Piantagrane pareva spento e immobile come quello di Mindy.

«Non farlo» l'avvertì Kevin. «Altrimenti rivelerò a tutti il tuo segreto.»

La faccia di Piantagrane rimase inespressiva. Il suo braccio si levò, proteso in avanti, come quello di una marionetta o di uno zombi. Avvicinò il bisturi verso la pelle esposta tra i bottoni di Mindy.

Kevin disse l'unica cosa che restava da dire. Come un elenco di parole, più che come una frase: «Tu-sei-una-lesbica».

Kevin non intendeva certo offenderla. A quel punto ormai non sapeva neanche più bene che cosa volesse dire, quella parola, ma la pronunciò ugualmente, come una semplice affermazione. A dimostrazione del fatto che Piantagrane poteva ancora essere l'eroina protagonista di questa storia.

Di come un'ebrea salvò il Natale

È un classico. Una storia festiva che i commessi ancora amano raccontare.

Non appena vengono montate le decorazioni, gli ultimi arrivati non vedono l'ora di sentirla. Implorano – Per favore, raccontatela un'altra volta – finché, alla vigilia di Natale, il direttore del grande magazzino riunisce il personale nella saletta usata durante le pause.

«Posso assicurare» esordisce, «che è accaduto davvero, ma tanti, tantissimi anni fa...»

Lavorare nel commercio al dettaglio, dopo la festa del Ringraziamento, è sempre stato un inferno. La musica, soprattutto. Un ripetersi interminabile di canzoni natalizie strombazzate dagli altoparlanti sui soffitti. «Dopo otto ore di quella musica» dice il direttore, annuendo con l'aria di chi sa di cosa sta parlando, «Miley Burke arrivava a desiderare che Gesù e Bing Crosby non fossero mai nati.»

Tanto tempo fa, Miley Burke lavorava in quel grande magazzino, e nei giorni feriali stava al reparto casalinghi. Nei weekend, invece, si occupava dei letti e di articoli per il bagno. A volte veniva spostata al reparto gioielleria, se c'era bisogno di qualche commessa in più. Per il resto, Miley ammazzava il tempo nella sala riservata alle pause del personale, perché era l'unico posto in cui si riusciva a sottrarsi alla musica.

Un giorno arrivò al lavoro prima del solito. Aveva portato una barretta di arachidi salate chiusa in una scatola e avvolta con una carta luccicante con fiocchi di neve stampati prodotta da lavoratori-schiavi in una fabbrica di qualche Paese in cui non sapevano neppure cosa fosse l'inverno, figurarsi il Natale. In stampatello Miley scrisse "Per Clara" su un Post-it. "Dal tuo Babbo Natale Segreto." Appiccicò il Post-it sulla scatola incartata e la piazzò nel cubicolo personale di Clara.

«Clara lavorava nel reparto abbigliamento infantile» spiega il direttore. «Vendeva tutine.»

Sono passati tanti anni, ma lungo una parete della saletta del personale c'è ancora la stessa fila di cubicoli, uno per ogni commesso, più uno per gli oggetti smarriti. Gran parte dello spazio è occupato da un lungo tavolo e dalle sedie. Contro la parete opposta a quella dei cubicoli c'è un ripiano con lavandino e un forno a microonde. L'orologio con la macchina per timbrare i cartellini era su un terzo lato della sala, mentre la quarta parete era quella della porta, accanto alla quale c'era il frigorifero riservato al personale.

Mentre Miley dava un'occhiata nel suo cubicolo, i colleghi e le colleghe cominciavano ad arrivare. Timbravano il cartellino. Miley vide che qualcuno aveva fatto scivolare qualcosa in fondo al suo cubicolo. Nel buio vide risplendere un fiocco rosso e lucido. Allungò una mano per prenderlo e sentì una cosa molle. Viscida. Pesante. Raccolse il pacchetto e sentì il suo peso instabile tra le mani. C'era un bigliettino attaccato con lo scotch su cui, in stampatello, c'era scritto: "Per Miley, dal tuo Babbo Natale segreto".

Qualcuno le si avvicinò. Una voce domandò: «Che cosa ti hanno regalato?». Una voce maschile. Era Devon, addetto alla sorveglianza antifurto.

Miley aveva il pacchetto ancora in mano e disse: «Non lo so». Era chiaramente un regalo artigianale. Una cosa sistemata su un sottile piatto di carta e avvolta in quella plastica rossa. Il fiocco rosso era semplicemente appiccicato sopra il pacchetto. Miley tolse la plastica.

Era una roba marrone. A cubetti. Tempestata di puntini giallastri. Non aveva un buon odore.

Arrivarono altri colleghi. Alla macchinetta per timbrare si era formata la fila. Miley non voleva sembrare sgarbata, nel caso tra i colleghi ci fosse la persona che le aveva fatto il regalo. Disse: «Che bello!». Rimosse l'involucro di plastica e con un gridolino disse: «È *fudge* fatto in casa!».

Devon non sembrava per niente entusiasta. Fece una smorfia di compassione e domandò: «Non avrai mica intenzione di mangiarlo, vero?».

Devon, a volte, era proprio un cazzone. L'anno precedente aveva rubato delle cose dal cubicolo degli oggetti smarriti. Una sciarpa consunta, ad esempio, e un paio di occhiali da sole rovinati. E li aveva rifilati come regali da Babbo Natale segreto. Il suo lavoro consisteva nello starsene tutto il giorno davanti a dei monitor ad aspettare che qualche cliente si comportasse da coglione disonesto. Diceva che il suo compito era molto gratificante.

Il *fudge* sembrava sano. Abbastanza, perlomeno. Il cattivo odore proveniva dalle scaglie giallastre sospese nella pastella marrone. Miley ipotizzò che quelli incastonati nell'impasto fossero frammenti di caramelle mou. Porse il piatto a Devon e disse: «Prego, serviti pure».

Gli occhi di Devon si ridussero a due caute feritoie. Girò la faccia per guardare il *fudge* in tralice, con grande sospetto. Miley sapeva bene che Devon e quelli come lui, cioè praticamente tutti quelli che conosceva, erano pronti a ingozzarsi di snack fatti con scarti di carne in qualche fabbrica del Terzo Mondo da operai lebbrosi che non si sognano neanche di lavarsi le mani.

Allo stesso tempo, quegli amici storcevano il naso davanti a un *fudge* che era stato chiaramente preparato da qualcuno che vedevano tutti i giorni. Miley li osservò con attenzione per scorgere labbra storte, nasi arricciati o altri segni di disgusto. Deborah rifiutò, domandando se fosse cibo kosher. LaTrey scosse la testa, dichiarandosi quasi-diabetico. Taylor, l'unico uomo che lavorava al reparto cosmetici, le disse: «Grazie lo stesso, cara, ma non sembra una cosa per cui valga la pena ingrassare».

C'era altra gente nella stanza, quasi tutto il secondo turno al completo. Miley, però, cominciava a sentirsi un po' in imbarazzo a offrire del *fudge* che nessuno voleva. Oscar, che lavorava in magazzino, fece una faccia coraggiosa e ne prese un pezzo, emulato da

Barry, uno dei cassieri. E anche Clara ne prese un pezzo. Il piatto, però, era ancora pieno quando Miley lo posò in mezzo al tavolo della sala del personale. Alla fine del turno, otto ore e mezza più tardi, nessun altro l'aveva toccato.

Quel pomeriggio, Deborah aveva trovato una boccetta di profumo regalatale dal suo Babbo Natale segreto. Un ottimo profumo, migliore di quelli venduti nel grande magazzino. Così buono da indurre Miley a sospettare che Deborah se lo fosse comprato da sé.

Essendo rimasto tutto il giorno scoperto e a temperatura ambiente, il *fudge* non era diventato certo più allettante. Ciononondimeno, Miley se lo portò a casa. Sarebbe sembrata scortese se l'avesse buttato nella spazzatura lì nella saletta del personale.

Altra gente, dal Babbo Natale segreto, aveva ricevuto vasetti di noci macadamia. O ridicoli calzettoni con disegni di renne. Deborah non ingannò nessuno quando mostrò di aver trovato nel suo cubicolo un bracciale di diamanti. Deborah era apprezzata così tanto solo da se stessa. E Miley non si rasserenò di certo quando Devon le scrisse un SMS. Le mandava l'indirizzo di un sito web messicano dove si potevano ordinare uova di tenia. Venivano consegnate all'interno di una busta, come una polvere invisibile, e la gente grassa le mischiava al cibo per perdere peso.

"Le mischiano al cibo?" pensò Miley, cui subito vennero in mente i frammenti di caramelle mou incastonati nel fudge. Quando il *fudge* era ormai troppo freddo per poter uccidere alcunché.

Devon le mandò l'indirizzo web di un ospedale in cui analizzavano gratuitamente le caramelle di Halloween. Devon le consigliò di conservare i resti del *fudge*, nell'eventualità che tra quelli che l'avevano assaggiato qualcuno ci avesse lasciato le penne.

L'indomani, Miley trovò nel suo cubicolo una scatola da scarpe. All'interno della scatola c'era un berretto fatto a mano. Ad ampie strisce rosa alternate a strisce arancioni e nere. Orrendo, in una parola. Le ricordò qualcosa di antiquato. Le fece venire in mente i cappelli da asino, e quando se lo mise in testa il berretto le inghiottì la testa fino alle spalle. Devon era presente e disse: «Babbo Natale, evidentemente, pensa che tu abbia la testa grossa come un'anguria».

Quella sera si presentò a casa sua e le domandò se aveva ancora il *fudge*. Aveva portato con sé un microscopio e i vetrini, oltre a un manuale di scienza forense. Era materiale che aveva dovuto acquistare per un corso al community college. Si infilò dei guanti di lattice e usò un bisturi per tagliare delle fette sottilissime del dolce, e intanto parlava delle persone che secondo lui erano più probabilmente colpevoli. Deborah, ovviamente, perché gli ebrei diventano sempre molto irritabili sotto Natale. A credere anche solo alla metà delle cose che si leggevano su internet, gli ebrei passano la maggior parte del loro tempo ad avvelenare i gentili.

E LaTrey? LaTrey non sembrava tanto entusiasta dei bianchi in generale. Il terzo indiziato era Taylor. Quello del reparto cosmetici. Lui faceva solo finta di non disprezzare le ragazze. E Miley, essendo donna, e dotata per natura di un gran fascino femminile, era la vittima più probabile dell'odio di uno come Taylor.

Ogni anno, quando raccontava la storia, il direttore del grande magazzino spiegava: «Il Babbo Natale di Miley era un mistero». Allora, come oggi, ogni membro del personale scriveva il proprio nome su un bigliettino. Tutti i bigliettini venivano messi in un cappello. Poi ognuno estraeva un biglietto e teneva il segreto sul nome estratto. Nessuno conosceva l'identità del Babbo Natale segreto, proprio o altrui. Inoltre, non c'erano telecamere a circuito chiuso nella saletta del personale, perché a volte i commessi dovevano spogliarsi per cambiarsi i vestiti lì.

Devon annusò il *fudge* di Miley e scosse la testa. Non se l'era immaginato lei, disse. Quel *fudge* aveva un odore dubbio. Più che dubbio, puzzava di culo sporco. I pezzettini di caramelle mou erano solo un espediente per coprire la generale culità del dolce. Il vergognoso berretto fatto a maglia, disse Devon, era un secondo tentativo di umiliarla pubblicamente. Devon aveva guardato abbastanza puntate di *CSI* in televisione e sapeva come fare per evidenziare le prove del delitto con la fluoroscopia. Portò un campione di *fudge* al laboratorio del college. Ne portò un altro al pronto soccorso e chiese che glielo passassero ai raggi X. Dato che gli esiti furono negativi, prenotò una TAC. L'assicurazione sanitaria di Miley non copriva i test diagnostici sui dolci, perciò tutti questi esami le stavano costando una fortuna.

Ne valse la pena. Il dolce era coperto d'impronte digitali. Per la maggior parte, le impronte erano sue e di Devon, ma ce n'erano altre, caratterizzate più da ghirigori che da archi. Un probabile indizio, spiegò Devon, del fatto che qualcuno di origini africane aveva trafficato con quel dolce. Con dei pezzi di *fudge* fece delle colture batteriche dentro piastre di Petri. Non aveva escluso che potesse trattarsi di caccole del naso. O di urina. La prima cosa che gli avevano insegnato al corso di criminologia era che gli esseri umani sono tutti deviati.

Nessuno, a parte Devon, l'aveva vista scartare il cappello da asino fatto a maglia, perciò Miley tornò a impacchettarlo e lo rifilò ad altri. Il giorno dopo Taylor ricevette un buono acquisto per un negozio di scarpe. Qualcun altro ebbe un orsacchiotto di peluche che rideva quando gli si schiacciava la pancia. Nel suo cubicolo Miley trovò un altro regalo impacchettato. Chiamò Devon prima ancora di avvicinarsi. Lui s'infilò i guanti di lattice e tastò il pacchetto con la delicatezza di un artificiere. Tenendolo con le sole punte delle dita lo portò all'auto di Miley. Dopo il lavoro, quando il parcheggio era per il resto completamente deserto, posarono il pacchetto a terra e lo aprirono con estrema cautela, passando una lametta da rasoio lungo le giunture chiuse con lo scotch. L'incarto si aprì come un fiore a rivelare... qualcosa.

Sotto i lampioni del parcheggio pareva un vassoio d'insetti. Vermi, per la precisione. Uno strato di piccoli vermi impacchettati su un vassoio rettangolare dal bordo argentato.

Devon fu il primo a parlare. «Sei tu.»

Miley si chinò per guardare meglio. Il vento di dicembre sull'asfalto era gelido.

Devon indicò con un dito inguantato, seguendo una linea, ma

senza toccare il dono misterioso. «Quello è il tuo naso, e questa è la tua bocca.»

Miley continuò a scuotere la testa confusa.

Alla fine, Devon spiegò: «Sono maccheroncini».

Era vero. Qualcuno aveva speso ore, se non giorni, del suo tempo libero per dipingere pezzi di maccheroncini curvi e incollarli insieme a formare una figura. Ciò che lei aveva scambiato per un vassoio era in realtà la cornice del quadro. Qualcuno aveva creato un suo ritratto a mosaico.

«Qualcuno che ti odia, evidentemente» aggiunse Devon.

I maccheroncini non erano il medium più lusinghiero, ma soprattutto l'immagine era troppo brutta perché potesse trattarsi d'altro che di un deliberato insulto. Era stato dedicato un particolare impegno per rendere gli occhi di Miley sproporzionatamente piccoli e non allineati. I maccheroncini usati per fare i denti erano storti e dipinti di giallo. Poteva essere una specie di bambola vudù. La sola vista di quel ritratto fece sentire Miley affatturata.

Quando Devon riprese a parlare, lo fece con voce risoluta. «Questa è una molestia punibile dalla legge.» In tono enigmatico disse: «La prossima mossa spetta a noi».

Era giunto il momento di smascherare la persona colpevole, disse. Lo scambio del Babbo Natale segreto funzionava in maniera biunivoca. Miley tornò a impacchettare il ritratto di maccheroncini per donarlo a qualcun altro l'indomani.

Erano tutti presenti, quelli del secondo turno, in attesa di timbrare il cartellino.

Deborah sembrò stupita dal grosso pacco che trovò nel suo cubicolo. Guardandosi intorno, disse: «Chiunque tu sia, Babbo Natale segreto, non avresti dovuto». La voce di Deborah risuonò piana, come se non stesse affatto scherzando.

Tenendola d'occhio, Devon si avvicinò a Miley e sussurrò: «Tieniti pronta». Sussurrò: «Sbotterà».

Visto il modo in cui Deborah lo sollevò, a due mani, per poggiarlo sul tavolo della saletta, il dono doveva essere pesante. Quando toccò il tavolo si sentì un tonfo, come fosse un blocco di calcestruzzo. O un tacchino congelato. Scritto in stampatello, il biglietto d'accompagnamento diceva: «Buon Natale, Shylock. Mangiami!». All'interno del pacco c'era della carne di maiale in scatola.

Allo stesso tempo, anche LaTrey stava aprendo un pacchetto. All'interno c'era un buono acquisto per Kentucky Fried Chicken. Alzò gli occhi, osservando con freddezza i presenti a uno a uno. Le mandibole serrate.

A quel punto anche Taylor aveva trovato un pacchetto nel suo cubicolo. Sarebbe stato difficile non vederlo. Poteva essere una mazza da baseball avvolta in carta da regalo natalizia, ma non lo era. Era un grosso salame di manzo, uno di quei mostri venduti con lo sconto e sistemati accanto ai polpettoni di formaggio e alla carne essiccata e affumicata su certe bancarelle al centro commerciale. Il biglietto d'accompagnamento recitava: "Per Taylor – Babbo Natale è sicuro che ti sarai ingozzato con pezzi di carne anche più grossi di questo!".

Devon era pronto. Solo la persona colpevole avrebbe saputo contro chi scagliarsi. Avevano tutti un'aria imbarazzata o sconvolta. Clara cominciò a singhiozzare. Senza farsi notare aveva aperto il riciclato ritratto di maccheroncini e lo teneva fra le mani tremanti. Alzò la testa e guardò Miley con gli occhi pieni di lacrime. Con voce rotta dai singhiozzi, Clara disse: «Ho capito che cosa vuoi fare. Ho capito quel che stai facendo con i regali. Vuoi rovinare il Natale!».

Tutti si voltarono verso Miley.

La risposta di Miley fu clamorosa. Gonfia di sdegno, la sua voce suonò come quella di chi fosse stata provocata e insultata al limite della sopportazione. «*Io* sto rovinando il Natale? Ah, dunque sarei *io* quella che sta rovinando il Natale?!» Le labbra le fremevano per l'indignazione. Sollevò un braccio tremante, puntandolo dritto davanti a sé, ad additare Deborah, LaTrey e Taylor. «Io sto cercando di *salvarlo*, il Natale. È uno di loro, invece, che regala del *fudge* schifoso alla gente.»

In realtà, tutti gli esami eseguiti da Devon – alla ricerca di batteri fecali, del virus HIV, di sperma, di clamidia e di una quantità di altri gonococchi e agenti infettivi – avevano dato esito negativo o incerto, ma Miley era in piena routine difensiva. Gridò: «Uno di loro mi ha molestato... regalandomi delle schifezze volgari, offensive, disgustose...».

I tre indiziati si guardarono tra loro con rinnovata perplessità. Tutti gli altri presenti guardarono il trio con disprezzo. Miley Burke era riabilitata. Lei era dalla parte del giusto. Accanto a lei, Devon era raggiante.

La saletta del personale sprofondò in un silenzio che raramente si verificava. C'era un silenzio tale che si riuscivano a sentire in sottofondo le canzoncine natalizie che risuonavano nei vari reparti, oltre la porta. Persino Clara aveva smesso di piangere. Guardò il mosaico di maccheroncini che aveva in mano. «Due settimane» sussurrò. Lo sollevò per mostrarlo a tutti. Disse: «Non volevo molestare nessuno. Ho fatto del mio meglio. Ho fatto io a maglia il berretto che mi hai restituito. Sono stata io a fare quel *fudge*».

La gente parla ancora oggi di quel momento. Quando racconta la storia, il direttore esita sempre un po', a questo punto. In modo che la gente possa sentire la musichetta natalizia in lontananza. La stessa che si sentiva tanti anni fa a Natale. Un Bing Crosby ormai defunto canticchia di pace in terra e agli uomini di buona volontà. Dietro di lui, un coro angelico. Il direttore volge lo sguardo verso la parete al di sopra del forno a microonde, e tutti lo imitano. Lì, come un'icona religiosa, gli occhi troppo piccoli e non allineati, i denti come una manciata di vermi giallastri, è ancora appeso. Tutto quel che resta di Miley Burke: il ritratto a mosaico.

Nonostante siano passati tantissimi anni, i commessi amano ancora sentir raccontare questa storia. L'intera, contorta e particolareggiata storia del *fudge* e di Miley Burke, di Devon e della carne di maiale in scatola. È importante riferire tutto nei minimi dettagli e alla perfezione, fino alla fine.

Perché fu in quel momento che Deborah si slacciò il braccialetto di diamanti e lo porse a Clara.

Indice